Ina Knobloch

Der Duftmacher

Ina Knobloch

Der Duftmacher

Historischer Roman

Pendo München Zürich

Mehr über unsere Autoren und Bücher:
www.pendo.de

FSC
Mix
Produktgruppe aus vorbildlich
bewirtschafteten Wäldern und
anderen kontrollierten Herkünften

Zert.-Nr. GFA-COC-001223
www.fsc.org
© 1996 Forest Stewardship Council

ISBN 978-3-86612-267-3

Satz: Fotosatz Amann, Aichstetten
Druck und Bindung: CPI – Clausen & Bosse, Leck
Printed in Germany

»Endlich ein Duft, der nicht den Körper verklebt,
sondern den Geist inspiriert.«
Voltaire
über das Eau de Cologne
von Johann Maria Farina

Prolog

Norditalien, Santa Maria Maggiore, Oktober 1685

Lucia stöhnte auf, als eine Welle von Schmerzen ihren schwangeren Körper durchfuhr. Es war, als würde ihr eine Faust in den Leib gerammt und nicht der Kreatur, die wimmernd am Boden lag.

Sie hielt sich weiterhin in nächster Nähe hinter dem Baum versteckt, konnte aber ihre Neugier nicht zügeln und lugte hinter der aufgeworfenen Rinde hervor. Irgendwoher kannte sie den Mann, der hemmungslos auf den anderen einschlug und ihn obendrein wüst beschimpfte: »Verräter! Dieb! Nichtsnutz!«, waren die Worte, die Lucia vernahm.

Der Geruch von Alkohol und Blut drang in ihre Nase und übertönte die Frische des Waldes, das Erdige des feuchten Bodens. Erneuter Schmerz und Übelkeit überfielen die Schwangere, die jetzt ihre Neugier vergaß, sich mit dem Rücken an den Baum lehnte und tief einatmete.

Während Lucia versuchte, mithilfe eines mit Rosenöl beträufelten Tüchleins Übelkeit und üble Gerüchte zu bannen und mit ihrer Atmung den Schmerz im Körper zu beherrschen, überlegte sie fieberhaft, wer wohl der Übeltäter war, den sie soeben beobachtet hatte. Das Gesicht und die Stimme waren ihr ebenso vertraut wie verhasst.

Lucia schloss die Augen und dachte nach. Diese Ablenkung vom eigenen Schmerz half ein wenig, ihn zu vertreiben.

Doch die Erholung war nur von kurzer Dauer, denn Lucia sah plötzlich sich selbst unter dem Peiniger liegen, der sie mit einem Stein in der Hand bedrohte und »Verräterin!« rief.

Das Gesicht wies dieselben Züge auf, allerdings war es kein Mann, den sie vor ihrem geistigen Auge sah, es war ein Junge – der Nachbarsjunge aus Crana. Lucia musste sich auf die Zunge beißen, um es nicht laut hinauszuschreien: FEMINIS!

Einen fetten Schinken hatte er von den Farinas geklaut, Lucia hatte es heimlich beobachtet – und es gesagt, als man sie fragte.

Ja, hätte sie lügen sollen? Sie hatte ja nicht wissen können, dass er fortgeschickt würde.

Lucia zitterte, durchlebte den Angriff noch einmal. So, wie sie selbst jetzt hinter einem Baum verborgen stand, so hatte Giovanni Paolo Feminis damals auf sie gelauert.

Sie war völlig arglos auf dem Weg in die Schule gewesen, als er hinter dem Baum hervorsprang, sie zu Boden warf und den Stein hob. Dabei beschimpfte er sie so laut als Verräterin, dass ihr schließlich jemand zu Hilfe kam.

An mehr konnte sich Lucia nicht erinnern, denn sie hatte das Bewusstsein verloren. Als sie wieder zu sich kam, lag sie in ihrem Bett. Das Nächste und Letzte, was sie danach von Feminis gehört hatte, war, dass er mit einem Schornsteinfeger hatte mitgehen müssen.

Furchtbare Geschichten hatte Lucia schon über Schornsteinfegerkinder gehört. Wenn die schwarzen Männer aus Mailand kamen, versteckten sich alle Kinder, so schnell sie konnten, denn immer wieder geschah es, dass Eltern ein Kind dem Schornsteinfeger mitgaben.

Die Angst saß tief bei den Kleinen, geschürt von den gruseligen Geschichten der Älteren, die für die engen Schornsteine schon zu groß waren.

Und nun war Giovanni Paolo Feminis wieder da!

Als Lucia vorsichtig hinter dem Baum hervorlugte, um erneut einen Blick auf das gewalttätige Szenario zu riskieren, waren die beiden Männer verschwunden. Hatte sie sich das alles nur eingebildet? So eine Schwangerschaft hatte ja die seltsamsten Begleiterscheinungen!

Der Schmerz hatte inzwischen nachgelassen, die von ihrer Schwiegermutter verordneten Atemübungen halfen.

Immer noch leicht beunruhigt, schlug Lucia den Rückweg ein, änderte dann aber kurz vor der Hoftür noch einmal ihre Meinung und ging weiter ins Dorf. Sie wollte den Rat ihrer Schwiegermutter Caterina beherzigen und sich bei Paola die genannten Tinkturen und Öle besorgen.

Als Lucia das Haus der Baderin und Hebamme erreichte, drangen laute Stimmen nach draußen, die sie abrupt innehalten ließen: »Gian Paolo, du musst von hier verschwinden und diesmal endgültig!«

»Er ist doch noch am Leben, und hier kennt ihn sowieso niemand.«

»Verschwindet, beide …« Paola sprach nun so leise, dass Lucia nichts mehr hören konnte. Schon wollte sie kehrtmachen, als Paola die Stimme wieder erhob: »Und vergiss das Kind nicht! Es ist dir wie aus dem Gesicht geschnitten. Wenn der Junge größer wird und Pietro erkennt, wessen Züge sein Sohn trägt, wird er dich umbringen. Du solltest dich hier nicht mehr blicken lassen. Dann wird er es in seiner Eitelkeit und mit seinem vom Alkohol ständig benebelten Blick vielleicht nicht bemerken.«

Feminis' Antwort ließ auf sich warten: »Und wo soll ich deiner Meinung nach hin, verehrtes Tantchen?«

»Nenn mich nicht Tantchen! Ich hab dich aufgezogen wie mein eigen Fleisch und Blut. Also behandel mich nicht wie ein altes Kräuterweib!«

»Im Ernst, Paola, wenn du mich nicht mehr mit deinen *Aquae mirabiles*, Tinkturen und Kräutern versorgst, kann ich nicht länger als fliegender Händler die Franzosen beglücken. Oder soll ich hier als Schornsteinfeger umgehen und die Kinder deiner Freundinnen einsammeln?«

Auf diese letzte Frage, bei der Bernardo merklich die Stimme gehoben hatte und deutlich lauter geworden war, folgte der harte Schlag einer Faust auf einem Tisch und dann betretene Stille.

Lucia sog so scharf die Luft ein, dass sie schon fürchtete, bemerkt zu werden.

Sie konnte einfach nicht glauben, was sie gerade gehört hatte

War Feminis all die Jahre immer wieder zurückgekehrt, und niemand hatte es bemerkt?

Schwer atmend wollte sie den Rückweg antreten, als Paolas feste, entschlossene Stimme sie zusammenfahren ließ: »Köln, jawohl, Giovanni Paolo Feminis, du wirst nach Köln gehen und Tante Bernardi unter die Arme greifen …«

Mehr hörte Lucia nicht mehr, denn jetzt hatte sie sich tatsächlich auf den Weg gemacht. Zurück nach Hause, ins Gutshaus der Farinas.

1. Kapitel

Bergamotte – göttlicher Gruß der Hesperiden

Das smaragdgrüne edle Öl der Zitrussorte »Bergamotte« fand im siebzehnten Jahrhundert den Weg nach Italien. Es duftet wunderbar frisch und wirkt beruhigend, stimmungsaufhellend und antiseptisch – ideal bei der Begrüßung eines neuen Erdenbürgers.

Santa Maria Maggiore, Dezember 1685

Seit jenem denkwürdigen Oktobernachmittag kehrte der Schmerz in regelmäßigen Abständen in Lucias Leib zurück. Ein Gefühl, das sie in ihrem Zustand bis dahin nicht kannte, so unbeschwert und glücklich war sie durch ihre erste Schwangerschaft spaziert.

Als sie ihr erstes Kind erwartete, hatte sie auf jammernde Gebärende stets hinabgeblickt. Unnütz und überflüssig erschienen ihr damals die täglichen Salbungen der Schwiegermutter mit diversen Tinkturen und Elixieren. Nur ihrem besorgten Gatten zuliebe hatte sie diese Prozeduren über sich ergehen lassen, die sie nun schmerzlich vermisste.

Doch ihre Schwiegermutter Caterina Farina geborene Gennari war weit weg, sie besuchte ihren Bruder in Venedig. Dabei hätte ein Wort genügt, und Caterina wäre geblieben, um der Schwangeren Beistand zu leisten.

»Kind«, hatte sie gesagt, »ein Wort von dir und ich bleibe.« Jetzt ärgerte sich Lucia, dass sie der alten Frau beim Abschied versichert hatte, sie käme schon allein klar. Zum Glück hatte Caterina versprochen, rechtzeitig zur Niederkunft zurück zu sein, worauf Lucia inständig hoffte. Denn sie ahnte, dass ihr eine schwere Geburt bevorstand, und hatte längst eingesehen, dass es dumm gewesen war, Caterina gehen zu lassen.

Stöhnend griff sie nach der Phiole mit der in Mandelöl aufgelösten Bergamottessenz, verrieb einige Tropfen in ihren Händen und massierte sich den gewölbten Bauch, so wie es ihr Caterina gezeigt hatte. Tief atmete sie den frischen Duft mit der leicht herben Note ein, der gleich durch jede Pore ihres Leibes zu dem ungeborenen Kind zu dringen schien. Der Schmerz ließ etwas nach.

Lange war Lucia die Bergamotte, diese seltsame Zitronenfrucht gänzlich unbekannt gewesen, deren Schale von duftendem Öl troff. »Ein Geschenk der Hesperiden«, hatte Caterina vielsagend erklärt und Lucia wortlos das Werk *Hesperides sive de malorum aureorum cultura et usu libri quator* des Botanikers Giovanni Baptista Ferrarius überreicht.

Es war nicht immer leicht für Lucia, sich in dieser weltgewandten Familie zurechtzufinden. In ihrem ganzen Leben war sie selbst nicht weiter als bis zum Lago Maggiore gekommen. Rom und vor allem Venedig kannte sie nur aus den Erzählungen ihrer Schwiegereltern und ihres Mannes.

Manchmal fragte sich Lucia, ob Giovanni Antonio sie vielleicht nur wegen der Ländereien geheiratet hatte, die sie erben würde. Aber nein, sie wollte nicht schlecht über ihren Mann denken, sie hätte sich keinen besseren Gatten vorstellen können. Es fiel ihr nur schwer, sich vorzustellen, was er an ihr fand.

Sie kannten sich schon seit der Kindheit, genau genommen kannte sie gar kein Leben ohne Giovanni Antonio. Und im Vergleich zu ihm war sie immer nur das dumme Bauernmädchen gewesen, was er sie jedoch nie hatte spüren lassen. Während sie stolz gewesen war, überhaupt in eine Schule gehen zu können, hatten seine Vorfahren die Schule gegründet.

»Du riechst so gut«, hatte er ihr irgendwann zugeflüstert, während er mit seiner etwas zu groß geratenen Nase die Luft über ihrem Kopf einsog.

Die Bemerkung war dem streng katholisch erzogenen Mädchen unheimlich gewesen, auch wenn er sie dabei gar nicht berührt hatte. Lucia musste lächeln, wenn sie daran dachte.

Sie hatte zwar nie wirklich verstanden, was diese Familie mit ihren Nasen hatte, sie wusste aber inzwischen, dass für ihren Mann und seine Familie Riechen wichtiger war als Sehen, Hören, Fühlen oder Schmecken. Wobei Letzteres dem Riechen schon sehr nahe kam, denn schließlich gab es nichts, was man schmeckte, ohne es zuvor gerochen zu haben.

So wurde jede Speise und jedes Getränk in diesem Haushalt zunächst nach dem Geruch beurteilt, genau wie jede Zutat, bevor sie verköstigt, verarbeitet oder angeboten wurde.

Nicht dass Lucia keine duftenden Blumen liebte oder ein angenehmes Duftöl nicht zu schätzen wusste, aber die Familie Farina definierte einfach alles über die Nase. Ob der Boden gut für Getreide, Wein, Obst oder Viehwirtschaft war oder ob jemand krank war oder einen verderblichen Charakter hatte – die Farinas rochen einfach mehr, als sie sahen.

Wenn Lucia ihre Haare nicht ordentlich gekämmt hatte, sagte keiner etwas, aber wehe, sie hatte in den falschen Tiegel gegriffen oder sich nicht peinlichst gesäubert.

Sie selbst dagegen vertraute lieber auf das, was sie sah und hörte. Und sie sah, dass ihr Giovanni Antonio ein wirklich gut aussehender, redlicher Mann war, und hörte, dass er stets nur Nettes zu ihr oder Gutes über sie sagte. Und wenn der Duft, den sie verströmte, ihn über ihre etwas zu weit auseinanderstehenden Augen und ihren etwas zu großen Mund hinwegsehen ließ, sollte es ihr recht sein.

Auch wenn ihr Mann sagte, dass sie mit ihrem wallenden roten Haar und den grünen Augen wunderschön sei – Lucia wusste es besser, denn die Komplimente brachte er meist mit geschlossenen Augen hervor.

Plump und trampelig kam sie sich in dieser eleganten Familie häufig vor, und ihre derzeitigen Umstände verbesserten diesen Eindruck nicht gerade. Der geschwollene Leib ließ sie watscheln wie eine Ente.

Ihre Schwiegermutter Caterina Farina geborene Gennari war da so ganz anders. Mit ihrem fast noch tiefschwarzen Haar, das nur von wenigen grauen Strähnen durchzogen war, den großen dunklen Augen und den ebenmäßigen Zügen war sie noch mit Mitte sechzig eine Schönheit. Ihre Gestalt war anmutig und ihr Gang aristokratisch. Caterina strahlte das Flair der Großstadt aus. Stets trug sie die neueste Mode oder entwarf ihre Kleider selbst – angeblich kam es nicht selten vor, dass sich die Patrizierinnen von Venedig Caterina zum Vorbild nahmen. Lucia traute der älteren Dame durchaus zu, in der Stadt für Aufsehen zu sorgen.

Inzwischen bewunderte sie ihre Schwiegermutter mehr als jede andere Frau, die ihr je begegnet war. Sie konnte in verschiedenen Sprachen lesen und schreiben, sprach fließend Französisch und konnte besser rechnen als jeder Mann im Haus. Ach, was heißt im Haus, im ganzen Tal! Sie war gläubig und hatte sogar dafür gesorgt, dass der Kaplan in ihrem Haus wohnte, aber sie ließ sich niemals einschüchtern. Priester waren für sie auch nur Menschen und ihr Urteil fehlbar.

Dabei ging Caterina mit ihrer Meinung äußerst diplomatisch um. Und es gab niemanden im Dorf, dem sie nicht schon auf irgendeine Weise geholfen hätte. Lucia war sich sicher, dass, wenn Caterina nicht schon so viel Gutes getan hätte, so mancher Dorfbewohner mit dem Finger auf sie gezeigt hätte – eine Erfahrung, die Caterinas Cousine, die Baderin und Hebamme Paola, immer wieder machen musste.

Als Kind hatte Lucia sich vor Caterina gefürchtet, die mit ihrer Ausstrahlung alle Blicke auf sich zog. Einmal hatte sie ihr, mit einer Freundin hinter einer Hausmauer verborgen, »Hexe« hinterhergerufen.

Es war ein Streich gewesen, eine Mutprobe. Damals hatte sie noch nicht gewusst, welch furchtbare Folgen solch unsinniges Gerede nach sich ziehen konnte. Von den Grausamkeiten der Welt hatte sie bis dahin nichts mitbekommen.

Bei dem Gedanken daran bekreuzigte sich die junge Frau eilig, musste aber sogleich wieder lächeln, als ihr auffiel, dass allein beim Gedanken an Caterina ihre Schmerzen schon viel besser wurden. Sie hoffte inständig, dass die Schwiegermutter ihr nicht gram war und, wie ursprünglich geplant, Mitte Dezember zurück sein würde.

Mühsam richtete sich die Schwangere auf und überlegte angestrengt, wo Caterina die reinen Lavendel- und Bergamotttropfen aufbewahrte. Denn von dem in Mandelöl gelösten Bergamottöl hatte sie gerade den letzten Tropfen verbraucht.

Lucia war erleichtert, als sie die duftenden Öle in sorgsam beschrifteten Fläschchen in ihrem Nachttisch fand. Ausnahmsweise trank sie auch das Craveggia-Wasser, das sie eigentlich jeden Morgen trinken sollte, das aber zu scheußlich schmeckte.

Leise hatte Anna, die den Farinas schon länger diente, als Lucia denken konnte, das Heilwasser am Morgen auf Lucias Nachttisch gestellt und den kleinen Giovanni Battista, der gerade aufgewacht war, mit hinausgenommen. Giovanni Antonio, Lucias Mann, war zu der Zeit schon lange auf den Beinen. Zwar war die Erntezeit längst vorüber und die letzten Kastanien bereits eingesammelt, aber es gab immer noch so viel zu tun, dass er nie bis Sonnenaufgang im Bett blieb.

Normalerweise stand Lucia mit ihrem Mann auf, doch in der letzten Zeit machte ihr die Schwangerschaft zu sehr zu schaffen, und sie war ständig müde. Wenn Lucia morgens die Augen aufschlug, war sie meist allein, ihr Mann auf dem Feld und ihr Kind in den Armen der Amme.

Angewidert trank sie das metallisch schmeckende Wasser.

Caterina hatte sie hin und wieder mitgenommen zu der »Quelle des Lebens und der ewigen Jugend«, wie ihre Schwiegermutter sie nannte. Selbst im Winter war das Wasser dort angenehm warm.

Caterina hatte ihr erklärt, dass das Wasser seine heilende Wirkung auch entfaltete, wenn man darin badete, und nachdem Lucia sich beim ersten Mal in Grund und Boden geschämt hatte, genoss sie inzwischen den Aufenthalt in dem warmen Quellwasser.

Sie war lange nicht mehr dort gewesen; seit ihrer Schwangerschaft wusch sie sich nur noch zu Hause. Und auf dieses morgendliche Ritual zu verzichten kam im Hause Farina nicht infrage.

Beschwerlich wie alle Hochschwangeren stieg Lucia aus dem Bett und ging an den Waschtisch. Sie fröstelte, als ihre Fingerspitzen das kalte Wasser berührten. Anna hätte ihr warmes Wasser bringen sollen, doch seit Caterina in Venedig war, war Anna nachlässig geworden. Sie neigte dazu, Lucias Gutmütigkeit auszunutzen, aber sie war gut zu Battista und immer freundlich.

Die Morgentoilette war schnell erledigt, und Lucia

machte sich daran, die für sie nach wie vor luxuriöse Unterwäsche anzuziehen. Bis zu ihrer Hochzeit hatte sie derartige Unterkleider nicht gekannt, und im Dorf waren die Farinas wahrscheinlich die Einzigen, die Unterwäsche trugen. Lucia wusste diese Kleidung, die den Schweiß aufnahm wie ein Schwamm, inzwischen durchaus zu schätzen.

Jeden Morgen brachte ihr Anna frische blütenweiße, duftende linnene Unterkleider und half ihr, die zahlreichen Schnüre an der richtigen Stelle zusammenzubinden. Solange Lucia in anderen Umständen war, durfte sie auf das einengende Mieder verzichten, und was das anging, konnte die Schwangerschaft ruhig noch eine Weile dauern.

Erfrischt und mit etwas Rosenöl parfümiert, öffnete Lucia das Fenster und sog die winterliche Luft ein. Es war ein milder Dezembermorgen, der Novemberschnee verschwunden, und die Sonnenstrahlen fielen wärmend ins Zimmer. Der Zitronenbaum in der Mitte des windgeschützten Gartens strahlte mit seinen Blüten und Früchten wie ein Stern in einem untergehenden Kosmos.

Die meisten anderen Pflanzen hatten sich schon zur winterlichen Ruhe begeben oder warfen ihre bunten Blätter dem blühenden und fruchtenden Baum zu Füßen. Vielleicht war dies der letzte schöne Tag im Jahr.

Sie beschloss, die sonnigen Stunden für einen Spaziergang zu nutzen, doch erst nach dem Frühstück, denn der Duft von warmer Honigmilch und frischem Brot stieg ihr in die von der Schwangerschaft geschärfte Nase und lockte sie die Treppe hinunter ins Esszimmer.

Der kleine Battista wartete schon und schlang die kurzen Ärmchen um den geschwollenen Leib seiner Mutter. Lucia drückte einen Kuss auf das Lockenköpfchen und setzte sich an den gedeckten Tisch.

»Wollen wir nach dem Frühstück spazieren gehen?«

Battista, der sich gerade ein mit Milch vollgesogenes Stück Brot in den Mund geschoben hatte, nickte eifrig.

»Verzeihung, ich glaube, Battista wird bald müde sein, er ist schon seit sechs Uhr auf den Beinen«, wandte Anna ein.

Und da Battista kurz darauf herzhaft gähnte, musste Lucia dem Hausmädchen recht geben.

»Dann werde ich wohl alleine gehen«, erwiderte sie, während sie ihrem Sohn über den Kopf strich und mühsam aufstand.

»Der Herr Farina wird sicher besorgt sein, wenn er nach Hause kommt und Euch allein unterwegs weiß«, gab Anna zu bedenken. »Es ist im Moment niemand da, der Euch begleiten könnte, wenn ich bei Battista bleibe.«

»Falls ich zum Mittagessen nicht zurück bin, könnt ihr ja nach mir suchen lassen«, gab Lucia unbeschwert zurück.

Seit ihrer Kindheit war sie allein durch die Felder und Wiesen gestreift. Sie liebte die Natur hier in den Bergen, und so schnell ließ sie sich nicht davon abhalten, ihrem täglichen Bedarf nach Frischluft und Bewegung nachzukommen. Auch das kleine Kerlchen in ihrem Bauch schien ruhiger zu werden, wenn sie die frische Berg- und Waldluft einatmete.

Lucia beschloss, das Tal hinunter in Richtung des Wallfahrtsortes Re zu laufen, um dort bei der »Madonna del Sangue« ihr Gewissen zu erleichtern und Kraft zu schöpfen. Die heilige Mutter Gottes war ihr schon immer eine gute Stütze gewesen. Außerdem liebte Lucia den Weg dorthin entlang des Malescoflusses, der gemächlich in seinem Flussbett plätscherte, während er im Frühjahr gern zu einem reißenden Strom anschwoll.

An diesem Tag war vielleicht die letzte Gelegenheit zu diesem Spaziergang vor der Geburt.

Entschlossen nahm Lucia ihren Mantel und verließ durch den Hinterausgang das Haus. Unbemerkt ging sie durch den Garten, vorbei an dem duftenden Zitronenbaum und durch das Gartentor hinaus auf den Feldweg, der direkt zu dem alten Saumweg nach Re führte. Wenn sie sich gut fühlte, würde sie es bis zur Kirche dort schaffen.

Trotz ihrer strengen Erziehung war Lucia keine treue Messgängerin. Oft nutzte sie eine Ausrede, um den sonntäglichen Gang zur Kirche in Santa Maria Maggiore zu meiden. Es waren die endlosen Predigten, die sie abschreckten. Kirchen mochte sie am liebsten, wenn sie allein mit sich und Gott war. Und in Re zog es sie besonders zu dem Bildnis der heiligen Maria.

Die Legende sagte, dass einst Blut aus deren Stirn gequollen war, nachdem ein Ungläubiger einen Stein dagegengeschleudert hatte. Zwanzig Tage lang sei das Blut aus der Wunde geflossen, und so lange würde auch sie bluten, wenn sie ihr Kind geboren hatte.

Lucia bekreuzigte sich und schämte sich dafür, dass ihr bei dem Gedanken an die heilige Maria das Wochenbett in den Sinn kam.

Nachdem das Blut aus dem Marienbild versiegt war, hatte die Heilige immer wieder Wunder getan, schon vielen kranken Menschen geholfen und Pilger von weit her angelockt. Es hieß, sie hätte sogar die Pest ferngehalten.

Lucia war zuletzt im Sommer dort gewesen und hatte für das Kind gebetet, das sie unter ihrem Herzen trug. Damals waren so viele Pilger in der Kirche gewesen, dass sie kaum einen Blick auf das Bildnis hatte werfen können. Jetzt, Anfang Dezember, war sicher niemand unterwegs zu der abgelegenen Kirche.

Schon von Weitem konnte Lucia den noch immer blühenden Orangenbaum riechen, der einen bizarren Schatten in den Kirchhof warf. Der Duft hing ihr noch in der Nase, als sie bereits vor dem Marienbild im Inneren der Kirche niederkniete.

In demütiger, betender Haltung beichtete sie der Mutter Gottes, was sie zwei Monate zuvor im Wald beobachtet und dass sie geschwiegen hatte, anstatt zu ergründen, ob Giovanni Paolo Feminis' Opfer noch lebte.

Im selben Moment durchfuhr sie ein reißender Schmerz. Der Geruch von Blut mischte sich mit dem Orangenduft, der vom Kirchhof herüberwehte, und Lucias Erinnerung an Feminis verblasste hinter den Gedanken an ihre erste Niederkunft, als Caterina sanft ihre Stirn mit Bergamottöl betupft hatte.

Das war das Letzte, woran sie dachte, bevor sie ohnmächtig vor dem Marienbild zusammensank.

Später würde sie sagen, dass sie sich an nichts weiter erinnerte, als dass sie das Blut gesehen hatte, das aus der Stirn der heiligen Maria quoll.

Als Lucia erwachte, lag sie in ihrem Bett und blickte in Caterinas Gesicht. Wie versprochen, war Caterina rechtzeitig zur Geburt zurückgekehrt, keine Stunde, nachdem Lucia zu ihrem Spaziergang aufgebrochen war. Sie hatte das Hausmädchen getadelt und war sofort mit einer Kutsche zum Wallfahrtsort aufgebrochen.

Caterinas Sohn, Lucias Mann Giovanni Antonio, war inzwischen auch wieder im Haus und wartete nervös vor der Tür.

Lucia hatte starke Schmerzen, doch die Öle der Schwiegermutter beruhigten die Gebärende, und die eilig herbeigeholte Hebamme, Caterinas Cousine Paola, war zuversichtlich, dass es nicht lange dauern würde. Und sie sollte recht behalten, denn wenig später hatte sie einem kleinen Jungen auf die Welt geholfen, der mit einem kräftigen Schrei ein deutliches Lebenszeichen von sich gab.

Über die Frage, welchen Namen er erhalten sollte, gab es keine Diskussion. Den ersten Vornamen, Giovanni, erhielt er von seinem Vater, und mit dem zweiten wurde er nach der Schutzheiligen Maria benannt.

Es war der 8. Dezember 1785, als Giovanni Maria Farina das Licht der Welt erblickte. Zunächst jedoch erroch er ihren Duft, denn er zog die Nase kraus, bevor er die Augen öffnete.

Caterina hatte frisches Bergamottöl und andere ätherische Öle aus Venedig mitgebracht. Vorsichtig tropfte sie die duftenden Essenzen in eine dunkle Flasche, die halb mit Mandelöl gefüllt war. Ein paar Tropfen der Ölmischung wärmte sie in ihren Händen und rieb damit den Körper des inzwischen gereinigten, aber immer noch schreienden Neugeborenen ein.

Es dauerte nicht lange, bis der Säugling aufhörte zu brüllen und stattdessen genüsslich die inzwischen offenen Augen wieder schloss und die winzigen Nasenflügel blähte.

Caterina wusste schon in diesem Moment, dass dieser Enkel ein ganz besonderes Kind sein würde, und mit dieser Besonderheit sollte die Familie schon sehr bald Bekanntschaft machen.

Wie bei Lucias erstem Kind, so war auch für das zweite eine Amme vorgesehen, die den neuen Erdenbürger mit kräftiger Milch versorgen sollte. Doch bei Giovanni funktionierte die Ernährung durch die fremde Frau nicht. Mit all seinen spärlich vorhandenen Kräften wehrte er sich dagegen, die dargebotene Brust zu berühren. Er wand sein kleines Gesicht ab, so weit er konnte, schrie aus vollem Halse und rümpfte das winzig kleine Näschen.

Lucia hatte große Angst um ihr Kind, Angst, es verweigere die Nahrung generell und könnte verhungern. So ließ sie sich von ihrer Schwiegermutter dazu überreden, das Kind an die eigene Brust zu legen, und kaum hatte sie es im Arm, fing es aufgeregt an, das Näschen an der mütterlichen Brust zu reiben. Das Köpfchen bewegte sich suchend hin und her, bis es endlich die Quelle gefunden hatte, nach der es suchte. Gierig schnappte der kleine Mund nach der Brustwarze, hungrig begann das Baby zu saugen.

Giovanni trank so lange, bis er mit einem zufriedenen Lächeln an der Brust seiner Mutter einschlief. Und auch Lucia schloss erleichtert und erschöpft die Augen.

Die Amme versuchte später noch ein paar Mal das Kind anzulegen, aber Giovanni verzog jedes Mal angewidert das Gesicht und schrie aus Leibeskräften. Lucia musste ihr Kind selbst stillen und das für lange Zeit. Über Jahre wollte der Kleine keine andere Nahrung als die Milch seiner Mutter akzeptieren.

Lucia ahnte, dass es lange dauern würde, bis sie wieder ein Kind bekommen konnte. Doch dass es acht Jahre dauern sollte, bis sie ihrem Mann einen weiteren Sohn schenken würde, hätte sie nicht gedacht. Weitere zwei Jahre später folgte eine Tochter. Und wie ihr erstgeborener Sohn tranken auch diese beiden Kinder ohne Probleme die Milch der Amme.

2. Kapitel

Trüffel – Diamanten des Waldbodens

Ihr Duft schon aphrodisisch, für Schönheit und Wohlbefinden ein Gaumenschmaus.

Santa Maria Maggiore, April 1695

So wie Giovanni Maria Farina als Säugling an ihrer Brust gehangen hatte, suchte er auch als zehnjähriger Junge immer wieder die Nähe seiner Mutter. Und genau wie sie liebte er ausgedehnte Spaziergänge durch die Wiesen und Wälder des Vigezzo-Tals, was für ein Kind in seinem Alter eher ungewöhnlich war.

Im Frühjahr, wenn die Bergwiesen blühten und nach Narzissen und Krokussen dufteten, im Sommer, wenn sich der Geruch von Heu mit dem von sommerlichen Kräutern mischte, und im Herbst, wenn die feuchten Wälder nach Erde und Pilzen – vor allem nach Steinpilzen – rochen, wanderte er durch die Täler und machte sich bei der Ernte nützlich. Besonders hilfreich war er bei der Suche nach den »Juwelen des Waldes«, den weißen Piemont-Trüffeln, denn er hatte die seltene Gabe, die edlen Pilze, die tief in der Erde wachsen, treffsicher zu erschnuppern.

Während Lucia diesen Erdfrüchten eher wenig abgewinnen konnte, schätzte Caterina nicht nur selbst deren Aroma, sondern wusste auch sehr genau, welch großer Beliebtheit sich die Pilze in den adligen Häusern erfreuten. Daher wurden im Hause Farina gern Trüffel serviert, wenn hoher Besuch zu Gast war. Die Zubereitung übernahm Caterina höchstpersönlich, und selbst die Reinigung der edlen Erdfrüchte übertrug sie niemals an die Köchin, nur Giovanni durfte ihr dabei helfen.

Konzentriert wie ein Erwachsener bei einer anspruchsvollen Arbeit, schrubbte Giovanni die Knollen sanft, aber entschieden mit einer Gemüsebürste, bis gerade genug gesäubert, gereinigt und geschält war. Unter dem wachsamen Auge seiner Großmutter schnitt er dann die Trüffel gekonnt in hauchdünne Scheiben, die Caterina sofort sorgsam und einzeln in feines Olivenöl einlegte.

Zur Erntezeit wurden die Trüffel natürlich bevorzugt frisch gegessen, meist fein gehobelt auf einer hausgemachten Pasta – eine Saison, in der sich besonders häufig und gern Gäste einfanden. Was die eingelegten Trüffel anging, achtete Caterina stets darauf, dass der Vorrat bis zur nächsten Ernte reichte. So konnte sie stets darauf zurückgreifen, wenn unerwartet hoher Besuch oder einfach nur liebenswerte Gäste kamen.

So war es auch im April 1795, als ein Bote die Familie Brentano aus Mailand ankündigte, sehr angesehene und von den Farinas hochgeschätzte Kaufleute, die schon seit Jahrzehnten den Norden mit Südfrüchten versorgten und nie vergaßen, erlesene und außergewöhnliche Kostproben bei ihren Besuchen mitzubringen – ein Fest für die Nase des kleinen Giovanni, der die Zitrusfrüchte stets einzeln zu begutachten pflegte.

Geschickt ritzte er dafür mit seinen Fingernägeln die Schale an, rieb mit dem Daumen darüber und inhalierte die Aromen, die den Schalen daraufhin entströmten. Inzwischen konnte er blind mindestens zwei Dutzend Sorten unterscheiden, doch diesmal blieb ihm das Vergnügen zunächst versagt, denn die Erwachsenen hatten geschäftliche Dinge zu besprechen, und Kinder waren dabei nicht erwünscht.

Lucia, die sich um die Kinder kümmern wollte, bot an, mit ihnen einen Spaziergang zu machen, doch nur die kleine Antonia Brentano nickte sofort wohlerzogen und schüchtern, während Giovanni noch ein wenig wehmütig dem Zitruskorb hinterherblickte und seine und Antonias Geschwister gelangweilt in die Luft starrten.

Lucia zuckte mit den Schultern und wies das Kindermädchen an, mit den Kindern, die nicht mitgehen wollten, im Garten zu spielen. Als sie sich auf den Weg machten, fragte sie Giovanni: »Wollen wir uns einen duftenden Korb zusammenstellen?« Und an Antonia gewandt, fuhr sie fort: »Und du, kleine Dame, möchtest du einen wunderschönen Blumenstrauß pflücken?«

Während Antonia erneut brav nickte, erhellte sich Giovannis Gesicht, der sofort wusste, wovon seine Mutter sprach. Flugs wollte er in den Keller eilen, um einen der Weidenkörbe zu holen, die dort für die Ernte bereitstanden, hielt aber kurz inne: »Mutter, bist du sicher, dass sie schon da sind?«

Lucia lächelte: »Hätte ich mich sonst getraut, dir diesen Vorschlag zu unterbreiten?«

Giovanni lächelte ebenfalls und verschwand, während die kleine Antonia verwirrt um sich schaute. Doch weder Giovanni, der mit dem Weidenkorb bereits zur Stelle war, noch seine Mutter hatten anscheinend die Absicht, das Mädchen einzuweihen.

»Lass dich überraschen«, war alles, was Antonia zu hören bekam, als sie Lucias Hand ergriff und mit ihr und Giovanni nach draußen ging. Die anderen Kinder waren längst im Garten.

Der Weg zu den Bergnarzissen-Wiesen – denn diese waren das Ziel – war nicht wirklich weit, aber mit der in Wanderungen ungeübten Antonia, die mit ihrem Kleidchen und dem feinen Schuhwerk ohnehin nicht richtig gerüstet war, dauerte der Spaziergang doch eine gute Stunde.

Tapfer und ohne ein einziges Wort der Beschwerde, trottete die Kleine an Lucias Hand über den holprigen Saumweg. Und wie nicht anders zu erwarten, rief Giovanni, lange bevor eine einzige Blume zu sehen war: »Du hattest recht, Mutter!«, und rannte, ohne ein weiteres Wort zu verlieren, zur Narzissenwiese.

Fragend schaute Antonia zu Lucia, die den Blick mit den vielsagenden Worten »Gleich wirst du es sehen, junge Dame« erwiderte, und wenige Minuten später entdeckte auch sie die wunderschönen Bergnarzissen, die überall auf der Wiese ihre anmutigen Köpfe reckten.

Etwas überrascht sah sie zu, wie Giovanni sich auf der Blumenwiese wälzte, doch keinerlei Gedanken an Spott und Häme drängten sich ihr auf, denn dieser sensible Junge war ihr viel lieber als die gockelhaften Raufbolde, die sonst ihre Wege kreuzten. Ein zauberhaftes Lächeln, das winzige Grübchen auf den Wangen der Zehnjährigen hervorrief, zeichnete sich auf ihrem ebenmäßigen und eben noch so ernsten Gesicht ab.

Da alle drei keine Menschen der großen Worte waren, ließ sich jeder von ihnen stumm und zufrieden an einer anderen Stelle der Wiese nieder und pflückte mit Hingabe die schönen Frühlingsboten.

Vielleicht ahnte Giovanni damals schon, dass ihn der Duft der Bergnarzissen an einem italienischen Frühlingsmorgen für immer prägen würde. Jedenfalls hatte er bereits einen festen Platz in seinem Riechgedächtnis und löste nicht nur Glücksgefühle bei ihm aus, sondern auch seine Zunge.

»Riechen sie nicht wundervoll?«, waren die ersten Worte, mit denen Giovanni Antonia an diesem Tag bedachte.

Und ohne Scheu erwiderte das schüchterne Mädchen:

»Ja, es sind die schönsten Blumen, die ich je gesehen habe. Diese und die Rosen meiner Mutter in unserem Garten. Die duften auch so wunderbar.«

Verblüfft lauschte Lucia der Unterhaltung der Kinder, bevor sie die beiden zum Rückweg rief. Alle drei hatten sie einen dicken Strauß Bergnarzissen im Arm, und Lucia und Giovanni legten ihre in den Korb. Antonia aber wollte ihre Blumen selbst tragen, sodass Lucia sie nicht mehr an die Hand nehmen konnte.

Das Trio hatte gerade das Dorf erreicht, als lautes Kindergeschrei ertönte. »Wer hat Angst vorm schwarzen Mann?«, rief ein Junge lautstark, den Lucia sofort als ihren Ältesten erkannte. Im Chor antworteten die anderen Kinder:»Niemand!«

Und wieder Giovanni Battista: »Und wenn er kommt?«

Bereits im Rennen, riefen die anderen zurück: »Dann laufen wir!«

Lucia schüttelte den Kopf. Seit sie als Kind mitbekommen hatte, wie der Nachbarsjunge Paolo Feminis vom »schwarzen Mann«, dem Schornsteinfeger, mitgenommen worden war, hasste sie dieses Spiel. Doch davon konnten ihre Kinder nichts ahnen.

Gedankenverloren war sie weitergegangen und hatte Giovanni und Antonia einen Moment aus den Augen gelassen, als sie einen Aufschrei hinter sich vernahm.

Eines der rennenden Kinder hatte Antonia umgerissen. Die Blumen waren auf der Erde verstreut, und das Mädchen lag ebenfalls auf dem Boden und weinte bitterlich. Giovanni, der dicht vor Antonia gelaufen war, hatte genau wie seine Mutter erst auf den Aufschrei reagiert.

Besorgt lief Lucia zu dem Kind. Antonia hatte sich die Hände aufgeschürft und ein Knie aufgeschlagen, das stark blutete. Glücklicherweise war es nicht mehr weit nach Hause, und Lucia konnte die Kleine, nachdem sie sie etwas getröstet hatte, auf den Arm nehmen und die letzten Meter tragen.

Bestürzt blickten die Eltern auf das schluchzende Mädchen, das tapfer versuchte, die Tränen zu unterdrücken. Caterina versorgte die Wunde, während sich Giovanni Antonio Farina den Vorfall von seiner Frau schildern ließ. Es dauerte nicht lange, bis er Battista ausfindig gemacht und dazu genötigt hatte, die beteiligte Dorfjugend zu versammeln. Der Hausherr bestand darauf, dass sich der rüpelhafte Übeltäter entschuldigte, doch stellte sich dieser nicht freiwillig.

Da trat Giovanni vor, hob den Arm und zeigte mit dem Finger auf einen kräftigen Jungen: »Der war's! Bernardo hat Antonia umgestoßen!«

Mehr Worte brauchte er nicht. Er ließ den Arm sinken, trat einen Schritt zurück und stellte sich wortlos neben seinen Vater, der für einen Moment sprachlos war.

Nun war es Lucia, die sich einmischte: »Aber Giovanni, du konntest doch gar nicht sehen, wer Antonia umgerannt hat, du bist doch vor ihr gegangen.«

»Ich konnte es riechen«, war alles, was Giovanni dazu zu sagen hatte.

Inzwischen war unter den Kindern Unruhe ausgebrochen, Anschuldigungen wurden so lange hin- und hergeschickt, bis es nicht mehr zu leugnen war: Bernardo war der Täter!

Für den Raufbold ungewöhnlich artig, brachte er seine Entschuldigung hervor, die Antonia, um die unangenehme Situation zu beenden, versöhnlich annahm.

Nach einer dampfenden heißen Schokolade und dem anschließenden köstlichen Essen hatte das Mädchen den Vorfall beinahe schon vergessen, ebenso alle anderen Anwesenden im Hause Farina.

Für Bernardo dagegen war die Angelegenheit noch längst nicht ausgestanden. Bis zu seinem Vater hatte es sich herumgesprochen, dass er mal wieder als Raufbold aufgefallen war, und die harte Strafe, die darauf folgte, hatte keiner der Farinas oder Brentanos gewollt. Selbst Giovanni, der Bernardo hasste, hätte ihm diese Tracht Prügel nicht gewünscht. Und es zeigte sich mal wieder, wie wenig er vom Leben der anderen Dorfkinder wusste und es eigentlich auch gar nicht wissen wollte.

Der Raum, in dem der Schulunterricht für die Kinder im Dorf abgehalten wurde, lag nahe beim Haus der Farinas, sodass Giovanni auf dem Weg dorthin kaum jemandem begegnete. Am liebsten hätte er außer denen seines Zuhauses gar keine Räumlichkeiten betreten, denn der Geruch vieler Menschen verursachte ihm Übelkeit. Doch ließ es sich leider nicht vermeiden, dass er die Kirche und den Unterrichtsraum aufsuchte. Er hätte es vorgezogen, in allen Fächern Einzelunterricht zu erhalten wie in Latein. Dabei empfand er längst nicht alle Kinder als abstoßend, aber bei manchen war es so schlimm, dass er den Unterrichtsraum verlassen musste, wenn sie ihm zu nahe kamen.

Vor allem hoffte er jeden Tag, dass Bernardo nicht kommen würde. Und das war auch schon vor dem Zwischenfall mit Antonia so gewesen. Der Junge war nicht nur groß und stark wie ein Bär, er roch auch wie ein solcher. Der saure Geruch von zersetztem Schweiß, gemischt mit dem süßlich schweren Duft eines brünftigen Ebers hüllte den selbstbewussten, kräftigen Jungen ein. Giovanni musste schon ein Würgen unterdrücken, wenn er nur daran dachte.

Vor einiger Zeit hatte er der Familie von Bernardo einmal Brot und Wein bringen müssen, weil die Mutter krank war. Sie hatten ihm eine heiße Milch angeboten, doch der Geruch, der über die Türschwelle drang, hatte ihn abgeschreckt und sich unauslöschbar in Giovannis Gedächtnis gebrannt.

Der Junge mit der außergewöhnlichen Nase hatte den Gestank von Krankheit und Tod sofort erkannt, obwohl er den schwerkranken Großvater nicht hatte sehen können. Der dahinsiechende alte Mann lag in einem abgetrennten verdunkelten Raum im oberen Stockwerk des Hauses. Bernhardos Großmutter wachte an seinem Bett und verabreichte ihrem kranken Mann Laudanum zur Linderung der Schmerzen.

Die Ausdünstungen des Kranken stiegen trotz der Entfernung in Giovannis Nase und vermischten sich mit dem Geruch nach Schweiß, billigem Alkohol und den Essensdämpfen von Wochen, der das Haus beherrschte.

Als Bernardos Großmutter die Treppe herunterkam und Giovanni an die Hand nehmen wollte, um ihn hereinzuführen, konnte der Junge nicht anders, als sich blitzschnell umzudrehen und davonzulaufen.

Bernardo hatte Giovanni dies sehr übel genommen und ihn von da an für verwöhnt und hochnäsig gehalten. Und seit Giovannis Verrat hatte sich die Feindschaft zu glühendem Hass gesteigert.

Lucia, die diese gegenseitige Abneigung sorgenvoll beobachtete, wollte ihr entgegenwirken. In einem ruhigen Moment sprach sie mit ihrem Sohn: »Hör zu, ich mag den Jungen auch nicht besonders, aber Bernardos Familie ist entfernt mit uns verwandt. Seit sein Onkel Paolo verschwunden ist, geht es der Familie nicht gut. Bernardo denkt jetzt, du hältst dich für etwas Besseres. Versuch, dich mit ihm zu vertragen. Unser Dorf ist nicht groß, und wir müssen miteinander auskommen.«

Giovanni schwieg dazu. Es gab auch nichts zu sagen. Er konnte den Jungen schlicht und ergreifend nicht riechen. Es war schon schlimm genug, dass er Bernardo im Unterricht ertragen musste, aber zu mehr war er einfach nicht in der Lage. Nie und nimmer, dachte er sich, während er abwesend nickte.

Lucia machte sich zunehmend Sorgen um ihren Zweitgeborenen, der sich immer mehr zurückzog. Doch Caterina, die ebenfalls die Häuser der anderen Dorfbewohner mied, versuchte sie zu beruhigen: »Lucia, es ist für uns unerträglich, so als wenn du einen Raum mit gleißend hellem Licht betreten musst, das dir in den Augen brennt, oder in dem ein schrecklich hoher Ton dir in den Ohren schmerzt. So ist es für uns mit den Gerüchen: Ein übler Geruch verursacht ihm körperliche Schmerzen.«

»Ich kann einfach nicht glauben, dass Giovanni so anders ist als andere Kinder. Und es ist nicht gut, wenn er immer nur für sich ist«, gab Lucia zu bedenken.

»Im Garten spielt er mit anderen, und er hat seine Geschwister. Mach dir keine Sorgen.«

Lucia versuchte zu verstehen, doch ließen sich ihre Ängste nicht vollkommen vertreiben.

Giovanni war inzwischen oft allein auf den Wiesen und Feldern der Umgebung unterwegs. Er schnupperte an wilden Pflanzen und Kräutern, pflückte Blumensträuße für seine Mutter und wählte dabei die Blüten nicht nach ihren Farben und Formen aus, sondern allein nach ihrem Duft.

Giovannis Vater hatte für das Verhalten seines Sohnes mehr Verständnis. Zwischen den beiden schien eine stille Übereinkunft zu bestehen. Er beobachtete interessiert, was sein Sohn machte, und er wunderte sich nicht darüber, dass Giovanni für andere Dinge bestimmt war, als Raufen und sich an rauen Jungenspielen zu erfreuen.

An einem sonnigen, warmen Sommertag streifte Giovanni wieder einmal durch die blühenden Berghänge und begutachtete die verschiedenen Lavendelbüsche.

Es fiel ihm leicht, die unterschiedlichen Düfte von Speiklavendel, dem Echten Lavendel und dem Schopflavendel zu unterscheiden. So wies die eine Sorte zum Beispiel neben dem typischen, sanften, beruhigenden Lavendelduft einen deutlichen Beigeruch von Kampfer auf, die andere erinnerte ein wenig an den Geruch von Salbei.

Giovanni nahm ein paar Blüten in die Hand und zerrieb sie zwischen den Fingern, um noch einmal die beruhigende Wirkung des Echten Lavendel zu testen, als plötzlich eine Horde Kinder unter dem Anführer Bernardo über ihn herfiel. Es waren an die zwanzig Kinder, und Giovanni hatte keine Chance. Mit lautem Gejohle fesselten sie ihn und trugen ihn zu einem einsamen Schuppen am Feldrand.

Giovanni konnte schon von Weitem einen unerträglichen Gestank wahrnehmen: In der Hütte, in die er von Bernardo und seinen Kameraden eingesperrt wurde, lag auf einem kleinen Misthaufen ein verwesender Hase.

»Wollen wir doch mal sehen, wie empfindlich deine Nase wirklich ist«, kommentierte Bernardo die Aktion hämisch.

Giovanni schnappte nach Luft und rang nach Atem: »Lasst mich raus!«, flehte er, was in dem Gelächter der Kinder unterging. Schweißperlen standen dem Jungen auf der bleichen Stirn, während er anfing zu würgen.

»Klar lassen wir dich raus«, höhnte Bernardo und fügte nach kurzer Pause hinzu: »Rechtzeitig zum Abendessen!«

Laut lachend verschwand die Bande, während Giovanni zitternd und schweißgebadet zusammenbrach.

Es war Caterina, die den Jungen fand. Irgendwie hatte sie gespürt, dass sich Giovanni in Not befand. Den Geruch der Verwesung nahm auch sie schon von Weitem wahr, und es war nicht schwierig, den stinkenden Kerker zu finden.

Caterina schob den Riegel beiseite, öffnete die Tür und sah den bewusstlosen Jungen sofort. Sie war zornig auf sich selbst, weil sie das Unglück nicht hatte kommen sehen. Ganz im Gegenteil, sie hatte sich selbst getäuscht und Lucia noch beruhigt. Und jetzt war das Unglück geschehen.

Behutsam trug sie den zitternden Körper ins Haus und legte den Jungen auf sein Bett. Vorsichtig rieb sie ihn mit lauwarmem Lavendelwasser ab und massierte ihn anschließend mit Mandelöl, dem sie Bergamott-, Neroli-, Melissen- und Rosenöl beigefügt hatte.

Es war vor allem die angstlösende Wirkung des Bergamottöls, die Giovanni wieder zu sich brachte und den Schock löste. Der Junge lag in seinem weichen, duftenden Bett, blinzelte und schaute direkt in das Antlitz seiner Großmutter, als er flüsterte: »Nonna, ich hatte einen schrecklichen Traum.«

Caterina strich ihm übers Gesicht, das allmählich wieder Farbe annahm, und erwiderte: »Ich weiß, mein Kleiner, jetzt ist alles wieder gut!« Wohl wissend, dass es alles andere als ein Traum gewesen war, was Giovanni in diesen erbärmlichen Zustand versetzt hatte.

Als Lucia Caterina an Giovannis Bett ablöste, ging diese, ohne zu zögern, zu dem Haus von Bernardos Familie. Mehrmals hatte Giovanni in seinem Dämmerzustand Bernardos Namen gerufen, und Caterina hatte ohnehin geahnt, dass der Junge in die Angelegenheit verwickelt war. Sie stellte Bernardo zur Rede und drohte der Familie, dafür zu sorgen, dass der Junge das Dorf verlassen müsse, wenn noch einmal irgendetwas in dieser Art vorkomme.

Die Drohung wirkte. Es war das erste Mal, dass Bernardo

vor einer angedrohten Strafe wirklich Angst hatte. Er wusste zu gut, wie ernst seine Mutter es meinte, als sie ihm in Aussicht stellte, ihn bei einem weiteren Vorfall mit einem Schornsteinfeger nach Mailand zu schicken. Bernardo war mit zehn Jahren zwar fast schon zu groß für einen Schornsteinfegerjungen, aber eben auch nur fast. Und er wusste, welch grausames Schicksal ihn dann erwartete.

Dieses Mal blieb es ihm noch erspart, doch Pietro, sein Vater, ließ ihn spüren, wie wichtig ihm das gute Verhältnis zur Familie Farina war. Er arbeitete für die Farinas, genau wie vorher sein Schwiegervater. Sie wurden angemessen bezahlt und hatten kein allzu schweres Leben, was der Familienvater auf keinen Fall wegen der Streiche seines ungehorsamen Sohnes aufs Spiel setzen wollte.

»Ich werde dir die Faxen schon austreiben!«, brüllte Pietro immer wieder, während der Lederriemen erbarmungslos auf Bernardos nackten Hintern knallte. Bernardos Haut war wund und blutig, aber er war die Schläge längst gewöhnt, und sie hätten ihn ganz sicher nicht dazu gebracht, Giovanni in Ruhe zu lassen.

Es war allein die Aussicht, als Schornsteinfegerlehrling durch die engen verrußten Kamine der Großstädter klettern zu müssen, die Vorstellung, unter erbärmlichen Umständen den Dreck wegzufegen, die Bernardo davon abhielt, Giovanni noch einmal zu misshandeln.

Nachdem sein Vater von ihm abgelassen hatte, schlich sich Bernardo in das Zimmer seiner Großmutter. Er wusste, dass die Frauen in der Küche waren und tratschten, während er verprügelt worden war. Wie er sie hasste! Er griff in den Nachtschrank und holte mit sicherem Griff das Laudanum heraus.

Nachdem Pietro seinen Sohn das erste Mal mit dem Riemen grün und blau geschlagen hatte, hatte die Großmutter Bernardos Schmerzen mit dem Mittel gestillt, weil ihr der kleine Junge leid getan hatte. Er war höchstens vier Jahre alt gewesen, ein fröhlicher Junge und stets zu Scherzen aufgelegt. Vielleicht war genau das sein Fehler gewesen: In seiner Familie hatte man nicht fröhlich zu sein.

Ob das am Alkohol lag, dem sein Vater stets zu reichlich zusprach, oder am allzu strengen Großvater, wusste Bernardo nicht zu sagen, aber inzwischen waren die Prügel beinah alltäglich, und der Junge beschaffte sich das Laudanum selbst, um den Schmerzen zu entfliehen.

Er nahm einen tiefen Schluck aus der Flasche, bevor er sich wieder aus dem Raum schlich und sich in seiner eigenen winzigen Kammer bäuchlings auf dem Bett ausstreckte. Mit geschlossenen Augen genoss Bernardo, wie das Opiat seinen Körper erfüllte und die Schmerzen dämpfte.

Zukünftig ließ Bernardo Giovanni in Ruhe. Die beiden Jungen gingen sich möglichst aus dem Weg. Nur den Schulunterricht mussten sie weiterhin gemeinsam ertragen.

Giovanni gewöhnte es sich an, sich mit in Alkohol gelöstem Bergamott-, Neroli- und Lavendelöl einzureiben, und baute damit nicht nur einen Schutzwall gegen die strengen Ausdünstungen des anderen auf, sondern genoss zudem die beruhigende und angstlösende Wirkung dieser ätherischen Öle.

Vor allem der Duft der Bergamotte begleitete ihn von nun an täglich, denn dieser Duft hatte ihm nach dem Schock nachhaltig geholfen. Doch vergaß er das schreckliche Erlebnis in der Scheune niemals, und er schwor sich, sich dafür eines Tages an Bernardo zu rächen.

3. Kapitel

Aqua mirabilis – Wunderwasser

Sammelbegriff seit mehr als fünfhundert Jahren für alle wässrigen und alkoholischen Lösungen medizinischer oder/und duftender Essenzen – sowohl zur innerlichen als auch zur äußerlichen Anwendung.

Köln, Juni 1695

Als sich die Ladentür öffnete, roch Caterina Bernardi den Alkohol, noch bevor Paolo Feminis den winzigen Laden betrat. Es war nicht das erste Mal, dass Paolo dem Schnaps noch vor dem Mittagsläuten zugesprochen hatte.

An solchen Tagen war Caterina Bernardi froh, dass ihr Neffe das Angebot, ihr Teilhaber zu werden, nicht angenommen hatte. Wäre er in ihrem Geschäft der »Herr der Flaschen«, hätte er wahrscheinlich mehr von den *Aquae mirabiles* getrunken, als er verkauft hätte.

Es gab Momente, in denen sie ihre Schwester Paola verfluchte, hatte sie Paolo doch auf den Gedanken gebracht, sie in Köln aufzusuchen. Es kam aber auch vor, dass sie glaubte, ihr Neffe könne ihr auf ihre alten Tage noch zu Reichtum verhelfen. Denn er hatte die Gabe, mit unglaublichem Geschick Alkohol und Essenzen zu Elixieren zu mischen, nach denen manche ihrer Kunden geradezu süchtig waren.

Aber heute war ganz sicher kein solcher Tag.

Paolo Feminis stand seiner Tante mit geröteten Augen und von Alkoholdunst umgeben gegenüber. Nur die kleine Ladentheke, auf die sich Paolo mit beiden Händen stützte, trennte die beiden voneinander. Es war unverkennbar, dass Paolo Dringliches auf dem Herzen hatte. Doch bevor er etwas sagen konnte, ergriff die alte Bernardi das Wort: »Ich muss mit dir reden!«

»Ich brauche einen Arzt!«, war alles, was Paolo Feminis erstaunlich nüchtern erwiderte.

Caterina Bernardi benötigte einen Moment, um zu begreifen, dass das, was sie ihrem Neffen gerade mitteilen wollte, warten musste. »Was ist passiert?«

»Die Zwillinge …«, stammelte Paolo nun.

»Was ist mit den Zwillingen?«

»Ich will nicht, dass die Zwillinge auch noch sterben!«

Mut und Entschlossenheit waren aus Caterina Bernardis Gesicht gewichen, auf dem sich auf einmal Milde und Mitleid abzeichneten. Alle zwei Jahre war ihm ein Kind gestorben, erst Carl, dann Johanna und Anna Maria gleich nach der Geburt. Es war ein Wunder gewesen, dass Paolos Frau Sophia das Wochenbett überlebt hatte. Danach hatte der Arzt gesagt, dass sie wahrscheinlich keine Kinder mehr bekommen könne. Die Zwillinge waren daher wie ein Geschenk des Himmels gewesen.

»Sie glühen wie Kohlen«, jammerte der sonst so selbstbewusste Mann.

Die alte Bernardi verlor keine Zeit. Sie nahm alle Münzen aus der Kasse, notierte die Auslage und verschloss die Kasse wieder. Dann nahm sie einige Flaschen des *Aqua mirabilis* aus dem Regal, das bei Fieber schon seine Dienste erwiesen hatte.

»Komm, wir dürfen keine Zeit verlieren«, mahnte sie, ohne dabei auf den jammernden Neffen zu achten. Mit kleinen, schnellen Schritten eilte die Krämerin, vorbei an den Auslagen mit allerlei nützlichen und unnützen Dingen, zur Tür und wendete das Schild, sodass jeder, der des Lesens mächtig war, erkennen konnte, dass der Laden »Französisch Kram« für diesen Tag geschlossen war.

Wortlos folgte Paolo Feminis seiner Tante die Hohe Straße entlang bis kurz vor den Dom, dessen gewaltiges gotisches Seitenschiff ihn jedes Mal aufs Neue beeindruckte. Der fehlende Turm der Kathedrale verlieh ihr dagegen fast etwas Menschliches. In Paolos Augen war der Dom damit so unvollkommen wie die Menschen auch.

Zielstrebig eilte seine Tante auf das Gotteshaus zu, änderte dann jedoch die Richtung und bog ins Universitäts-Viertel ein. »Ich habe noch etwas bei Frère Jacques Beaulieu gut. Wenn er nicht gerade schneidet, wird er mitkommen.«

Mit dieser knappen Information konnte der besorgte und bedauerlicherweise angetrunkene Vater wenig anfangen. Paolo grübelte darüber nach, wie der Pater seinen Kindern wohl helfen könne, und kam zu dem Schluss, dass Tante Bernardi womöglich an eine Teufelsaustreibung dachte. Daher fragte er ungehalten: »Und wer ist dieser Frère Beaulieu?«

»Sei still! An diesem Ort ist Ruhe geboten! Frère Beaulieu ist der beste Wundarzt, den ich kenne, und er hat auch schon so manchem das Leben gerettet, der in seinen Fieberträumen bereits im Jenseits angekommen war.«

Paolo bemerkte erst jetzt, dass sie sich auf dem Gelände der Universität befanden. Unterdessen erkundigte sich seine Tante bereits, wo sich der heilkundig begabte »Bruder« aufhielt.

Die erfolgreichen Operationen, die Beaulieu wenige Jahre zuvor im Hause des Schöffen de Witte in Aachen durchgeführt hatte, waren legendär, und Signora Bernardi war mehr als stolz darauf, diese Berühmtheit zu ihren Kunden zählen zu dürfen. Und die Tatsache, dass er seine letzten

Einkäufe bei ihr noch nicht bezahlt hatte, konnte jetzt von großem Vorteil sein.

Glücklicherweise war der Wundarzt gerade nicht mit einem Eingriff beschäftigt. »Ah, Signora Bernardi, welch eine Freude, Euch zu sehen!«

Dass der Arzt gar nicht froh war, Caterina Bernardi zu sehen, die selten zimperlich war, wenn es um das Eintreiben von Schulden ging, bemerkte sogar Paolo, und die Bernardi war schlau genug, erst gar nicht darauf einzugehen.

»Verehrter Frère Beaulieu, wir benötigen dringend Eure Hilfe. Zwei Kindlein liegen im Sterben. Und hier, ich habe Euch noch einige *Aquae mirabiles* mitgebracht.«

Beaulieu atmete auf. Seine Schulden hätte er nämlich nicht begleichen können, und von seiner Spielsucht, von der die schlaue Bernardi natürlich längst erfahren hatte, wollte er möglichst niemandem erzählen.

Nun war Beaulieu ganz der hilfsbereite Arzt. »Wo sind die Kinder? Wie alt sind die Kinder? Welche Symptome haben die Kinder?«

Caterina Bernardi schaute ihren Neffen auffordernd an. Paolo brauchte ein paar Sekunden, bis er begriff, dass er gefragt war: »In Rheinberg, in Rheinberg liegen meine kranken Kinder!« Er warf sich bittend auf die Knie: »Ihr müsst meinen Kindern helfen!«

Fassungslos schaute der Wundarzt ihn an: »In Rheinberg? Das sind fast zwei Tagesreisen von hier! Ja, gibt es denn dort keinen Pater, Bader oder keine Kräuterfrau, die helfen können?«

Paolo schüttelte den Kopf, und obwohl Beaulieu seine Zweifel hatte, griff er nach seiner Tasche.

»Sie fiebern«, gab Caterina Bernardi hilfreich zum Besten.

Beaulieu brummte und packte noch eines der Wunderwasser ein, die er gerade von der Bernardi bekommen hatte.

Dankbar und für Paolo Feminis völlig ungewöhnlich, umarmte er seine Tante: »Oh Zia Bernardi, wenn meine Kinder überleben, dann übernehme ich den Laden und rühr auch bestimmt keinen Schnaps mehr an.«

Caterina Bernardi zuckte für Paolo unmerklich zusammen, sagte aber nichts, sondern wünschte ihrem Neffen nur das Beste für seine Kinder. Sie drückte ihm einen großen Teil der Münzen in die Hand, die sie ihrer Kasse entnommen hatte, und flüsterte ihm ins Ohr: »Hier, für die Kutsche und für Beaulieu, aber gib ihm die Münzen erst, wenn er die Kinder behandelt hat!«

Nachdem sich Caterina Bernardi von dem Medicus mit überschwänglichem Dank verabschiedet hatte, eilte sie davon und ließ Beaulieu, der keine Wahl mehr hatte, mit ihrem unglücklichen Neffen allein.

Da sie ihren Laden ohnehin schon geschlossen hatte, konnte sie auch noch schnell ins Stapelhaus laufen, um ihre Waren aufzustocken und ein paar Zutaten für ihre *Aquae mirabiles* zu kaufen. Vor allem Chinarinde würde sie brauchen, nachdem sie ihrem Neffen und dem Arzt sämtliche Flaschen ihres Wunderwassers gegeben hatte, das sie aus diesem Gewürz aus der Neuen Welt herstellte.

Beaulieu, der eigentlich dem Messer mehr vertraute als Tinkturen, hatte sich schon einige Male von der Wirkung dieses *Aqua mirabilis* überzeugen lassen. Einmal hatte Caterina Bernardi sogar jemanden damit gesund gepflegt, den er bereits aufgegeben hatte.

Die Bernardi hatte die südamerikanischen Rindenstücke erstmals von ihrer Schwester Paola erhalten, als sie vor ein paar Jahren einmal bei ihr in Italien gewesen war. Damals, frisch verwitwet, dachte sie bereits daran, sich aus dem Geschäft zurückzuziehen, aber anstatt mit einem Nachfolger für ihren Laden war sie mit allerlei Kräutern und Tinkturen sowie einem ordentlichen Bündel Chinarinde aus Italien zurückgekehrt.

Sie war sehr skeptisch gewesen, wie ihre Kunden auf das bittere Elixier aus dieser Rinde reagieren würden, da sie ja eigentlich Luxuskram verkaufte, aber inzwischen hatte ihr das neumodische Heilmittel zu einigem Wohlstand verholfen.

Wenig später war dann ihr Neffe Paolo aus Italien gekommen. Doch statt ihre Geschäfte zu übernehmen, hatte er die hübsche Sophia aus Rheinberg geehelicht und damit fatalerweise in die Schnapsbrennerei der Familie Ryfarts eingeheiratet.

Caterina Bernardi eilte kopfschüttelnd am Dom vorbei und schlug den Weg zum Rhein und damit zum Stapelhaus ein, besann sich dann aber anders und ging zurück.

Bevor sie die Kirche betrat, zog sie ihr Tuch vom Kopf und blickte ehrfürchtig ins Innere des Gotteshauses. Am Altar zündete sie zwei Kerzen an, kniete nieder und betete für Paolos Kinder.

Ihr selbst war es nicht vergönnt gewesen, Kinder zu bekommen, und nun verlor ihr Neffe eines nach dem anderen. Das konnte nicht Gottes Wille sein. Wenn er sie erhören und die Kindlein retten würde, wäre das dann ein Zeichen, Paolo doch als Nachfolger in der Krämerei zu akzeptieren?

Wohl war ihr bei dem Gedanken nicht. Obwohl Paolo deswegen eigentlich nach Köln gekommen war. Inzwischen jedoch fürchtete sie seine aufbrausende Art, mit der er schon so manchen Kunden verschreckt hatte, und seine Neigung, sich mit den *Aquae mirabiles* zu berauschen anstatt zu beduften. Eigentlich war sie ganz froh darüber, dass Paolo nun in Rheinberg lebte und ihr nur regelmäßig Waren brachte und gelegentlich aushalf.

Zudem hatte sie vor wenigen Tagen einen Brief des Signor Farina aus Maastricht erhalten, in dem dieser andeutete, dass sich sein ältester Neffe möglicherweise für die Nachfolge in der Krämerei interessiere und er bald einmal mit ihm nach Köln kommen wolle. Wie sehr hatte die Bernardi sich über diese Nachricht gefreut! Und ausgerechnet jetzt hatte Paolo verkündet, dass er den Laden nun doch übernehmen wollte, wenn die Kinder wieder gesund würden.

Caterina Bernardi verließ den Dom, zog ihr Tuch fester um die Schultern und ging strammen Schrittes Richtung Rhein. Nachdem sie das Stapelhaus betreten hatte, streifte sie zunächst unentschlossen zwischen den Waren umher, die dort drei Tage lang aufgebahrt blieben. Schließlich blieb sie vor einigen Stoffballen mit feinster Seide und Spitze stehen.

Vielleicht war das die Lösung: Paolo sollte sich im Geschäft zunächst auf die anderen Waren konzentrieren und keine alkoholischen Wässerchen verkaufen.

Beglückt über diesen Einfall, zählte sie die restlichen Münzen und erwarb so viel der edlen Stoffe, wie sie dafür bekam.

Als Paolo Feminis gemeinsam mit dem Arzt endlich sein Heim in Rheinberg erreichte, sah seine Frau beinah genauso krank aus wie die beiden Kinder, die vor Erschöpfung eingeschlafen waren. Die Magd brachte unentwegt frisches Essigwasser, in das die besorgte Mutter linnene Tücher tauchte, um damit die glühenden Körper zu kühlen.

Der Arzt konnte im Grunde nicht viel mehr tun, als es Caterina Bernardi auch vermocht hätte, doch er hütete sich davor, dies laut zu äußern, schließlich war er froh, auf diese Art seine Schulden bezahlt zu haben, und obendrein hatte sie ihm einen ordentlichen Lohn versprochen. So wachte der Arzt, der eigentlich lieber das chirurgische Messer wetzte, als Tinkturen zu verabreichen, am Bettchen der fiebernden

Kinder und gab ihnen stündlich einen Löffel des *Aqua mirabilis chinoin.*

Und tatsächlich war das Fieber am nächsten Morgen um einiges gefallen. Erschöpft untersuchte er die beiden Kleinen noch einmal, bevor er den ebenfalls erschöpften Eltern erleichtert mitteilte: »Der Herrgott hat sie euch zurückgegeben. Das Fieber fällt, und sie sollten wieder ganz gesund werden. Gebt ihnen die nächsten drei Tage noch morgens, mittags und abends jeweils einen Löffel von der Tinktur eurer Tante und fahrt mit den Essigwickeln noch ein wenig fort. Sie sollten viel trinken, und Fleischbrühe wird sie wieder zu Kräften kommen lassen.«

Sophia sank auf einem Stuhl zusammen und stützte den Kopf in die Hände. Tränen des Glücks liefen ihr über die fahlen Wangen. Paolo ging vor Frère Beaulieu auf die Knie und küsste ihm dankbar die Hand.

Als Paolo wenige Tage später erneut nach Köln fuhr und durch das Nordtor in die Gasse Unter Fettenhennen einbog, in der sich der Laden seiner Tante befand, las diese gerade noch einmal den Brief des Signor Farina aus Maastricht:

Maastricht, März 1695

Sehr geehrte Signora Bernardi,

nun, da mein Neffe bald vierzehn wird, eröffnet sich mir vielleicht doch eine Möglichkeit, Eure vor einigen Jahren vorgetragene Bitte noch zu erfüllen. Giovanni Battista wird bald zu mir in die Lehre gehen, und so wie ich ihn kennengelernt habe, könnte er durchaus ein Kandidat dafür sein, Eure Krämerei zu übernehmen, sodass Ihr endlich den wohlverdienten Ruhestand antreten könntet. Für eine angemessene Ablöse und entsprechende Alimente würde ich sorgen.

Im Gegensatz zu seinem jüngeren Bruder, dem nach mir benannten Giovanni Maria, der sehr sensibel und eher eine Künstlernatur zu sein scheint, sehe ich in Giovanni Battista einen zukünftigen geschickten Kaufmann. Die entsprechende Ausbildung wird er von mir erhalten.
Im Sommer, wenn mein Neffe hier ist, würde ich Euch in Köln gemeinsam mit ihm gern einen Besuch abstatten und womöglich gleich mit den Verhandlungen beginnen.

Hochachtungsvoll

Giovanni Maria Farina

Caterina Bernardi starrte auf das Papier, als ein strahlender, gepflegter Paolo Feminis den Laden betrat.

»Sie leben! Sie sind gesund!«, rief er voller Glück, stürzte auf sie zu, hob sie in die Luft und drehte sich mit der alten Dame im Arm im Kreis, was diese alles andere als erheiterte.

»Lass mich sofort runter! Du wirst uns noch alle ins Verderben stürzen mit deinen Gefühlsausbrüchen!«

Behutsam setzte Paolo seine Tante ab und schaute sie irritiert an: »Freust du dich nicht?«

»Paolo, natürlich freue ich mich! Gebetet habe ich und im Dom Kerzen angezündet. Aber du musst endlich lernen, dich zu beherrschen. Dein siedendes Blut hat schon so manches Unglück heraufbeschworen.«

Unschuldig schaute Paolo seine Tante an. »Was meinst du, Zia?«

»Ach Junge!«

»Tante Bernardi, ich bin bald dreißig.«

»Also gut, dann lass mich ernst werden: Es ist allgemein bekannt, dass du schon mehrere Männer beinah zu Tode geprügelt hast. Von Paola habe ich erfahren, dass du schon als Kind für deine Ausbrüche gefürchtet warst. Sogar Lucia, das

Nachbarsmädchen, das später einen der Farina-Söhne geheiratet hat, wolltest du mit einem Stein schlagen. Das war kurz bevor mein lieber Mann starb und ich das letzte Mal in meiner Heimat war.

War das nicht der Grund, warum du mit dem Schornsteinfeger nach Mailand gehen musstest? Was ich sagen will: Wenn du dich nicht beherrschen kannst, wirst du nie ein guter Geschäftsmann werden. Und das lässt mich zweifeln, ob du wirklich der Richtige für meinen Laden bist.«

Paolo Feminis konnte es nicht glauben. Über Jahre hatte seine Tante ihn immer wieder gebeten, in ihren Krämerladen einzusteigen. Aber er hatte erst seine Erfahrungen als fliegender Händler machen wollen. Und nun, da er seiner Frau versprochen hatte, nicht länger durch die Welt zu reisen, sondern sich um die Familie zu kümmern, kamen seiner Tante Zweifel! Dabei hatte er dankbar sein und ihr einen angenehmen Lebensabend ermöglichen wollen.

Entsetzt stieß er hervor: »Meine liebe Tante, habe ich dich richtig verstanden? Jahrelang hast du mich gebeten, hier zu arbeiten, und jetzt, da ich deswegen mein Leben ändern will, hast du es dir anders überlegt?«

Die Enttäuschung stand ihm ins Gesicht geschrieben. Und ein Kunde, der zwischenzeitlich den Laden betreten hatte, verließ ihn mit den Worten: »Signora Bernardi, so unzufrieden, wie der junge Mann ausschaut, spricht das nicht für Ihre Waren. Einen schönen Tag noch!«

Caterina Bernardi wusste, dass sie keine Wahl hatte, und versuchte noch das Beste aus der Situation zu machen: »So habe ich das nicht gemeint, Paolo. Ich wollte nur sichergehen, dass dir bewusst ist, was es heißt, wenn du dich für den Laden entscheidest. Es wird nicht leicht werden. Ich kann dich im Moment nicht einmal dabei unterstützen, einer Gaffel beizutreten, da ich all mein Geld dem Medicus gegeben habe.«

Paolos Miene hellte sich auf: »Mach dir keine Sorgen! Bis zum Sommer habe ich das Geld gespart.«

Caterina Bernardi stieß einen tiefen Seufzer aus, nahm ihren Neffen in den Arm und besiegelte ihre gemeinsame geschäftliche Zukunft mit einem nicht ganz überzeugten »Willkommen, Partner!«

Als Paolo Feminis den Laden am späten Nachmittag verließ, knüllte Caterina Bernardi den Brief des Signore Farina zusammen und warf ihn ins Feuer.

4. Kapitel

Der Duft der Männer

Noch lange bevor die ersten Anzeichen der Pubertät sichtbar werden, entwickelt sich der ganz individuelle Geruch des Heranwachsenden, der genauso unverwechselbar ist wie der persönliche Fingerabdruck. Der Körper fängt stärker an zu schwitzen und junge Männer beginnen sogenannte Diphteroide zu erzeugen, einen fast in der Nase stechenden Schweißgeruch. Hinzu kommen noch die intensiven Gerüche der Abbauprodukte des männlichen Hormons Testosteron.

Santa Maria Maggiore, Dezember 1699

Giovanni erwachte schweißgebadet. Er hatte schlecht geschlafen, wirr geträumt, und die Hitze trieb ihm den Schweiß aus allen Poren.

Entschieden schwang er sich aus dem Bett und trat zum Fenster. Dort sog er tief die morgendliche Bergluft ein und den Duft der Tautropfen, die langsam verdampften und die ätherischen Öle der Pflanzen freisetzten – ein Fluidum, das die Welt betörte.

Giovanni schloss die Augen und erroch, welche Blüten im Garten an diesem Morgen ihre Knospen geöffnet hatten. Es war ein Spiel, das ihm seine Großmutter Caterina beigebracht hatte, und er hatte nicht lange gebraucht, um die ältere Dame darin zu schlagen.

Längst hatte sie aufgegeben, mit ihm zu wetteifern, und versuchte nun, seine kleinen Geschwister für das Spiel zu begeistern. Dies war ihr bisher noch nicht gelungen, wobei die kleine Anna sicher noch ein gutes Näschen entwickeln würde.

Giovanni liebte seine kleine Schwester. Für ihn war der Duft von Lavendel und Rosen, der aus dem Garten aufstieg, untrennbar mit dem zarten Geruch des Mädchens verbunden. Er hatte bereits eine genaue Vorstellung davon, welche Öle er für Anna gern mischen würde, welche Düfte sich organisch mit dem unschuldigen Schweiß des kleinen Mädchens zu einer Gesamtkomposition verbinden würden. Bald würden ihm alle Zutaten dafür zur Verfügung stehen, bald würde er das Paradies der Düfte betreten – die Laborküche seines Onkels in Venedig!

Für einen Augenblick vergaß er die ihm unangenehmen Ausdünstungen, die sein eigener Körper in letzter Zeit verströmte. Er konnte den Geruch genau so lange ausblenden, wie er seinen Kopf aus dem Fenster hielt, alles einatmete, was der Garten ausatmete, und dabei seine Gedanken schweifen ließ.

Doch nachdem er wieder im Zimmer stand, war er seinem eigenen Schweiß ausgeliefert. Er hasste seinen Körper dafür, dass er seine empfindliche Nase mit diesem Geruch belästigte.

Noch bevor sein Äußeres sich verändert hatte, ihm Haare wuchsen, wo er zuvor keine gehabt hatte, und er anfing, aus dem Körper des Kindes in den eines Mannes zu schlüpfen, hatte er diese erschreckende Veränderung wahrgenommen.

Vor ein paar Tagen, an seinem vierzehnten Geburtstag, hatte sein Vater ihn zur Seite genommen, um ihm feierlich mitzuteilen, dass er jetzt ein Mann werde. Giovanni hatte damals mehr für sich gemurmelt: »Ich glaube, eher ein stinkendes Tier.«

Sein Vater hatte die Bemerkung gehört und gelacht. »Ich sehe, du bist wachsam, und eines Tages wirst du die Wirkung deines Geruchs noch zu schätzen wissen.« Aufmunternd klopfte er dabei seinem Sohn auf die Schulter. »Spätestens, wenn du mit Caterina nach Venedig gehst, wirst du die Vorzüge kennenlernen, ein Mann zu sein«, ergänzte er noch vielsagend, bevor er sich anderem zuwandte.

In Gedanken war er jedoch immer noch bei seinem Sohn und den Vorzügen der Männlichkeit. Er erinnerte sich an seine eigenen Erfahrungen, als er vierzehn Jahre alt wurde und sein Körper sich allmählich in den eines Mannes verwandelte. Auch er war damals mit seiner Mutter – Giovannis Großmutter Caterina – nach Venedig gereist.

Auch wenn seine Nase längst nicht so fein war wie die seines Sohnes und er sich auch nie an seinem eigenen Geruch gestört hatte, war er dennoch wesentlich mehr für die Macht der Düfte empfänglich als die meisten seiner Mitmenschen.

Es war bei einem Opernbesuch in Venedig gewesen, als der junge Giovanni Antonio Farina von dem Duft einer jungen Frau magisch angezogen wurde. Sein sehnsüchtiger Blick musste ihn verraten haben, denn wenig später führte ihn sein welterfahrener Cousin Carlo ins Bordell. Er hatte sich in Grund und Boden geschämt, und doch war er nicht geflohen. An diesem Tag lernte er die Liebe kennen, und noch heute dachte er dankbar daran zurück.

Hätte er Lucia so zärtlich gewinnen können, wenn ihn die Hure nicht angelernt hätte? Wahrscheinlich hätte er seine Frau beim ersten Mal stümperhaft genommen, und vielleicht wäre dann in Lucia nie die Freude an der körperlichen Liebe erwacht, die er so hatte entfachen können. Wie würde es wohl dem sensiblen Giovanni ergehen?

»Antonio, Liebster, du scheinst ganz abwesend?«

Es war Lucia, die ihren Mann seit der Taufe ihres Zweitgeborenen nur noch »Antonio« nannte und ihn aus seinen Gedanken an die Jugend riss.

Schnell fasste sich Antonio und antwortete offen: »Ich habe an meine eigene Jugendzeit in Venedig gedacht und daran, was Giovanni wohl jetzt erwartet.«

Damit gab sich Lucia zufrieden und geleitete ihren Mann zurück zum Geburtstagsfest.

Giovanni hatte seinen Vater verwirrt beobachtet und zweifelte nach wie vor an den Vorteilen seiner plötzlich erwachten Männlichkeit. Noch konnte er keiner seiner körperlichen Veränderungen etwas abgewinnen. Sein Bartwuchs war noch spärlich, und er fühlte sich damit wie ein Vogel in der Mauser. Seine Schultern waren nach wie vor schmal, und die Länge seines Rumpfes schien nicht so recht zu der seiner Beine zu passen.

Aber all das schien ihm erträglich, doch gegen seinen eigenen Geruch musste er dringend etwas unternehmen!

Mit solchen Gedanken beschäftigt, begann Giovanni mit seinem täglichen Reinigungsritual. Tief atmete er den Duft des in parfümierter Seifenlauge getränkten Waschlappens ein, bevor er damit über seinen Körper fuhr.

Der Gedanke, dass sich die Menschen in den Städten nicht wuschen, sondern nur puderten und parfümierten, erschreckte ihn. Seine Großmutter Caterina hatte ihm, was das anging, die abstoßendsten Dinge erzählt. Diese Aussicht trübte seine Vorfreude auf die Reise nach Venedig ein wenig, seine Vorfreude darauf, endlich zu sehen und zu riechen, wo und wie all die wunderbaren Öle und Essenzen hergestellt wurden, die er täglich benutzte. Er würde auch lernen, sie zu komponieren, sie mit Wachsen, Ölen, Seifen und Alkohol zu verbinden.

Aber es gab auch Dinge, die ihn ängstigten: die vielen Menschen, der Unrat, der Schweiß, die Ratten. In wenigen Wochen würde er wissen, ob Venedig für ihn das Paradies oder die Hölle war.

Bernardo, der nur ein paar Monate älter war als Giovanni, genoss im Gegensatz zu diesem seine Männlichkeit. Die tägliche Arbeit auf den Feldern hatte seine Muskeln gestählt, und auch sonst schien die Natur seinem Körper wohlgesonnen zu sein. Die Mädchen tuschelten und kicherten, wenn sie den stattlichen jungen Mann bei der Arbeit sahen, und sie warteten schon ungeduldig darauf, dass er sich für sie interessieren würde.

Von Giovanni nahmen sie kaum Notiz, was weniger an seiner schmächtigen Gestalt lag als daran, dass sie ihn kaum zu Gesicht bekamen. Zu sehr hatte ihn die Veränderung an den Körpern seiner einstigen Spielgefährtinnen verwirrt, und vor allem ihre Düfte verunsicherten ihn aufs Höchste.

Was Giovanni und Bernardo verband, war der regelmäßige Kontakt mit Paola. Doch während Giovanni in den Düften der Essenzen schwelgte, die er bei der Großtante fand, interessierte sich Bernardo mehr für die innere Wirkung der Wunderwasser, vor allem des Laudanums. Mit kaum fünfzehn Jahren war er bereits süchtig danach.

Einen guten Anteil des Geldes, das er inzwischen auf den Feldern verdiente, verbrauchte er, um sich mit dem Opiumwasser zu versorgen. Oft viel es ihm schwer, dem Schulunterricht zu folgen und anschließend noch auf dem Feld zu arbeiten.

Doch sein Ärger über die bevorstehende Abreise von Giovanni nach Venedig ließ sich nicht betäuben. Hatte er nicht das gleiche Recht, das Leben in der Stadt kennenzulernen? Schließlich war auch er mit dem großen Aromateur Carlo Gennari verwandt – zumindest weitläufig!

Natürlich erkannte Giovanni sofort den Geruch der Droge, der mit Bernardos sonstigen Ausdünstungen zu ihm wehte, wenn dieser den Unterrichtsraum betrat. Letztendlich konnte ihn kein noch so herrlich duftendes Öl davor bewahren. Aufdringlich drang der Gestank nach Schweiß, Alkohol und Opium in seine Nase.

»Du musst dich vor dem stinkenden Bären hüten, wenn ich fort bin«, hatte Giovanni seine kleine Schwester gewarnt.

Anna hatte aber nur gekichert und entgegnet: »Dann muss der starke Giovanni den bösen Bären jagen!« Woraufhin beide lachen mussten.

Dennoch machte er sich ernsthafte Sorgen um seine kleine Schwester. Giovanni wäre es lieber gewesen, wenn auch Bernardo das Dorf verlassen hätte. Mit seinem Hang zum Laudanum war er in der Stadt ohnehin besser aufgehoben. Denn wenn Giovanni den Erzählungen seines Vaters und seiner Großmutter glauben durfte, war es bei den Großstädtern äußerst beliebt, während sie das Wasser scheuten und möglichst nicht an ihre Körper ließen. Würde man Bernardos Ausdünstungen ein wenig Moschus- und Sandelholzduft hinzufügen, verströmte er wahrscheinlich perfekt den Geruch der großen weiten Welt.

Giovanni schüttelte sich bei dem Gedanken an die Lebensumstände in den Städten, wo die Menschen sich nicht wuschen, weil das Wasser angeblich Krankheiten verbreitete.

Am letzten Tag vor seiner Abreise setzte sich Giovanni mit gemischten Gefühlen an den gemeinsamen Tisch der Familie Farina in Santa Maria Maggiore. Schon als nur ein Hauch von Salbei und Gebratenem zu ihm herüberwehte, wusste er, dass er sich nach den gemeinsamen Mahlzeiten mit der Familie schmerzlich sehnen würde. Es war der Duft der Heimat, der den Töpfen dieser Küche entstieg. Die *Cena* würde die Zeit sein, in der er seine Eltern und Geschwister am meisten vermissen würde, den inspirierenden Duft der puristischen Küche seiner Mutter und die langen Gespräche bei Tisch.

Giovanni wedelte den Dampf, der aus der üppigen Terrine aufstieg, zu seiner Nase hin. »Hasenragout und Kastanienpolenta mit Salbei«, stellte er befriedigt und genüsslich fest. Nicht nur wegen des Geschmacks war Salbei derzeit sein bevorzugtes Gewürz; seine Großmutter hätte ihm die besonderen Eigenschaften dieses Krautes nicht erläutern müssen. Giovanni kannte längst dessen reinigende und desinfizierende Wirkung, so wie er die Wirkung jedes Heilkrautes stets trefflich prognostizierte. Und Salbei gehörte schon seit einiger Zeit zu seinen abendlichen Ritualpflanzen.

Im Gegensatz zu Bernardo zog Giovanni allerdings die wässrigen Kräuterauszüge den alkoholischen vor und trank ihn als Tee statt als Schnaps. Die berauschende Wirkung des Alkohols fürchtete er.

»Wie sehr werde ich diese Speisen vermissen!«, sagte Giovanni ein wenig wehmütig.

»Vielleicht, vielleicht aber auch nicht«, wandte Caterina ein, die die scheinbar aufkommende Schwermut des Jungen in Neugier verwandeln wollte. »Die exotischen Gewürze, die in Venedig Mode sind, werden zumindest deine Nase beschäftigen.«

Giovanni beschloss, sich das letzte Mittagessen in den Bergen der Lombardei nicht weiter durch beunruhigende Gedanken zu verderben, und goss etwas von der flüssigen, leicht gebräunten Butter über die Polenta. Darüber rieb er den kräftigen, harten Bergkäse, der sofort zu schmelzen begann.

Lucia beobachtete besorgt, wie ihr Sohn selbstvergessen seine Mahlzeit genoss. »Bist du sicher, dass du bereit bist für die Reise?«

Ihr fiel es alles andere als leicht, den Sohn, der ihr, seit sie ihn als Baby selbst gestillt hatte, am nächsten stand, ziehen zu lassen.

Bevor Giovanni antworten konnte, wandte sein Vater entschieden ein: »Alle Farinas sind mit vierzehn Jahren ausgezogen, um die Welt zu entdecken, Erfahrungen zu sammeln und fürs Leben zu lernen. Nur so kann Giovanni seinen Weg gehen!«

Lucia war noch nicht überzeugt: »Du hast selbst gesagt, dass nicht alles gut war, was du auf deinen Reisen gesehen und erlebt hast. Ich sorge mich um Giovanni, wenn ich an all die Gefahren denke, die Venedig birgt.«

Da meldete sich Giovanni zu Wort: »Mutter, bitte, ich muss nach Venedig! Ich will sehen, wie all die Früchte, Essenzen und Gewürze am Hafen ankommen. Und ich will lernen, wie den Früchten und Blüten der Duft entrungen wird. Ich will dabei sein, wenn Tonnen von Rosenblüten in dampfenden Kesseln zu kostbarem Öl werden. Ich will bei Onkel Carlo im Laden stehen und beobachten, wie er die Düfte für die Kundschaft mischt und in feine Muranoglasflaschen abfüllt.«

Giovanni war aufgestanden, um seinen Worten Nachdruck zu verleihen. Lucia schluckte, und die kleine Anna hatte angefangen zu weinen. Das Mädchen litt unter dem Gedanken, dass ihr geliebter Bruder für so lange Zeit fortging.

Doch hatte der Junge noch kurz zuvor mit Wehmut daran gedacht, die geliebte Heimat, die liebevolle Familie und die lieblichen Düfte der Berge zu verlassen, hatte ihn nun die Neugier gepackt, und er sehnte den Aufbruch herbei.

Am Tag der Abreise stand die ganze Familie um die Kutsche. Das Gefährt war vollgepackt mit Mehl, Öl und anderen Waren der Farinas, die unterwegs verkauft werden sollten. In kleineren Säcken befanden sich Lavendel, Salbei und andere Heil- und Duftkräuter, die im Duftlabor Carlo Gennaris verarbeitet werden würden.

Der erdige Geruch von Enzianwurzeln, die als *Aqua mirabilis* medizinischen Zwecken dienen würden, verlieh der Kräutermischung auf dem Wagen eine herbe Note. Caterina hatte auch ein großes Fass Weingeist aufladen lassen, der die Basis für ihren selbst in Venedig geschätzten leuchtend roten Aperitivo bildete. Sie selbst stellte den darin enthaltenen appetitanregenden Kräuterauszug her, der neben der Enzianwurzel und dem roten Karmesin auch einen Anteil Chinarinde enthielt, und ihr Bruder verstand die Kunst, den Alkohol von den Fuselölen zu befreien, um daraus noch reinere Tinkturen zu gewinnen.

Ein paar Flaschen ihres Wunderwassers der vergangenen Ernte hatte Caterina aufbewahrt und ebenso wie ein paar Gläser Trüffel in Öl hübsch verpackt als Gastgeschenke dabei. Beliebt war Caterinas Aperitivo vor allem wegen des Geschmacks, die Wirkung war Nebensache.

Caterina hatte sich bereits von der Familie verabschiedet, während Giovanni noch immer die Nase prüfend über die Waren hielt.

»Junge, wir müssen los, deine Nase hat in Venedig noch genug zu tun«, forderte die Großmutter ihren Enkel auf, der sie inzwischen an Körpergröße überragte.

Giovanni nahm seine Schwester in die Arme und sog noch einmal den unschuldigen und reinen Duft des Mädchens ein. »Pass gut auf dich auf und lern schnell lesen, damit ich dir schreiben kann«, mahnte er.

Anna weinte, als Giovanni sie absetzte und den Bruder und die Eltern verabschiedete. Auch Lucia traten die Tränen in die Augen, und sie fragte sich, was ihren Sohn, der so anders war als die anderen Kinder, wohl in der Zukunft erwartete.

5. Kapitel

Maiglöckchen – Symbol für Glück und Liebe

Ihr Duft so süß und schwer lockt nicht nur den Mann, sondern auch seine Samen an.

Lago Maggiore, Januar 1700

Langsam setzte sich die Kutsche in Bewegung. Sie hatten fünf Tagesreisen vor sich, und es war später geworden, als Caterina geplant hatte.

Giovanni blickte gedankenverloren aus dem Kutschfenster zurück zu seiner Familie, die sich immer weiter entfernte. Er wusste, dass es vor allem die Gerüche seiner Heimat und seiner Lieben waren, an die er sich in der Ferne erinnern würde.

»Genug des Abschieds, jetzt musst du nach vorn schauen«, sagte seine Großmutter und riss ihn damit aus seinen Überlegungen. Zuversichtlich setzte sie hinzu: »Venedig wartet auf dich, du wirst die Stadt lieben.«

Bevor er sich zu ihr umwandte, sah er noch durchs Fenster, wie Bernardo einen Stein hinter der Kutsche herschleuderte.

Rasch zog Giovanni den Vorhang des Kutschfensters zu und entgegnete seiner Großmutter zerstreut: »Ich werde mich nie daran gewöhnen, dass sich die Menschen in der Stadt nicht waschen.«

Caterina lachte. »Giovanni, die ganze Welt scheut das Wasser, das weißt du doch? Wir in Santa Maria Maggiore sind einfach nur in der glücklichen Lage, dass uns das Craveggia-Wasser direkt von Gott geschickt wird.« Während sie dies sagte, richtete sie im Scherz den Blick empor.

Giovanni verzog das Gesicht. »Ich weiß. Aber … das ist doch unglaublich! Die Haut verklebt von all dem Puder und dem Öl, mit dem sich die Menschen beschmieren. Was nutzen frische Kleider, wenn die Haut darunter verkrustet.« Allein bei dem Gedanken daran musste Giovanni sich kratzen. »Sag, stimmt es, dass alle in Venedig, ob reich oder arm, adlig oder geistlich, Läuse und Flöhe haben?«

»Oh ja, du wirst nicht umhin kommen, mit den Tierchen Bekanntschaft zu schließen. Es gibt allerdings allerhand Werkzeug, um dem lästigen Jucken beizukommen, und derzeit sind kleine Fallen in Mode gekommen, in denen die Tiere gefangen werden. Man befestigt sie an der Perücke oder am Rock.«

Giovanni schüttelte sich. »Wie kann Onkel Carlo Düfte kreieren, wenn er sich nicht wäscht?«

»Keine Angst, Carlo wäscht sich, und auch du wirst nicht darauf verzichten müssen. Wir beliefern die Seifensieder mit Düften, und Carlo braucht immer Seife im Labor.«

Giovanni atmete erleichtert auf. »Und die Perücken? Werde ich so eine Perücke tragen müssen?«

»Das wird unvermeidlich sein, aber nur bei offiziellen Anlässen. Wir bewahren sie immer in geschlossenen Zedernkisten auf, in die wir regelmäßig ein Gemisch aus Kiefernnadelöl, Petitgrain und Zimtöl träufeln. Bisher hatte ich noch keine Laus in meiner Perücke. Außerdem lasse ich sie häufiger reinigen, als ihr guttut, und ich wasche auch meine Haare regelmäßig. Aber darüber spricht man nicht, das solltest du dir merken.«

Giovanni nickte nachdenklich. »Meinst du, ich kann den Gestank in der Stadt ertragen? Riecht es nicht überall nach verwesendem Fisch, Fäkalien, Laugen, Rauch und den anderen üblen Dingen, gegen die selbst die herrlichsten Düfte nicht ankommen?«

Caterina überlegte einen Augenblick. »Nein, Paris ist sicherlich viel schlimmer. In Venedig haben wir das Meer, die Lagune, die Kanäle, die das Schlimmste verhindern, denn die Flut spült den meisten Unrat hinweg.« Etwas ernster fügte sie hinzu: »Du musst immer darauf achten, wohin du gehst. In Venedig ist die Gefahr groß, sich zu verirren, und dann findet man sich an Orten wieder, wo man ganz bestimmt nicht hinwollte. Am Anfang solltest du dich auf die Gondolieri verlassen und am besten nicht allein aus dem Haus gehen.«

Giovanni runzelte die Stirn. »Vielleicht möchte ich am Anfang das Haus überhaupt nicht verlassen, sondern mich lieber im Labor nützlich machen.«

»Oh nein, das ganz sicher nicht.«

Während Caterina Venedigs Vorzüge in den schillerndsten Farben schilderte, rollte die Kutsche langsam auf den Lago Maggiore zu, in dem sich die nachmittägliche Sonne wie ein funkelnder Edelstein spiegelte.

Giovanni verbarg ein Gähnen hinter vorgehaltener Hand. Der Gedanke, was ihn als Nächstes erwarten würde, ließ ihn allerdings erschaudern: »Übernachten wir in einem der grässlichen Gasthäuser am See? Dann werde ich mir lieber gleich ein Lager in der Kutsche herrichten.«

»Keine Angst, mein Junge, ich dachte mir schon, dass du darauf lieber verzichten möchtest. Graf Carlo Borromeo und seine Gattin Isabella werden uns ihre Gastfreundschaft erweisen und uns in ihrem Palast empfangen.«

Giovannis Augen weiteten sich. »Wir übernachten auf der Isola Bella?«

Caterina nickte mit einem fast unmerklichen stolzen Lächeln. »Gräfin Isabella möchte dich unbedingt kennenlernen.«

»Was, was hast du ihr von mir erzählt?«, stammelte Giovanni mit ehrlicher Furcht. Er schätzte es gar nicht, wenn

Anekdoten aus seiner Kindheit schmunzelnd weitergegeben wurden.

Caterina legte den Kopf schief und überlegte, wie sie es ausdrücken sollte. »Sagen wir mal, ich wusste deine besonderen Fähigkeiten bei Isabella ins rechte Licht zu rücken.«

Giovanni war nach wie vor unbehaglich zumute. Was hatte seine Großmutter wohl über seine empfindliche Nase berichtet? Und warum sollte sich die Gräfin Borromeo für ihn interessieren? Er hatte von den absonderlichsten Angewohnheiten des Adels gehört, und damit wollte er lieber nichts zu tun haben.

Caterina wandte sich um, schob den Vorhang vor dem Kutschfenster beiseite und tat, als hätte sie Giovannis Frage nicht gehört. »Oh, wir sind gleich da! Das Boot wartet schon auf uns.«

Giovanni wurde unruhig. »Nonna, was möchte die Gräfin von mir?«

»Es geht um die exotischen Pflanzen auf der Insel.« Caterina rückte ihre Frisur zurecht. »Isabella möchte, dass die Insel duftet wie der Himmel auf Erden, darum sollst du ihr sagen, wie die Gärtner die Pflanzen arrangieren sollen und ob du noch andere Düfte kennst, die die Komposition ergänzen könnten.«

Caterina hatte Giovannis zweifelnde Miene durchaus erwartet, seine Einwände ebenfalls: »Ich habe doch keine Ahnung, wie die Pflanzen dort gedeihen, wie viel Sonne sie brauchen, wie viel Frost sie vertragen.«

»Das lass die Sorge der Gärtner sein«, beruhigte Caterina ihren Enkel, ohne ihn dabei anzusehen. »Du sollst dich allein auf den Duft konzentrieren.« Dann stieg sie aus der Kutsche.

Er folgte ihr. »Das ist alles?«

»Ja, das ist alles«, log Caterina. Sie hatte Isabella angesehen, dass sie noch etwas anderes von Giovanni wollte, wusste jedoch nicht, was die Gräfin im Sinn hatte.

Als das Boot in Stresa ablegte, war die Sonne bereits hinter den Bergen verschwunden und hinterließ einen feuerroten Streifen am Horizont. Giovanni genoss die kurze Überfahrt. Schon von Weitem war die alles überragende Statue des sich aufbäumenden Einhorns mit der Jungfrau auf dem Rücken zu sehen. Erhaben zeichnete sie sich vor dem roten Abendhimmel ab. Dieses Symbol der Reinheit und Unschuld, das Wahrzeichen der Familie Borromeo, schien sie strahlend zu begrüßen, so kam es Giovanni jedenfalls vor.

Er betrachtete die Insel voller Bewunderung und wusste, dass er in seinem bisherigen Leben kaum etwas Schöneres gesehen hatte, als den Palast und die dazugehörenden Gärten, die ihn nun erwarteten.

Auch Caterina war aufs Neue fasziniert von dem Anblick der Insel, obwohl sie schon so oft dort gewesen war. »Jedes Mal, wenn ich herkomme, habe ich das Gefühl, dass sich die ganze Insel bewegt, dass sie über den See gleitet«, versuchte sie in Worte zu fassen, was sie bewegte.

Giovanni folgte dem Blick seiner Großmutter. »Wie wahr, sie sieht aus wie ein Schiff.« Bewundernd betrachtete er die Gärten, die so angelegt waren, dass sie tatsächlich an ein Schiffsheck erinnerten. »Sieh nur die Blumen! Ich kann sie riechen: Jasmin, Mimosen, Rosen. Alles wild durcheinander, wie eine Partitur aus wahllos aneinandergereihten Noten.«

Caterina wandte den Blick von dem Inselheck und sah ihren Enkel an: »Du kommst der Sache ziemlich nah. Obwohl du dich davor hüten solltest, etwas Derartiges zu äußern. Der Garten ist perfekt gestaltet, ein Kunstwerk genau wie der Palast selbst. Aber ich stimme dir zu, die Düfte, die diesem Kunstwerk entströmen, sind ungeordnet.«

Das Fährschiff erreichte die Spitze der Insel, den Bug des imaginären Schiffes, wo sich das prächtige Palastgebäude erhob, und legte an.

Die Sonne war inzwischen ganz untergegangen, sodass die Gäste die reich verzierte Vorderfront des Palastes kaum erkennen konnten. Giovanni kniff die Augen zusammen, doch er konnte das, was vor ihm lag, nur erahnen.

Caterina legte ihm die Hand auf die Schulter. »Warte bis morgen früh, wenn die Morgensonne das Antlitz des Palastes erstrahlen lässt. Diesen Anblick wirst du nicht vergessen.«

Doch Giovanni war mit seinen Gedanken bereits woanders. Seine Nase erroch die verschiedensten Blumen und Sträucher, die niemand außer ihm bei der hereinbrechenden Dunkelheit wahrnehmen konnte.

Der schwüle Dunst des Sommertages hing noch über der Insel und konservierte die Düfte von Jasmin, Oleander, Orchideen, Bananen und allerlei Exotischem, das es für Giovanni noch zu ergründen galt.

Er war neugierig geworden und fragte sich, was die Gräfin wohl bevorzugte: Blumen, die den Geist inspirierten und den Körper in Wallung brachten, oder vielleicht doch eher solche, die die Seele beruhigten?

Zusammen mit Caterina, der er in gebührendem Abstand folgte, betrat Giovanni den Palast.

Obwohl er aus der wohlhabendsten Familie des ganzen Valle Vigezzo stammte, war Giovanni noch nie in einem derartigen Palast gewesen. Böden und Säulen aus Marmor bestimmten das Bild in der Eingangshalle. Üppige Lüster aus Kristall, mannsgroße Statuen aus Alabaster, Seidenteppiche in leuchtenden Farben, schwere Vorhänge und Gemälde berühmter Maler schmückten die riesige Halle und verliehen ihr Wärme und auch eine gewisse Schwülstigkeit.

Angenehm überrascht, registrierte er den Hauch von Lavendel. Der Gestank nach Unrat schwelte nur schwach unter dem Blütenduft. Anscheinend war gründlich gereinigt worden.

Galant nahm er die Hand der Gräfin, die in einem Handschuh aus feinstem, zart beduftetem Leder steckte, und deutete einen Handkuss an, so wie er es im Haus der Farinas gelernt hatte. Er gewahrte auch den leichten Duft der Mairose mit einem Unterton von Maiglöckchen, den die Gräfin verströmte, und konnte nicht anders, als sie darauf anzusprechen: »Verehrte Gräfin, entschuldigt meine Indiskretion: Das Concrète der Mairose passt vortrefflich zu Euch, obwohl das Öl der Damaszenerrose Euren Charakter noch besser unterstreichen würde. Die verlockende Frische des Maiglöckchens wird Eurem Gemahl gefallen und ihn inspirieren.«

Er wusste nichts über die aphrodisische Wirkung von Rosenöl und des Geruchs von Maiglöckchen auf Männer, dennoch zog er intuitiv die richtigen Schlüsse aus dem, was ihm seine Nase sagte: Isabella wünschte sich Kinder.

Er trat zurück und begrüßte formvollendet den Grafen, über dessen Ausdünstungen er lieber schwieg.

Die Gräfin nahm Caterina beiseite, die über ihren sonst so wortkargen Enkel staunte. Seine Menschenscheu hatte ihr bereits Sorgen bereitet. Wie sollte Giovanni seinen Onkel im Laden unterstützen, wenn er gegenüber Fremden kein Wort hervorbrachte?

»Du hast mir wirklich nicht zu viel versprochen, meine liebe Caterina«, lobte die Gräfin. »Ich bin sicher, Giovanni wird mich gut beraten.«

Der Graf beendete das kurze Gespräch der Damen: »Isabella, meine Liebe, lass unsere Gäste sich zunächst frisch machen und sich ein wenig von der Reise erholen.«

Isabella zog eine Augenbraue hoch und entgegnete: »Entschuldige, Liebster. Maria wird euch die Zimmer zeigen. Wir sehen uns beim Abendessen.« Es war leicht zu erkennen, dass sich Isabellas Respekt vor ihrem Gatten in Grenzen hielt, dass der Graf sie jedoch anbetete. Und so quittierte er den spitzen Ton nur mit einem sanften Lächeln.

»Wir geben heute Abend ein Bankett«, fügte sie noch hinzu, »und ich erwarte allerlei Gäste, von denen die ersten jeden Moment eintreffen mögen. Es sind liebe Freunde, aber auch wichtige Persönlichkeiten der Umgebung, die ich dir vorstellen möchte«, sagte sie zu Caterina.

Caterina war das nur recht. Es war ihr bekannt, dass die Gräfin Borromeo auf der Isola Bella häufig größere Feste gab, und sie hatte damit gerechnet, dass ihr Besuch ein willkommener Anlass für Isabella sein würde. Sie war gespannt darauf, einige der sicherlich einflussreichen Herren und Damen kennenzulernen. Vielleicht ließen sich dadurch neue Kontakte knüpfen und ein neuer Kundenkreis für ihr *Aqua mirabilis* erschließen. Für Giovanni würde es zudem eine gute Vorbereitung auf das Leben in der großen Stadt Venedig sein, wo derartige Veranstaltungen an der Tagesordnung waren.

Giovanni und Caterina folgten der Zofe zu den Gästezimmern. Es war das erste Mal seit langer Zeit, dass Giovanni in einem anderen Bett schlafen würde als seinem eigenen.

Caterina schien die Gräfin wirklich gründlich über seine empfindliche Nase unterrichtet zu haben. Alle Möbel waren mit Neroliöl gereinigt worden, die blütenweiße Wäsche roch nach Melisse. Auf der Kommode stand eine üppig mit Südfrüchten aller Art gefüllte Schale.

Erleichtert ging Giovanni zu seiner Truhe, die man auf sein Zimmer gebracht hatte, und nahm frische Unterwäsche und Beinkleider für das Abendessen heraus.

Dann aber sah er sich vergebens nach der Waschschale um. Stattdessen standen auf dem Tisch verschiedene Duftwässer und Öle, und daneben lagen dünne Leinentücher.

Er war noch nicht ganz angezogen, als es an der Tür klopfte. »Signor Farina, seid Ihr fertig? Ihr werdet erwartet.«

»Sofort!«, antwortete Giovanni und gab sich Mühe, nicht gehetzt zu wirken, was überflüssig war, denn der Diener hatte sich schon wieder entfernt.

Caterina erwartete ihren Enkel bereits vor der Tür ihres Zimmers, und er erkannte seine Großmutter kaum wieder. Zudem wunderte er sich, in welch kurzer Zeit sie sich derart verwandelt hatte.

Ihr Gesicht war weiß gepudert, ihr Haar unter einer hoch aufgetürmten Perücke verschwunden. Ihre untadelige Figur war in ein ausladendes indigoblaues Kleid gehüllt, der im gleichen Farbton gehaltene Manteau aus Samt floss über die ausgepolsterten Hüften. Auch eine Mouche hatte sie angebracht, obwohl sie diesen schwarzen, gummierten Taftbällchen eigentlich nichts abgewinnen konnte. Wohl nur der Etikette wegen hatte sie den Schönheitspunkt unter dem Auge fixiert – dem rechten, auch wenn ihr Mann schon lange verstorben war.

Vor Jahren hatte sie einmal den Fehler gemacht, die Mouche unter dem linken Auge anzukleben, als Zeichen dafür, dass sie verwitwet war – worauf sie gleich ein paar der anwesenden Herren mehr oder weniger aufdringlich umworben hatten. Seither fixierte sie den Schönheitspunkt lieber unter dem rechten wie die verheirateten Damen, damit sich niemand falschen Hoffnungen hingab.

»Giovanni, was ist los? Ist dir die Reise nicht bekommen?«

Giovanni zuckte zusammen, dann erst wurde ihm bewusst, dass er Caterina mit offenem Mund angestarrt hatte. »Nonna, du siehst aus, wie du duftest, wie ein Wasserfall aus Veilchen.«

Caterina hakte sich lächelnd bei ihm unter, und gemeinsam gingen sie zur Treppe. Aus dem Musiksalon unten drangen die vertrauten Klänge der Musik Carlo Farinas empor. Giovanni bewunderte seinen Vorfahren, dessen Stücke häufig und gern gespielt wurden. Zu seinem großen Bedauern hatte er jedoch nichts von dessen Talent geerbt.

Caterina erriet die Gedanken ihres Enkels. »Giovanni, du wirst noch ein großer Komponist – aber ein Komponist der Düfte. Überlasse die Musik anderen. Genieße und fördere diese Gabe bei jenen, denen sie eigen ist, und konzentriere dich ansonsten auf das, was Gott dir gegeben hat.«

Giovanni seufzte. »Ich weiß, ich bin nicht zum Musiker geboren. Aber ich zweifele auch daran, ein großer Parfümeur zu werden. Ich hasse die schwülstigen Düfte, die gerade in Mode sind und mit denen sich die Adligen nahezu einbalsamieren. Der Graf und die Gräfin Borromeo sind eine rühmliche Ausnahme. Meist rieche ich den Adel schon, wenn er noch nirgends zu sehen ist oder hinter dicken Mauern hockt.«

Caterina konnte sich ein Lächeln nicht verkneifen. Sie war ganz Giovannis Meinung, vermied es aber tunlichst, dies auszusprechen. Auch sie hatte ihre Schwierigkeiten mit den hochgeborenen Menschen, aus deren Mündern vergorener Kohl- und Zwiebelgeruch drang und die ihren alten, sich zersetzenden Schweiß mit schweren Düften übertünchten, statt sich zu waschen. Meist lebten sie in luxuriösen Palästen, deren Bäder jedoch nur zur Dekoration dienten, während jede erdenkliche Ecke als Abort genutzt wurde.

Sie wusste genau, welche Häuser in Venedig sie noch betreten wollte und welche nicht, und sie wusste auch, wer in diesen Häusern sich nach einem neuen frischen Duft sehnte, aber das sollte Giovanni selbst herausfinden. Weise riet sie ihrem Enkel nur: »Wenn du fleißig bist und deine Fähigkeiten nutzt, wird es dir später an zahlungskräftigen Kunden nicht mangeln, das versichere ich dir. Und nun sollten wir unsere Gastgeber nicht länger warten lassen.«

Bevor sie den Musiksalon erreichten, hielt Caterina trotzdem noch einmal inne und sah Giovanni fest in die Augen, um ihren nächsten Worten Nachdruck zu verleihen: »Dir werden nicht alle Gäste gefallen, die du heute Abend sehen und riechen wirst, aber es ist für uns eine große Ehre, dass wir auf die Isola Bella eingeladen wurden. Vorhin war deine Zunge doch schneller, als ich gedacht habe, aber halte sie heute Abend im Zaum. Denke genau darüber nach, was du wem sagst.«

Giovanni war erstaunt über diese Ermahnung. Er hatte sich Fremden und vor allem Gästen im Hause seiner Familie gegenüber stets tadellos benommen. Allerdings musste er zugeben, dass er sich selbst über seine spontane Äußerung bei der Begrüßung der Gräfin gewundert hatte.

Vorsichtshalber konzentrierte er sich nun nicht auf das, was er roch, sondern auf das, was er sah: Stuckverzierungen aus vergoldetem Holz schmückten die Decke, reich verzierte Marmormosaike den Boden; Kronleuchter aus unzähligen geschliffenen Muranoglaselementen verbreiteten ein gedämpftes Licht, das durch die riesigen goldumrahmten Spiegel noch verstärkt wurde.

»Ich habe noch nie etwas so Herrliches gesehen«, flüsterte er seiner Großmutter zu, während er sich staunend umblickte.

»Du wirst in Venedig noch so einige Pracht zu sehen bekommen«, erwiderte Caterina leise, »aber du hast recht: Dieser Palast ist einzigartig. Auf die Dauer könnte ich diese Üppigkeit nicht ertragen.«

Giovanni nickte zustimmend. Zudem nahm die Fülle der Kunstwerke, die reichlich verzierten Wände, Decken, Spiegel, Leuchten, Teppiche und Möbel den einzelnen Objekten Glanz und Anmut. Die Wandgobelins erzählten ganze Geschichten, und doch wurde die Aufmerksamkeit immer wieder davon abgelenkt, von den vergoldeten Lüstern oder

Statuen oder anderen bestaunenswerten Dingen. Giovanni wusste schlicht nicht, wohin er sehen sollte.

Sie durchschritten den Saal der Medaillen, der dem heiligen Carlo, dem berühmten Vorfahren der Grafen Borromeo, gewidmet war.

»Warum wurde Carlo Borromeo eigentlich heiliggesprochen?«, fragte Giovanni unvermittelt.

Caterina schaute sich um, um sicher zu sein, dass ihnen niemand zuhörte. »Als Kardinal führte er mit großem Eifer und Erfolg die Gegenreformation an. Weil er aber in der Schweiz keine weltliche Macht besaß, um die Protestanten dort anzuklagen, bezichtigte er sie der Ketzerei oder Hexerei und ließ unzählige arme Menschen auf Scheiterhaufen brennen. Warte nur, bis du seine Statue in Arona siehst.«

Giovanni schüttelte den Kopf. Der Pfarrer daheim hatte Liebe und Barmherzigkeit gepredigt. Daran, Menschen zu verbrennen, konnte er nichts Heiliges erkennen. Er besah sich den Prunk um ihn herum. Ob ein solcher Überfluss und Luxus gottgefällig war?

Während er sich insgeheim diese Frage stellte, folgte er seiner Großmutter in den Salon.

Gepuderte und livrierte Bedienstete reichten den zahlreichen Gästen den leuchtend roten Aperitivo nach dem Rezept seiner Großmutter, dazu gesalzene Pistazien, Pinien und Mandeln, andere Oliven in den unterschiedlichsten Größen und Farben.

Isabella hatte sich ebenfalls passend für das festliche Dinner umgezogen. Ihr ausladendes Kleid war über und über mit Blütendekors aus Seide versehen und stand durch den großen Reif im Rocksaum und in den Polstern an den Hüften weit von ihrer zierlichen und eng geschnürten Taille ab. Sie eilte auf Caterina zu: »Verrätst du mir endlich die Zusammensetzung deines wunderbaren Aperitivo? Er hat sogar die Magenkrämpfe meines Gatten gelindert.«

Caterina antwortete lächelnd: »Familiengeheimnis, aber so viel verrate ich dir: Die herrliche Farbe kommt von den Conchillaläusen, es ist das gleiche Karmesinrot, das auch deine Wangen rötet.«

Isabella verzog ganz leicht das Gesicht, als sie das hörte, obwohl Läuse und Flöhe auch in ihrem Palast allgegenwärtig und die Flohfallen an den Gewändern und Perücken ihrer Gäste nicht zu übersehen waren. Trotzdem jagte der Gedanke, dass es Läuse waren, die ihrem Getränk die leuchtende Farbe verliehen, der Gräfin einen kleinen Schauer über den Rücken – was sie nicht davon abhielt, erneut an ihrem Glas zu nippen.

»Der bittere Geschmack kommt von Enzianwurzel und Chinarinde, der fruchtige Unterton von Zitrusfrüchten«, fuhr Caterina fort. »Aber mehr kann ich wirklich nicht verraten.«

»Chinarinde?« Die Gräfin hob fragend eine Augenbraue.

»Ja, nachdem die Geschichte der wundersamen Rettung der Gräfin von Chinon meinem Vater zu Ohren kam, ließ er sich Chinarinde aus Südamerika kommen und entwickelte daraus ein *Aqua mirabilis*. Jedes Mal wenn einer von uns fieberte, kam es zum Einsatz, und nicht selten wurde das bittere Zeug wieder ausgespuckt. Da kam meine Mutter auf die Idee, mit weiteren gesundheitsfördernden Zutaten und der Süße des Zuckers eine wohlschmeckende Medizin daraus herzustellen. Für uns Kinder färbte sie diese später mit Karmesinrot, und keiner von uns dachte mehr daran, sie auszuspucken. Manchmal haben wir uns sogar krank gestellt, nur um etwas von dem leckeren, rot leuchtenden Saft zu bekommen. Mutter hat uns natürlich schnell durchschaut und einen etwas schwächeren Trunk angesetzt, ein Getränk, das dann immer häufiger an Wochenenden als Aperitivo genossen oder Gästen gereicht wurde.«

Isabella schaute Caterina schelmisch an. »Du hast nur

Angst, dass ich dich nicht mehr einlade, sobald ich das Geheimnis deines Zauberwassers kenne. Aber keine Sorge, wir haben es nach dir ›Gennari‹ genannt.«

Caterina lächelte bescheiden. Sie hatte längst mitbekommen, dass das Getränk im Hause Borromeo nach ihrem Mädchennamen, dem Namen ihrer Eltern, benannt worden war.

»Aber sag«, fuhr Isabella im Verschwörerton fort, »hattest du nicht auch etwas von einer aphrodisischen Wirkung des Getränks erwähnt?«

Caterina nickte: »Die Kraft der Enzianwurzel stärkt auch die Manneskraft.«

Bevor Caterina den Hintergrund der Frage ergründen und Giovanni sich über den deutlichen, aber eleganten Orchideenduft, den Isabella verströmte, äußern konnte, beendete das Orchester die Sonate von Carlo Farina, und ein lautes Trompetengeschmetter rief die Gäste an die Tafel.

6. Kapitel

Kakao – Göttertrank der Azteken

Sein Duft, so herb und mild ein einem, besänftigt den Geist und macht ihn glücklich zugleich. Mit Wasser und Gewürzen gequirlt und schaumig gerührt, servierten die Azteken den Trunk als »Xocolatl« im goldenen Becher und zelebrierten den Göttertrank als »Brücke zum Himmel«.

Isola Bella, Januar 1700

Während Caterina einen Platz ganz in der Nähe der Gastgeber erhielt, wurde Giovanni ein Stuhl zwischen zwei Damen zugewiesen. Von seiner Tischnachbarin zur Linken rückte er sogleich unmerklich etwas ab, denn sie verbreitete den ihm inzwischen bekannten Geruch von Schweiß, Puder und schweren, süßlichen Parfüms. Der Duft zu seiner Rechten hingegen bezauberte ihn. Es war der zarte unverfälschte Geruch der Jungfrau, vermischt mit dezenten Zitrusdüften und einem Hauch von Veilchen.

Noch nie hatte er eine so vollkommene Kombination gerochen. Während der Veilchengeruch die Unschuld des Mädchens hervorhob, intensivierten die Zitrusdüfte den Wohlgeruch, den der junge Frauenkörper verströmte.

Giovanni verspürte eine ihm unbekannte Erregung und ein Ziehen in den Lenden, das ihm zuwider war. Wie konnte sein Körper nur so derb auf einen so himmlischen Duft reagieren! Unauffällig rückte er wieder etwas mehr nach links und inhallerte bereitwillig die Ausdünstungen der betagten Comtesse, die dort saß, um sich wieder zu beruhigen.

Zu seiner Erleichterung wandte sich seine linke Tischnachbarin dem Gast auf ihrer anderen Seite zu. Mit einem Blick auf die Tischkarte brachte er endlich in Erfahrung, wer zu seiner Rechten saß: Es war Antonia von Brentano.

Giovanni hatte in seinem ganzen Leben noch kein schöneres Mädchen gesehen. Das engelsgleiche Gesicht war umrahmt von pechschwarzem Haar, das zu einer kunstvollen Frisur drapiert war, die Augen leuchteten smaragdgrün. Gekleidet war sie in ein dunkel- und lindgrünes Kleid aus Samt und Seide.

Giovanni gab sich Mühe, das Mädchen nicht anzustarren und seine Nase nicht wie die Schnauze eines Trüffelschweins auf die Quelle des göttlichen Geruchs zu richten. Er brauchte einen Moment, bis er realisierte, dass es sich um dasselbe Mädchen handelte, mit dem er als Kind unbefangen über die blühenden Bergwiesen getollt war.

Als er Antonia das letzte Mal gesehen hatte, war es noch der Duft eines Kindes gewesen, der sie umgab, und sie hatte wie eine zarte Knospe auf ihn gewirkt. Inzwischen hatte sich diese Knospe zu einer Blüte geöffnet und ihre volle Schönheit entfaltet.

Antonia, die sicherlich an Komplimente gewöhnt war, kam einem peinlichen Gestammel ihres Sitznachbarn zuvor, indem sie mit schelmisch blitzenden Augen sagte: »Giovanni Farina, es freut mich, Ihre Bekanntschaft zu machen, ich habe schon viel von Ihnen gehört. Der Ruf Ihrer Nase eilt Ihnen voraus.«

»Tut er das?«, fragte er schüchtern.

Sie nickte. »Es heißt, Sie hätten einen guten Riecher für Geschäfte.«

Verwirrt und betört von ihrem Duft sah er seine lächelnde Tischnachbarin an, dann begriff er und entschied, sich auf ihr Spiel einzulassen. In Erinnerung an eine Ladung Bergamotten, deren Qualität er für die Familie Brentano eingeschätzt hatte, konterte er geschickt: »Das war nicht der Rede wert. Ich hasse es, wenn den Händlern schlechte oder falsche Ware untergeschoben wird. Ihr Vater hatte damals vermutlich viel zu viele Livres für die Ladung Zitrusfrüchte bezahlt, die nicht nur überwiegend unreif waren, sondern auch von minderwertiger Qualität.«

Es waren wohl Giovannis ernste Miene und die aufgesetzte Art, mit der er sprach, die Antonia zum Lachen brachten, wobei sie die Hand vor den Mund hielt, und auch Giovanni lachte verhalten.

Dann flüsterte sie ihm zu: »Ich bin so froh, dass du hier bist. Ich hatte schon befürchtet, wieder einen dieser zahnlosen alten Herren als Tischnachbarn zu haben, wie beim letzten Mal, als wir hier waren.«

Antonia hätte Giovanni am liebsten umarmt, so froh war sie, ihn zu sehen. Auch er war darüber erfreut, aber auch verwirrt über die Gefühle, die seine ehemalige Kindheitsfreundin in ihm auslöste, und so brachte er nur ein »Schön, dich zu sehen« zustande.

Antonia bemerkte offenbar seine Verlegenheit, und um die Situation zu entspannen, knüpfte sie an seine zuvor geäußerten Worte an, indem sie sagte: »Jedenfalls hat mein Vater dem Lieferanten gründlich die Leviten gelesen, und Ähnliches kam nie wieder vor. Die Qualität unserer Südfrüchte wird hoch geschätzt. Mein Vater hat seinen Stammsitz inzwischen nach Frankfurt am Main verlegt.« Nach einem Seufzen fügte sie noch an: »Wir werden wahrscheinlich alle nach Norden in die Stadt ziehen.«

Antonia würde also genau wie er die liebliche Bergwelt Norditaliens verlassen, um in eine Stadt zu ziehen, aber zu seinem größten Bedauern in entgegengesetzter Richtung wie er selbst. Unbewusst sog er ihren Duft tief ein, und die Komposition ihres Geruchs brannte sich in sein Gedächtnis.

Erst nach einer Weile bemerkte er Antonias irritierten

Blick, und ihm fiel auf, dass sie auf seine Erwiderung wartete, während er sich ihrem Duft hingegeben hatte. Er räusperte sich und war froh, dass livrierte Diener die Reste der Vorspeise abräumten, weil das ein wenig von seinem sicherlich sonderbaren Verhalten ablenkte. Die Vorspeise hatte aus einem vergoldeten Kuchen aus Pinienkernen bestanden, mit einer tiefschwarzen Schokoladensauce, die einen verlockenden Duft verströmt und mit der Süße des karamelisierten Kuchens kontrastiert hatte.

Nun trugen die Bediensteten zahlreiche Zwischengänge auf, allesamt aufwendig mit exotischen Früchten und Blüten dekoriert. Schalen mit Zitronenwasser wurden zum Reinigen der Hände gereicht.

Aus dem Augenwinkel bemerkte Giovanni, dass Antonia genauso unkonzentriert in den herrlichen, üppigen Speisen herumstocherte wie er.

»Ich werde ebenfalls für längere Zeit in die Stadt ziehen«, warf Giovanni ein, in dem Versuch, an die von ihm abgebrochene Unterhaltung wieder anzuknüpfen. »Nach Venedig.«

»Das liegt nicht gerade auf dem Weg nach Frankfurt«, entgegnete Antonia.

Sein Herz klopfte auf einmal heftig in seiner Brust. Was wollte sie ihm damit sagen? Dass sie ihn wiedersehen wollte?

Er nahm all seinen Mut zusammen und hoffte inständig, keine Abfuhr zu erhalten, als er ihr antwortete: »Nein, aber Frankfurt liegt auf dem Weg nach Maastricht, und das wird mein nächstes Ziel sein.«

Antonia zog die Augenbrauen hoch. »Was führt dich nach Maastricht?«

»Mein Onkel ist dort als Kaufmann tätig. Und so es meinen Fähigkeiten entspricht, soll ich später bei ihm in die Lehre gehen.«

»Und entspricht es deinen Fähigkeiten?«

Er zuckte mit den Schultern. »Ich gestehe: Das Leben

eines Künstlers zu führen wäre mir lieber, nur fehlt mir leider ein entsprechendes Talent. Ich hasse es, mit Menschen zu feilschen, vor allem mit denen, die ich nicht riechen mag.«

Antonia kicherte leise, doch bevor sie etwas erwidern konnte, kündete der Hausherr die Hauptgänge an, die unter dem Applaus der Gäste in den Saal getragen wurden. Unter großen Bewunderungsrufen brachten die Bediensteten zunächst das Schaugericht: zwei gestopfte weiße Pfauen mit aufgestellten Rädern, aus deren offenen Schnäbeln unterschiedliche Zitrusdüfte drangen.

Die Isola Bella war bekannt für ihre weißen Pfauen, die der ganze Stolz der schönen Gräfin waren.

Antonia konnte sich eine leise Bemerkung nicht verkneifen: »Die armen Tiere. Lebend gefallen sie mir mehr.«

»Dafür duften sie jetzt besser«, erwiderte Giovanni, wieder ganz er selbst und froh darüber, dass die vielfältigen Gerüche der Küche seine Sinne von Antonias betörendem Duft ablenkten.

Antonia musste lachen. Allzu sehr lagen ihr die Vögel doch nicht am Herzen, sonst hätte sie auf fast alle Speisen verzichten müssen, die an diesem Abend serviert wurden, auch auf das klassische Blanc Manger, das zu ihren Lieblingsgerichten zählte und als Nächstes aufgetragen wurde.

Sie wandte sich wieder Giovanni zu und bat ihn: »Bist du in der Lage, mir zu sagen, was in diesem wunderbaren Blanc Manger alles drinsteckt?«

»Ich werde es versuchen.«

Er schloss die Augen und atmete tief ein.

Was er roch, waren nicht nur der Duft des Huhns und des Fischs, der Mandeln, der Vanille und der Milch, sondern auch alle anderen Zutaten, selbst die Gelatine.

Nach Giovannis Aufzählung probierte Antonia das klassische Beilagengericht, noch bevor sie sich etwas von dem Fasan aufgeben ließ. Daraufhin schenkte sie Giovanni einen bewundernden Blick. »Hast du vorher heimlich in der Küche geschaut?«

»Du weißt, dass ich nicht schummle. Außerdem würde es mich irritieren, würde ich die Zutaten sehen, statt sie zu riechen. Bei manchen weiß ich noch nicht einmal, wie sie aussehen. Nur auf meine Nase kann ich mich wirklich verlassen, meine Augen taugen längst nicht so viel.«

Antonia kannte keinen anderen, der so merkwürdig war wie dieser junge Mann, doch gerade deswegen erregte er ihr Interesse. Er brachte sie zum Lachen, obwohl er vom Charakter her eher ernst war. Viele attraktive adlige junge Männer waren ihr schon vorgestellt worden, und die meisten hatten Interesse an ihr gezeigt, aber zu keinem hatte sie sich bisher hingezogen gefühlt. Giovanni dagegen faszinierte sie.

Gedankenverloren zerteilte sie das Fasanenfleisch auf ihrem Teller, das stark nach exotischen Gewürzen duftete, und spießte genüsslich einen Bissen auf die Gabel.

Der Schlag traf sie völlig unvermittelt. Es war Giovanni, der ihr plötzlich einen leichten Hieb auf den linken Unterarm versetzte, als sie die Gabel zum Mund führen wollte.

»Entschuldige, Antonia, wie dumm von mir«, sagte er laut, um flüsternd hinzuzufügen: »Iss nichts von dem Fasan. Das Fleisch ist verdorben. Ingwer, Kurkuma, Chili, Knoblauch, Kreuzkümmel, Safran und all die anderen starken Gewürze überdecken den Geruch, aber ich kann ihn ganz deutlich riechen.«

Erschrocken starrte Antonia auf ihren Teller. Außer der exotischen Duftmischung konnte sie nichts riechen.

»Was hast du vor?«, wollte Antonia wissen.

»Zunächst dich davon abhalten, dieses Fleisch zu essen«, antwortete Giovanni flüsternd, »und nachdem mir das hoffentlich gelungen ist, werde ich mich umgehend mit meiner Großmutter beraten.« Er tupfte sich mit der Serviette den Mund ab und erhob sich. »Entschuldige mich.«

Antonia schaute ihm verdutzt hinterher, stach gedankenverloren ihre Gabel in den Fasan und ließ sie wieder sinken.

Auch Caterina hatte den Fasan nicht angerührt. Sie hatte zwar nicht riechen können, dass das Fleisch verdorben war, aber ein Gefühl hatte sie gewarnt.

Keine Sekunde zweifelte sie an der Botschaft ihres Enkels. Sie musste die Gastgeberin warnen. Unauffällig ging sie zu Isabellas Platz und sagte so diskret wie möglich: »Meine Teure, Ihr habt Euch mal wieder selbst übertroffen! Darf ich Euch aber noch auf eine Sache aufmerksam machen?« Dann flüsterte sie Isabella ins Ohr.

Die hielt Caterinas Worte zunächst für eine Unterstellung. Sie erhob sich, begab sich mit Caterina in eine Ecke des Saals und sagte, um Beherrschung ringend: »Das ist ungeheuerlich, was du behauptest!«

»Meine Liebe, glaube mir, dir mitzuteilen, dass dein Koch verdorbenes Fleisch aufträgt, fällt mir nicht leicht. Doch du wolltest Giovanni wegen seiner untrüglichen Nase hier haben und seine Fähigkeiten auf die Probe stellen. Nimm diesen Hinweis als solche. Hat er unrecht, nimm keinen Rat von ihm an. Wenn Giovanni aber richtigliegt – und in dieser Hinsicht vertraue ich ihm voll und ganz –, solltest du schleunigst etwas unternehmen, ansonsten kannst du hier morgen ein Krankenlager einrichten.«

Noch hatten sich nicht viele Gäste von dem Fasan genommen, die meisten hatten sich passend zu dem Blanc Manger zunächst etwas weißes Fleisch oder Fisch aufgeben lassen. Einige konnten dem Duft der exotischen Gewürze des Fasans aber nicht widerstehen. Zudem bildete das pikante dunkle Geflügel einen interessanten Kontrast zu der dezenten weißen Gelee-Beilage, und manch einer der Herren dachte sicher an die Potenz steigernde Wirkung des Gerichts, die nicht allein auf den üppig beigemengten Safran zurückzuführen war, sondern auch auf das Geflügel selbst.

Es stand im Ruf, die Manneskraft zu steigern, ebenso wie die Trüffelbeigabe, eines von Caterinas Gastgeschenken, die zur Vorspeise gereicht worden war. Jene Herren, die an diesem Abend noch etwas »vorhatten«, griffen bei Fasan und Trüffel besonders beherzt zu.

Isabella erfasste die Situation und reagierte, ohne noch einmal mit Caterina Rücksprache zu halten. Sie hielt die Bediensteten an, sofort alle Teller abzuräumen, ebenso die Platten mit den Fasanen, um dann eiligst mit dem nächsten Gang fortzufahren. Um die Gäste, von denen einige protestierten, abzulenken, schlug sie mit ihrem Löffel gegen ihr Glas, um eine kurze improvisierte Rede zu halten.

»Liebe Freunde, ich freue mich, dass ihr unserer Einladung gefolgt seid. Vor allem möchte ich mich bei meinem verehrten Gemahl für diesen wundervollen Abend bedanken. Ein Toast auf ihn!«

Isabella hob ihr Weinglas und prostete ihrem verdutzten Gatten zu. Die Gäste folgten ihrem Beispiel und achteten kaum mehr darauf, wie die Speisen und Teller abgetragen wurden.

Caterina war erleichtert, doch trotz ihres Vertrauens in die Nase ihres Enkels war sie gespannt, wie es denen ergehen würde, die vor dem Genuss des Fasans nicht mehr hatten bewahrt werden können. Während sie noch über die möglichen Folgen sinnierte, waren die übrigen Gäste längst wieder in Genüsse und Gespräche vertieft.

Auf das Blanc Manger folgten noch verschiedene weitere Fleisch- und Fischgänge, und der Fasan war bald vergessen. Aus einem Tischbrunnen sprudelte Orangenblütenwasser und sorgte für frischen Duft.

Giovanni hielt sich bei allen Gängen zurück, obwohl das Fleisch ansonsten einwandfrei war. Er war zu sehr mit seiner Tischnachbarin und ihrem einzigartigen Duft beschäftigt, um Appetit zu entwickeln. Selbst der frische Orangenduft konnte ihn nicht ablenken.

»Giovanni, ist dir nicht gut?«, fragte Antonia, die seine offensichtliche Appetitlosigkeit mit seiner Bemerkung über den Fasan in Zusammenhang brachte.

Giovannis Antwort kam schnell, fast zu schnell, als müsste er sich rechtfertigen: »Nein, nein, es ist nur die Schokolade, der Göttertrunk aus den Wäldern Südamerikas, die mir nicht mehr aus dem Sinn geht, seit ihr köstlicher Duft zu mir vorgedrungen ist. Ich kann nicht erwarten, von ihr zu kosten.«

Mit diesen Worten hatte er genau die Wirkung erzielt, auf die er gehofft hatte: Antonia war verwirrt. Die Süßspeisen waren noch nicht aufgetragen, von heißer Schokolade keine Spur. Er hatte gewusst, dass Antonia den hauchzarten Kakao-Duft, der aus der Küche herüberwehte, noch nicht wahrnehmen konnte. Um alles in der Welt wollte er verhindern, dass sie auch nur ansatzweise ahnte, dass seine Gedanken einzig um sie kreisten und ihr Duft, den er nun schon seit Stunden genoss, ein Gefühl in ihm auslöste, das sich mit jeder Minute fast schmerzlich steigerte. Zu neu war dieses Gefühl gegenüber seiner einstigen Spielkameradin, als dass er damit hätte umgehen können.

»Ich liebe Schokolade!«, sagte Antonia, in der Hoffnung, ein annehmliches Thema für die Fortsetzung der Konversation gefunden zu haben. »Aber weit und breit ist keine zu sehen, und riechen kann ich sie auch nicht.«

Die Antwort auf ihre Bemerkung blieb Giovanni erspart, denn im nächsten Moment trugen die Bediensteten köstlich duftenden heißen Kakao und zahlreiche Süßspeisen in den Saal. Marzipantorten waren üppig mit Schokolade überzogen und mit golden gebrannten Mandeln dekoriert, Pinien- und Pistazienbällchen zu Türmen drapiert, Baisertorten auf hochstieligen Platten sahen aus wie Wolken und weißes Nougat wie Sterne. Zwischen die Torten platzierten die Diener duftende bunte Marzipanblüten und exotische Früchte, darunter Granatäpfel, Bananen und Ananas. Der Tischbrunnen mit Orangenblütenwasser wurde durch einen mit Rosenwasser ersetzt. Vergoldete Kannen in Form von antiken Gottheiten, meist hoch zu Ross, zierten den reich gedeckten Tisch und dampften aus allen Öffnungen. Die Livrierten öffneten Pferdemäuler oder andere illustre Extremitäten der Tischstatuen mit Hilfe raffinierter Mechanismen und gossen daraus duftenden heißen Kakao in die verschnörkelten Porzellantassen der Gäste.

Der Kakao war stark und süß und nicht mit Milch, sondern mit Wasser gekocht und so wie ihn die Azteken als Liebestrunk bereiteten, gewürzt mit Vanille und etwas Chili, erweitert um die Gewürze Nelke als blähungshemmenden Zusatz und den ebenfalls als Aphrodisiakum bekannten Kardamom.

Giovanni atmete den Duft ein, bevor er einen tiefen Schluck nahm und seine Kehle hinablaufen ließ. Sein Kopf war wie benebelt, obwohl er zuvor den Wein nur in kleinen Schlucken genossen hatte. Aber er hätte es wissen müssen: In dem Maße, in dem er besser riechen konnte als seine Mitmenschen, wirkten die Düfte auch stärker auf ihn. Er fühlte sich wie in einem Rausch der körperlichen Gier, entrückt von seiner Person.

Doch die Speisen und Getränke allein waren es nicht, die ihm die Selbstkontrolle zu entziehen drohten; es war vor allem Antonias Körpergeruch, der ihn benebelte, ihn in Verwirrung stürzte, der in ihm bislang unbekannte Gefühlswallungen hervorrief. Er spürte das Blut in seinen Schläfen pochen, das Herz raste, und jedes Körperhaar stellte sich vor Erregung auf.

Er sah, dass einige Gäste bereits aufgestanden waren, um sich nach dem üppigen Mahl ein wenig im Garten in der kühlen Abendluft zu erfrischen. Leicht schwindelig, aber entschieden, stand Giovanni auf und sagte zu Antonia: »Entschuldige mich, aber ich muss mir ein wenig die Füße vertreten und frische Luft um die Nase wehen lassen.«

Entgegen den Regeln des Anstands erhob sich Antonia ebenfalls. »Das ist eine gute Idee, ich begleite dich.«

Caterina beobachtete mit skeptischem Blick, wie Antonia ihrem Enkel folgte. Sie hatte auch gesehen, wie zuvor alle Farbe aus Giovannis Gesicht gewichen war. Als er aufstand, hatte eigentlich sie ihn nach draußen begleiten wollen. Da aber seine Tischnachbarin nicht von seiner Seite wich, ließ sie sich wieder auf ihrem Platz nieder.

Es war Giovanni im Grunde nicht unangenehm, dass Antonia ihn in den Garten begleitete, den er eigentlich am kommenden Morgen ganz in Ruhe hatte »erriechen« wollen, jetzt aber zur Erholung seiner Sinne dringend aufsuchen musste. Es war nur so, dass sich seine Sinne in Antonias Anwesenheit nicht erholen konnten.

Hinzu kam, dass sie ausgerechnet durch einen Lustgarten wandelten, der insbesondere liebende Paare inspirieren sollte. So war es kein Wunder, dass genau das Gegenteil von dem eintrat, was Giovanni mit seiner Flucht hinaus in den Garten hatte erreichen wollen.

Der Duft der Rosen verstärkte seine Erregung noch. Er suchte nahezu verzweifelt nach etwas, das ihn vielleicht davon ablenkte, doch erspähte er im Dickicht ringsum nur die Umrisse von ineinander verschlungenen Leibern; und dann roch er den Erguss eines stürmischen Liebhabers unter einem Rosenbusch.

Ohne Antonia zu warnen, wirbelte er auf dem Absatz herum und rannte davon, und ohne sich zumindest von seinen Gastgebern zu verabschieden oder überhaupt in den Speisesaal zurückzukehren, stürzte er in sein Zimmer.

Bevor er sich ins Bett legte, wusch er sich das Gesicht mit Lavendelwasser und atmete tief durch. Die körperliche Anziehungskraft zu dem Mädchen war so stark gewesen, dass er beinahe die Beherrschung verloren hätte. Ihren einzigartigen Duft hatte er für immer in seinem Kopf gespeichert und würde ihn unter Tausenden wiedererkennen.

Schlaf fand er in dieser Nacht kaum. Der Gedanke, dass er das zarte Band zu Antonia jäh zerschnitten hatte, betrübte ihn zutiefst. Er hatte mit seinem ungeziemenden Abgang gegen alle Regeln des Anstands verstoßen, und er war ziemlich sicher, dass er nie wieder in den Genuss kommen würde, ihren einzigartigen Duft zu atmen. Und dass jemals ein anderes weibliches Wesen ähnliche Sehnsüchte in ihm auslösen würde, hielt er für äußerst unwahrscheinlich.

Seine Verzweiflung schmerzte ihn fast körperlich.

Antonia hatte die Liebenden unter dem Rosenbusch noch nicht entdeckt, als Giovanni die Flucht ergriff. Sie war zugleich erschrocken und gekränkt über den unhöflichen plötzlichen Abgang ihres Begleiters.

Einen Moment stand sie wie erstarrt, dann entschied sie, auf keinen Fall die gleiche Richtung einzuschlagen wie zuvor Giovanni. Unter keinen Umständen wollte sie den Eindruck erwecken, hinter ihm herzulaufen.

Sie ging ein paar Schritte in die entgegengesetzte Richtung und ließ sich auf einer Marmorbank neben dem Rosenbusch nieder, wo sie die Tränen der Enttäuschung nicht länger zurückhalten konnte.

Erst da nahm sie die Liebenden unter dem Busch wahr.

Zwischen Giovannis Abgang und ihrer Entdeckung waren nur wenige Sekunden vergangen, sodass das Paar noch in der Vereinigung verharrte. In Antonias soeben kurz verspürter Abneigung gegen Giovanni mischte sich auf einmal eine Spur von Mitleid. War es vielleicht das Liebespaar gewesen, das den jungen Mann vom Lande so verschreckt hatte, dass er weggerannt war?

Antonia konnte es kaum glauben. Sie selbst hatte bei größeren Feierlichkeiten schon häufig Pärchen hinter Büschen gesehen, die sich unter raschelnden Röcken vereinigten.

Antonia ging zur Festtafel zurück und war nur wenig erstaunt, dass der linke Platz neben ihr frei war. Sie hoffte inständig, dass sich ihre Eltern nach Beendigung des Festessens nicht mehr allzu lange aufhalten wollten.

Zumindest diese Hoffnung sollte sich erfüllen.

Die Brentanos pflegten Handelsbeziehungen in Italien und Deutschland, aber auch in Frankreich. Ihr Weg sollte diesmal entlang der Handelsstraße vom Lago Maggiore über den Simplonpass führen.

Die eingeplante Zwischenstation bei den Farinas in Santa Maria Maggiore hatte Antonia bislang wenig interessiert, doch der vergangene Abend hatte dies schlagartig geändert.

Vielleicht würde sie von Giovannis Familie mehr über den Grund für sein merkwürdiges Verhalten erfahren. Es war zwar ausgeschlossen, sie direkt danach zu fragen, aber sie würde schon einen Weg finden, zumindest in Erfahrung zu bringen, ob er vielleicht ein anderes Mädchen hatte oder manchmal einfach nur ein wenig seltsam war – was Antonia hoffte.

Mit diesen Gedanken und leicht verwirrt von den Geschehnissen des Abends, begab sie sich schließlich zur Nachtruhe.

7. Kapitel

Der gelbe Enzian – Gentiana lutetia

König Genthios, der letzte illyrische König, der um 180 vor Christus regierte, soll die Heilkraft des Enzians entdeckt haben, so hat es Plinius der Ältere überliefert. Die Kraft dieser Bergpflanze steckt in der Wurzel und die bitterherben Wirkstoffe stimulieren den Appetit und helfen bei Fieber, Magenbeschwerden, Gicht und vielem mehr. Viele Aperitifs vom Aperol, bis zum französischen Suze haben ihren charakteristischen bitteren Geschmack vom Enzian.

Isola Bella, Januar 1700

Giovanni erwachte nach einem kurzen, sehr unruhigen Schlaf vom Klopfen eines Bediensteten. »Das Frühstück ist gerichtet, Signor Farina. Die Gräfin erwartet Euch im Salon.«

Giovanni brauchte einen Moment, um zu realisieren, wo er war. Sein Schädel brummte vom Alkohol, den er nicht gewohnt war, hinzu kamen der Schlafmangel und die erdrückende Fülle an Düften, die er in seinem Kopf gespeichert hatte.

»Ich komme sofort!«, entgegnete er so gefasst wie möglich.

Stück für Stück kehrte die Erinnerung an den vergangenen Abend zurück, während er seine Morgentoilette mit den spärlich vorhandenen Utensilien und vor allem ohne Wasser vollzog. Erneut packte ihn die Verzweiflung, als er sich an seinen unschicklichen Abgang entsann.

Seine Großmutter und Gräfin Isabella warteten bereits im Salon. Als Caterina ihren Enkel erblickte, ging sie erschrocken zu ihm. »Hattest du etwa doch schon vom Fasan gegessen?«

Giovanni schüttelte den Kopf. Es dauerte ein paar Sekunden, bis er begriff, dann sah er Isabella an. Trotz ihrer perfekt aufgetragenen Schminke hatte die Nacht auch bei ihr Spuren hinterlassen. Die Erinnerung kam schlagartig zurück.

»Gräfin, wie geht es den Gästen?«, wollte er nun unumwunden und ohne höfliche Begrüßungsfloskeln wissen. Die Gräfin sah ihm die Unhöflichkeit nach und ging mit gleicher Direktheit auf die Frage ein.

»Giovanni, ich bin dir und deiner Großmutter zu großem Dank verpflichtet. Du hattest recht, das Fleisch war verdorben, und so haben wir jetzt ein paar sehr kranke Gäste hier. Und leider hat auch mein Gemahl davon gegessen. Gott sei Dank befindet sich niemand in lebensbedrohlichem Zustand. Deine Großmutter war so freundlich, Enzianwurzeln und ein paar andere Kräuter, die sie eigentlich mit nach Venedig bringen sollte, für die Zubereitung eines Heiltrunks zur Verfügung zu stellen. Der Medicus muss gleich hier sein.«

Dann trat sie einen Schritt vor und ergriff Giovannis Hände. »Ohne dich wäre das Festessen in einer Katastrophe geendet. Die Familie Brentano lässt dir sogar ganz besonderen Dank ausrichten, da du ihre Tochter vor einer Vergiftung bewahrt hast.« Und mit einem leise verschwörerischen Ton fügte sie hinzu: »Und Antonia lässt dich ihrerseits grüßen.«

Giovanni murmelte verlegen ein »Danke«.

Sie setzten sich an den Frühstückstisch, und Caterina wandte sich an Isabella: »Meine Liebe, du weißt, dass wir noch einen weiten Weg vor uns haben und heute weiterreisen müssen. Giovanni wird dich sicher gern bei deinem

Gartenvorhaben unterstützen, aber lass es bitte nicht zu spät werden.«

Isabella legte die Hand auf den Arm der Freundin. »Sobald Giovanni mit dem Frühstück fertig ist, werde ich mit ihm in den Garten gehen.«

Giovanni nickte beglückt: »Gräfin Isabella, ich freue mich darauf, Euch zu Diensten sein zu können.«

Giovanni hatte die Orangerie bereits bei der Ankunft gesehen und deren Gestaltung bewundert. Bisher hatte er nur wenige dieser aufwendigen Anbauten mit den riesigen Glasfenstern zu Gesicht bekommen und bestimmt noch nicht einen derart opulenten Wintergarten.

Perfekt schmiegte er sich an den Palast. Ebenso beeindruckt war er von der Fassade, die von prächtigen Muschelornamenten und Statuen schmückt wurde.

Jetzt, im Sommer, war die lichte Halle nahezu leer, die Orangen- und Zitrusbäume standen in geometrischer Anordnung vor dem Gebäude, und nur ein schwacher Duft wehte von den Kübelpflanzen herüber.

»Du kannst dir bestimmt denken, was ich von dir möchte«, sagte Isabella, die ihn begleitete.

Giovanni nickte, dann zählte er die herrlich duftenden Zitrussorten auf, die für die Herstellung von Ölen verwendet wurden – Bergamotte, Neroli, Pomeranzen, Zedern und zahlreiche andere Arten – und deren jeweilige Spezifikation.

Isabella war beeindruckt.

»Darf ich?«, fragte Giovanni und zeigte dabei auf einen medischen Apfel, einen *Citrus medica.*

Isabella nickte.

Als hätte er nie etwas anderes getan, als Zitrusfrüchte zu prüfen, roch Giovanni zunächst an der unverletzten Schale und fuhr dann mit dem Nagel seines Daumens kräftig über die wachsige Oberfläche, bis er die oberste Schicht abgekratzt hatte. Erneut prüfte er den Duft jener Frucht, die bereits in der Antike von den Römern kultiviert worden war.

Derart verfuhr er mit allen anderen Fruchtsorten der Orangerie der Isola Bella.

Nachdem er auch die Zitronatzitrone – die *Citrus aurantium* –, die Bergamotte – die *Cedrato Bergamotto* – und die seltsam anmutende »Hand des Buddha« olfaktorisch geprüft hatte, bat er um Schreibwerkzeug, indem er sagte: »Verehrte Gräfin, ich werde wohl noch eine ganze Weile hier beschäftigt sein und kann mir nicht alle Eindrücke merken. Ich muss mir Notizen machen, um Euch später umfassend Auskunft erteilen zu können.«

»Selbstverständlich«, antwortete Isabella und rief einen Bediensteten mit einem Handzeichen herbei.

»Dürfte ich Euch auch um etwas frisch gemahlenen Kaffee bitten?«, fragte Giovanni.

»Kaffee?« Die Gräfin zog die Augenbrauen hoch.

»Ja, Kaffee«, Giovanni nickte. »Und ein Messer.«

»Bringt dem jungen Herrn alles, was er benötigt!«, befahl die Gräfin dem herbeigeeilten Bediensteten, ohne weiter nachzufragen. Dann kündigte sie an: »Ich werde nach deiner Großmutter sehen.«

Mit diesen Worten legte Isabella das Schicksal ihrer kostbaren Hesperiden in die Hände des jungen Mannes.

Giovanni war wie im Rausch, während er die Früchte prüfte, manchmal auch Blüten und Blätter. Eifrig notierte er sich jedes Detail, das ihm auffiel. Dann hielt er inne, fächelte sich frische Luft zu und atmete tief durch, roch an einer weiteren Frucht und schüttelte den Kopf.

Er brauchte dringend den Kaffee, um weiterarbeiten zu können, doch noch bevor das Hausmädchen mit dem Tablett erschien, wusste er, dass er noch warten musste, denn ihm wurde nicht das gebracht, was er brauchte.

»Wieso bringt man mir keinen frisch gemahlenen Kaffee?«, rief er ungehalten, was sonst nicht seine Art war. Er erschrak selbst über seinen barschen Ton.

Dem Mädchen fiel vor Schreck beinahe das Tablett aus den Händen. »Verehrter Signor Farina, der Kaffee ist bestimmt ganz frisch.«

»Oh, ich verstehe«, sagte er entschuldigend. »Ein Missverständnis, es ist meine Schuld.« Dann erklärte er: »Ich will keinen Kaffee trinken, ich hatte um frisch gemahlenen Kaffee gebeten – eine kleine Dose davon.«

Das Dienstmädchen murmelte ein »Entschuldigung!« und ging zurück in die Küche. Wenig später brachte sie eine Dose mit eigens für Giovanni gemahlenem Kaffee.

Giovanni nahm den Deckel ab und inhalierte zufrieden den Kaffeeduft. Es gab nichts Besseres als den Duft frisch gemahlener Kaffeebohnen, um die Nase zu neutralisieren. Nun konnte er die Düfte der einzelnen Zitrusfrüchte wieder genau charakterisieren und sie mit den in seinem Hirn gespeicherten Düften der Südfrüchte vergleichen.

Er erschnüffelte weit mehr als hundert Zitrussorten, wobei er zunächst die wertvollen Schalen der Zitronat- und Bergamottsorten prüfte, um danach das Innere der süßen und saftigen Früchte zu testen, indem er diese aufschnitt.

Die Düfte beflügelten seinen Geist und ließen alle Schwermut, die noch von der vorherigen Nacht auf ihm lastete, weichen. Am Ende seiner Arbeit hatte er ein ganzes Buch mit zum Teil kryptischen Hinweisen verfasst.

Als er damit fertig war, kehrte er in den Salon zurück.

»Du scheinst dich in der Orangerie gut erholt zu haben«, neckte ihn seine Großmutter. »Auf jeden Fall hast du jetzt wieder etwas Farbe im Gesicht.«

Giovanni ging nicht darauf ein, sondern übergab der Gräfin seine Notizen. »Hier sind die Arten- und Sortennamen aufgeführt, dazu meine Dufteinschätzung und eine Auflistung anderer Qualitäten der entsprechenden Sorte. Ich habe auch die jeweils infrage kommenden Händler aufgeführt, aber in dieser Hinsicht kennt sich Signor Brentano sicherlich besser aus. Und hier ist noch eine Liste von Düften, welche die Zitrusdüfte ergänzen, sie unterstreichen, aber nicht erschlagen. Ob diese Pflanzen eher in Eurem Garten oder Eurer Orangerie gedeihen, vermag ich nicht zu sagen, da meine gärtnerischen Kenntnisse eher bescheiden sind.«

»Ich weiß nicht, wie ich dir danken soll«, erwiderte die Gräfin. »Die Orangerie liegt mir sehr am Herzen, und ließe sich ihr Duft noch verfeinern, wäre ich überglücklich. Brauchst du irgendwann einmal Unterstützung, zögere nicht, dich an mich zu wenden. Ansonsten freue ich mich immer, wenn du mich mit deinem Besuch beehrst.« Die Gräfin wandte den Kopf und sah ihre Freundin an. »Caterina, du weißt, dass das natürlich auch für dich gilt.«

»Giovannis Arbeit hat länger gedauert, als ich gedacht hatte, und es ist spät geworden«, sagte Catarina und wollte sich erheben.

Isabella machte eine beschwichtigende Geste. »Ich habe mir erlaubt, eure Unterkünfte auf der Reise zu organisieren. Heute werdet ihr in unserer Burg in Arona nächtigen; bis dorthin schafft ihr es noch bequem. Alles Weitere ist ebenfalls vorbereitet.«

Ihren weiteren Wunsch, der die effektivere Gestaltung des Lustgartens betraf, hielt Isabella taktvoll zurück. Vielleicht würde sie Giovanni später einmal darauf ansprechen, wenn er in Venedig seine Erfahrungen gemacht hatte. Denn sein seltsames Verhalten am Abend zuvor war auch ihr aufgefallen. Also verabschiedete sie sich herzlich von Caterina und ihrem Enkel und bat nachdrücklich um eine baldige Wiederholung des Besuchs.

Während der kurzen ereignislosen Reise bis Arona war Giovanni noch schweigsamer als sonst. Seine Gedanken kreisten um Antonia und den denkwürdigen Abend. Das Schicksal des Kochs, der den verdorbenen Fasan zubereitet hatte, war längst entschieden.

Noch bevor sie das Stadttor von Arona passierten, konnten sie den Richtplatz sehen. Der Koch trug noch dieselbe Kleidung wie am Abend des Festessens. Auf seinen toten Körper, der am Galgen hing, blickte aus über dreißig Metern Höhe der heilige Carlo Borromeo. Es war die größte Statue der Welt, seine Macht schien allgegenwärtig.

Giovanni fröstelte es nicht nur beim Anblick der Leiche, sondern auch angesichts der gigantischen Skulptur.

8. Kapitel

Laudanum – die Alltagsdroge des Barock
In Wein gelöstes Opium, mit Gewürzen aromatisiert.

»In dir verehr ich Menschenwitz und Kunst.
Du Inbegriff der holden Schlummersäfte,
Du Auszug aller tödlich feinen Kräfte,
Erweise deinem Meister deine Gunst!
Ich sehe dich, es wird der Schmerz gelindert,
Ich fasse dich, das Streben wird gemindert,
Des Geistes Flutstrom ebbet nach und nach.
Ins hohe Meer werd' ich hinausgewiesen,
Die Spiegelflut erglänzt zu meinen Füßen,
Zu neuen Ufern lockt ein neuer Tag …«
Johann Wolfgang von Goethe über Laudanum

Santa Maria Maggiore, Frühjahr 1700

Bernardo hatte all die Wut in den Wurf gelegt, die er auf Giovanni empfand, als er der Kutsche der Farinas den Stein hinterhergeschleudert hatte. Nun lag der Stein vielleicht immer noch dort auf der Straße, doch Bernardos Zorn war kein bisschen geringer geworden. Auf dem Weg nach Hause hatte er jeden, der ihm begegnete, grundlos angeschrien. Er musste daheim bleiben, während Giovanni hinaus in die weite Welt zog, und dafür hasste er ihn nur noch mehr.

Er sagte sich, dass sein Widersacher endlich abgereist war und er doch eigentlich froh sein müsse, Giovanni los zu sein. Doch das konnte seine Stimmung kein bisschen heben.

Es waren düstere Wochen, und Bernardo wurde bei jeder Kleinigkeit wütend. Erst als die Tage wieder länger wurden und er seine überschüssigen Kräfte bei der Feldarbeit einsetzen konnte, wurde er wieder etwas ruhiger.

Doch dieser Zustand war nur von kurzer Dauer, dann drang der Dorfklatsch an seine Ohren, der besagte, dass Giovanni als großer Held gefeiert werde, denn er habe nicht nur die Familie Borromeo, sondern die halbe Stadt Stresa vor dem sicheren Tod bewahrt.

Bernardo dachte nicht daran, dass die Nachricht, so wie sie ihn erreichte, sicher übertrieben war, denn allein die Tatsache, dass Giovanni rund um den Lago Maggiore bis hinauf ins Vigezzo-Tal in aller Munde war, brachte ihn zur Weißglut. Er hasste Giovanni Farina mehr als jeden anderen.

Und der Grund für diesen Hass war glühender Neid! Alles, was Giovanni bekam, stand eigentlich ihm zu, davon war Bernardo überzeugt. Denn war er nicht wesentlich begabter, stärker, intelligenter und auch attraktiver als der schmächtige Bursche aus der Sippe der Farinas?

Und er, Bernardo, würde nur den mickrigen elterlichen Hof erben und sollte sein Dasein als Bauer fristen. Das war ungerecht und stank zum Himmel!

Stank zum Himmel – bei dem Gedanken musste er schmunzeln. Giovannis erbärmliche Angst vor Gerüchen hatte es ihm stets leicht gemacht, ihn zu verschrecken. Allein mit seinem Körpergeruch hatte Bernardo ihn manchmal vertreiben können, und das, obwohl so manches Mädchen offensichtlich Gefallen an seinem männlichen Duft fand.

Und plötzlich musste er gar laut lachen: Dieses Muttersöhnchen hatte überhaupt keine Ahnung, nach was sich ein Mädchen sehnte. Und ausgerechnet der wollte nach Venedig, ins Sündenbabel!

In seinen wirren Gedanken nahm Bernardo kaum noch wahr, was um ihn herum geschah. Er bewegte sich wie durch einen leichten süßen Nebel, ein Zustand, den er mit Laudanum und Wein aufrechtzuerhalten suchte. Das Leben war ihm ansonsten gänzlich unerträglich geworden. Er konnte sich nicht einmal mehr erinnern, wann er das letzte Mal völlig nüchtern gewesen war.

An einem klaren Frühjahrstag wandelte er ziellos durch Santa Maria Maggiore und warf einen verächtlichen Blick auf das Haus der Farinas. Unruhe hatte ihn erfasst und trieb ihn durch die Dorfgassen. Es war sein freier Samstagnachmittag.

Er hatte das Dorf schon fast durchquert, da fiel sein Blick auf das verwahrloste Gebäude ein wenig außerhalb, und er fasste einen Entschluss. Er machte kehrt und eilte kurz zurück nach Hause, holte die Laudanumflasche aus ihrem Versteck und schluckte die letzten Tropfen. Dann nahm er sich ein paar Münzen und begab sich auf direktem Weg ins Bordell.

Eines der Mädchen stand in aufreizender Pose im Gang; es schien, als hätte sie Bernardo erwartet, obwohl dieser das sündige Haus zum ersten Mal betreten hatte. Die zusätzliche Dosis Laudanum hatte ihn hemmungslos gemacht, und er nahm die Hure mit einer Brutalität, die ihn anschließend selbst überraschte. Diese verlangte wegen seiner Grobheit den doppelten Preis, doch das war es ihm wert. Denn er fühlte sich erstaunlich ruhig, als hätte er den größten Teil seines Hasses bei dem Mädchen gelassen.

Ohne sich der angebotenen Waschschüssel zu bedienen, zog er sich an und machte sich auf den Weg zu seiner Tante Paola.

Paola erschrak, als sie Bernardo kommen sah: Im ersten Moment hatte sie geglaubt, Paolo Feminis vor sich zu haben!

So wie Bernardo aussah und sich bewegte, bestand kein Zweifel daran, dass er Paolo Feminis' Sohn war. Gut, dass bislang offenbar nur ihr diese Ähnlichkeit aufgefallen war. Der Junge tat ihr leid, und sie fühlte etwas wie mütterliche Gefühle für ihn, als er sich ihr wankend näherte. Diese verschwanden jedoch sofort, als sie Bernardo roch.

Sie bemühte sich um einen beherrschten Ton, als sie ihn mit den Worten empfing: »Wenn du mich das nächste Mal besuchst, bist du nüchtern!« Sie rümpfte die Nase, bevor sie ungehalten fortfuhr: »Und bevor du das Hurenhaus verlässt, reinigst du dich – vor allem, wenn du anschließend zu mir kommst!« Sie sah ihm fest in die Augen: »So, wie du aussiehst, sollte ich dir besser kein Laudanum mehr verkaufen!« Sie stand noch immer in der Tür und setzte etwas versöhnlicher nach: »Aber komm erst einmal rein und setz dich.«

Verwirrt von der unerwarteten Strafpredigt, betrat er das kleine Haus und blieb in der Stube stehen. Er überging Paolas Bemerkung über das Laudanum und begrüßte seine Großtante ausgesprochen höflich. »Ich hoffe, es geht dir gut. Meinem Großvater leider gar nicht, wie du weißt, und darum bitte ich dich, ein paar Tropfen für deinen armen Bruder zu erübrigen. Du weißt, wie sehr ihn die Schmerzen plagen und dass er das Laudanum braucht.«

Paola ließ sich von dem schlecht gespielten Theater nicht beeindrucken und schüttelte mit besorgter Miene den Kopf, dann forderte sie ihn auf: »Setz dich bitte.«

Als Bernardo am Tisch Platz genommen hatte, schenkte sie für ihn und sich selbst dampfenden Kräutertee ein, den sie gerade gekocht hatte. In der gemütlichen Stube breitete sich der zitronig duftende Dampf des Melissentees aus und erzeugte eine wohlige und beruhigende Atmosphäre.

Paola entspannte sich ein wenig und setzte sich zu ihm an den Tisch. »Ich werde deinem Großvater das Laudanum persönlich vorbeibringen. Mein Bruder wäre schon längst unter der Erde, wenn er die Mengen an Laudanum zu sich genommen hätte, die ich dir in letzter Zeit verkauft habe. Deine Augen sprechen Bände. Du bist süchtig danach.«

Bernardo wollte protestieren, doch Paola wischte mit einer Geste alle fadenscheinigen Erklärungen hinweg, noch bevor er sie hervorbringen konnte, und ließ ihn nicht zu Wort kommen. »Es ist sinnlos zu leugnen. Wenn du jemals etwas im Leben erreichen willst, musst du klar im Kopf sein.«

Er lachte abfällig: »Etwas erreichen? Auf dem Acker brauch ich keinen klaren Kopf. Bei der stumpfsinnigen Arbeit ist es nur gut, wenn ich nicht darüber nachdenke.«

Wütend rührte er in seinem Melissentee, den er am liebsten gar nicht angerührt hätte. Aber seine Tante übte eine unerklärliche Autorität auf ihn aus, die sein Vater mit all seinen Prügeln nie erreicht hatte. So trank er brav den Tee und beruhigte sich ein wenig.

»Ist dir nie in den Sinn gekommen, dass du dein Schicksal selbst in die Hand nehmen könntest?«, fragte Paola.

Wieder lachte Bernardo. »Kannst du mir verraten, wie ich das anstellen soll? Soll ich durch die Gegend ziehen so wie die ganze Schornsteinfegerbande? Schönes Schicksal!«

Paola verzog das Gesicht. »Ich hasse es, wenn sich jemand in Selbstmitleid ergeht. Du wärst nicht der Erste, der draußen sein Glück versucht, ohne den Rückhalt von Geld und Familie, und du wärst auch nicht der Erste, der es findet.«

»So wie Paolo Feminis etwa, den ihr dem Schornsteinfeger verkauft habt?«, schleuderte Bernardo seiner Großtante zornig entgegen und rührte damit in der Wunde.

Es kam selten vor, dass Paola sich nicht im Griff hatte, aber die Erinnerung an den Tag, an dem Paolo Feminis das Dorf verlassen musste, berührte sie sehr. Leicht zitternd hob sie ihre Teetasse und trank sehr bedacht ein paar Schlucke, bevor sie antwortete: »Du glaubst also auch, dass ich daran beteiligt war!« Sie musste tief Luft holen, bevor sie weitersprechen konnte: »Du weißt, dass ich Paolo, den Sohn meiner Schwester Domenica, nach ihrem Tod bei seiner Geburt großgezogen habe wie mein eigenes Kind. Aber es war nicht immer leicht. Paolo war genauso jähzornig wie du, und er war wilder als alle anderen Jungen in seinem Alter. Aber nicht ich war es, die ihn weggeschickt hat, es war sein Vater. Er hat Paolo immer für den Tod seiner Frau verantwortlich gemacht.« Sie schüttelte den Kopf. »Als ob ein Säugling überhaupt Schuld an irgendetwas haben könnte!«

Nachdenklich schaute sie ihren Großneffen an, der nun genauso alt war wie ihr Ziehsohn, als er das Dorf hatte verlassen müssen.

»Und dann?«, fragte Bernardo ungeduldig. Es überraschte sie ein wenig, dass ihn die Geschichte auf einmal tatsächlich zu interessieren schien.

»Eines Tages hat er Lucia, die Nachbarstochter, angeblich fast mit einem Stein erschlagen. So hieß es jedenfalls. Ja, du hast richtig gehört: Lucia, Giovannis Mutter. Dabei hätte er ihr nie ein Haar gekrümmt.« Sie beugte sich leicht vor. »Er hat sie angebetet.«

»Warum hieß es dann, er habe sie fast erschlagen?«

»Weil es so aussah. Er kniete über ihr, mit einem großen Stein in der erhobenen Hand.«

»Aber warum?«

»Paolo war genauso jähzornig wie du.«

Während Paola dies sagte, sah sie Bernardo fest in die Augen, bevor sie mit sehr milder Stimme fortfuhr: »Nach außen wild und grob, doch im Herzen weich und empfindsam. Er hat Lucia seine Liebe nie gestanden; sie waren ja beinahe noch Kinder, nicht viel jünger als du.«

»Ich bin kein Kind mehr«, sagte Bernardo empört.

»Jedenfalls waren sie sehr jung. Für Lucia war Paolo nur der Junge aus der Nachbarschaft. Und als ihr dann Giovanni Antonio Farina nicht mehr von der Seite wich, erfuhr natürlich auch Paolo, dass der begehrteste Junge aus dem ganzen Tal und aus der einflussreichsten Familie im weiten Umkreis ihr, der kleinen Lucia, den Hof machte. Das konnte Paolo nicht verwinden, und es bedurfte nur eines nichtigen Anlasses, dass seine Wut gegenüber Lucia explodierte. Aber er hätte ihr nie wirklich etwas angetan.« Paola seufzte schwer. »Mein Schwager sah das jedoch anders. Nach dem Vorfall hat er Paolo sofort weggeschickt. Ich konnte absolut nichts dagegen unternehmen.«

Bernardo schwieg zunächst. Er hatte seine Tante Paola nie richtig kennengelernt, stellte er fest. Sie war bei Weitem nicht so hartherzig wie die anderen Erwachsenen in seiner Familie. Schließlich wollte er wissen: »War es wegen Paolo, dass du keine eigenen Kinder hattest?«

Sie nickte und musste die Tränen unterdrücken. Hastig nahm sie einen Schluck Tee. Als Paolo damals weggeschickt wurde, hatte es ihr das Herz gebrochen. Doch Paolos Vater hatte kein Erbarmen gezeigt, schien beinahe erleichtert, seinen Sohn endlich loszuwerden. Seither hatte Paola ihre wahren Gefühle verborgen. Niemand sollte ihre Tränen sehen.

Daher fuhr sie nun energisch fort: »Und du – du hast kein Recht, über Familien, die ihre Kinder wegschicken, schlecht zu reden. Manchmal geschieht es aus purer Not. Ihr hattet immer genug zu essen, und du kannst sogar zur Schule gehen. Du hast keine Ahnung, wie schwer das Leben sein kann!«

Bernardo fühlte sich unbehaglich, aber bevor er etwas erwidern konnte, fuhr seine Großtante fort: »Als Paolo gehen musste, war er vierzehn, also eigentlich dem Alter der Kinder entwachsen, nach denen die Schornsteinfegermeister suchen. Aber in diesem Jahr war die Ernte reich gewesen, und es gab kaum eine Familie, die eines ihrer Kinder wegschicken musste, weil es nicht genug zu essen gab. Daher mangelte es den Schornsteinfegern an Gehilfen, was Paolos

Schicksal besiegelte. Ich konnte nichts machen, sein Vater hatte das Recht, über sein Schicksal zu bestimmen. Als Paolo fort war, habe ich es in Crana nicht mehr ausgehalten. So bin ich hierher, in die Nähe meines Bruders gezogen. Paolos Vater sollte nicht mehr erfahren, wie es seinem Sohn ergangen ist. Den folgenden Winter hat er nicht überlebt. Als Paolo im nächsten Sommer zurückkam, war sein Vater bereits tot. Jeden Sommer kam er wieder, bis ich ihm riet, für eine Weile fortzubleiben.«

Paola biss sich auf die Lippen. Bernardo durfte niemals erfahren, dass Paolo sein Vater war, und so war sie froh, dass er auf ihre letzte Bemerkung nicht näher einging.

»Was machte er dann?«

Bernardo stellte die Frage halbherzig. Er hatte inzwischen das Interesse an Paolo Feminis' Geschichte verloren, wollte seine Tante aber nicht verärgern.

»Manche Schornsteinfegergehilfen gehen in der warmen Jahreszeit nach Paris und verkaufen dort Waren aus ihrer Heimat. Ich habe schon so manchem von ihnen meine *Aquae mirabiles* verkauft, die sie dann wiederum dort zum Verkauf angeboten haben.«

»Ich dachte, Italienern sei es untersagt, dort Handel zu treiben.«

Paula lächelte. »Den Schornsteinfegern nicht, und zwar seit Oktober 1612. Damals war ein Schornsteinfegerkind aus unserem Dorf – Giacomo Pido – in Paris, um die Schornsteine des Louvre zu reinigen. Dabei wurde er versehentlich Zeuge einer Verschwörung gegen den König. Der Monarch – Ludwig XIII. – war damals viel jünger als du jetzt, gerade mal elf Jahre alt, und sein Vater, Heinrich IV., zwei Jahre zuvor ermordet worden. Daher regierte die Mutter des jungen Königs, Maria de' Medici, und machte sich in dieser Zeit nicht nur Freunde. Jedenfalls belauschte Giacomo, als er in einem der Kamine steckte, um diesen zu reinigen, ein paar

Verschwörer, die ein übles Komplott schmiedeten, mit dem Ziel, den König zu ermorden und damit auch die Regentin loszuwerden. Durch die Warnung des Schornsteinfegers konnte die Verschwörung vereitelt werden, und zum Dank gewährte Maria de' Medici Giacomo und seinen Landsleuten das Recht, Kurzwaren und sonstige Artikel als reisende Händler in Paris zu verkaufen.«

Bernardo war nun doch neugierig geworden: »Also ging Paolo die Sommer über nach Paris?«

»So ist es. Meist kam er im Frühsommer kurz hierher, um verschiedene *Aquae mirabiles* abzuholen, die er dann in Paris verkaufte. So ging das ein paar Jahre.«

»Und dann?«

»Ging er nach Köln.«

»Ah, Köln – das Rom des Nordens.«

Paola nickte. »Ja, er ging nach Köln zu seiner Tante Caterina. Kurz nachdem Paolo weggeschickt worden war, besuchte sie uns hier. Ihr Mann war gerade gestorben, sie selbst hatte keine Kinder, und so hoffte sie, dass ihr Bruder oder ihr Neffe ihr nach Köln folgen würde, um sie in ihrem Laden zu unterstützen. Doch als sie ankam, war auch ihr Bruder gerade gestorben, die Erde auf seinem Grab noch feucht. Und Paolo war weg. Ich versprach ihr, sollte sich die Gelegenheit ergeben, Paolo nahezulegen, zu ihr nach Köln zu gehen, doch stieß ich zunächst auf taube Ohren. Das Vagabundenleben gefiel Paolo. Erst als er sich hier gar nicht mehr sehen lassen durfte, konnte ich ihn überreden, nach Deutschland zu gehen.«

»Wer ist diese Tante? Kenne ich sie?«

»Sie gehört nicht zu deiner engeren Familie. Sie hieß Caterina Feminis und seit ihrer Heirat Bernardi. Warum? Willst du nach Köln?« Bei der Vorstellung, dass Bernardo den ganzen Tag brav hinter einer Theke stehen und Waren verkaufen würde, musste sie schmunzeln.

Das machte Bernardo wütend. Auch auf die Gefahr hin, das erhoffte Laudanum nicht mehr zu bekommen, hieb er mit der Faust auf den Tisch, dass der Tee in seiner Tasse überschwappte. »Na und? Und wenn es so wäre?«

Paola zuckte zusammen. Sie stand auf und wies zur Tür: »Du kannst gern gehen!«

Bernardo reagierte nicht. Er hatte sich den Nachmittag anders vorgestellt, hatte sich bei seiner Großtante schnell neues Laudanum besorgen und sich dem Rest des Tages im Rausch seinen Fantasien hingeben wollen. Stattdessen saß er bei ihr am Tisch, trank Kräutertee und hörte sich Geschichten an.

Da sich Bernardo nicht rührte und keinerlei Anstalten machte, zu gehen, ergriff Paola wieder das Wort und hielt ihm vor: »Dein bisheriges Leben war voller Neid und Hass und vom Laudanum-Rausch überschattet. Nimm dein Schicksal endlich selbst in die Hand! Und schlag dir Köln aus dem Kopf. Paolo wird Caterina Bernardis Laden übernehmen. Sie musste selbst Giovanni Battista, den älteren Farina-Sohn, zurückweisen, der für sie sicherlich der bessere Nachfolger gewesen wäre. Jedenfalls ist dort ganz sicher kein Platz für dich.«

Bernardo hörte längst nicht mehr zu und hielt seine launische Zunge nur mühsam im Zaum. »Würdest du mir jetzt, freundlicherweise, das Laudanum für deinen armen Bruder geben?«, wagte er zu fragen.

Paola runzelte die Stirn. »Habe ich mich vorhin nicht deutlich genug ausgedrückt? Ich gebe dir kein Laudanum mehr! Bei meinem Bruder würde kein Tropfen davon ankommen. Deine Selbstzerstörung unterstütze ich nicht länger!«

Bernardo sah sie trotzig an. »Das ist Unsinn! Irgendwann bin ich an der Reihe, und bis dahin versüße ich mir einfach ein wenig die Zeit.«

Paola schüttelte den Kopf.»Nein, Bernardo. Warte nicht länger, sondern unternimm etwas.«

»Was kann ich schon unternehmen ohne Geld.«

Paola überlegte eine Weile. Dann schlug sie vor: »Wenn dir nichts Besseres einfällt, dann geh doch Gold suchen!«

»Gold?« Bernardo zog die Augenbrauen hoch, während Paola aufstand, sich umdrehte und zum Küchenschrank ging. Kurz kramte sie in der Schublade, dann hielt sie Bernardo den haselnussgroßen Goldklumpen unter die Nase.

»Keine zwei Tagesreisen von hier entfernt, am Fuße des Monte Rosa, befindet sich eine Goldader«, sagte sie. »Es gibt noch keine Mine, aber die Walser und andere Goldgräber holen es aus dem Fluss. Du wirst nicht der Einzige sein, der dort sein Glück sucht, und du wirst hart arbeiten müssen. Ich würde dir einen Teil deines Goldes abkaufen. Mein *Aqua mirabilis aurum*, das Goldwasser, ist sehr gefragt. Aber auch sonst wirst du dir keine Sorgen um Kundschaft machen müssen. Allein die Menge an Gold, die die Adligen für ihre Speisen in der Küche verschwenden, würden dir außerdem ein ordentliches Auskommen sichern. All die vergoldeten Torten und Nachspeisen! Aber Gold weckt Gier – und es ist nicht leicht zu finden.«

Das Gedanke begann Bernardo zu gefallen, aber noch war er nicht restlos überzeugt. »Wo ist der Haken?«

»Man braucht Glück, und außerdem ist es gefährlich. Schon so mancher Goldsucher ist in der reißenden Strömung ertrunken. Du musst schwimmen lernen. Nach der Feldarbeit kannst du die lauen Abende zum Schwimmenlernen nutzen.«

Vielleicht war es tatsächlich eine Möglichkeit. Schwimmen würde er schon lernen, und die Gefahr schreckte ihn nicht. »Ich denke darüber nach, Tante.«

Sanft, aber nachdrücklich legte Paola ihm eine Hand auf

die Schulter. »Bernardo, für ein Leben in der Stadt, wie du es dir vorstellst, müsstest du noch ganz andere Dinge lernen. Selbst wenn du genug Gold finden würdest, macht dich der Reichtum nicht zu einem Mann von Welt.«

Bernardo hatte genug gehört. Unter dem Vorwand, den Abort aufsuchen zu müssen, verließ er die Wohnküche. Er kam an dem kleinen Vorratslager vorbei und schnappte sich blitzschnell eine Flasche Laudanum. Dann verabschiedete er sich ungewöhnlich höflich von seiner verdutzten Großtante und ging.

Paola ahnte, was vorgefallen war. Sie ging in ihre kleine Vorratskammer und sah sofort, dass eine Flasche Laudanum fehlte.

Paola seufzte. Die Droge war keine Unart wie schlechtes Benehmen, das man ablegen konnte, sie hatte den Menschen vollständig im Griff. Doch linderte das Laudanum auch die Schmerzen so vieler leidender Menschen. Nur das war der Grund, warum sie es weiterhin verkaufte.

Es war nicht die Sucht allein, die Bernardo dazu trieb, sich zu berauschen und sein Empfinden zu dämpfen. Er hatte geahnt, was ihn erwartete, sobald er sein verhasstes Elternhaus betrat.

Sein Vater schlug ihn zwar nicht mehr, seit Bernardo stärker war als er, aber er brüllte und tobte und wollte wissen, wo Bernardo gewesen war. Die Großmutter versuchte ihren Sohn zu beruhigen, Bernardos Mutter hingegen rührte in den Töpfen, als würde sie das alles nichts angehen.

Nur dank des Laudanums konnte Bernardo die erniedrigende Situation ertragen und seinen Zorn gegen den Vater zügeln. Doch er nahm sich vor, dass sich nach diesem Sommer alles verändern sollte.

9. Kapitel

Pheromone

Sexual-Lockstoffe, die unsichtbar und geruchlos sind. Ihr Name kommt aus dem Griechischen und bedeutet so viel wie »Träger von Erregung«. Sie wirken auf das Unterbewusstsein und lösen in jedem Menschen einen Reiz im Gehirn aus, der sich nicht willentlich beeinflussen lässt.

Santa Maria Maggiore, Sommer 1700

Es war ein lauer Sommermorgen, und Bernardo war früh aufgestanden, als es an der Tür klopfte. Mürrisch öffnete er dem morgendlichen Störenfried. Zu seiner Verwunderung stand dort ein Hausdiener der Familie Farina und bat um Hilfe. Die Herrschaften hatten Gäste, die bei ihrer Abreise allerlei Güter mitnehmen würden, und die sollten aufgeladen werden.

Ungewöhnlich eifrig machte sich Bernardo auf den Weg. Als er den Hof erreichte, erblickte er gleich einen Karren sowie Getreidesäcke, Weinfässer und Kisten.

Er begann gleich mit der Arbeit und kam in der hochsommerlichen Morgensonne schnell ins Schwitzen, woraufhin er sein Hemd auszog.

»Beeil dich, die Herrschaften kommen!«, rief auf einmal der Domestike, was Bernardo verwunderte, schließlich befanden sie sich vor dem Lieferanteneingang.

Er wollte gerade die Flucht ergreifen, als die Gäste der Familie Farina bereits um die Ecke bogen. Er entschied, dass es am unauffälligsten sei, das Fuhrwerk fertig zu beladen.

Er betrachtete die Herrschaften aus den Augenwinkeln. Es musste sich um reiche Kaufleute handeln, die die verladenen Waren noch einmal prüfen wollten.

Den Herrschaften den Rücken zugekehrt, hievte er weiter die schweren Säcke und Weinfässer auf den immer höher beladenen Wagen, als ihn von hinten eine zarte Stimme ansprach.

»Würdest du vielleicht auch meine Koffer zu der Kutsche bringen, die vor dem Haus steht?«, fragte Antonia von Brentano zaghaft.

Es schickte sich nicht für eine junge Dame, fremde Bedienstete anzusprechen, und um ihre Koffer brauchte sie sich eigentlich nicht selbst zu kümmern, aber sie tat ohnehin selten das, was von ihr erwartet wurde, und diesmal hatte sie einen triftigen Grund: Sie wollte unbedingt mehr über Giovanni Farina erfahren, der bei dem Fest auf der Isola Bella so überstürzt davongerannt war und den sie so sehnlich wiedersehen wollte.

Als Gast im Hause Farina hatte sie leider nur sehr wenig über den jungen Mann in Erfahrung bringen können, was sie nicht schon wusste, denn natürlich sollte niemand ihr Interesse bemerken.

Giovannis außergewöhnliche Nase und die Episode um das verdorbene Fleisch im Palast der Grafen Borromeo waren die vorherrschenden Themen des letzten Abends gewesen. So hatte Antonia nichts Neues über Giovannis Neigungen, seine Vorlieben und schon gar nichts über eine etwaige Liebschaft in Erfahrung bringen können.

Nun aber hoffte Antonia, dass ihr dieser junge Dienstbote der Familie Farina – denn für einen solchen hielt sie Bernardo – etwas mehr über Giovanni erzählen könnte.

»Arbeitest du schon lange für die Farinas?«, fragte sie daher und tat ganz unbedarft.

Bernardo lag schon eine freche Antwort auf der Zunge, doch er riss sich zusammen. In einem Ton, der gleichgültig klingen sollte, aber doch ein wenig zu scharf geriet, erwiderte er daher: »Ich arbeite nicht für die Farinas.«

Antonia zog die Augenbrauen hoch und wunderte sich. Obwohl deutlich war, dass der junge Lastenträger nicht auf ein Gespräch mit ihr erpicht war, erkundigte sie sich keck: »Was machst du dann hier?«

Unwillkürlich betrachtete sie dabei seinen braun gebrannten, vom Schweiß glänzenden Oberkörper. Sein Körpergeruch verwirrte sie, auch wenn ihr das höchst unangenehm war. Als sich Bernardo zu ihr umdrehte, um zu antworten, senkte sie schnell den Blick.

»Ich bin ein entfernter Verwandter und helfe gelegentlich aus«, sagte er brüsk. Erst dann sah er das bildhübsche Gesicht des Mädchens – und verfluchte seine Situation. Zu gern hätte er ihr den Koffer als ansehnlicher Kavalier getragen und nicht als schwitzender Dienstbote.

Da verblüffte ihn Antonia, indem sie entgegnete: »Tatsächlich, Ihr erinnert mich an Giovanni Farina. Kennt Ihr ihn? Das müsst Ihr wohl, wenn Ihr verwandt seid.«

Bernardo hatte keinerlei Ähnlichkeit mit Giovanni, aber Antonia hielt ihre kleine Lüge für vertretbar, um ein Gespräch über Giovanni zu beginnen. Hatten sie erst den Simplonpass überquert und fuhren über Rhein und Main nach Frankfurt, würde ihr keiner mehr Auskunft über ihn geben können.

Nachdem Bernardo sich gefasst hatte, antwortete er nun ausnehmend freundlich: »Mir hat zwar noch niemand eine Ähnlichkeit mit Giovanni nachgesagt, aber natürlich kenne ich ihn.«

Bevor er sich vors Haus begab, hatte sich Bernardo das Hemd wieder angezogen, und während er nun Antonias Koffer auf das Dach der Kutsche wuchtete, überlegte sie, wie sie es anstellen sollte, ihn über Giovanni auszufragen. Sie musste sich schnell entscheiden, denn der junge Mann, nach dessen Namen sie noch nicht einmal gefragt hatte, würde den Koffer in wenigen Augenblicken festgezurrt haben und zum Lieferanteneingang zurückkehren. Dann war die Gelegenheit vertan. Natürlich gehörte es sich ganz und gar nicht für eine junge Dame, sich nach einem Mann zu erkundigen, doch Antonia wagte es, die Etikette in diesem Fall außer Acht zu lassen. Niemand hörte, was sie hier besprachen, und was dieser Bursche von ihr halten mochte, konnte ihr letzendlich egal sein.

Also sagte sie: »Ihr habt sicher von dem Skandal um das verdorbene Fleisch auf der Isola Bella gehört, und seither habe ich Giovanni nicht mehr gesehen. Wisst Ihr vielleicht, ob es ihm gut geht?«

Das war schon die zweite Lüge, die sie in diesem Zusammenhang von sich gab, und sie beschloss, gelegentlich bei der Beichte daran zu denken. Natürlich wusste sie, dass Giovanni wohlauf war und er nichts von dem Fasan gegessen hatte. Aber sie konnte den Burschen vor ihr ja schlecht fragen, ob es an ihr lag oder an dem kopulierenden Paar unter dem Rosenbusch, dass Giovanni so eilig verschwunden war.

Obwohl Bernardo bei der Erinnerung an Giovannis »Heldentat« innerlich kochte, begriff er sofort, dass hinter Antonias Frage mehr steckte als einfach nur die Sorge eines Mädchens um einen flüchtigen Bekannten, und im selben Augenblick erkannte er die Gelegenheit, seinem Erzfeind erheblich zu schaden.

Antonia schöpfte keinerlei Verdacht, als er in bedauerndem Tonfall antwortete: »Nein, Ihr müsst Euch nicht sorgen, Giovanni ist nichts zugestoßen. Er reagiert öfter etwas … ungewöhnlich, vor allem in weiblicher Gesellschaft. In Begleitung Eures Bruder oder Eures Cousins – sofern Ihr einen habt – hätte er sich sicher anders verhalten, wenn Ihr versteht, was ich meine.«

Er beendete den Satz mit einer gewissen Süffisanz und würzte ihn mit einem verschwörerischen Blick.

Antonia war wie vom Donner gerührt: Giovanni interessierte sich nicht für Frauen, sondern für … Männer? Nun, das war eine plausible Erklärung dafür, dass er ihr nicht näher gekommen war.

Auf einmal fühlte sie sich ganz schwach und mutlos. Es war das erste Mal in ihrem Leben, dass sie sich verliebt hatte – und dann in jemanden, der Männer bevorzugte.

Bernardo hingegen beglückwünschte sich für seinen Einfall. Die Nachricht würde sich schnell verbreiten, und da Antonia seinen Namen nicht kannte, würde niemand ahnen, dass er dieses Gerücht in die Welt gesetzt hatte. Es wurde Zeit, dass er sich zurückzog.

»Kann ich Euch noch irgendwie behilflich sein?«, fragte er daher scheinheilig und bereitete damit höflich seinen Abgang vor.

Antonia schüttelte den Kopf und stieg, ohne sich zu verabschieden, in die Kutsche.

10. Kapitel

»Meine Freundin, wie duftet dein Leib, besser als Narde und Ambra.«
Hohes Lied Salomons

Ambra – Duft der Götter

Der balsamische, holzige Duft wurde aus einer wachsartigen Substanz, die im Magen eines Pottwals gebildet wird, hergestellt. Zum Schutz der Wale ist dies heute verboten, Ambra wird jetzt künstlich hergestellt. Die Wirkung dieses Duftes ist erregend, aphrodisisch und fantasieanregend.

Venedig, Anfang 1700

Am späten Nachmittag des fünften Tages nach ihrer Abreise vom Lago Maggiore erreichten Giovanni und seine Großmutter Venedig. Die Reise war weit angenehmer gewesen, als Giovanni befürchtet hatte. Nach seinem heldenhaften Einsatz beim Bankett auf der Isola Bella hatte die Gräfin Borromeo einen Boten vorausgeschickt, der ihnen die komfortabelsten Unterkünfte sichergestellt hatte. In jedem Haus waren sie wie hohe Gäste empfangen worden, und Giovanni war mehr als erleichtert, dass er keine einzige Nacht in einem übel riechenden Gasthaus hatte verbringen müssen.

Die Überfahrt mit dem Boot in die Stadt verlief ebenfalls ohne Zwischenfälle. Die See war ruhig, und ein leichter Wind hatte die üblen Gerüche der Seifensiederei in der Lagunenstadt vertrieben. Die ganze Zeit über fühlte sich Giovanni wie in einem Traum.

Seit dem Besuch auf der Isola Bella bewegten ihn Emotionen, die ihm bis dahin unbekannt gewesen waren. Ein leichtes Flattern in der Magengegend, das eindeutig nicht von den Speisen herrührte, die Giovanni zu sich genommen hatte, war nur eine kleine Randerscheinung dieser Gefühlswellen.

Caterina ihrerseits führte das Verhalten ihres Enkels auf die Eindrücke der Reise zurück und ein wenig auf die Sehnsucht nach seiner Familie. Nie wäre sie auf den Gedanken gekommen, dass es Antonia von Brentano war, die den Jungen in diesen Zustand versetzt hatte.

Giovanni selbst konnte die Gefühle, die ihn bewegten, noch nicht richtig einordnen. Aber er verknüpfte mit den Schmetterlingen in seinem Bauch einen Duft. Antonias Geruch hatte sich unauslöschlich in seine Erinnerung eingebrannt, viel mehr noch als ihre zarte Gestalt oder ihr liebliches Gesicht.

Während der ganzen Fahrt hatte er an nichts anderes denken können als an sie – doch wie tölpelhaft hatte er sich ihr gegenüber benommen! Würde er sie je wiedersehen? Würde sie ihn überhaupt noch einmal sehen wollen?

Er versuchte nicht darüber nachzudenken und konzentrierte sich stattdessen darauf, ihren Duft in all seinen Facetten aus dem Gedächtnis heraus zu genießen.

Die vielfältigen Eindrücke der unterschiedlichen Landschaften und Stationen waren dabei allesamt an Giovanni vorbeigerauscht wie eine dahinpreschende Kutsche, von der man kaum ein Detail zu erkennen vermochte. So ließ ihn auch die Überfahrt nach Venedig und zum Palazzo des Aromateurs Gennari am Rio della Madonnetta unweit der Rialtobrücke seltsam unberührt. Mit unbewegtem Gesichtsausdruck nahm der die Fahrt über den Canal Grande, vorbei am berühmten Markusplatz und entlang der Patrizier-Villen und -Paläste hin. Dennoch raste sein Herz, und sein

Geist schien zu schweben, denn er war in Gedanken bei Antonia.

Caterina wunderte sich nicht, dass von ihm zunächst keine Reaktion erfolgte, als sie freudig ausrief: »Wir sind da, Giovanni!«

Erst als sich das Portal öffnete und aus der Halle der typische Duft der Aromateure zu ihm herüberwehte, erwachte der verliebte Junge aus seiner Lethargie.

Carlo Gennari umarmte seine Schwester und seinen Großneffen überschwänglich: »Wir haben euch schon sehnsüchtig erwartet! Caterina, geliebtes Schwesterherz, du siehst von Jahr zu Jahr jünger aus.«

»Das kommt nur daher, dass ich nicht täglich mein Gesicht mit Blei und Puder entstelle«, erwiderte Caterina schlagfertig wie immer.

Carlo, ganz weiß geschminkt und mit gepuderter Perücke, wie es der Mode der Zeit entsprach, lachte. »Aber eine Landpomeranze bist du trotzdem nicht geworden, und wenn du auf Dauer in Venedig bliebest, würde ich dir zutrauen, die lästigen Sitten und Gebräuche der ganzen Stadt radikal zu ändern.«

Auch er hatte für die herrschende Mode nicht viel übrig, unterwarf sich ihr aber, da er keine andere Wahl hatte, wenn er als angesehener Bürger und Kaufmann in Venedig leben wollte.

Dann wandte er sich an Giovanni: »Du bist also der Wunderknabe, dessen Nase die meinige noch übertreffen soll. Ich habe viel von dir gehört. Caterina hat bereits die wunderlichsten Dinge über deine einzigartigen Fähigkeiten berichtet. Wenn nur ein Teil davon wahr ist, kann ich mich als Aromateur glücklich schätzen, dass du bei mir in die Lehre gehen willst.«

»Du wirst schnell merken, dass ich nicht übertrieben habe«, entgegnete Caterina mit einem Augenzwinkern.

»Schäm dich, an meinen Worten zu zweifeln.« Und dann fügte sie scheinbar nebensächlich an: »Im Übrigen gibt es eine weitere faszinierende Geschichte über Giovannis verblüffende Gabe zu erzählen, der wir zudem eine überaus komfortable Reise zu verdanken haben. Aber auf diese Anekdote musst du bis heute Abend warten, sie bedarf eines gebührenden Rahmens.«

Carlo schüttelte lachend den Kopf, und endlich gelang es auch Giovanni, ein paar Worte zu äußern. Nachdem er seinen Großonkel standesgemäß begrüßt hatte, sprach er aus, wonach ihn so sehr verlangte: »Onkel Carlo, ich kann es gar nicht erwarten, dein Labor zu sehen.«

»Nicht so stürmisch, junger Mann, kommt erst einmal ins Haus und stärkt euch; die Reise war lang.«

Doch als Carlo das enttäuschte Gesicht des Jungen sah, willigte er nachsichtig ein: »Also gut, ich lasse eure Sachen auf die Zimmer bringen und zeige dir in der Zwischenzeit Labor und Laden.« Und an Caterina gewandt fuhr er fort: »Du, meine liebe Schwester, kennst dich ja aus. Fühl dich bei uns ganz zu Hause. Später würde ich gern mit euch in die *Bottega del Caffè* gehen. Seit mein Sohn mich bei der Arbeit unterstützt, ist mir die Stunde im Kaffeehaus zum lieben Ritual geworden.«

Caterina, die die Gässchen, Kanäle und Plätze von Venedig so sehr liebte, strahlte vor Freude wie ein junges Mädchen. »Wunderbar! Mach dir keine Sorgen um mich, ich werde in der Zwischenzeit nach meinem Neffen Carlino schauen.«

»Nenn ihn bitte nicht Carlino, wenn Kundschaft da ist«, bat Carlo seine Schwester eilig. »Er ist seit gut dreißig Jahren dem Alter entwachsen, da man ihn Carlino nennen durfte. Dass er das bei dir überhaupt noch zulässt, wundert mich, aber verkneif es dir, wenn Kunden in der Nähe sind!«

»Gut, dass du mich darauf hinweist«, entgegnete Caterina mit einem milden Lächeln.

Danach entschwand sie zunächst in ihre Räumlichkeiten, um sich frisch zu machen. Als Giovanni daran dachte, wurde ihm bewusst, dass ihn bei der sommerlichen Hitze der eigene Schweißgeruch bei der Wahrnehmung der verschiedenen Düfte im Labor seines Großonkels arg behindern würde.

Da Caterina ihm schon so viel von ihrem venezianischen Zuhause erzählt hatte, wusste Giovanni, dass er mit seinem Ansinnen, sich zunächst zu reinigen, auf Verständnis stoßen würde.

»Natürlich, Claudia wird dir alles zeigen«, erwiderte Carlo und deutete mit einem Kopfnicken auf die ältere Frau, die schon seit Jahrzehnten zum Haushalt der Familie Gennari gehörte.

Claudia führte Giovanni durch den Palazzo. Vom weitläufigen Treppenhaus ging es in die obere Etage und dort in ein geräumiges Zimmer mit Blick auf den Kanal, das in den nächsten Monaten Giovannis Zuhause sein würde. Wenig später brachte das Dienstmädchen einen Krug dampfend heißen Wassers, das Giovanni in die Waschschüssel goss, wobei er sich zunächst angewidert abwandte. An das Wasser von Venedig würde er sich erst gewöhnen müssen.

Kein Wunder, dass sich die Menschen in den Städten nicht gern wuschen: Das Wasser stank! Wie sollte man den Körper mit solch einem übel riechenden Wasser vom eigenen Geruch befreien? Ein Gestank würde den anderen ersetzen. Sehnsüchtig dachte Giovanni an das duftende Craveggia-Wasser, das die Haut streichelte wie Samt und frisch wie die Bergquelle roch, der es entsprang.

Wenigstens war das Wasser in der Waschschüssel heiß und dampfte. Vielleicht würde es zusammen mit der duftenden Lavendelseife, dem Neroliwasser und dem bereitgelegten Schwamm doch ein wenig bewirken.

Giovanni vollzog die Körperreinigung so schnell wie

möglich und schlüpfte anschließend in frische, saubere Beinkleider. Sogleich fühlte er sich besser und bereit für den so sehnlich herbeigewünschten Moment: das Labor des Aromateurs zu betreten.

Am Fuß der Treppe nahm ihn sein Großonkel sogleich in Empfang und begann mit einigen Erklärungen.

»Mein Labor ist nicht allzu groß, viele Essenzen kaufe ich bereits fertig und mische sie hier nur zusammen. Aber all die Harze, Petitgrain und noch einige andere Pflanzenteile, die während der lange Reise bis in unseren Hafen nicht allzu sehr leiden, extrahiere ich dennoch hier. Man weiß ja nie, wem man heute noch trauen kann.«

Im Wesentlichen bestand Carlo Gennaris Arbeit darin, die verschiedenen Düfte für die Herrschaften individuell zusammenzustellen.

Giovanni lauschte den Worten seines Großonkels und nickte, wirkte aber abwesend. Er war wie elektrisiert von den Düften, die ihm nach und nach in die Nase stiegen, je näher sie den Laborräumen kamen. Als sie den ersten Arbeitsraum betraten und Giovanni den Arbeitstisch sah – und roch –, war er nicht mehr zu halten. Dutzende von Tiegeln, Fläschchen und Döschen, fein säuberlich beschriftet und gut verschlossen, reihten sich auf dem Tisch aneinander. Arbeitsgeschirr stand ordentlich in der Mitte der Arbeitsfläche, und direkt daneben sah er vier Murano-Flakons mit fantasievollen Aufschriften wie *Floramore*, *Rosalinda* oder *Violettissimo*. Zudem war an jedem Fläschchen ein Zettel mit Namen, Adresse und besonderem Wunsch des Auftraggebers angebracht.

In Giovannis vierzehnjährigem Leben hatte es nur wenige Momente gegeben, in denen er sich nicht im Griff hatte. Einen vor vier Tagen im Garten auf der Isola Bella. Und nun überfiel ihn schon wieder ein solcher Moment, in dem sich Giovanni nicht an die Etikette hielt und keinesfalls so handelte, wie es der Anstand gebot.

Ohne zu fragen, nahm Giovanni einen der Flakons, öffnete ihn und schob ihn mehrmals in einem Abstand von etwa fünf Zentimetern an seiner Nase vorbei. Innerhalb weniger Sekunden benannte er die Inhaltsstoffe, und das so präzise und korrekt, dass Carlo es nicht glauben konnte.

Nach dem erstaunlichen Vortrag über die Ingredienzen der verschiedenen Parfüms ging Giovanni sogleich und ohne mit der Wimper zu zucken zur Kritik an der einen oder anderen Substanz über: »Bei *Rosalinda* könnte rosa Alba – ergänzend zur Mairose – den Duft noch beleben, die Basis Sandel ist etwas zu schwer; Vanille und Iriswurzel würden den Wünschen dieses Kunden vielleicht besser entsprechen. Meinst du nicht?«

Er schaute seinen Großonkel fragend an, und Carlo war derart fassungslos angesichts dieser spontanen Analyse, dass er die Bemerkungen nicht mal als unverschämt und anmaßend empfand. Im Gegenteil: Er erkannte in Giovanni sofort den kompetenten, wohlwollenden Kritiker, den er sich immer gewünscht hatte.

Carlo, sein Sohn hatte sich immer alle erdenkliche Mühe gegeben, die Duftkreationen seines Vaters zu beurteilen und auch eigene herzustellen, aber oft war es eher ein Raten und Probieren gewesen, als ein Komponieren.

Wenn Giovanni nicht sofort vollends alle Bestandteile der Parfüms erkannt hatte, lag das nur daran, dass ihm einige Ingredienzen gänzlich unbekannt waren. Natürlich war ihm nicht entgangen, dass einige Komponenten darin enthalten waren, die er bisher noch nicht gerochen hatte. Trotzdem konnte er auch diese Duftnoten überaus treffend beschreiben. Zudem hatte er exakt die alkoholische Konzentration erkannt und auf den Beigeruch von Fuselölen verwiesen.

Nachdem Carlo sich wieder gefasst hatte, fragte er: »Wo hast du das gelernt?«

Giovanni zuckte mit den Schultern: »Ich habe das nicht gelernt. Ich bin hergekommen, um zu lernen. Aber Düfte, die ich einmal gerochen habe, erkenne ich immer wieder, auch unter tausend anderen heraus. So wie ein Musiker, der einen Ton, den er einmal gehört hat, wiedererkennt und sogar Zwischentöne bestimmen kann, so erkenne ich die Düfte in all ihren Facetten.«

Carlo nickte, und während er sich am Kinn kratzte, sagte er versonnen: »Oder wie ein Maler, der die Farben selbst aus einer noch so bunten Mischung heraus benennen kann.«

Was Giovanni so lapidar erklärt hatte, gab Carlo zu denken. Düfte zu riechen, zu erkennen und zu komponieren war in der Tat eine Begabung wie das Musizieren. Er hatte neben seinem Sohn auch viele andere junge Männer in der Lehre gehabt. Der eine war begabt, der andere weniger – aber eine solche Begabung, wie sie bei Giovanni offensichtlich vorlag, war ihm in seinem ganzen Leben noch nicht untergekommen. Insgeheim fragte er sich, wer hier von wem etwas lernen konnte.

Natürlich gab es eine ganze Reihe von Techniken, die ein Parfümeur erlernen musste, und er musste auch über die unterschiedlichsten Trägerstoffe für die verschiedenen Düfte Bescheid wissen und lernen, welches Extraktionsverfahren bei welchem Duft angewendet wurde. So musste beispielsweise die *rosa Damascena*, die Damaszenerrose, die man vor allem im Orient anbaute, destilliert werden, um Rosenöl oder Rosenwasser zu gewinnen. Bei der *rosa centifolia*, der hundertblättrigen Rose, bevorzugte Carlo die aufwendigere Enfleurage, da die duftenden Öle dieser zarten Rosensorte ebenso empfindlich waren wie die Rose selbst. Die Öle der Zitrusfrüchte dagegen vertrugen keine Hitze, sodass man die duftenden Essenzen bevorzugt herauspresste.

All dies würde er Giovanni beibringen.

Die Zitrusfrüchte kamen im Hafen von Venedig meist unbeschädigt an, und Carlo Gennari übernahm die sorgsame Extraktion gern selbst. Bei den Rosen war es anders, deren Blüten erreichten die Lagunenstadt nie wirklich frisch, und so kaufte Carlo die fertigen Essenzen von den Herstellern, die direkt dort produzierten, wo die Pflanzen auch wuchsen und blühten. So waren das Concrète und Absolute der Centifolien beispielsweise am besten aus Grasse zu beschaffen. Ebenso verhielt es sich mit Jasmin, Hyazinthen, Mimosen, Bergnarzissen, Neroli, Lavendel und noch einigen anderen Düften. Alle diese bezog Carlo aus der südfranzösischen Gerberstadt, die in den letzten Jahrzehnten mehrere angesehene Aromateure hervorgebracht hatte.

Anders verhielt es sich bei dem Öl der Damaszenerrose, der Orchidee, der Lilie und noch weiteren ausgefalleneren Düften, die Carlo bevorzugt bei orientalischen Herstellern erwarb. Normalerweise erreichten diese Essenzen den Hafen von Venedig direkt über den Seeweg, was sehr praktisch war.

Zu den Lieferungen dieser Händler zählten auch einige Harze, Gewürze und tierische Produkte, die Carlo dann im Labor extrahierte, wie etwa die kostbare Ambra, nach der seine Kunden ganz verrückt waren. Ambra war ein Rohstoff direkt aus dem Meer, aus den Mägen der Pottwale, weshalb er unerhört teuer war und vor der Extraktion sorgfältig gelagert werden musste, damit er seinen schweren betörenden Duft vollends entfalten konnte. Auch Moschus, Castereum, Zibet und andere tierische Düfte erfreuten sich in Venedig allergrößter Beliebtheit, und auf diesem Gebiet kannte sich Giovanni sicher nicht sonderlich gut aus.

Während Carlo darüber nachdachte, was er seinem überdurchschnittlich begabten Schützling alles beibringen konnte, hatte dieser sich – wieder ohne zu fragen – bereits den

Tiegeln mit den Rohstoffen und Rohextrakten zugewandt, und als er den Behälter mit dem Ambra-Extrakt öffnete, erkannte er den Duft sofort: Er hatte ihn bereits auf der Isola Bella intensiv wahrgenommen; fast jeder Mann hatte danach gerochen.

»Was ist das, Onkel Carlo? Der Duft scheint sehr beliebt zu sein, viele Männer tragen ihn, aber ich weiß nicht, was es ist.«

Carlo lächelte: »Es scheint, als könntest du doch noch etwas von mir lernen. Der Duft wird ›Ambra‹ genannt und der Rohstoff in großen, unansehnlichen Klumpen am Strand in der Südsee gesammelt. Wale würgen diese graue Substanz aus, der erstaunliche Wirkung hinsichtlich der Manneskraft zugeschrieben wird.«

Giovanni wurde verlegen, hörte aber sehr interessiert zu.

»Was glaubst du, weshalb mir diese Essenz förmlich aus der Hand gerissen wird?«, fragte Carlo. »Es scheint, als käme in ganz Venedig kein Mann mehr ohne Ambra aus – zumindest, was die adligen und wohlhabenden Venezianer angeht, denn Ambra ist unglaublich teuer.« Carlo schmunzelte, bevor er fortfuhr: »Die einfachen Fischer und Handwerker haben da leider das Nachsehen.« Er wurde wieder ernst. »Aber das ist nicht der einzige tierische Duft, der zurzeit in Mode ist. Ich werde dir alles zeigen, und ich bin davon überzeugt, dass du ein gelehriger Schüler sein wirst.« Carlo wagte es selten vorauszusagen, wie sich ein Lehrling entwickeln würde, aber bei Giovanni hatte er keinerlei Zweifel.

»Der Duft beschwert«, urteilte Giovanni. »Er ist nur für wenige Menschen geeignet.«

»Und welche Menschen sind das deiner Meinung nach?«, fragte Carlo belustigt nach.

»Männer, deren Schweiß zu lieblich ist«, antwortete Giovanni sofort. »Die Ambra kann ihre Wirkung aber nur in

Verbindung mit frischem Schweiß entfalten, da bin ich mir sicher.«

Carlo wusste im ersten Moment nichts zu entgegnen, so sehr war er von Giovannis Scharfsinn beeindruckt. Tatsächlich war er der Meinung, dass die Ambra hervorragend geeignet war, den Schweißgeruch zu überdecken. Die aphrodisische Wirkung war dabei keinesfalls nur ein willkommener Nebeneffekt. Die meisten Männer fühlten ihre Manneskraft gleich nach dem Auftragen gesteigert und empfanden den Geruch ihres Schweißes als Ausdruck davon. Carlo beschloss, diese Gedanken zunächst lieber für sich zu behalten, um eine längere Diskussion mit seinem Großneffen zu vermeiden. Die würden sie später führen.

»Genug für heute, mein lieber Giovanni«, sagte er darum. »Lass uns ins Kaffeehaus gehen und dort weiterplaudern. Caterina ist bestimmt schon ungeduldig, und auch du wirst einen derart guten Kaffee auf eurer Reise nicht getrunken haben.«

Entgegen Carlos Erwartungen, stimmte der Junge freudig zu: »Wunderbar! Meine Nase braucht dringend eine Pause, und dafür gibt es nichts Besseres als Kaffee.«

Carlo war verblüfft. Seine Schwester hatte ihm nicht zu viel versprochen. Und Caterina sah ihm seine Verwirrung an und nickte ihm vielsagend zu, als er sie und seinen Sohn abholte, um mit ihnen und Giovanni zum Kaffeehaus zu gehen.

11. Kapitel

Kaffeehausduft

Venedig ist die Geburtsstätte europäischer Kaffeehauskultur. Die Bottega del Caffè *wurde Mitte des siebzehnten Jahrhunderts eröffnet und war das erste Kaffeehaus im Okzident. Das in Venedig seit 1720 existierende* Caffè Florian *ist das älteste Kaffeehaus Europas. In den Kaffeehäusern duftete es nicht nur nach Kaffee, sondern auch nach allerlei Gewürzen, mit denen das damals neumodische Getränk verfeinert wurde. Beliebt war der Kaffee auch aufgrund seiner aufmunternden und leicht antidepressiven Wirkung. Das Kaffeepulver wurde sogar geschnupft.*

Venedig, Sommer 1700

Carlo führte seine Gäste zu Fuß durch die engen Gassen der Lagunenstadt, denn seiner Meinung nach erschloss sich deren Schönheit so am besten. Sie gingen über die Rialtobrücke, am Theater vorbei und über die Calle dei Fabbri zum Markusplatz. Carlo zeigte Giovanni die Sehenswürdigkeiten seiner Stadt, erfüllt mit einem Stolz, als wären sie sein Verdienst. In der Commedia dell'Arte, dem Volkstheater, und in der Oper verfügte er über Stammplätze in den Logen, ebenso im Caffè und einigen anderen Etablissements. Carlo war den Vergnügungen gegenüber, die Venedig bot, alles andere als abgeneigt. Ihm stand der Sinn stets nach den besonderen Dingen des Lebens, was sein Auge für das Alltägliche ein wenig trübte.

So verwirrte es ihn, als er mitten in der Erklärung zum aktuellen Stück, das auf der Volksbühne dargeboten wurde, von Giovanni mit der Frage unterbrochen wurde: »Onkel Carlo, weißt du den genauen Wasserstand immer im Voraus?«

Carlo schaute seinen Großneffen irritiert an. »Willst du zur See fahren? Oder fischen lernen?«

»Nein, nein, es ist nur so …« Giovanni suchte nach den richtigen Worten und stellte schließlich eine weitere Frage: »Kannst du den Gestank hier denn ertragen?« Giovanni wusste sehr wohl, dass sich die Masse der Menschen an dem bestialischen Geruch von Fäkalien und Unrat in den Gassen nicht störte, doch bei seinem Großonkel konnte er sich das nicht vorstellen. Er versuchte zu erklären, worauf er hinauswollte: »Wenn das Wasser fällt, scheinen sich die üblen Gerüche der Stadt zu konzentrieren. Als wir ankamen, war das Wasser viel höher und der Geruch lange nicht so stark. Wenn ich aus dem Haus gehen muss, würde ich das deshalb vorzugsweise bei Flut tun.«

Ein derartiges Ansinnen war dem Aromateur noch nie untergekommen, geschweige denn, dass er selbst auf solch eine absonderliche Idee gekommen wäre. Schließlich ging das Leben in der Stadt auch bei Ebbe weiter.

Als er weiter darüber nachdachte, musste er sich jedoch eingestehen, dass Giovanni schon recht hatte: Der Unterschied war beträchtlich. Vor allem in der sommerlichen Hitze stank die Stadt bei Ebbe tatsächlich bestialisch.

Hilfe suchend sah er seine Schwester an, die lächelnd sagte: »Ich habe dich gewarnt.«

Sein Sohn, der ebenfalls den Namen Carlo trug, hatte schweigend zugehört und fragte sich, wovon dieser merkwürdige junge Bursche nur redete. Er wusste um Giovannis Fähigkeiten, die unterschiedlichsten Düfte zu erkennen, konnte diese Gabe aber nicht in Zusammenhang mit einer erhöhten Empfindlichkeit gegenüber üblen Gerüchen bringen. Er selbst empfand die in Venedig herrschenden Gerüche nicht als unangenehm. Er war in der Lagunenstadt aufgewachsen, und für ihn rochen die Gässchen und Kanäle nach Heimat, egal, wie das Wasser stand.

Sie schritten schweigend voran, und wenige Minuten später hatte die Gruppe die *Bottega del Caffè* erreicht. Zielstrebig ging Carlo Gennari zu seinem Stammplatz mit Blick auf die Piazza San Marco. Gerade im Sommer bevorzugte er einen kühleren Platz im Inneren des Kaffeehauses, anstatt sich auf den offenen Platz zu setzen, und so ließ er sich in dem gepolsterten, reich verschnörkelten und mit Blattgold verzierten Sessel nieder.

Caterina fiel auf, dass ihr Bruder der Bedienung, einer hübschen, wenn auch etwas drallen Frau in mittleren Jahren, einen verschwörerischen Blick zuwarf. Nun, Carlo war seit vielen Jahren verwitwet, und sie gönnte ihm ein paar amouröse Vergnügungen. Der junge Carlo hingegen hatte eine reizende Frau und entzückende Kinder, auf deren Gesellschaft sich Caterina schon sehr freute.

Caterina ließ den Blick über Tische, Gäste und Interieur schweifen. Ein illusteres Publikum saß in dem Kaffeehaus dicht an dicht gedrängt, sowohl Adlige als auch Künstler und Intellektuelle sowie wohlhabendere Bürger, vor allem Kaufleute. Die Tische waren bis auf den letzten Platz belegt.

Giovanni sog den Geruch ein, eine Mischung aus geröstetem und frisch gebrühtem Kaffee, Kakao, einigen Gewürzen und den Ausdünstungen der Menschen und den verschiedenen Düften, mit denen diese sich einparfümiert hatten. Der Geruch war so intensiv und abwechslungsreich wie die Szenerie, die sich dem eintretenden Gast bot. Giovanni war erstaunt, dass er diese Duftgewalt überhaupt ertragen konnte, ja, dass sie ihn sogar ein wenig belebte.

Vor den Gästen standen winzige Tassen mit goldfarbenen Rändern und Kupferkännchen, aus denen der heiße Kaffee dampfte. Manche Damen hatten größere Tassen vor sich und tranken daraus. Das Interieur des Kaffeehauses war so schwülstig und üppig wie die Gerüche. Riesige Spiegel mit verschnörkelten Rahmen an den Wänden ließen den Raum größer wirken, als er tatsächlich war.

Der hintere Teil lag in schummrigem Halbdunkel, was durchaus beabsichtigt war. Die tiefroten Samtvorhänge an den marmornen Säulen schluckten das ganze Licht und ließen kaum erkennen, was in den Separées vor sich ging. Giovanni ahnte es dunkel und wollte nicht nachfragen.

Während Caterina um sich blickte, atmete Giovanni tief ein. Der Duft des frisch gerösteten Kaffees verdrängte die Gerüche der verschiedenen ätherischen Öle und der Parfüms nach und nach aus seiner Nase. Seine Sinne klärten sich. Es war in etwa so, wie es Giovanni von Weinkennern kannte, die ein Stück trockenen Brotes zwischen den verschiedenen Weinsorten zerkauten und auf die Zunge nahmen, bevor sie die nächste Sorte probierten.

Es war bereits vorgekommen, dass Giovanni bei dem Versuch, seine Nase mit gemahlenem Kaffee von vorher errochenen Düften zu befreien, etwas von dem Kaffeepulver in die Nase bekommen hatte. Der hatte nicht nur seinen feinen Geruchssinn förmlich verstopft, sondern auch zu einer Art Rauschzustand geführt, der ihn euphorisiert und in eine Stimmung versetzt hatte, vor der er stets gewarnt worden war. Seither erstaunte es ihn umso mehr, dass einige Herren ihre Nasen tief in dargebotenes Kaffeemehl steckten und dieses genießerisch inhalierten.

Nach einer Weile konnte Giovanni auch die »leiseren« Düfte erschnuppern: Zunächst stieg ihm der des Göttertrunks der Azteken in die Nase, denn offenbar wurde hier auch Kakao ausgeschenkt. Danach roch er Vanille, Zimt und Rosenwasser, alles eingebettet in den Duft des gekochten Kaffees, und auch die schwere Süße des Zuckers konnte er riechen und zuletzt Opium – ein Geruch, der ihn selbst in schwacher Konzentration stark benebelte. Er wusste, dass man das Kaffeepulver häufig vor dem Kochen würzte – wobei er selbst den reinen Kaffee bevorzugte –, allerdings hatte er noch nie davon gehört, dass man dem Getränk auch Opium beimischte.

Giovanni mochte keine Rauschmittel. Es gab schon so genug im Leben, was seinen Geist aus dem Gleichgewicht brachte. Außerdem hatte er schon mehr als einmal Menschen erlebt, die sich diesen zweifelhaften Genüssen über die Maßen hingegeben und sich dadurch keinesfalls zum Besseren gewandelt hatten.

Giovanni dachte dabei vor allem an Bernardo. Seit er zu seiner Reise aufgebrochen war, hatte er den Jungen schon fast vergessen, so wie alles, was mit seinem Heimatdorf zusammenhing. So intensiv waren die neuen Eindrücke und Erlebnisse, dass kaum noch Raum für Vergangenes war. Nur der Gedanke an Antonia ließ sich nicht vertreiben.

Kaum dachte er an Antonia, nahm er noch einen weiteren, sehr dezenten Geruch wahr, der ihn schmerzlich an die Vorkommnisse auf der Isola Bella erinnerte. Es war der Duft junger Frauen, gepaart mit dem Geruch körperlicher Vereinigung. Den Geruch von Mädchen hatte er bisher immer gemocht, doch seit er Antonia getroffen hatte, kam ihm der Duft anderer Frauen irgendwie … unzulänglich vor, während ihn der Geruch körperlicher Liebe nun zu seinem Entsetzen elektrisierte und nicht mehr nur in peinlicher Weise berührte.

Während Giovannis Verwandte ins Gespräch vertieft waren, hatte die Bedienung dampfend heißen Kaffee mit Rosenwasser serviert. Es war Carlos Lieblingsgetränk, und er hatte es gleich für alle bestellt.

Der aphrodisische Zusatz des Rosenwassers brachte Giovanni vollends aus dem Gleichgewicht. Er kämpfte dagegen an, versuchte die Regungen seines Körpers zu unterdrücken und seine Gedanken ganz auf Antonia zu konzentrieren.

Carlo, der jüngere, meinte zu wissen, was mit Giovanni vor sich ging, doch er interpretierte den Grund dafür völlig falsch und winkte eine junge Dirne aus dem dunklen hinteren Teil des Kaffeehauses herbei. Sein Vater, der diesen unauffälligen Wink sofort verstand, zog die Augenbrauen hoch. Er ahnte, dass dies keine gute Idee war. Caterina bekam von alldem nichts mit, denn sie beobachtete durch das Fenster das emsige Treiben auf dem Markusplatz.

Die Dirne näherte sich dem Tisch und beugte sich über Giovanni, wobei ihm ihre gewaltige Oberweite ins Gesicht wippte. Mehr als über die unerwartete Nähe ihrer Brüste erschrak er allerdings über den penetranten billigen und schweren Geruch, der diesen entströmte. Ihm wurde übel, und noch bevor die an den Tisch geladene Dirne etwas sagen konnte, entschuldigte er sich hastig und fügte stammelnd hinzu: »Ich warte draußen auf euch!« Und schon stürmte er hinaus.

Der junge Carlo zuckte mit den Schultern, kniff der Dirne in die Brustwarze und versuchte seinen jungen Verwandten vom Lande scherzhaft zu verteidigen: »Vielleicht sind sie nicht mehr frisch und knackig genug für einen Jüngling wie ihn.«

»Für dich taugen sie aber noch«, entgegnete die Dirne, die noch keine zwanzig Jahre zählte.

»Ganz sicher«, stimmte er lächelnd zu, »und ich werde dich auch gleich für deine abhandengekommene Partie entschädigen! Geh schon mal vor, ich komme gleich nach.« Mit diesen Worten und einem Klaps auf den Hintern schickte er die Hure voraus.

Kaum hatte sie das Lokal verlassen, verabschiedete sich der junge Familienvater Carlo fröhlich und verließ das Kaffeehaus in gleicher Richtung.

Caterina, die um das sündige Leben in Venedig wusste, war dennoch schockiert. »Carlo, was ist das für ein Sündenbabel hier? Und warum lässt du deinen Sohn so öffentlich einer Hure hinterherrennen, die er zuvor auch noch an unseren Tisch gebeten hat? Denkt er denn gar nicht an seine entzückende Frau?« Etwas gefasster setzte sie hinzu: »Und Giovanni sollten wir auch nicht so lange dort draußen warten lassen. Wer weiß, was da noch alles vorbeikommt.«

»Beruhige dich, liebe Schwester«, beschwichtigte sie Carlo in einem gemütlichen Ton. »Es hat sich einiges geändert, seitdem du das letzte Mal hier warst. Du hast zwar mit deiner Rückkehr gewartet, bis der Krieg vorbei ist, aber offenbar nicht dessen Auswirkungen auf das heitere venezianische Gemüt bedacht. Seit dem Friedensvertrag von Karlowitz, der die Osmanen endlich wieder in ihre Schranken verweist, scheint der Karneval in Venedig kein Ende zu nehmen. Kein halbes Jahr ist es her, dass Frieden geschlossen wurde, und seither pulsiert das Leben in der Stadt wie schon lange nicht mehr. Du wirst keinen gesellschaftlichen Treffpunkt mehr finden, an dem die Huren nicht ihrem Gewerbe nachgehen. Selbst in der Kirche kann man mit ihnen anbandeln. Die Obrigkeit drückt gern ein Auge zu, wenn dafür die Münzen klimpern – aber das weißt du selbst. Und was das liebreizende Eheweib meines Sohnes betrifft, so kannst du ganz beruhigt sein: Er würde nie etwas tun, was ihr missfiele. Sie weiß natürlich von seinen Bordellbesuchen.«

»Chiara ist damit einverstanden, dass er die Dirnen in aller Öffentlichkeit tätschelt?«

»Aber sicher. Schließlich hat sie ihren Cicisbeo, der nicht nur überaus gut aussehend ist, sondern auch aus einer sehr angesehenen Patrizierfamilie stammt. Und so wie ihre Augen jedes Mal leuchten, wenn sie ihn erblickt, kämmt er nicht nur ihr Haar. Chiara hat keinen Grund zur Beschwerde, und ich kann dir versichern, dass mein Sohn sie abgöttisch liebt.«

Caterinas skeptischer Miene war zu entnehmen, dass sie dieses frivole Treiben keinesfalls guthieß. Ohne auf Carlos Vortrag einzugehen, erwiderte sie nur: »Wir sollten Giovanni nicht länger warten lassen.«

Nachdem sie das Kaffeehaus verlassen hatten, fanden sie Giovanni einsam am Wasser stehend wieder. Er ließ sich den aufkommenden Seewind in die Nase wehen und war erleichtert, dass dieser und die steigende Flut ihm frische Luft spendeten. Seine Gedanken waren nach wie vor bei Antonia, doch wurden sie nicht mehr durch lästige Gefühlswallungen gestört.

»Geht es dir gut?«, hörte er hinter sich die vertraute Stimme seiner Großmutter.

Er hatte sie und seinen Großonkel trotz des Windes längst gerochen und erwiderte: »Ja, der Wind ist wunderbar.«

Carlo legte ihm einen Arm um die Schultern und sagte: »Lasst uns nach Hause gehen; es war ein langer Tag für euch, und zum Abendessen habe ich ein paar enge Freunde eingeladen.«

Giovanni stand der Sinn nach allem anderen als nach weiteren Bekanntschaften. Am liebsten wäre er sofort wieder ins Labor zurückgekehrt und hätte die Arbeit, die ihn so sehr fesselte und ablenkte, wieder aufgenommen. Aber er wusste, dass er sich in Geduld üben musste.

Als sie beim Palazzo eintrafen, war Chiara bereits mit ihren beiden Kindern und ihrem Cicisbeo Andrea eingetroffen. Die Kinder spielten mit dem Schoßhündchen ihrer Mutter.

Nachdem Carlo, der ältere, Chiara und Giovanni miteinander bekannt gemacht hatte, raunte der Junge seiner Großmutter verwundert zu: »Nonna, wer ist der junge Mann, der Carlos Frau nicht von der Seite weicht?«

Caterina überlegte einen Augenblick, dann sagte sie laut: »Ja, du hast recht, Giovanni. Es ist so ein wunderbarer Tag. Lass uns noch ein wenig hinaus in den Hof gehen und uns an den Blumen erfreuen.« Sie wandte sich an Chiara: »Ihr entschuldigt uns.«

»Geht nur, geht nur«, gestattete Chiara lachend, »wir werden uns schon nicht langweilen.«

Giovanni versuchte sich seine Verwunderung nicht allzu sehr anmerken zu lassen und folgte seiner Großmutter in den einladenden Hof des Palazzos.

»Es war nicht die laue Sommerluft, die dich rausgelockt hat, Nonna«, stellte er dort fest. »War meine Frage so ungehörig?«

Caterina schüttelte den Kopf. »Wahrscheinlich hätte es den beiden gar nichts ausgemacht, wenn ich dir in ihrer Gegenwart geantwortet hätte.«

Giovanni lehnte sich an den Brunnen. »Warum dann die Heimlichtuerei?«

»Weil die Antwort dich sicher sehr irritiert hätte!«

»Mich?«

»Andrea ist ein Cicisbeo, wie ihn in Venedig eine jede Dame hat, die etwas auf sich hält.«

Caterina holte tief Luft. Sie wollte Giovannis unschuldiges Gemüt nicht gleich am ersten Tag mit den sündigen Sitten der Lagunenstadt belasten.

»Ein Cicisbeo ist ein …« Sie stockte, legte sich die Worte zurecht und sprach dann weiter: »… ein junger männlicher Begleiter einer verheirateten Dame, damit sie das Haus auch verlassen kann und sicher ist, wenn ihr viel beschäftigter Ehemann keine Zeit zum Flanieren oder Ausgehen erübrigen kann.«

Tatsächlich war die offizielle Rolle eines Cicisbeo die des Begleiters, Beschützers und Beraters, und mehr musste Giovanni Caterinas Meinung nach vorerst nicht wissen.

Vor allem nicht, was Andrea und Chiara hinter verschlossenen Türen trieben.

Doch Giovanni schien zu spüren, dass sie ihm nicht die ganze Wahrheit gesagt hatte, denn er hielt ihr vor: »Du verschweigst mir etwas, Nonna.«

»Und du mir auch, mein lieber Enkel!«, entgegnete sie, um das Gespräch auf ein anderes Thema zu lenken. »Warum erzählst du mir nicht, warum du in den letzten Tagen einen so entrückten Eindruck machst?«

Was sollte ihr Giovanni darauf antworten? Er wusste ja selbst nicht genau, was in ihm vorging, seit er Antonia begegnet war. Statt ihr eine Erklärung zu geben, gab er sich geschlagen: »Schon gut, Nonna, ich muss nicht alle Einzelheiten über Andreas Aufgaben bei Tante Chiara wissen. Außerdem bin ich regelrecht erschlagen von den vielen neuen Eindrücken und würde mich gern zurückziehen.«

»Wir sind zum Abendessen eingeladen, Giovanni, hast du das vergessen?«

Seufzend gab er sich geschlagen. Am liebsten hätte er sich tatsächlich gleich auf sein Zimmer zurückgezogen, was ihm seine gute Kinderstube natürlich verbot.

12. Kapitel

Fünf Sinne hat mir Gott, der Herr, verliehen, mit denen ich mich zurechtfinden darf, hienieden:
Fünf blanke Laternen, die mir den dunklen Weg beleuchten;
bald leuchtet die eine, bald die andre hell auf, unterschiedlich;
niemals sind alle fünf auf dasselbe Ding gerichtet …
Aus *Die fünf Sinne* von Kurt Tucholsky unter dem Pseudonym Theobald Tiger

Venedig, am selben Abend

Mit einem festlichen Abendessen sollte nicht zuletzt Giovannis und Caterinas Ankunft in Venedig gebührend gefeiert werden, und obwohl Giovanni vor allem von den olfaktorischen Eindrücken der Lagunenstadt reichlich ermattet war, war er doch neugierig, was ihn erwartete.

Nachdem er sich mit der belebenden Wirkung verschiedener Zitrusöle erfrischt hatte, begab er sich zu der kleinen Gesellschaft, die sich bereits eingefunden hatte. Schon auf der Treppe vernahm er die Violinenklänge aus dem Salon. In Venedig spielte Musik eine große Rolle, und er hatte bereits festgestellt, dass die Gondolieri unaufhörlich sangen und die Menschen auf der Straße oft vor sich hin summten. Wirklich in sein Bewusstsein war dies jedoch nicht vorgedrungen, da die Gesänge gegen die Flut der unterschiedlichsten Gerüche, die er an jeder Ecke wahrnahm und die ihn geradezu bedrängten, nicht ankamen.

Aber diese zarten Violinenklänge, die nun an sein Ohr drangen, erfassten seinen Geist, als hätte er noch nie in seinem Leben Musik gehört. Fasziniert und wie magisch davon angezogen, näherte er sich dem Salon.

Die Gesellschaft saß plaudernd und gestikulierend auf den plüschigen Sofas und Sesseln, während ein junger Mann mit rotem Haar und Tonsur einer Violine Töne entlockte, die direkt der Himmel geschickt zu haben schien. Selbstvergessen und mit halb geschlossenen Augen ließ er den Bogen auf den Saiten tanzen, während die Finger der linken Hand die Saiten auf dem Griffbrett wie die Beine einer Spinne bearbeiteten.

Es war eine leichte Musik. Die Töne schwebten mit einem ungewohnt frischen, unaufdringlichen Männerduft zu ihm, und Giovanni blieb mitten im Salon stehen, ohne die anderen Gäste zu beachten, um den himmlischen Klängen zu lauschen.

Caterina beobachtete ihren Enkel, dann erhob sie sich, schritt auf ihn zu und begrüßte ihn mit den Worten: »Giovanni, ich wusste gar nicht, dass du dich so sehr für Musik interessierst. Oder ist es etwas anderes, das dich bewegt?«

Nur ungern ließ sich Giovanni aus seinem entrückten Zustand reißen. »Hörst du auch, dass dieser Mann etwas völlig Neues, Erfrischendes aus dem Klangkörper zaubert?«, erwiderte er, ohne den Blick von dem jungen Mann zu wenden, der gerade zum virtuosen Höhepunkt kam. »Es ist die Musik eines Frühlingsduftes. Die Töne beschweren nicht, erdrücken nicht, sind leicht. Ich habe noch nie jemanden so auf einer Violine spielen gehört.«

Caterina war erstaunt darüber, dass ihr Enkel tatsächlich einmal von etwas anderem als Düften ergriffen war, doch sie wartete höflich den musikalischen Schlusspunkt ab, bevor sie diese Verwunderung gegenüber Giovanni zum Ausdruck brachte: »Sind es wirklich die Töne, die dich fesseln?«

Ohne auf die Frage einzugehen, wollte Giovanni wissen,

wem er diesen musikalischen Zauber zu verdanken hatte: »Wer ist das?«

»Du wirst noch nie etwas von ihm gehört haben, sein Name ist Antonio Vivaldi. Er kommt aus sehr einfachen Verhältnissen, ist der Älteste von neun Geschwistern, und sein Vater war Barbier, bevor er sich einen Platz im Orchester der San-Marco-Kapelle erspielte. Antonio hat wohl sein Talent geerbt.«

»Und die Musik, die er spielt – wer hat sie komponiert? Ich habe noch nie ein derartiges Stück gehört. Entschuldige, liebe Großmutter, dass ich so offen bin, aber alles, was ich bisher an Musik gehört habe, war so schwer wie die Düfte, die all den Herren hier anhaften.«

Caterina sah ihren geliebten Enkel verblüfft an, dann runzelte sie in leichter Strenge die Stirn. »Ich weiß deine Ehrlichkeit zu schätzen, hoffe aber, dass du bei anderen deine Zunge zu zügeln weißt.« Nach dieser Ermahnung antwortete sie auf seine Frage: »Soweit ich weiß, schreibt Vivaldi alle seine Stücke selbst. Carlo kennt ihn von Kindesbeinen an. Früher war Antonios Vater sein Barbier, und unsere Familie hatte, wie du weißt, schon immer eine Schwäche für arme Künstler.«

»Wer so komponiert und spielt, kann nicht arm sein, Großmutter.«

Da musste sie lächeln. »Lieber Giovanni, von der Musik allein kann Antonio nicht leben, darum will er auch Priester werden.«

Giovanni sah sie verwundert an. »Ja, aber dann hat er doch gar keine Zeit mehr für seine herrliche Musik.«

»Was soll er tun? Etwa als Cicisbeo einer gelangweilten Patrizierin hinterherlaufen?«

Giovanni schüttelte den Kopf. Auch wenn seine Großmutter ihm nicht allzu viel über die Aufgaben eines Cicisbeo verraten hatte, dünkte ihm doch, dass dazu mehr gehörte, als die Damen der Gesellschaft über die Kanäle und durch die Gassen Venedigs zu geleiten.

»Da er nur der Sohn eines Barbiers ist, würde wohl kaum eine Adelsdame Antonio Vivaldi zu ihrem Kavalier erwählen«, fuhr Caterina fort. »Aber mach dir um ihn keine Sorgen, als Priester-Anwärter hat er vor allem in Venedig genug Freiheiten, seine Musik zu komponieren und darzubieten. Möchtest du, dass ich dich mit ihm bekannt mache? Du wirst ohnehin in seiner Nähe sitzen.«

Die beiden jungen Männer verstanden sich auf Anhieb, obwohl sie aus denkbar unterschiedlichen Verhältnissen kamen. Giovanni hatte nie etwas mit den Jungen aus seinem Dorf anfangen können, sie waren ihm zu derb, zu grob, zu schlicht, und Antonio hatte sich nie der venezianischen Jugend zugehörig gefühlt, denn ihm waren die jungen Männer der Lagunenstadt zu vergnügungssüchtig. Nicht dass Antonio besonders moralisch oder tugendhaft gewesen wäre, aber das Ventil seiner Sehnsüchte war einzig und allein die Violine, nicht die vielfältigen Versuchungen seiner Heimatstadt.

Obwohl Giovanni sieben Jahre jünger war als Antonio, fühlte er sich auf seltsame Weise mit dem Musiker verbunden. Was wohl nicht zuletzt auch daher rührte, dass Antonio ihm einen weiteren Vorteil seiner Priester-Anwartschaft anvertraute, den Giovanni wie kein anderer nachvollziehen konnte: »Wisst Ihr, auf Perücke, Puder und Pomp verzichten und sich trotzdem in der Gesellschaft bewegen zu können ist schon ein besonderes Privileg. Außerdem erwartet niemand von mir, dass ich mich mit diesen fürchterlich schweren, von Ambra und Moschus bestimmten Parfüms belade.«

Antonio Vivaldi nahm auch nur von den leichteren Speisen, weißem Fisch und Fleisch, und verzichtete auf die fetten Terrinen. Giovanni hatte nach den üppigen Mahlzeiten seiner Reisetage fast gar keinen Appetit und war froh, dass er niemanden neben sich hatte, der ihn permanent aufforderte, sich die schwereren Gerichte auf den Teller zu häufen. In stiller Übereinkunft speisten die jungen Herren zurückhaltend und mieden das fettigere Essen. Wobei die Tafel im Hause von Carlo Gennari ohnehin etwas dezenter und weniger überwürzt war als in den verschwenderischen Adelshäusern, in denen Giovanni in den letzten Tagen diniert hatte. Dennoch war der Einfluss dieser modernen Art von Küche deutlich zu spüren, und etwas wehmütig dachte Giovanni an die einfachen Speisen aus besten Zutaten im Hause seiner Eltern.

Beim Dessert, zu dem auch zahlreiche exotische Früchte gereicht wurden, die herrliche Düfte verströmten, beschloss Giovanni, der Frage auf den Grund zu gehen, warum er die Stücke von Antonio Vivaldi so viel besser fand als alles, was er bis dahin gehört hatte. »Sagen Sie, lieber Antonio, können Sie mir das Geheimnis Ihrer Musik verraten?«

Antonio besann sich einen Augenblick und bemühte sich dann, in Worte zu fassen, worüber er im Grunde noch nie nachgedacht hatte. Es war ihm einfach nur stets ein inneres Bedürfnis gewesen, die Musik genau in der Weise zu komponieren, wie er sie an diesem Abend vorgetragen hatte. Trotzdem versuchte er Giovanni eine möglichst ehrliche Antwort zu geben.

»Es ist eine Eingebung, ich kann nicht anders. Die Klänge drängen sich in einer bestimmten Reihenfolge in meinen Kopf und wollen ebenso wieder hinaus. Dabei spielt eine wichtige Rolle, wie ich mich gerade fühle. Wenn ich schwermütig bin – was glücklicherweise selten vorkommt –, versuche ich, die Musik von mir fernzuhalten, denn sie würde dieses Gefühl stets zu mir zurückbringen. Wenn aber mein Herz vor Freude springt, ein junges Mädchen mir etwa einen zarten Blick zuwirft, dann versuche ich den Moment einzufangen und verewige ihn mit Musik.«

Giovanni starrte seinen neuen Freund bewundernd und fasziniert an. »Ich habe noch nie darüber nachgedacht, aber ich glaube, mir geht es mit den Düften genauso. Nur eine virtuose Komposition der verschiedensten Düfte lässt den Moment immer neu erwachen.«

Und während er diese Worte sprach, erkannte er, was er im Hause seines Großonkels vor allem erlernen wollte, viel mehr als das bloße Extrahieren von Gerüchen: Er wollte einzigartige, unvergängliche Düfte komponieren!

13. Kapitel

Aqua Reginae Hungariae

Das königlich ungarische Wasser gilt als erstes destilliertes Parfüm und wurde für die ungarische Königin Isabella im sechzehnten Jahrhundert mit dem Hauptingrediens Rosmarin kreiert. Der Duft galt als Jungbrunnen und wurde häufig kopiert.

Maastricht – Köln, Sommer 1700

Giovanni Maria Farina, der ältere, donnerte in seinem Büro in Maastricht mit der Faust auf den Schreibtisch, dass das Tintenfass beinah umgefallen wäre. »Zum Teufel mit der Bernardi! Jahrelang jammert und bettelt sie, dass ich ihr jemanden schicke, der ihr im Laden hilft, und jetzt verschenkt sie ihn an die hungernde Verwandtschaft!«

Sein Neffe Giovanni Battista Farina zuckte zusammen und erwiderte energischer, als er eigentlich wollte: »Die Bernardi verschenkt ihren Laden bestimmt nicht, dafür ist die viel zu schlau!«

Signor Farina schob seinem Neffen den Brief hin und suchte in einer seiner Schubladen nach einem anderen Schreiben und kratzte sich dabei unter der Perücke, die dadurch erheblich verrutschte, was er aber nicht zu bemerken schien oder einfach ignorierte, so verärgert war er. »Von mir aus ist die Bernardi bauernschlau, aber erzähl mir nicht, dass dieser Feminis ihr mehr für den Laden geboten hat als ich! Dieser nichtsnutzige Halunke, der seine Heimat verlassen musste, weil er deine Mutter bedroht hat!«

Battista sah verwirrt von dem Brief auf, den er noch nicht

vollständig gelesen hatte. »Paolo Feminis hat Mutter bedroht? Aber … er war doch schon lange vor meiner Geburt fort.«

Fragend sah er seinen Onkel an, der tief seufzend zu einer Antwort ansetzte: »Ach, Battista. Warum ist es für die Jugend immer so unvorstellbar, dass ihre Mütter auch ein Leben hatten, bevor sie Kinder zur Welt brachten? Lucia und Paolo waren noch sehr jung, als sich der Vorfall ereignete. Deine Mutter war das schönste Mädchen im ganzen Dorf, auch wenn sie sich selbst nie schön fand. Hätte Paolo sich mit einem von uns geprügelt, hätte das jeder verstanden, aber er ist auf deine Mutter losgegangen, und das war unverzeihlich! Paolo musste das Dorf verlassen, und ich habe nie wieder etwas von ihm gehört, bis er vor ein paar Jahren bei der Bernardi wieder aufgetaucht ist. Aber eigentlich ist es kein Wunder, früher oder später musste er ja die wohlhabende Tante in Köln entdecken.« Signor Farina wühlte wieder in den Schubladen seines Schreibtisches. »Warte, gleich habe ich's.«

»Was suchst du eigentlich?«

»Ah, hier ist er!« Signor Farina schob seinem Neffen auch den älteren Brief über den Tisch, und Battista begann schweigend zu lesen:

Köln, im Oktober 1695

Sehr geehrter Signor Farina,

es ist mir eine große Ehre, dass Euer Neffe jetzt doch eine Arbeit in meinem bescheidenen Krämerladen in Erwägung zieht, und er wäre mir selbstverständlich jederzeit willkommen! Doch ich fürchte, dass das, was ich ihm bieten kann, nicht seinen Vorstellungen entspricht. Ich habe inzwischen nur noch wenige Stammkunden, für die ich gern weiterhin Ihre geschätzten Waren beziehe, aber was den Jungen betrifft: Wenn Ihr andere Möglichkeiten habt, wäre ich Euch nicht gram, würdet Ihr ihn an qualifizierterer Stelle einsetzen …

Battista sah von dem Brief auf und bedachte seinen Onkel mit dem gutgläubigen Blick der Jugend, die die Ränkespiele der Erwachsenen noch nicht durchschaut hat. »Das ist doch sehr nett von Signora Bernardi. Sie will doch offensichtlich nur das Beste für mich. Ich verstehe gar nicht, was du hast. Ich habe immer gedacht, die Bernardi wäre dir lästig.«

Signor Farinas hochrote Gesichtsfarbe durchdrang mittlerweile die weiße Puderschicht und stach rosarot hervor. Zum wiederholten Mal hieb er wütend auf den Tisch, bevor er Battista den anderen Brief noch einmal zum Lesen unter die Nase hielt.

Folgsam nahm der junge Mann das Schreiben in die Hand und las auch dieses:

Köln, im Juli 1700

Sehr geehrter Signor Farina,

ich möchte mich ganz herzlich für Euer freundliches Angebot, meinen kleinen Krämerladen zu übernehmen, bedanken. Doch ich kann Eure großzügige Offerte leider nicht annehmen, da sich die Lage weiter verschlechtert hat. Mein Neffe bedient die noch verbliebenen Kunden, und es wäre vermessen, auf Ihr Angebot einzugehen. Ich danke Euch für Euer Wohlwollen und nehme selbstverständlich weiterhin Eure Waren ab …

Auch nach der Lektüre dieses Briefes sah Battista seinen Onkel verständnislos an: »Was macht dich so wütend, dass sie dir ihre marode Spezerei nicht andrehen will?«

Signor Farina wusste gar nicht mehr, wohin mit seiner Wut. Er stand auf, verschränkte die Hände hinter dem Rücken und lief nervös auf und ab, bevor er sich zu einer Antwort durchrang. »Battista, du musst noch viel über das Leben und die Menschen lernen! Die Bernardi ist kein armes altes Bettelweib, sondern eine tüchtige Kauffrau, und sie macht durchaus gute Geschäfte, zwar längst nicht mehr mit den Dingen, die sie früher vor allem verkaufte, dafür aber mit neuen Waren: exotischen Gewürzen, Südfrüchten und vor allem alkoholischen Wässerchen unterschiedlichster Couleur, *Aqua mirabilis* in allen Variationen. Den Alkohol brennt die Familie von Paolos Frau, und Paolo mischt die verschiedenen Wunderwässerchen zusammen. Anscheinend ein blendendes Geschäft – aber davon steht keine Silbe in dem Brief.« Signor Farina nahm das Schriftstück in die rechte Hand und schlug mit der linken so heftig darauf, dass es beinahe zerriss. »Stattdessen tut sie so, als ob sie kaum mehr eine Zimtstange verkauft!«

Er ließ sich wieder auf seinem Stuhl nieder, umklammerte mit beiden Händen die Armlehnen und sah seinen Neffen mit einem festen, fast strafenden Blick an.

Dieser wagte es, eine Frage zu stellen: »Ist Paolo Feminis vielleicht so begabt wie mein Bruder? Kann er Düfte erkennen und mischen und mit Alkohol zur besseren Geltung bringen?«

Signor Farina wischte den Gedanken weg wie den Brief auf seinem Schreibtisch: »Ach was! Paolo schmeckt vor allem mit der Zunge den Alkohol, aber er hat von seiner Ziehmutter Paola schon als Kind gelernt, mit welchen Gewürzen und sonstigen Zusätzen er daraus ein angebliches Wunderwasser mischen kann. Und diese *Aquae mirabiles* von Paolo Feminis scheinen sich in Köln derzeit großer Beliebtheit zu erfreuen. Nicht als Duftwässer, sondern als Medizin, als hochprozentige Getränke, was weiß ich! Jedenfalls läuft das Geschäft der Bernardi alles andere als schlecht – aber sie will nicht verkaufen, was wiederum nur bedeuten kann, dass Feminis den Laden übernehmen will. Und wenn meine Informanten die Wahrheit sagen, hat Feminis schon vor Jahren das Gaffelrecht erworben. Verstehst du jetzt, warum ich so aufgebracht bin? Feminis oder die Bernardi oder beide wollen uns ausboten!«

Battista nickte langsam, doch bevor er noch irgendetwas äußern konnte, wurde er vor vollendete Tatsachen gestellt.

»Morgen früh fahren wir nach Köln!«

Es war ein sehr drückender Morgen, und wie eine Glocke stülpten sich die Ausdünstungen über die Stadt am Rhein. Caterina Bernardi tupfte sich den Schweiß von der Stirn, als sie die wenigen Stufen von ihrer Wohnung in den Laden hinabstieg. An solchen Tagen wünschte sie, sich bereits ganz aus dem Geschäft zurückziehen zu können, was hoffentlich nicht mehr lange dauern würde.

»Ach, wenn der Paolo doch vom Alkohol lassen könnte!«, jammerte die alte Frau laut vor sich hin, und etwas leiser setzte sie hinzu: »Dann hätte er auch genug Geld, das große Bürgerrecht zu erwerben.«

Seufzend schlurfte die Krämerfrau an den Regalen vorbei, fingerte dann den Schlüssel aus ihrer Tasche und öffnete die Ladentür.

Kaum hatte sie ihren Platz hinter der Theke eingenommen, kündigte das Läuten der Tür ihren ersten Kunden des Tages an.

»Ah, der Herr Geheimrat, was kann ich heute für Euch tun?«

»Meine Gemahlin hat von Eurem *Aqua mirabilis regina* gehört, hilfreich zu jeder Stunde, hätten ihre Freundinnen gesagt.«

Caterina Bernardi nickte eifrig, bevor sie sich zu dem Regal hinter sich umdrehte und eines der kleinen Fläschchen herunternahm. »Da hat Eure Gemahlin recht gehört, es erfrischt innerlich und äußerlich und weckt den Geist.«

Der Geheimrat nickte und fragte nicht weiter. Es war offensichtlich, dass er es eilig hatte, und so zählte er schnell die genannte Summe auf den Tresen. Caterina Bernardi bedankte sich und schickte noch ein paar Grüße an die Frau Geheimrat hinterher, bevor sie die Münzen zufrieden in die Kasse klimpern ließ.

Paolo hatte wirklich ein gutes Händchen für die Mixturen. Aber wo blieb er nur? Sollte er nicht schon längst mit einem Korb voller Waren hier sein?

Caterina Bernardi blieb nicht viel Zeit, über diese Frage weiter nachzudenken, denn an diesem schwülen Morgen dürstete es so manchen Kölner Bürger nach Erfrischung, und ihre Wässerchen fanden reißenden Absatz. Es war fast Mittag, als sie selbst zu einem solchen griff, ein paar Tropfen von dem Elixier auf ein linnenes Tuch gab und sich ihr verschwitztes Gesicht und den Hals gründlich damit abrieb.

Als sie die angenehme Kühle des verdunstenden Alkohols spürte, kam Paolo in reichlich angeheitertem Zustand in den Laden. Es war offensichtlich, wo er herkam, die Waren hatte er auch nicht dabei.

Die Bernardi rang die Hände: »Paolo, so kann das nicht weitergehen! Ich brauche dich hier, und du treibst dich in üblen Spelunken herum! Versäufst und verspielst alles, anstatt auf dein Bürgerrecht zu sparen!«

Paolo war in der richtigen Stimmung zu streiten und schrie seine Tante an: »Was geht's dich an, Weib! Ich misch dir deine Wässerchen, und dir geht's so gut wie nie!«

Das wollte sich Caterina von ihrem Neffen nicht bieten lassen: »Und wo sind die Waren, für die ich dir Geld gegeben habe? Bring sie mir und verkauf deine Fläschchen, wem du willst!«

Caterina verschränkte die Arme vor der Brust und sah ihren Neffen wütend an. Sie wollte gerade erneut ihrem Ärger Luft machen, als sie aus dem Augenwinkel sah, dass Kundschaft im Anmarsch war. Schnell zog sie den wankenden Paolo am Ärmel in das Hinterzimmer, stellte ihm ein

Glas Wasser hin und verschwand mit der Bemerkung: »Werd erst mal wieder nüchtern!«

Im nächsten Moment hörte sie schon die Glocke, und sie eilte zurück zur Theke. Doch als sie sah, wer da ihren Laden betreten hatte, stockte ihr der Atem: Signor Farina und ein junger Mann, bei dem es sich nur um seinen Neffen Giovanni Battista handeln konnte!

Caterina war eine gute Schauspielerin, trotzdem kostete es sie einige Mühe, erfreut zu wirken, als sie sagte: »Ah, Signor Farina! Welch eine Ehre – und was für eine Überraschung!« Und auf Battista blickend, fuhr sie ebenso scheinheilig fort: »Und das ist, nehme ich an, Euer werter Neffe Giovanni Battista Farina. Was für ein stattlicher junger Mann!« Dabei war Battista eher schmächtig geraten. »Was führt die werten Herren her? Darf ich Euch vielleicht eines meiner *Aquae mirabiles*, meiner erlesenen Wässerchen, anbieten?«

Caterina sah die beiden Männer so leutselig es ihr möglich war an und wartete auf eine Reaktion.

Signor Farina räusperte sich. »Eure Wunderwässerchen scheinen in der Tat von bester Qualität, Signora Bernardi.« Dabei musterte er Caterina mit scharfem Blick. Diese nestelte nervös an ihrer Haube und wollte gerade fragen, welches Wässerchen sie denn den Herren reichen dürfe, als der Kaufmann mit falsch freundlicher Stimme fortfuhr: »Euer Gewand ist von wirklich edlem Stoff. Die Geschäfte scheinen ja wieder ausgezeichnet zu laufen.« Und unvermittelt fragte er: »War Euch mein Angebot nicht hoch genug?«

Caterina spürte, wie ihr die Röte ins Gesicht schoss. Diesen Mann wollte sie wirklich nicht zum Feind haben. Was hatte sie sich nur dabei gedacht, sein überaus großzügiges Angebot auszuschlagen? Sie tupfte sich die Stirn mit dem Leinentuch ab, auf das sie vorher das erfrischende Wasser geträufelt hatte, und bot den Herren dann von demselben an. »Dieses Wasser wirkt wirklich ausgezeichnet bei dieser Hitze, es kühlt und belebt. Bedient Euch. Ach was, nehmt das ganze Fläschchen.«

Farina nahm den Flakon und studierte das Etikett, bevor er den Stöpsel herauszog und sich etwas von dem herausströmenden Duft zufächerte. Er atmete tief ein, dann reichte er das Fläschchen an seinen Neffen weiter, der es ihm nachtat.

»Und, Battista?«, wollte er von dem Jungen wissen, der interessiert daran schnupperte. »Was sagst du zu dem Wässerchen?«

Der junge Mann hob den Kopf und sagte mit ernster Miene: »Ein wenig gewöhnlich! Ich habe zwar längst keine so gute Nase wie mein Bruder, aber dieser Duft scheint mir nichts Besonderes.«

Verwundert, ja, geradezu erschrocken sah Farina seinen Neffen an, während Caterina Bernardi kühl erklärte: »Das Wasser ist nicht zum Beduften, sondern zur Belebung des Körpers und der Sinne gedacht!«

Giovanni Maria Farina ergriff in dem Bemühen, die Dummheit seines Neffen wiedergutzumachen, schnell das Wort: »Signora Bernardi, mein Neffe scherzt. Ich möchte Euch versichern, wie sehr wir Euren Geschäftssinn bewundern. Daher sind wir extra aus Maastricht angereist, um unser Interesse an Eurem Laden zu bekräftigen und das Angebot dafür zu erhöhen!«

Caterina Bernardi fehlten für einen Moment die Worte, und Paolo im Hinterzimmer war plötzlich nüchtern und hellwach. Einen Moment lang wurde die tüchtige, aber nicht mehr junge Krämerfrau auch tatsächlich schwach. Doch bevor sie etwas sagte, blickte sie noch einmal auf Giovanni Battista Farina und sah, wie dieser erneut die Nase rümpfte. Daher antwortete sie mit zuckersüßem Lächeln: »Das ist äußerst großzügig von Euch. Aber es wird nicht leicht für

Euch sein, hier in Köln einer Zunft oder einer Gaffel beizutreten und das Bürgerrecht zu erwerben.«

Mit einem Engelsgesicht sah sie die beiden Männer an und wusste, dass sie Zeit gewonnen hatte. Und zugleich fragte sie sich, ob sie nicht ganz bei Trost war. Da zog sie einen versoffenen Neffen, der ihr Partner werden wollte, einem ehrbaren Geschäftsmann vor, der ihr ein Vermögen bot. Andererseits ärgerte sie sich sehr darüber, dass dessen Neffe, der noch grün hinter den Ohren war, sich erdreistete, so abfällig über ihr *Aqua mirabilis* zu urteilen.

Die Farinas sahen sich an, hoben höflich ihre Dreispitze und verabschiedeten sich, wobei der Kaufmann seine Pläne noch einmal bekräftigte, indem er erklärte: »Wir werden Gaffel und Bürgerrecht bekommen und wieder auf Euch zukommen.«

Auf dem Weg zur Tür nahm Signor Farina prüfend die eine und andere Südfrucht in die Hand und kommentierte: »Sehr gute Ware.« Dann verließ er mit seinem Neffen den Laden.

Kaum hatte sich die Tür hinter den beiden geschlossen, strafte der Ältere den Jüngeren mit einem finsteren Blick und zischte: »Wie konntest du nur das Wunderwasser der Bernardi so schlecht machen!«

Battista sah seinen Onkel unschuldig an. »Aber es ist schlecht!«

Der alte Farina atmete hörbar aus. »Das hindert uns ja nicht daran, Besseres zu verkaufen, ist das Geschäft erst unser. Jetzt hat die Bernardi einen triftigen Grund, uns nicht mehr gewogen zu sein. Du hast sie beleidigt! Außerdem sah das Ganze nach einem tölpelhaften Versuch aus, den Preis zu drücken! Du bist noch lange kein Kaufmann!«

Battista biss sich auf die Unterlippe. Er hatte nicht daran gedacht, welche Folgen seine Worte haben könnten.

Während Farina mit seinem Neffen haderte, hielt Caterina Bernardi dem ihren vor: »Dein Wässerchen missfällt den Herrschaften, und trotzdem bieten sie mir einen höheren Preis für den Laden! Giovanni Maria Farina ist ehrbar und geschäftstüchtig. Sag mir, warum ich den Laden nicht an ihn verkaufen sollte! Dann wäre ich meine Sorgen los und müsste mich nicht mehr über deine Trinkerei ärgern!«

Paolo hatte das Gespräch, das er belauscht hatte, nicht wenig beunruhigt. Bemüht und auch ein wenig schuldbewusst, versuchte er Caterina zu beschwichtigen. »Liebe Tante, dieser junge Bursche hat dich beleidigt! Und nicht nur dich, sondern auch mich. Meine Wunderwasser verkaufen sich gut! Die Kölner sind verrückt danach! Das sollen die erst mal besser machen!«

»Ich möchte nicht hoffen, dass die Farinas auf die Idee kommen, mir Konkurrenz zu machen. Gott bewahre! Dann würde ich lieber tatsächlich an sie verkaufen und mich zur Ruhe setzen.«

Doch nun war Paolos Ehrgeiz erwacht. Energisch stand er auf. »Ich verspreche, weniger zu trinken und jeden Kreuzer für das Bürgerrecht zu sparen.« Und er wartete gleich mit einer Geschäftsidee auf: »Vielleicht sollte ich meine Wunderwasser künftig *Eaux admirables* nennen – Französisch ist schließlich die Sprache des Adels.«

Caterina nickte ergeben, dann entschied sie: »Du musst mit deiner Familie hier nach Köln ziehen! Und ich werde Paola schreiben und sie nach ihren besten neuen Rezepturen fragen!«

14. Kapitel

Nach Golde drängt,
Am Golde hängt
Doch alles. Ach wir Armen!
Aus *Faust I* von Johann Wolfgang von Goethe

Das Gold von Gondo

Bereits zur Römerzeit wurde in der Region Gondo, unweit des Simplonpasses, Gold geschürft. Unter Kaspar Jodok von Stockalper erreichte die Goldsuche in Gondo eine Hochzeit, die erst Ende des zwanzigsten Jahrhunderts ganz verging. Noch heute können die Minen und Relikte des Goldrauschs am Simplon besucht werden.

Santa Maria Maggiore, Sommer 1700

Seit vielen Jahren hatte Paola nicht mehr so häufig an Paolo Feminis gedacht wie in diesem Sommer. Die Zeit heilte eben doch nicht alle Wunden, und die von Paola schmerzte erneut, nachdem sie Bernardo die ganze Geschichte ihres Ziehsohns erzählt hatte. Und nun kam noch dieser Brief von Caterina Bernardi aus Köln dazu.

Paola legte das Schreiben zurück auf den Tisch und dachte nach.

Da Caterina sie um neue Rezepturen bat, liefen die Geschäfte in Köln wohl ausgezeichnet. Und über Paolo hatte sie sich nur lobend geäußert. Übermäßig fleißig und arbeitsam sei er angeblich, mit großem Sinn für die Familie. Entweder hatte Caterina Bernardi Absichten, von denen sie, Paola, nichts ahnte, oder Paolo hatte tatsächlich eine wunderbare Wandlung durchgemacht, so wie es bei Bernardo offenbar der Fall war.

Es war Bernardo äußerst schwergefallen, die Disziplin aufzubringen, die täglichen Schwimmübungen in dem eiskalten Gebirgsfluss Toce zu überstehen, aber er hatte durchgehalten, und zum Schluss war aus ihm ein guter Schwimmer geworden. Das erste Mal in seinem Leben hatte er ein Ziel vor Augen gehabt, das er unbedingt erreichen wollte. Er würde an der Stelle des Flusses nach Gold suchen, wo niemand anderer zu tauchen wagte: in der schäumenden Gischt der einige Fußstunden entfernten Doveria. Dort, so erzählte man, hätten sich in überschwemmten Schüttkegeln, die noch aus der Römerzeit stammten, größere Mengen Gold angesammelt. Dass die Römer ausgerechnet diese Stelle für die Schüttkegel erwählt hatten, lag daran, dass der Fluss dort tausend Jahre zuvor über das Ufer getreten war und die Goldsammelstellen unzugänglich gemacht hatte. Denn in der Antike war der Bach ansonsten friedlich durch die Bergwiesen mäandert.

Es war nicht die einzige Goldmine in den Ossola-Tälern, aber nach allen Informationen die geeignetste für Bernardos Vorhaben.

»Erstaunlich, wie gut der Junge zuhören kann, wenn ihn etwas interessiert«, hatte Paola zu ihrem Bruder, Bernardos schwer krankem Großvater, gesagt, von dem sie all die Geschichten des Ossola-Goldes kannte, von den antiken Goldwaschanlagen bis zum Walsergold.

Die Stelle, an der Bernardo suchen wollte, lag zwar unweit der Goldminen der Erben des Schweizer Kaufmannes Kaspar Stockalper, gehörten aber nicht dazu. Und seit der sogenannte »König des Simplon« das Zeitliche gesegnet hatte, wurde das Gebiet auch kaum noch bewacht. Das Problem war ein ganz anderes: Der Gebirgsbach war an dieser Stelle so tosend, dass sich dort tatsächlich niemand ins Wasser traute.

Falls sich das Gold dort tatsächlich gesammelt hatte, würde es also ganz sicher noch da sein. Und Bernardo hatte ganz gewiss nicht vor, sich in die Reihe der vielen Glücksritter zu begeben, die manchmal tagelang den Sand siebten, bevor sie auch nur ein paar winzige Körnchen Gold fanden.

Die täglichen Schwimm- und Tauchübungen im eiskalten Wasser hatten noch ein paar weitere durchaus positive Auswirkungen: Zum einen sah Bernardos ohnehin muskulöser Körper nun geradezu athletisch aus, zum anderen hatte er seit Jahren wieder einen klaren Kopf und roch nicht mehr ungewaschen. Überrascht stellte er fest, dass dieser Zustand nicht nur für andere Menschen, sondern auch für ihn selbst angenehmer war.

Die Tage wurden allmählich kürzer, die Ernte war zum Großteil eingebracht, und Bernardo hatte vorübergehend etwas mehr Zeit für seine Übungen. Die wenigen Wochen im August wollte er intensiv nutzen, denn bald würden die Flüsse, vom herbstlichen Regen gespeist, wieder anschwellen, und die Wein- und später die Kastanienlese beginnen. Denn solange er noch kein Gold gefunden hatte, musste er sich den bäuerlichen Zwängen fügen.

»Wohin verschwindest du schon wieder?«, schrie Bernardos Vater mit lallender Stimme. Es war Wochenende, das samstägliche Mittagsmahl gerade beendet.

Die kleine Arbeitspause im August hatte dazu geführt, dass Bernardos Vater noch mehr trank und nun statt seines Sohnes, dessen Kraft er fürchtete, seine Frau verdrosch.

Bernardo hasste seinen Vater abgrundtief. Er würde seine Wut nicht mehr lange unter Kontrolle halten können. Daher zog er es vor, schweigend das Haus zu verlassen.

Seiner Mutter konnte Bernardo eh nicht helfen, genauso wenig wie sie ihm hatte helfen können, als er klein war. Schützte er sie, würde sie das nächste Mal doppelt leiden müssen. Und er konnte nicht immer bei ihr sein, erst recht nicht jetzt, da der Tag seiner ersten Goldsuche gekommen war. Sein Bündel mit Werkzeug, etwas Brot, Speck und Ersatzkleidung hatte er schon am Vortag geschnürt. Sobald er den Gebirgsbach erreicht hatte, würde er einen ersten Tauchgang wagen. Auch den nächsten freien Tag würde er der Goldsuche widmen und erst am Abend in sein unerträgliches Zuhause zurückkehren.

Die mittägliche Hitze dieses Augusttages war drückend, doch trotz sengender Sonne lief Bernardo leichtfüßig, ja, er rannte fast. So erreichte er die gesuchte Stelle im engen Diveto-Tal nach nur wenigen Stunden.

Das Donnern des Wassers hallte in der Klamm unheimlich von den steilen Felswänden wider. Bernardo suchte diesen Ort nicht zum ersten Mal auf, aber erst jetzt fühlte er sich bereit für die gefährliche Unternehmung. Bedächtig legte er die Kleider ab und sichtete die Stelle, an der sich das Gold der Wahrscheinlichkeit nach am ehesten angesammelt hatte.

Die Sonne stand mittlerweile tiefer, und in das enge Tal drang kaum noch ein Sonnenstrahl vor. Doch Bernardo wollte nicht bis zum nächsten Morgen warten, zu knapp war seine Zeit und zu sehr lechzte er nach einem ersten Erfolg.

Vorsichtig ließ er sich etwas oberhalb der vermuteten Stelle ins eiskalte Wasser gleiten. Die Strömung war stark, und er musste sich an einem Felsen festklammern, um nicht sogleich fortgerissen zu werden. Er tastete sich weiter vor, bis er mit den Füßen Halt fand.

Das Wasser war so kalt, dass es selbst dem athletischen Bernardo zusetzte. Ungeachtet dessen holte er tief Luft und tauchte unter. Geschickt hielt er sich mit Händen und Füßen unter Wasser an den Felsen fest und konnte bald schemenhaft eine tiefe Senke ausmachen: Es war der Überrest eines einstigen Schüttkegels.

Kraftvoll stieß er sich ab und arbeitete sich mit kräftigen Armzügen in die Tiefe vor. Ein Moment der Unachtsamkeit genügte, und die Strömung hob ihn aus der Senke, um ihn wie ein Stück Holz an die brodelnde Oberfläche zu spucken. Sein Kopf stieß gegen einen Felsen, und nur mit allerletzter Kraft konnte er sich ans Ufer retten.

Es war ein Moment der Todesangst gewesen. Doch seltsamerweise erfüllte ihn der Gedanke an sein Ende nun nicht mit Panik, sondern mit einer eigenartigen Ruhe: Alles war besser als sein bisheriges Leben, sogar der Tod. Dieser tosende Gebirgsbach würde darüber entscheiden, wie es mit ihm weiterginge.

Als er nach einigen Minuten wieder ganz bei sich war, konnte er sich kaum mehr erinnern, was geschehen war. Der schäumende Bach wurde in seinen Gedanken zu einem kampfwütigen Gegner, den es im Duell zu bezwingen galt – ein Zweikampf, in dem er die erste Runde verloren hatte. Mit klammen Fingern entzündete er sich ein wärmendes Lagerfeuer, ohne dabei den Feind aus den Augen zu lassen. Nach einem kargen Nachtmahl begab er sich an Ort und Stelle zur Ruhe.

Er erwachte sehr früh am Morgen und musste sich im ersten Moment besinnen, wo er sich befand, bevor er den rauschenden Bach wieder ins Auge fasste wie ein Krieger seinen Feind. Die Niederlage vom vergangenen Tag konnte ihn von seinem Plan nicht abbringen: Er würde so lange tauchen, bis der Fluss ihm gab, was er haben wollte – oder ihn tötete.

Entschlossen ging er erneut zum tosenden Wasser und sagte ihm den Kampf an: »Neptun, o Herr der Fluten, Hüter der Schätze des Meeres, der Flüsse und Seen! In deine Hände lege ich mein Schicksal. Du allein entscheidest darüber, was aus mir wird: ein toter oder ein reicher Mann!«

Dann schnitt er sich eine Locke seines dunklen Haars ab und opferte sie dem römischen Gott der Flüsse und Meere.

Die Mythen der Antike zählten zu dem wenigen, was ihn während der Unterrichtsstunden fasziniert hatte.

Nach diesem kurzen Ritual konzentrierte er sich wieder auf seine Mission. Da er die Stelle des alten römischen Schüttkegels inzwischen kannte, konnte sich Bernardo diesmal besser auf seinen kurzen, aber gefährlichen Tauchgang vorbereiten.

Als er den Ort fixierte, schien die schäumende Oberfläche ebendort golden zu glitzern. Ob dies tatsächlich eine Reflektion des Goldes am Flussboden war oder ihm die morgendliche Sonne einen Streich spielte, wollte Bernardo nicht entscheiden, und er ließ sich bereitwillig davon anspornen.

Wie ein Fisch wand er sich durch die reißende Strömung zu der Stelle, von der er am Abend zuvor brutal weggerissen worden war. Obwohl das Wasser glasklar war, konnte er durch die Strudel hindurch kaum etwas erkennen. Mit letzter Kraft griff er nach einem faustgroßen Stein, der in der Tiefe gelblich geschimmert hatte.

Mühsam entriss er sich den kraftvollen Wirbeln, mit einer Hand nach dem Ufer tastend, die andere fest um den Wacker geschlossen. Am Ufer angelangt, traute er sich kaum die Hand zu öffnen, so groß war seine Angst, nur einen einfachen Flussstein aus der Tiefe geholt zu haben.

Ohne sich zu rühren, mit immer noch geschlossener Faust, verharrte er am Ufer, bis die Sonnenstrahlen den letzten Wassertropfen auf seiner Haut getrocknet hatten. Misstrauisch schaute er sich noch einmal um, ob ihn auch ganz sicher niemand beobachtete, bevor er fast andächtig die Finger von dem Stein löste, den er seinem Gegner, dem Fluss, entrungen hatte.

Das reflektierte Licht traf fast schmerzlich seine Augen: Es war pures Gold, das in seiner Hand glänzte und glitzerte. Bernardo konnte sein Glück nicht fassen.

Mit zitternden Händen drehte er den Klumpen und besah ihn sich von allen Seiten, nur um immer wieder festzustellen, dass es tatsächlich Gold war, das er der Doveria abgetrotzt hatte.

Die Erste und Einzige, die von seinem Glück erfahren sollte, war Paola.

15. Kapitel

Die Zitrone – Citrus limon

Durch den hohen Vitamin-C-Gehalt hat die Zitrone als Frucht eine ausgeprägte Heilwirkung. Die Zitronensäure im Zitronensaft lindert Sodbrennen und wirkt belebend. Der Duft der Zitrone wirkt auf den Menschen einerseits belebend, andererseits aber auch beruhigend aufgrund der entkrampfenden Wirkung.

Santa Maria Maggiore, Spätsommer 1700

Bernardo hatte sich schon länger nicht mehr bei seiner Großtante blicken lassen. Doch Paola wusste durchaus über die wundersame Wandlung des sonst eher wüsten Jünglings Bescheid.

Trotzdem stand sie staunend in der Tür, als der völlig veränderte, athletische und gepflegte junge Mann vor ihr stand. Wortlos holte er den Klumpen Gold aus seiner Hosentasche und öffnete die Faust langsam vor Paolas Augen. Ein wohliges Gefühl von Freude und Stolz durchzuckte die ältere Frau, die ihren Glauben an den unbändigen Jungen nie verloren hatte.

»Ich sehe, du hast schwimmen gelernt«, kommentierte sie den sensationellen Fund nüchtern und blickte dann Bernardo prüfend ins Gesicht. »Und das Laudanum scheint dich auch nicht mehr täglich zu begleiten. Das Schwimmen hat deinen Körper gestählt und das Wasser dich gereinigt.« Erst dann umarmte sie ihren Schützling freudig, der mindestens zwei Köpfe größer war als sie. »Komm rein, oder willst du dem ganzen Ort deinen Goldschatz zeigen?«

Bernardo beeilte sich, der Aufforderung nachzukommen. Er wollte gewiss nicht, dass das ganze Tal von seinem wertvollen Fund erfuhr. So etwas verbreitete sich wie ein Lauffeuer. Also folgte er seiner Tante in die enge Wohnstube.

Diesmal bot sie Bernardo keinen Tee, sondern eine erfrischende Limonade an. Paola leistete sich das edle Getränk aus frischem Zitronensaft, Zucker und Quellwasser nicht oft. Aber abgesehen davon, dass sie sich an Sonntagen gern ein bisschen mehr gönnte als sonst, war dies wirklich ein außergewöhnlicher Tag, der einen Grund zum Feiern bot.

Rasch presste Paola den sauren Saft aus ein paar sorgfältig eingelagerten Zitrusfrüchten und mischte diesen mit den bräunlichen süßen Kristallen der Überseeinseln, bevor sie das Gemisch mit frischem Craveggia-Wasser aufgoss. Noch vor Kurzem hätte sich Bernardo wahrscheinlich darüber lustig gemacht und nachdrücklich Wein gefordert. Doch nach seinen intensiven Schwimmübungen und der wochenlangen Alkoholpause freute er sich richtiggehend auf die Limonade.

»Köstlich!«, murmelte er nach den ersten Schlucken.

So ungeheuchelt und ehrlich kam das Lob aus seinem Mund, dass Paola ihre Verwunderung nicht mehr für sich behalten konnte. »Du hast dich verändert, Bernardo, ich bin stolz auf dich!«

Ihre Worte taten ihm so gut wie das frische Getränk. Wann war er das letzte Mal gelobt worden? War er überhaupt je in seinem Leben gelobt worden?

Ein Lächeln huschte über sein Gesicht, doch als er sich dieses winzigen Gefühlsausbruchs gewahr wurde, wurden seine Züge wieder ernst, und er versuchte einen geschäftsmäßigen Ausdruck aufzusetzen. »Danke, Paola, das habe ich dir zu verdanken. Doch deswegen bin ich nicht hier. Ich habe dir gesagt, was mich antreibt und bewegt, und du hattest mir versprochen, aus dem Gold, wenn ich welches finde, bare Münze zu machen.«

»Bernardo, ich bin sprachlos. Als ich dir vorschlug, nach Gold zu suchen, bin ich davon ausgegangen, dass du in vielen Monaten ein paar kleine Klümpchen finden würdest. Auch damit hättest du deinen Weg gehen können. Aber das …« Paola deutete auf das Gold. »Das macht dich zu einem reichen Mann!«

Bernardo versuchte nach wie vor, eine neutrale Miene zu zeigen, und als er ihr antwortete, tat er das in einem Tonfall, als berührte ihn diese Nachricht nicht besonders: »Das Gold nutzt mir erst etwas, wenn ich es in Geld eintauschen kann.«

Paola nickte. »Ich gebe dir so viel Münzen, wie ich kann. Aber der Goldklumpen ist viel zu groß, als dass ich ihn dir ganz abkaufen könnte.«

»Was ist er wert?«, fragte Bernardo unumwunden.

Ohne zu antworten, ging Paola in ihren Arbeitsraum und kehrte kurz darauf mit einer Waage zurück. »Das Stück wiegt achthundert Gramm! Bernardo, du hast es geschafft! Dein Gold ist mindestens tausend Scudi wert. Ich kann dir höchstens fünfzig geben, mehr habe ich nicht. Das heißt: Ich kann dir vierzig Gramm Gold abkaufen.« Sie schüttelte den Kopf und sah ihren auf einmal reichen Verwandten beunruhigt an. »Bernardo, ich mache mir Sorgen. Denn Gold und Gier liegen sehr dicht beieinander.«

Bernardo trank seine Limonade aus und wischte mit einer leicht überheblichen Handbewegung Paolas Bedenken beiseite. »Gib mir fünfzig Scudi und behalt den Goldklumpen, bis ich fortziehe. Ich vertraue dir. Wie lange wird mir das Geld für das Gold in Venedig reichen? Ich meine die gesamte Summe, die ich hoffentlich bekommen werde.«

Paola überlegte einen Moment, bevor sie antwortete: »Ich war sehr lange nicht mehr dort, aber ich schätze, wenn du keine allzu teure Herberge wählst, wirst du damit ein Jahr auskommen. Aber du musst nicht unbedingt nach Venedig, es gibt viele andere Orte, wo du etwas lernen und einen ehrbaren Beruf ergreifen kannst. Jetzt stehen dir alle Türen offen.«

Bernardo schüttelte den Kopf: »Alle jungen Männer der besseren Gesellschaft gehen für eine Weile nach Venedig.«

»Wie wäre es mit Köln?«

»Ich dachte, dort wäre kein Platz für mich?«

»Die Situation ist jetzt eine andere. Und ich habe einen Brief von Caterina Bernardi erhalten, in dem sie mich um neue Rezepturen für *Aquae mirabiles* bittet. Du könntest sie ihr bringen, und dann ist sie mir etwas schuldig.«

»Nein, ich habe es nicht mehr nötig, mich aufzudrängen. Ich werde nach Venedig gehen, ob du mir hilfst oder nicht.«

Paola sah ein, dass jede Widerrede zwecklos war, und sagte zögernd: »Nun, du scheinst deinen Entschluss gefasst zu haben. Aber ich sehe nicht, was ich für dich tun kann.«

»Jeder Hinweis, an wen ich mich in Venedig wenden kann, hilft mir weiter. Kennst du nicht jemanden dort, der mir das Gold in bare Münze tauschen könnte?«

Paola schenkte ihm Limonade nach und überlegte: »Wie gesagt, ich war schon ewig nicht mehr in Venedig, aber von ein paar Händlern dort beziehe ich ausgefallene Spezereien für meine Elixiere, und auch sonst pflege ich noch ein paar Kontakte nach Venetien. Vielleicht könntest du bei einem der Kaufleute in die Lehre gehen.«

»Ich weiß nicht, ob ich das möchte«, entgegnete er. »Ich will zunächst einmal erfahren, wie es sich in Venedig lebt.«

Paola betrachtete den völlig veränderten, gut aussehenden Bernardo eine Weile, bevor sie wieder das Wort ergriff. »Venedig ist eine Stadt des Lasters, die für einen jungen Mann wie dich viele gefährliche Verführungen bereithält. Ich bin wirklich nicht glücklich über deine Entscheidung, dort hinzugehen, aber ich werde dich davon wohl nicht abbringen können.« Sie seufzte. »Es gibt ein paar einfache Herbergen für Reisende am Rande von Venedig oder das *Ridotto* inmitten der Stadt, wo du absteigen könntest. Um zu erfahren, wie man sich in der Gesellschaft dort bewegt, solltest du dir vielleicht einen Cicisbeo als Freund und Begleiter suchen.«

Bernardo sah seine Tante fragend an. »Einen Cicisbeo?«

Paola nickte: »Einen jungen Mann aus gutem oder gar adligem Haus, oft vom Land, der vorübergehend in Venedig in einem Patrizierhaushalt lebt, um die Sitten und Umgangsformen der höheren Gesellschaft zu erlernen. Er begleitet die Dame des Hauses, wenn deren Gatte keine Zeit erübrigen kann.« Mehr wollte sie dazu nicht sagen.

»Kann ich nicht auch ein solcher Cicisbeo werden?«, fragte Bernardo interessiert.

Hastig schüttelte sie den Kopf. »Du kannst dich nicht als Cicisbeo bewerben, du musst erwählt werden.« Und sie hoffte, das Thema, das ihr ein wenig unangenehm war, damit abgeschlossen zu haben.

Bernardo aber hatte mehr verstanden, als er sollte, und dachte für sich, dass es doch ein Leichtes sein müsste, ein vernachlässigtes Eheweib für sich einzunehmen. Aber diesen Plan wollte er seiner Tante nicht offenbaren, und darum sagte er nur: »Schade. Aber vielleicht gibt meine Goldgrube ja auch noch mehr Schätze her. Ich werde den Sommer nutzen, um weiter nach Gold zu suchen. Und falls du dich in der Zwischenzeit nach einem weiteren Abnehmer umhören könntest, wäre ich dir sehr dankbar.«

»Ich werde sehen, was ich tun kann.«

Bernardo legte beide Hände auf die Wangen der verdutzten Paola, küsste sie auf die Stirn, dann forderte er: »Und jetzt verrate mir, welches der teuerste und begehrteste Duft ist, den du in deinen Vorräten hast.«

Paola, verwirrt von dem ungewohnten Gefühlsausbruch Bernardos und irritiert von seiner Frage, antwortete fast mechanisch: »Ambra! Sie wird dreimal mit Gold aufgewogen.«

Bernardo pfiff durch die Zähne. »Das hört sich gut an. Was ist das für ein Zeug, und wie riecht es?«

»Seit wann interessierst du dich denn für Düfte?«, fragte sie, noch immer verblüfft, aber dann gab sie sich die Antwort selbst: »Du hast recht, wenn du dich in Venedig in der Gesellschaft bewegen möchtest, kommst du nicht umhin, dich der Mode entsprechend zu parfümieren. Ich habe gerade erst letzte Woche ein frisches Ambra-Extrakt angesetzt. Ein Händler aus Venedig hat mir ein kleines Stück dieser edlen grauen Masse aus dem Meer mitgebracht. Ich werde dir ein Fläschchen mitgeben.« Sie überlegte kurz, bevor sie weitersprach: »Außerdem brauchst du anständige Kleider. Es kommen genug Tuchhändler hier vorbei, und du hast die Auswahl unter edlen Stoffen. Den Schneider im Ort kennst du ja. Gib ihm ein paar Scudi extra, dann wird er nicht verraten, für wen er die Kleider schneidert. Geh jetzt und pass auf dich auf! Besuch mich alle zwei Wochen, und ich werde dir berichten, ob ich jemanden für dein Gold gefunden habe.« Und in beschwörendem Tonfall setzte sie noch hinzu: »Nimm deine alten Gewohnheiten nicht wieder an, Bernardo. Es ist der Teufel persönlich, der sich deiner Seele bemächtigen will, und seine Verführungen lauern überall.«

Bernardo musste lachen, denn an den Satan und seine Macht glaubte er nicht. Und so verabschiedete er sich mit amüsiertem Unterton: »Lass den Teufel in der Hölle, Tantchen. Wir sehen uns in zwei Wochen.«

Mit den fünfzig Scudi in der Tasche machte er sich vergnügt auf den Heimweg.

Als er zu Hause ankam, verflog seine gute Laune sogleich wieder. Der Geruch von gekochtem Kohl und gebratenen Zwiebeln hing schwer in der warmen, abgestandenen Luft, vermischt mit Schwaden von Alkoholdunst, und aus dem oberen Stockwerk drang der Gestank von Alter und Krankheit, begleitet vom wehklagenden Stöhnen des Großvaters.

Der zarte Rosenduft, den seine Mutter immer auflegte, wurde von diesen abstoßenden Gerüchen gänzlich überlagert. Einzig ihr Anblick, wie sie am Herd stand und in einem Topf rührte, weckte in Bernardo eine Art heimatliches Gefühl.

Doch kaum hatte sein Vater ihn bemerkt, brüllte der los: »Wo warst du?«

»Arbeiten!«, antwortete Bernardo mit harter Stimme und schnippte ihm einen Scudo zu. »Während du nur gesoffen hast!«

Damit drehte er sich auf dem Absatz um, trat wieder durch die Tür, die er noch nicht einmal geschlossen hatte, bevor sein Vater ihn erneut anbrüllte, und schlug sie hinter sich zu.

Er hielt den Gestank, die Enge und die ganze bedrückende Atmosphäre in diesem Haus nicht mehr aus. Zielstrebig ging er zum Hurenhaus und verlangte das teuerste Mädchen, eine von jenen, die ansonsten nur den wohlhabenden Kaufleuten und Aristokraten zur Verfügung standen.

Lilly, die ihn bisher für kleines Geld beglückt hatte, staunte nicht schlecht, als Bernardo die Edelhure aussuchte. Eigentlich hätte es sie stören müssen, einen Kunden zu verlieren, doch Bernardo war immer so grob gewesen, dass sie froh war, ihn nun an Chantal abtreten zu können. Chantal, die angeblich aus Paris kam, aber in Wahrheit nicht über ihre italienische Herkunft hinwegtäuschen konnte. Würde sie sich derartige Grobheiten gefallen lassen oder einen Bauerntölpel wie Bernardo aus ihrer Kammer jagen?

Doch Bernardo hatte andere Absichten. Er bot Chantal einen Extra-Scudo dafür, dass sie ihn in der Liebeskunst unterwies, wie sie die Patrizier und reichen Kaufleute praktizierten. Daraufhin überraschte sie ihn mit der Schilderung von den abartigen Wünschen der hohen Herren, die selbst Bernardo anwiderten. »Ich will nichts über die widerwärtigen Praktiken deiner Kundschaft wissen«, wies er sie zurecht, »sondern wie eine Dame wünscht, verführt zu werden.«

Daraufhin hauchte die Möchtegernfranzösin ein verführerisches »Oh« und verlangte dann: »Das kostet dich aber ein Fläschchen Champagner.«

Bernardo verdrehte die Augen und entgegnete unwirsch: »Dann lass ihn bringen!«

Amüsiert zog Chantal dreimal kurz an einer Schnur, und bei der Wirtin läutete ein kleines Glöckchen. Kurz darauf erschien diese mit dem teuren Getränk und zwei Gläsern.

Den Champagner musste Bernardo sofort bezahlen, und er fragte sich, wie lange der Rest seiner fünfzig Scudi wohl reichen würde.

»Möchtest du nicht auch?«, fragte Chantal verführerisch, während sie Bernardo lasziv aufforderte, ihr einzuschenken.

Obwohl er sich vorgenommen hatte, dem Alkohol vorübergehend ebenso abzuschwören wie dem Laudanum, konnte er nicht mit ansehen, wie die Hure den sündhaft teuren Schaumwein alleine trank, und so gönnte er sich ebenfalls ein Glas.

Währendessen holte Chantal ein Fläschchen Laudanum unter dem Bett hervor und träufelte sich eine gehörige Portion in den Champagner. Als sie bemerkte, dass Bernardo unruhig wurde, sagte sie: »Das kostet aber extra.«

Bernardo, der allmählich schlechte Laune bekam, schaffte es einfach nicht, der Droge zu widerstehen, und er nickte. »Wenn das auch zu den Gepflogenheiten der Gesellschaft gehört.« Dann fügte er unmissverständlich hinzu: »Aber das ist nicht alles, wofür ich zahle!«

Bald schon legte sich die Wirkung des Getränks neblig um seinen Geist, und er fühlte sich beflügelt und so selbstsicher wie selten. Obwohl die Hure das bezahlte Schäferstündchen geschickt dirigierte, hielt er sich für einen begabten Verführer.

Dieses erste Treffen mit Chantal war nur der Auftakt zu einer ganzen Reihe von Lektionen, bei denen er sich als gelehriger Schüler erwies. Es gelang ihm sogar, Alkohol und Laudanum auf seine Besuche bei der Edelhure zu beschränken und ansonsten mit klarem Kopf seine Goldsuche an den Samstagen und Sonntagen fortzusetzen.

Noch zweimal war ihm das Glück hold, bevor der Bach derart anschwoll, dass es selbst für ihn unmöglich wurde, darin zu schwimmen und zu tauchen.

Paola gelang es, das Gold beim Grafen Borromeo zu Geld zu machen, und am Ende des Sommers war Bernardo ein reicher Mann, der zudem in alle Künste der Verführung eingeweiht war. Seine Manieren ließen zwar noch zu wünschen übrig, aber bessere Umgangsformen würde er in Venedig schon erlernen.

Bis auf Paola kam es für alle im Ort überraschend, dass Bernardo auf Reisen gehen wollte. Doch kaum jemand bedauerte, dass der oft wüste junge Mann das Dorf verließ. Nur Bernardos Mutter, Paola und die Hure Chantal würden ihn vermissen.

Jeder von ihnen hinterließ Bernardo eine angemessene Menge Scudi: Paola dafür, dass sie ihm Geldsäckchen in den Mantel eingenäht hatte und für das Laudanum, das sein Großvater benötigte; seiner Mutter, damit sie über die Runden kam, wenn der Vater den kargen Gewinn des Hofes wieder mal versoff; und Chantal … weil sie eben Chantal war.

Obwohl er sie für ihre Dienste anständig bezahlt hatte

und er keinesfalls der Einzige war, der sie regelmäßig aufsuchte, hatte sich in den letzten Wochen eine Art Freundschaft zwischen ihnen entwickelt. Bernardo konnte dieses Gefühl nicht einordnen, doch seine Gedanken waren bei ihr, ihrem roten wallenden Haar und ihren grünen Augen mit dem feurigen Blick, als die Kutsche, in der er sich einen Platz gemietet hatte, losfuhr, und ihr Lachen klang noch in seinen Ohren, als sie den Lago Maggiore erreichten.

Die Fahrt verlief ohne erwähnenswerte Zwischenfälle, und die wenig komfortablen Unterkünfte in den Gasthöfen erschienen Bernardo regelrecht luxuriös, war er bis dahin doch nur seine winzige stickige Kammer unter dem Dach des Elternhauses gewohnt.

Er erreichte Venedig in der Dämmerung des sechsten Tages nach seiner Abreise. Von San Marco aus ließ er sich von einer Gondel zum Gasthof *Bianca Leone* bringen, den ihm Chantal empfohlen hatte. Sie hatte einem Freier einige nützliche Informationen über Venedig entlocken können, darunter auch, dass dieser Gasthof einigermaßen komfortabel und vor allem sehr diskret war.

Unter dem Namen Luigi Scarpi mietete Bernardo ein Zimmer im »Weißen Löwen«. Es war inzwischen Ende Oktober, und so gab es genügend freie Zimmer in der Lagunenstadt, die in der Zeit von Karneval bis Spätsommer von Besuchern überfüllt war, um diese Jahreszeit aber beinah nur noch von Geschäftsreisenden aufgesucht wurde. Entsprechend skeptisch betrachtete der Wirt seinen neuen Gast.

»Hätten Signor Scarpi die Güte, das Zimmer eine Woche im Voraus zu zahlen?«, fragte er mit untertäniger Stimme, während sich Bernardo neugierig in der Halle umsah. »Signor Scarpi«, wiederholte der Mann noch zweimal, bis es zu Bernardo vordrang, dass er gemeint war. Er musste sich an seinen neuen Namen noch gewöhnen.

Warum er, den ohnehin niemand kannte, inkognito reiste,

wusste er selbst nicht genau zu sagen. Aber Chantal hatte ihm erzählt, dass berühmte Persönlichkeiten, vor allem Künstler, gern unter falschem Namen nach Venedig kamen … Und schon waren seine Gedanken wieder bei Chantal.

Er versuchte die Erinnerung an sie zu verdrängen und gab sich ganz weltmännisch, als er überheblich und mit deutlich lombardischem Akzent antwortete: »Ich bezahle gleich einen ganzen Monat im Voraus.«

»Si, Signor«, entgegnete der Wirt dienstbeflissen, dann fragte er interessiert: »Sie sind zum ersten Mal in Venedig?«

Bernardo begriff, dass er noch einiges zu lernen hatte, um nicht gleich überall als Tölpel vom Land entlarvt zu werden.

16. Kapitel

Weihrauch und Myrrhe – der Rauch der Götter

Nicht nur in der katholischen Kirche gilt Weihrauch als wichtige Hilfe auf dem Weg zum Seelenheil, auch in vielen anderen Religionen.
Der Rauch des brennenden Pflanzenharzes wirkt direkt auf das Gehirn und aktiviert dort Ionenkanäle, die Depressionen und Angst mindern.

Venedig, Oktober 1700

Giovanni hatte sich in den ersten Monaten gut in Venedig eingelebt. Doch in diesen herbstlichen Tagen dachte er häufig wehmütig an seine Heimat und an den Geruch der herbstlichen Wälder mit dem Duft des feuchten Laubes und der Steinpilze, die um diese Zeit überall in den Wäldern aus dem Boden wuchsen, den selteneren erdigen Geruch der Trüffel, die er mit der Nase aufzuspüren vermochte, und den unvergleichlichen Duft frisch gerösteter Esskastanien, die seine Mutter gerne noch mit einem Hauch Karamell überzog.

Venedig hingegen stank in diesen kühlen und feuchten Oktobertagen vor sich hin. Ein dichter Nebelschleier hatte sich wie ein Mantel über die Lagunenstadt gelegt und schien all die üblen Gerüche festzuhalten, vor allem die von der Glasbläserinsel Murano und den Seifensiedern am Stadtrand. Nicht einmal mit den Gezeiten verschwand diese olfaktorische Verschmutzung, die der Wind zum Zentrum trieb und die der Dunst wie eine Glocke umschloss.

Giovanni mied es dieser Tage, das Haus zu verlassen. Einzig auf den Kirchgang wollte er nicht verzichten. Nicht, weil er besonders gläubig war, wie sein Großonkel Carlo fälschlicherweise vermutete, sondern weil ihn dort die Gerüche, die Musik und überhaupt die Atmosphäre verzauberten.

Obwohl die Basilica San Benedetto direkt am Canal Grande lag, bevorzugte die Familie Gennari traditionell den Gang zur Basilica San Marco, wo sie seit Generationen reservierte Plätze für sich beanspruchte, natürlich nicht ohne dafür gewisse Gegenleistungen zu erbringen.

Dort konnte Giovanni auch der Musik seines neuen Freundes Vivaldi lauschen, der mit seinem Vater im dortigen Orchester spielte. Die beiden jungen Männer verband inzwischen ein enges Band der Freundschaft, was wohl trotz ihres Altersunterschiedes durch ihr gemeinsames Interesse an Dingen begründet war, die der Vergnügungssucht fernlagen und über die sie oft lange tiefgründige Gespräche führten. In Venedig war es dieser Tage nicht leicht, junge Menschen zu finden, die sich nicht nur der Leichtigkeit des Seins und dem Vergnügen hingaben. Zumindest traf Giovanni sonst nicht auf Gleichgesinnte, jedenfalls nicht in den Kreisen, in denen er sich bewegte.

Es war aber nicht so, dass Giovanni jeglichem Vergnügen abgeneigt gewesen wäre. Nach einer arbeitsreichen Woche wie der zurückliegenden lechzte auch er nach Zerstreuung. Wobei er keine Belustigung suchte, wie sie beispielsweise die Komödie und ihr ganzes heiteres Umfeld boten. Vielmehr war jene Kirche der Ort, der seinen Geist von den Anstrengungen der Woche befreite, zumal er dort einen durchaus berauschenden Duft und dessen wohlige Wirkung genießen konnte: den des Weihrauchs.

In der Markuskirche wurde ausgiebig Gebrauch von dem edlen Räucherwerk gemacht.

Es war der letzte Sonntag im Oktober. Bis zum Eingang

der Kirche hielt sich Giovanni – eine Erkältung vorschützend – seinen Umhang vor die Nase, versuchte flach zu atmen und sich auf das sparsam in seine Kleider getupfte Bergamottöl zu konzentrieren.

Kaum hatte er das Innere des Gotteshauses erreicht, nahm er das schwere Tuch vom Gesicht und atmete tief ein. Sogleich stellte sich die Wirkung in seinem Kopf ein; ihm wurde fast schwindelig, doch es war ein angenehmer Schwindel, und wie in einem Schwebezustand gelangte Giovanni zu seinem Platz. Die liturgische Orgelmusik verstärkte die Leichtigkeit noch, die nicht nur vom Duft des Weihrauchs herrührte, sondern auch von dem der Myrrhe.

In Giovannis entrücktem Zustand waren die Menschen um ihn herum willkommene olfaktorische Studienobjekte. Er roch die Ängste der jungen Mädchen, die dem Priester unzüchtige Anbandelungen beichten mussten, und die wilden Nächte der Herren, die ihre Ausdünstungen mit Ambra, Moschus und Rose zu übertünchen versuchten. Er roch die frische Reinheit der Kinder, die gelangweilt auf den Bänken hin- und herrutschten, und die Geilheit der Männer, die nach den Huren lechzten, die er ebenfalls erschnuppern konnte. Sie saßen weit hinter ihm, dennoch nahm er ihren Geruch nach sich zersetzenden Körpersäften und billigen Ölen wahr.

Doch dann trafen ihn zwei Düfte, die ihm den Atem nahmen. Sie gingen von zwei Menschen aus und trafen ihn im Innersten. Zwei Düfte, wie sie unterschiedlicher nicht sein konnten, wie Himmel und Hölle, Feuer und Wasser.

Antonia und Bernardo!

Der himmelsgleiche Duft des bezauberndsten Mädchens, das er je kennengelernt hatte, und der bestialische Gestank eines Höllenhundes. Dabei war es unmöglich, dass Bernardo hier in Venedig war. Nein, diesmal musste ihm seine sonst so zuverlässige Nase im Rausch der Düfte einen Streich spielen.

Und Antonia? Konnte es sein, dass dieses engelsgleiche Wesen in seiner Nähe weilte? Nun, das war gar nicht so unwahrscheinlich. Die ersten Bergamottfrüchte waren bereits aus Kalabrien eingetroffen, und wie Giovanni gehört hatte, war die Ernte in diesem Jahr überdurchschnittlich gut und versprach noch zahlreiche weitere Lieferungen.

»Pater noster, qui es in coelis …«, erschall es choral aus den Mündern aller – fast aller – Kirchgänger.

Das *Vaterunser* störte Giovannis Gedankengänge und ließ ihn mechanisch mit einstimmen. Einem Mantra gleich wiederholte er im Stillen den vorletzten Satz gleich dreimal:

»… et ne nos inducas in tentationem, sed libera nos a malo.«

»… und führe uns nicht in Versuchung, sondern erlöse uns von dem Bösen.« Giovanni wiederholte die Worte noch, als die übrigen Betenden längst am Schluss des Gebets angekommen waren.

»Quia tuum est regnum et potestas et gloria in saecula. Amen«, drang es dumpf an sein Ohr. »Dein ist das Reich und die Kraft und die Herrlichkeit in Ewigkeit. Amen.«

Er wiederholte die lateinischen Worte, während seine Sinne gefangen waren zwischen aphrodisischen Düften, berauschendem Räucherwerk und bewegender Musik.

War der Duft der bezaubernden Antonia eine Prüfung Gottes, den Versuchungen zu widerstehen?, fragte er sich. Und seine Gedanken gingen noch weiter: Waren die Dirnen hier im Gotteshaus, damit sie die Männer schieden zwischen jenen, die der Versuchung widerstanden, und denen, die dies nicht taten?

Allerdings gehörten nach seinen bisherigen Beobachtungen zur ersten Gruppe in Venedig nur die Kinder und Greise – und er selbst galt wahrscheinlich schon als absonderlich veranlagt, weil er sich noch nie mit einer käuflichen Dame eingelassen hatte. Doch der Geruch der Huren führte ihn nicht in Versuchung, ganz anders als der wunderbare Mädchenduft, der in seine Nase drang und ihn so sehr an Antonia erinnerte.

Als der Schlusschor erklang und sich die Gemeinde anschickte, das Gotteshaus zu verlassen, erhaschte Giovanni einen Blick auf die Silhouette einer jungen Dame, deren weiches Haar kokett unter der Haube hervorlugte. In diesem Moment war er sich sicher, dass es sich um Antonia handelte, zumal er immer noch ihren Duft zu riechen meinte.

Carlo, der jüngere, dem der eindeutig schmachtende Blick seines jugendlichen Verwandten nicht entging, fragte mit einem leicht belustigten Unterton: »Soll ich dich mit ihr bekannt machen?«

Giovanni, noch nicht wieder ganz Herr seiner Sinne, stammelte: »Was …? Mit wem?«

»Na, mit dem Mädchen, dem du hinterherstarrst.«

Endlich begriff Giovanni, dass Carlo die junge Dame offenbar kannte. Eine Sekunde zögerte er, bevor er stammelte: »Äh … ja, gern.«

Doch kaum hatte er es über die Lippen gebracht, wusste er, dass er einen fatalen Fehler begangen hatte. Das Mädchen war nun keine fünf Meter mehr von ihnen entfernt und der engelsgleiche Duft verschwunden. Stattdessen wallte ihm der billige Geruch von minderwertigen Duftölen und sich zersetzenden Körpersäften entgegen.

Bevor er seinen Fehler korrigieren konnte, hatte Carlo das Mädchen erreicht und sprach sie an: »Grüß dich, Gina. Ich möchte dir jemanden vorstellen. Mein Neffe Giovanni würde dich gern kennenlernen.«

Giovanni, noch in der Erinnerung an Antonia gefangen und vom Weihrauch berauscht, reagierte nicht so schnell wie sonst mit überstürzter Flucht, sondern grüßte sie starr, aber förmlich.

Inzwischen hatten sich auch die älteren Herrschaften genähert, ebenso Carlos Gattin, ihr Cicisbeo und die Kinder.

An seine Frau gewandt, gebot Carlo: »Geht schon mal vor, wir kommen später nach.«

Chiara lächelte großmütig, während sie sich bei ihrem Cicisbeo unterhakte und erwiderte: »Natürlich, es wird auch allmählich Zeit für Giovanni. Ich hoffe nur, das Mädchen gibt sich Mühe.«

Caterina beobachtete die Szene aus einiger Entfernung, und sie entschloss sich, Giovanni aus der für ihn sicherlich unglücklichen Lage zu befreien. Ihr war sofort klar, dass dort ein Missverständnis vorlag und Giovanni nach dem Kirchgang ganz gewiss kein Bordellbesuch vorschwebte.

Bevor sie jedoch einschreiten konnte, hatte der jüngere Carlo bereits die Arme um die Dirne und ihren unfreiwilligen Freier gelegt und schob beide sanft auf das Kirchenportal zu.

Vor einer Situation wie dieser fürchtete sich Giovanni seit Wochen. Längst hatte er erfahren, dass jede zehnte Einwohnerin Venedigs eine Hure war und dass sie allesamt ein gutes Auskommen hatten, denn der Besuch bei einer dieser Damen gehörte genauso zum Alltag der Adligen und reichen Kaufleute wie der des Kaffeehauses, der Oper, der Commedia dell'Arte und der Kirche. Ja, mehr noch: Die käufliche Liebe war bei vielen Männern ein fester Bestandteil des Tagesablaufs.

Giovanni hatte noch keinen Ort in Venedig ausmachen können, wo er nicht auf Dirnen gestoßen wäre, und der junge Carlo hatte ihn schon so oft vergeblich aufgefordert, ihre Dienste in Anspruch zu nehmen, dass er allmählich an Giovannis Neigungen zweifelte. Darum hatte er Giovannis melancholisch schmachtenden Blick, mit dem er das leichte Mädchen bedacht hatte, mehr als wohlwollend registriert und sich sogleich verpflichtet gefühlt, unterstützend einzugreifen.

Gina war eine sehr junge Dirne, doch was ihr an Erfahrung fehlte, machte sie mit ihrem tadellosen Körper wett. Giovanni würde seine Freude an ihr haben, dachte Carlo fürsorglich.

Dass die Nervosität scheinbar eine Art Starre bei seinem Schützling ausgelöst hatte, gab ihm allerdings zu denken. Um Giovanni zu ermutigen, flüsterte er ihm zu: »Du kannst nichts falsch machen, Gina wird dich zartfühlend einweisen.«

Die Hure, die dies mitbekommen hatte, nickte und hauchte Giovanni augenzwinkernd zu: »Ich erwarte dich.«

Dann verschwand sie in den Gassen hinter dem Markusplatz.

17. Kapitel

Neroli – göttliches Öl der Pomeranzenblüte

Ein edler, erlesener Duft, der zunächst entspannend und entkrampfend wirkt, bevor er seine anregende Wirkung zeigt.

Venedig, Herbst 1700

Die anderen Familienmitglieder hielten noch einen kurzen Plausch auf dem Markusplatz, begrüßten Freunde und Kunden, als der junge Carlo Giovanni sanft aus der Gruppe zerrte und in die Richtung schob, in der Gina verschwunden war.

Schweigend und den Umhang vor die Nase haltend, folgte Giovanni seinem Onkel.

Carlo plauderte munter von den Vorzügen der Hurenhäuser, während er mit raschen Schritten durch die engen Gassen voranschritt, bis sie einen etwas heruntergekommenen, aber noch prachtvollen Palazzo unweit der Rialtobrücke erreichten.

Als sie die Eingangsstufen des Bordells überschritten, murmelte Giovanni: »Ich kann das nicht.« Ein Einwand, den Carlo geflissentlich überhörte.

Schon befanden sie sich inmitten tuschelnder und kichernder Damen, unter denen Giovanni auch sogleich das Mädchen aus der Kirche erblickte.

Carlo begrüßte die Wirtin des Etablissements und flüsterte ihr verschwörerisch etwas zu. Lauter und auch für Giovanni deutlich hörbar bestellte er anschließend Champagner für sich und eine eilig von ihm erwählte Dame, während er zwei Gläser für Giovanni und Gina direkt auf deren Zimmer bringen ließ.

Als Gina ihn an die Hand nahm, wusste Giovanni, dass er keine Möglichkeit mehr hatte, der Situation zu entkommen, ohne sich völlig zum Gespött zu machen. Sie führte ihn wie ein kleines Kind auf ihr Zimmer und schloss die Tür, kaum dass er über die Schwelle getreten war.

Starr blieb er in dem Raum stehen, der keinen Zweifel an seinem Zweck ließ. Erfolglos versuchte er den abgestandenen Geruch der Liebessäfte und der Reste schwerer Parfümöle zu ignorieren und überlegte, was er tun sollte.

Gina reichte ihm eines der Champagnergläser und prostete ihm zu, um den ungelenken und offenbar unerfahrenen Kunden etwas aufzumuntern. Während Giovanni an dem edlen Getränk nur nippte, leerte Gina das Glas, dann begann sie sich zu entkleiden.

Giovanni senkte den Blick und vermied es, das Mädchen anzusehen, dessen wallendes Haar und deren weibliche Rundungen sich nun aufreizend präsentierten. »Ich kann nicht«, flüsterte er beschämt.

»Was kannst du nicht?«, fragte Gina leicht empört. »Bin ich dir nicht gut genug, oder magst du gar keine Mädchen?«

Giovanni schüttelte den Kopf und stammelte: »Ich kann das … das alles hier nicht … nicht riechen.«

»Du kannst das nicht riechen?«, fragte Gina ungläubig. »Meine Kunden kommen aus den besten Kreisen und verwenden nur die teuersten Parfüms, und.«

Sie war nun tatsächlich verärgert. »Das kann doch nicht dein Ernst sein!«, hielt sie ihm vor. »Ich habe schon alle möglichen Ausreden gehört, wenn Männer – sagen wir mal – unpässlich waren. Aber so was! Dabei hast du es noch nicht mal probiert. Warum flüchtest du dich denn jetzt schon in Ausreden?«

»Ich habe eine … eine Eigenschaft, eine Fähigkeit«, versuchte er ihr zu erklären, »die oft hilfreich, aber genauso oft hinderlich ist: Ich rieche einfach alles! Und ich rieche, dass du dich schlecht gewaschen hast und billiges, gepanschtes Rosen- und Neroliöl verwendest. Ich rieche, dass dein letzter Freier stark geschwitzt hat, zu viel Kohl und Zwiebeln gegessen und sich übermäßig mit Moschus und Ambra parfümiert hat. Es ist, als wäre noch der Schatten deines letzten Kunden hier und als wärst du ein hässliches Mädchen mit schmutzigen Kleidern – was ganz und gar nicht der Fall ist«, fügte er schnell hinzu, um dann fortzufahren: »›Hässlich‹ sind für mich die schlechten Düfte, die dich einhüllen. Ich bin ganz offen: Würdest du wunderbar duften und sähest abstoßend aus, würde mir das nichts ausmachen. Aber es ist nun mal umgekehrt. Du bist hübsch, doch dein Geruch ist abstoßend.«

Giovanni ließ sich auf dem einzigen Stuhl des Zimmers nieder, zu sehr setzten ihm die Gerüche zu, und seine Rede hatte ihn nicht wenig angestrengt. Er fragte sich auch, ob es nicht dumm gewesen war, einer Hure gegenüber derart offen zu sprechen.

Gina starrte ihn fassungslos an, denn seine Beschreibung ihres letzten Kunden war äußerst präzise gewesen. Dann aber straffte sie sich und fragte: »Was kann ich tun, damit du dich nicht mehr auf deine Nase konzentrierst, sondern auf das Körperteil, das bei meinen Freiern in diesem Zimmer normalerweise zum Einsatz kommt?«

Giovanni errötete und überlegte einen Moment, ob er das Mädchen nicht einfach bitten sollte, so zu tun, als hätte er das Zusammensein mit ihr in allen Zügen genossen. Ihren Lohn würde sie in jedem Fall erhalten.

Doch die Gefahr, dass sie ihr Mundwerk nicht würde halten können, vor allem, da Carlo sie sicherlich über ihn und seine Fähigkeiten ausfragen würde, schien ihm zu groß. Sein

Verwandter würde sich über ihn lustig machen, und er würde vielleicht zum Gespött der ganzen Hurenwelt Venedigs.

Also nahm er seinen ganzen Mut zusammen und fasste einen Entschluss. »Du müsstest dich erst einmal gründlich waschen, dich dann mit einem edlen und reinen *Aqua mirabilis* einreiben, um auch die tiefer sitzenden Gerüche deiner Freier loszuwerden, und deine Scham mit reinem Rosenöl beträufeln. Außerdem müsste das ganze Zimmer mit Neroli- oder Lavendel- oder Rosenwasser gereinigt werden.«

Er beglückwünschte sich innerlich zu seinem Vortrag, war er doch überzeugt davon, dass die Hure diesen Wünschen nie im Leben nachkommen, sondern ihn nun wegschicken würde.

Gina runzelte die Stirn und fragte: »Willst du mich erschrecken, oder meinst du das ernst?«

Auf eine so ehrliche Frage musste Giovanni auch eine ehrliche Antwort geben.

»Beides«, erwiderte er wahrheitsgemäß.

Gina reagierte ganz anders, als er es erwartet hatte. Offenbar fand sie Gefallen an ihm und seinen ausgefallenen Wünschen, sah sie als eine Art Vorspiel an. Jedenfalls legte sich ein Lächeln auf ihr Gesicht, als sie an der Kordel der Glocke bei der Wirtin zog.

Als es klopfte, öffnete sie die Tür einen Spalt und tuschelte mit der Wirtin, die draußen stand. Kurz darauf klopfte es erneut, und ein Krug mit heißem Wasser sowie ein Tablett mit verschiedenen Essenzen wurden ins Zimmer gereicht.

Während Giovanni immer noch mit seinem Champagnerglas in der Hand dastand, begann Gina flink mit der Säuberung des Zimmers. Es war zwar kein Neroli- oder Rosenwasser, das ihr zur Verfügung stand, sondern nur normales Orangenblütenwasser, trotzdem ging Gina sichtlich amüsiert ans Werk.

Giovanni musste sich immer wieder dazu zwingen, das nackte Mädchen nicht anzustieren, während es das Baumwolltuch in das duftende Wasser tauchte und damit über die wenigen Möbel und flüchtig über die Wände fuhr. Er selbst hatte sich den einzigen Fluchtweg verbaut. Immer wieder nippte er nervös an seinem Champagnerglas und überlegte, ob es nicht doch noch eine Möglichkeit gebe, zu entkommen.

Der Duft des Orangenblütenwassers und die Wirkung des Champagners bewirkten schließlich, dass er sich mit dem abfand, was passieren würde.

Als Gina mit der Reinigung des Raumes fertig war, wandte sie sich zu ihm um und forderte in verführerischem, aber nachdrücklichem Tonfall: »Und jetzt musst du mich waschen. Auf dem Tablett findest du, was du bestellt hast.« Damit legte sie sich aufs Bett und räkelte sich auf dem seidigen Laken.

Unsicher näherte sich Giovanni und nahm eines der weißen Baumwolltücher, tropfte etwas Orangenblütenwasser in den Krug und befeuchtete das Tuch, das er sodann mit Seife ein wenig einschäumte.

Behutsam begann er, den Körper des Mädchens damit zu reinigen. Nachdem er seine erste Scheu überwunden hatte, fand er sogar Gefallen daran.

Schließlich griff er nach dem *Aqua mirabilis*, öffnete das Fläschchen – und es verschlug ihm den Atem!

Angewidert verzog er das Gesicht.

»Was ist?«, fragte Gina, die ungeduldig wurde.

»Das … das geht nicht«, stammelte Giovanni. »Der Alkohol in dem Wunderwasser ist billiger Fusel, und die Öle sind von minderer Qualität.«

Nun hatte Gina genug. Sie schwang die Beine über die Bettkante und wollte gerade nach ihren Kleidern greifen, als Giovanni unerwartet die Initiative ergriff.

»Warte, ich habe mein eigenes Wunderwasser dabei. Es ist nicht perfekt, ich arbeite noch daran, aber im Vergleich zu dem, was du hier hast, ist es von paradiesischer Qualität.«

Gina, erstaunt über die plötzliche Energie des Jünglings, roch brav an dem Fläschchen, das Giovanni ihr unter die Nase hielt, und musste zugeben, dass auch ihr der Duft besser gefiel als der, der ihnen hier im Hause zur Verfügung stand.

Dennoch hielt sie es für maßlos übertrieben, darum ein solches Aufsehen zu machen.

Giovanni tat, was man von ihm erwartete, und stellte sich dabei nicht ungeschickter an als jeder Jüngling beim ersten Mal. Zwar löste der Akt bei ihm nicht die Befriedigung aus, wie Carlo sie vielleicht erwartete, aber auch nicht den Ekel, den Giovanni befürchtet hatte. Insgesamt dauerte der eigentliche Liebesdienst der Dirne nur wenige Minuten, während die Prozedur der Reinigung doch geraume Zeit in Anspruch genommen hatte.

So war es nicht verwunderlich, dass Carlo längst im Salon auf Giovanni wartete, wo er ihn mit einem süffisanten Lächeln begrüßte. »Was habt Ihr denn die ganze Zeit über getrieben? Das hat recht lange gedauert und war ein entsprechend teures Vergnügen!«

Er stand auf und legte einen Arm um die Schulter seines Neffen. Da dieser nichts verlauten ließ, wandte sich Carlo der Wirtin zu und reichte ihr einen geradezu fürstlichen Lohn.

Auf dem Rückweg zum Markusplatz erwies sich Giovanni einmal mehr als nicht gerade gesprächig. Carlo beschloss, nicht weiter in ihn zu dringen, denn Gina hatte ihm, bevor sie das Hurenhaus verließen, mit einem Augenzwinkern signalisiert, dass das Unterfangen gelungen war.

18. Kapitel

Ätherische Öle

In ätherischen Ölen ist die Lebenskraft der Pflanzen in konzentrierter Form enthalten. Alleine das Wort »ätherisch«, das abgeleitet wird vom griechischen »aither« (Himmelsduft), soll darauf hinweisen, dass es sich um etwas Nicht-Fassbares oder Flüchtiges handelt.
Gleichzeitig sind ätherische Öle aber etwas sehr Wesentliches, da sie für den Duft einer Pflanze entscheidend sind. Man nennt die ätherischen Öle deswegen auch die »Seele der Pflanze«. Sie spiegeln die Persönlichkeit und den Geist einer Pflanze wider.

Venedig, wenige Minuten später

Kurz darauf erreichten die beiden das Kaffeehaus, in das sich die Verwandtschaft inzwischen begeben hatte. Carlo betrat die *Bottega del Caffè* in bester Laune, und Giovanni, der ihm dichtauf folgte, roch ihn sofort, den lieblichen, unvergleichlichen Mädchenduft, den er bereits in der Kirche wahrgenommen hatte. Zwischen all den Kaffeedüften konnte er ihn ganz deutlich erkennen, und seine Verwunderung darüber war so grenzenlos wie seine Sehnsucht nach Antonia, ein Begehren, das in diesem Moment bar jeglicher Fleischesgelüste war. Es waren allein sein Herz und seine Seele, die nach ihr verlangten.

Dort saß sie, direkt neben seiner Großmutter. Nahezu überschwänglich begrüßte er seine Herzensdame mit den Worten: »Antonia, welch eine Überraschung, Euch hier zu sehen! Ich bin außer mir vor Freude!«

Augenzwinkernd räumte Caterina ihren Platz und setzte sich auf die andere Seite des Tisches neben Antonias Vater.

»Sehr verehrtes Fräulein Brentano«, sagte der junge Carlo, nachdem auch er Antonia und ihrem Vater vorgestellt worden war, »es freut mich sehr, Eure Bekanntschaft zu machen. Mir kam zu Ohren, dass Ihr unseren Giovanni bereits auf der Isola Bella kennengelernt habt.«

Antonia stieg eine leichte Röte ins Gesicht, als Carlo die Ereignisse auf der Insel ansprach. Obwohl auch sie sich nach einem Wiedersehen mit Giovanni gesehnt hatte, war ihr die Situation auf einmal unangenehm. So klang ihre Antwort auch etwas monoton, als sie sagte: »Die Freude ist ganz auf meiner Seite, Signor Gennari.«

Giovannis Glück, Antonia wiederzusehen, war unbeschreiblich, doch das gerade Geschehene verunsicherte ihn. Sah man ihm an, dass er gerade aus dem Hurenhaus kam? Würde Carlo es womöglich sogar zur Sprache bringen? Nein, in Anwesenheit von Damen würde er sicherlich nicht über ihren Ausflug plaudern, beruhigte sich Giovanni.

Dennoch ergriff er rasch das Wort, um das Gespräch auf ein anderes Thema zu lenken: »Antonia, was führt Euch nach Venedig? Ich dachte, Ihr säßet im fernen Frankfurt fest. Ich habe schon so einiges über diese Stadt gehört, die überfüllte Messe, das Gesindel, das sich dort herumtreibt.«

Während er sie wieder in der Höflichkeitsform ansprach, knüpfte sie an das Vertraute »Du« ihrer letzten Begegnung an, als sie ihm antwortete: »Du scheinst gut zugehört zu haben, wenn Händler aus Frankfurt bei euch in Santa Maria Maggiore zu Gast waren. Und du hast recht, Frankfurt ist übervoll von Menschen, wenn Messe ist, und die Gassen, die zum Römer führen, sind furchtbar eng und die Luft manchmal entsetzlich stickig. Es ist aber auch aufregend, so viele verschiedene Menschen zu sehen. Dabei ist Frankfurt nichts im Vergleich zu Venedig. Die Südfrüchte, die uns geliefert werden, kommen hier an, und mein Vater hatte die große Güte, mich mit auf die Reise zu nehmen.«

»Ich bin deinem Vater sehr dankbar«, sagte Giovanni und fand ebenfalls wieder zurück zur alten Vertrautheit. »Wie lange werdet ihr in Venedig verweilen?«

»Die Lieferung wird für morgen erwartet, und länger werden wir leider auch nicht in der Lagunenstadt bleiben«, antwortete sie ihm und fügte keck hinzu: «Obwohl es einige Gründe dafür gäbe.«

Ungewohnt schlagfertig und galant hakte Giovanni ein: »Ich würde mich sehr geehrt fühlen, würde auch meine Wenigkeit zu diesen Gründen zählen.«

Antonia musste lachen. Schon lange hatte sie keine Konversation mehr geführt, die von solcher Leichtigkeit geprägt war. Neue Freundinnen hatte sie in Frankfurt am Main noch nicht gewonnen, und die jungen Herren, die sie bislang kennengelernt hatte, waren entweder stocksteif oder frivol und anzüglich im Gespräch.

Giovanni stimmte in ihre Heiterkeit ein, erfüllt von einer inneren Ruhe und Ausgelassenheit, die er sich bei seiner ersten Begegnung mit Antonia gewünscht hätte. Die körperliche Erregung, die ihr Duft damals bei ihm ausgelöst hatte, wurde diesmal von einem wohligen Glücksgefühl ersetzt.

Giovanni ahnte, was – oder vielmehr wer – für diesen Wandel verantwortlich war: Gina. Bei ihr hatte er seine körperlichen Begehren gelassen, und sein Geist war nun frei für den herrlichen Duft Antonias und die Inspiration, die davon ausging.

Sie sprachen mit einer Vertrautheit, die sie an ihre Kinderzeit erinnerte und die sie verloren hatten, als die Besuche der Familie Brentano in Santa Maria Maggiore seltener geworden waren.

Antonia entging nicht, wie sehr sich Giovanni seit ihrer

letzten Begegnung verändert hatte. Nichts war mehr zu spüren von den unsteten Gefühlswandlungen des jungen Mannes; er machte einen durch und durch selbstbewussten Eindruck auf sie, mit dem er ihr ein Gefühl des Wohlbehagens und der Geborgenheit einflößte, das sie so noch nicht kannte.

Sie unterhielten sich angeregt über die prachtvollen venezianischen Paläste, über Musik und Theater. Und bei keinem Ort, den er erwähnte, vergaß Giovanni, sich über die Gerüche dort auszulassen. Besonders der Dogenpalast unweit des Kaffeehauses, in dem sie saßen, hatte es ihm angetan.

»Weißt du, liebe Antonia, ich glaube, es gibt keinen anderen Ort auf Erden, der die Düfte der Welt so vereint wie der Dogenpalast in Venedig. Genau wie das Osmanische Reich trotz aller jüngstvergangener Feindschaft die Architektur dieses gotischen Prachtbaus inspirierte, so sind es die Düfte des Orients, die hier auf den Okzident treffen. Vor einigen Wochen fiel mir ein windiger Händler an der Porta della Carta auf, der minderwertiges, gepanschtes Öl sehr teuer an hohe Herrschaften verkaufen wollte. Die Geschädigten waren sehr dankbar, als ich einschritt, und ich gedachte den Täter anzuzeigen. Doch als ich dort stand, wehte der Geruch der Todgeweihten vom Innenhof zu mir herüber. In diesem Augenblick brachte ich es nicht fertig, den Betrüger zu denunzieren. Später erfuhr ich, dass just in diesem Moment zwischen den roten Säulen drei Todesurteile ausgesprochen worden waren.«

Antonia verschlug es bei diesem Bericht kurz den Atem, und sie fragte sich erstmals, wie ihr eigener Geruch wohl auf Giovanni wirkte, wenn er sogar die Angst vor dem Tod riechen konnte.

Bei ihrem ersten Zusammentreffen hatte er irgendwann die Flucht ergriffen. Was würde nun passieren?

»Und in der Oper?«, fragte sie ihn. »Konzentrierst du dich da auch allein auf die Düfte, oder lauschst du auch dem Klang der Musik?«

Giovanni musste lachen. »Natürlich lasse ich mich auch von der Musik verführen.«

»Was hältst du von Claudio Monteverdis *L'Orfeo* oder von *L'incoronazione di Poppea*?«, fragte Antonia in gespielter Unschuld, wobei sie endlich eine Gelegenheit gefunden hatte, durch dezente Andeutungen vielleicht herauszufinden, welchem Geschlecht Giovanni tatsächlich zugeneigt war. Da er nicht sogleich antwortete, ergänzte sie mutig: »Vor allem der Darsteller Kaiser Neros mit seiner unvergleichlichen Stimme hat mich fasziniert, ging es dir auch so?« Antonia sprach von dem Kastraten mit seinen feinen weiblichen Gesichtszügen, der in der Oper den römischen Kaiser so bewegend verkörpert hatte, und sie beobachtete nun erwartungsvoll Giovannis Mimik, in der Hoffnung, darin zu erkennen, ob der Gedanke an den hübschen Kastraten bei Giovanni Verzückungen hervorriefe. Oder vielmehr hoffte sie, eben diese nicht darin ausmachen zu können.

Doch bevor Giovanni irgendeine Reaktion zeigen konnte, unterbrach Caterina das Gespräch: »Es tut mir leid, ihr müsst euer Gespräch heute Abend fortsetzen.« Und als sie Giovannis verständnislosen Blick gewahrte, fügte sie erklärend hinzu: »Antonia und ihr Vater geben uns heute Abend die Ehre. Dann werdet ihr ausführlich Zeit haben, euch über Musik zu unterhalten. Außerdem wird Antonio Vivaldi für uns spielen und selbstverständlich zum Essen bleiben. Vorerst allerdings zum letzten Mal, denn er geht mit seinem Vater für ein paar Wochen nach Rom, um dort zu gastieren.«

Der alte und der junge Carlo erhoben sich und legten bereits ihre Umhänge an. Giovanni, so abrupt aus seinen verliebten Gedanken gerissen, verabschiedete sich steif von

Antonia, während deren Vater sich herzlich bedankte und seine Freude über das geplante Wiedersehen am Abend zum Ausdruck brachte.

Beim Rausgehen, nahe der Tür des Kaffeehauses, nahm Giovanni erneut den unangenehmen Geruch wahr, der ihn bereits am Morgen an Bernardo, den verhassten Jungen aus seinem Heimatdorf, erinnert hatte. Er sah den Mann, der den Geruch verströmte, allerdings nur von hinten, und der Kleidung nach stammte er aus wohlhabenden Verhältnissen.

Giovanni schüttelte den Kopf. Noch nie hatte er sich bei einem Körpergeruch derart getäuscht. Hatte er einen Geruch erst einmal mit einer Person in Verbindung gebracht, erkannte er sie daran immer wieder. Zwar war der üble Geruch des Mannes längst nicht so eindringlich, wie er ihn in Erinnerung hatte, aber er schrieb ihn eindeutig Bernardo zu. Es war wie das rußverschmierte Gesicht eines Schornsteinfegers. Wenn er es wusch, erkannte man es dennoch wieder.

In diesem Fall hier hatte er sich offensichtlich geirrt. Denn Bernardo hielt sich wohl kaum in Venedig auf und trug auch keine derart feine Kleidung.

Während Giovanni sich im Gefolge seiner Verwandten auf den Rückweg zum Palazzo begeben hatte, näherte sich der junge Mann, nach dem er sich umgedreht hatte und dessen Geruch ihn so sehr verwirrte, dem Tisch von Antonia und ihrem Vater. Mit einer ausladenden Geste und einem Diener machte er sich bemerkbar.

»Verehrte Signorina Brentano, verehrter Signor Brentano, ich freue mich außerordentlich, Euch wiederzusehen.«

Höflich erwiderten Vater und Tochter den Gruß, allerdings ohne Zweifel daran zu lassen, dass ihnen der jungen Mann gänzlich unbekannt war.

Bernardo war zufrieden. Niemand würde ihn erkennen.

Und die direkte Begegnung mit Giovanni würde er meiden. Denn bei diesem Kerl wusste man nie.

Antonia hätte den eleganten jungen Mann niemals mit dem verschwitzten Jungen in Verbindung gebracht, der ihr vor einigen Monaten vor dem Haus der Familie Farina begegnet war. Galant fuhr Bernardo daher fort: »Entschuldigt, wie solltet Ihr Euch an meine Wenigkeit erinnern. Wir sind uns nur ein einziges Mal begegnet. Mein Name ist Bernardo, Graf von Gondoro, und ich glaube, ich hatte die Ehre, Euch …«, Bernardo wandte sich an Antonias Vater, »… und Eure bezaubernde Tochter bei einem Empfang auf der Isola Bella kennenzulernen.« Bernardo machte ein nachdenkliches Gesicht. »Oder war es doch bei einer anderen Gelegenheit?«

Dabei beobachtete er scharf und berechnend die Gesichter der beiden daraufhin, ob sie die aufgetischte Lüge schluckten. Und tatsächlich erhellte sich Antonias Miene ein wenig. Sie konnte sich zwar nicht entsinnen, dem Herrn vorgestellt worden zu sein, doch irgendwie kam er ihr dennoch bekannt vor, und so behauptete sie einfach: »Ja, ich erinnere mich. Was führt Euch nach Venedig, Graf?«

Bernardo hatte sich inzwischen unaufgefordert gesetzt, was Antonias Vater missbilligend zur Kenntnis genommen hatte, und er sah Antonia direkt in die Augen, als er antwortete: »Geschäfte würde ich es nicht nennen, es ist vielmehr meine Kavaliersreise, der nach Venedig noch einige Städte folgen werden. Und Euch?«, fragte er die junge Dame. »Ihr seid sicher weder zum Vergnügen noch zur Bildung hier.«

Obwohl Antonia irgendetwas an seinem Blick beunruhigte, konnte sie sich ihm nicht entziehen, und statt ihren Vater antworten zu lassen, ergriff sie erneut das Wort: »Ihr vermutet richtig, es sind die Südfrüchte, die uns hierhergeführt haben.«

»Und die uns morgen gleich wieder fortführen«, unterbrach sie ihr Vater ungehalten, während er aufstand, um sich zu verabschieden und Antonia zum Gehen aufzufordern.

Bernardo lächelte, um sich anschließend in den hinteren Teil des Kaffeehauses zu begeben. Die adlige Herkunft hatten ihm die beiden anscheinend abgekauft, aber an seinen Umgangsformen musste er noch arbeiten.

Allein aus diesem Grund musste er eine Dame finden, die ihn als Cicisbeo in ihre Dienste nahm. Zudem reichten seine finanziellen Ressourcen bei Weitem nicht so lange, wie Paola gemutmaßt hatte, was vor allem an seinem Lebensstil lag. Er hatte höchstens noch für vier Monate Geld, und wenn er bis dahin nicht etwas an seiner Situation geändert hatte, würde er in die Heimat zurückkehren müssen, lange bevor das Wetter eine erneute Goldsuche zuließ. Das galt es unter allen Umständen zu verhindern.

Während Bernardo seinen mit Zimt gewürzten und stark gesüßten Kaffee schlürfte, ging er in Gedanken seine bisher in Venedig geknüpften Kontakte durch und musste sich eingestehen, dass er zu viel Zeit mit Vergnügungen und im Hurenhaus verbracht und zu wenig für Bildung und Kunst erübrigt hatte, was ihm den Zugang zu anderen Kreisen ermöglicht hätte.

Er überlegte seine nächsten Schritte und entschied, dass er eine weitere Begegnung mit der Familie Brentano herbeiführen und das Vertrauen von Antonias Vater gewinnen musste. Falls er, Bernardo, Venedig tatsächlich vorzeitig verlassen musste, könnten ihm die Brentanos noch nützlich sein.

Auch Giovanni sinnierte über die neuerliche Begegnung mit Antonia. Normalerweise betrübte es ihn, dass das Labor an den Sonntagen geschlossen blieb und er seine Arbeit nicht fortsetzen konnte, doch an diesem Tag waren seine Gedanken ganz bei der jungen Frau, die ihn so sehr verzauberte.

Er freute sich sehr darauf, sie am Abend wiederzusehen, und würde sich bis dahin ein entspannendes Bad in verschiedenen Zitrusölen gönnen.

19. Kapitel

Der medische Apfel – Die Zitronatzitrone

»Der Apfel ist nicht essbar, aber sehr wohlriechend, so auch das Blatt dieses Baumes. Wenn der Apfel zwischen die Kleider gelegt wird, werden diese von den Motten nicht gefressen. Er ist auch nützlich, wenn man ein tödliches Gift getrunken hat; man trinkt Wein, in dem diese Frucht eingelegt worden ist, dadurch entsteht ein Brechreiz, und der Magen bringt das Gift zurück; auch gibt sie frischen Atem …«
Theophrastus circa 310 vor Christus

Venedig, am Abend desselben Tages

Als Giovanni die Treppe hinunterging, roch er den Duft von Herbstfrüchten, geschmortem Fleisch, gebackenen Süßspeisen und Pasteten.

Obwohl Giovanni nach wie vor die schlichte Küche seiner Mutter vermisste, wusste er den Koch der Familie Gennari inzwischen zu schätzen. Mit orientalischen Gewürzen ging er sparsam um, nie waren die Speisen überwürzt oder mit zu vielen verschiedenen Geschmacksrichtungen überladen. Den Fasan bereitete der Küchenchef mit Zimt, Nelken, Lorbeer und ein wenig Chili zu, die Ente mit Orangen und Pfeffer. Ohnehin schien er Giovannis Schwäche für Zitrusfrüchte zu teilen, für jedes Fleisch wählte er eine andere Sorte, wobei er seltener den sauren oder süßsauren Saft verwendete, sondern meist die geriebene Schale.

Mit Verzückung roch Giovanni, dass es auch Kaldaunen, gewürzt mit Bergamotte, geben würde.

Im Salon war bereits alles für den Aperitivo gerichtet und im Speisezimmer fürstlich gedeckt. Als sich Giovanni auf die Suche nach seiner Großmutter begeben wollte, hörte er zarte Geigentöne aus dem Arbeitszimmer erklingen. Antonio Vivaldi war bereits eingetroffen und übte für die musikalische Untermalung. Das kleine Konzert sollte der Cena vorangestellt werden und zudem Antonios Karriere ein wenig fördern.

Der Künstler war ganz in sein Spiel vertieft, als Giovanni leise den Raum betrat und andächtig der Musik lauschte. Nach einer Zeit bemerkte Antonio seinen Freund und Bewunderer; er ließ die Geige sinken und begrüßte ihn herzlich: »Giovanni, lass dich umarmen. Du fehlst mir. Aber spätestens zu Weihnachten bin ich zurück.«

Die beiden Männer umarmten sich freundschaftlich. Giovanni strich Antonio eine Locke aus der Stirn, die diesem von der Perücke ins Gesicht gefallen war und ihn bei der brüderlichen Umarmung auf der Stirn gekitzelt hatte.

Im selben Moment machte sich Caterina bemerkbar, die die Szene beobachtet hatte.

Neben Giovannis Großmutter stand Antonia, die unbeweglich auf die beiden jungen Männer starrte. Caterina, die normalerweise ein gutes Gespür für Situationen und Befindlichkeiten hatte, bemerkte die Irritation der jungen Dame nicht und plauderte unbeschwert drauflos: »Würdet ihr beide die verehrte Signorina Antonia Brentano in euer Gespräch einbeziehen, oder möchte der Signor Vivaldi noch üben? Ich werde euch ohnehin gleich in den Salon bitten.«

Giovanni hatte eigentlich noch ein wenig mit Antonio plaudern wollen, aber die Anwesenheit Antonias ließ ihn alles andere vergessen. Seine Großmutter verließ den Raum, um die anderen Gäste zu begrüßen und den jungen Leuten Gelegenheit zu geben, sich ungezwungen zu unterhalten, was angesichts der missverständlichen Situation schwer möglich war.

Nach einem peinlichen Augenblick des Schweigens stammelte Antonia: »Ich … wollte euch nicht stören, vielleicht gehe ich besser wieder zu meinem Vater.«

Giovanni, der keine Ahnung hatte, warum sich Antonia so merkwürdig verhielt, sagte sofort: »Nein, bitte bleib!« Und eiligst trat er auf sie zu, ergriff ihre Hand und deutete einen Kuss an. Dann wies er auf den Freund. »Darf ich vorstellen: Antonio Vivaldi, der weltbeste Violinist und Komponist. Er gibt dem Herbst eine eigene Melodie, entlockt auch dem Frühling Töne und lässt den Sommer ebenso erklingen wie den Winter, so wie er für jede einzelne Stimmung des Himmels den richtigen Ton findet und selbst dem trübsten Tag noch eine heitere Note verleihen kann.« Und an Antonio gewandt, setzte er seine Artigkeiten fort: »Antonio, dies ist Antonia Brentano, die bezauberndste Dame, die derzeit in der Republik weilt.«

Ob dieser charmanten Worte konnte sich Antonia ein Lächeln nicht mehr verkneifen. Die heitere Atmosphäre, die Giovanni mit seinen Worten schuf, verdrängte die dunklen Wolken, die sie gerade noch umgeben hatten, und die drei jungen Leute unterhielten sich entspannt und angeregt, bis sie von Caterina zum offiziellen Teil des Abends gerufen wurden.

Als Antonio seine Geige erklingen ließ, musste sich Antonia eingestehen, noch nie zuvor etwas Lieblicheres gehört zu haben.

Doch im nächsten Moment blickte sie in das zarte und ebenmäßige Gesicht des jungen Musikers, das von den Locken der Perücke umspielt wurde und dadurch alles andere als männlich wirkte, und die düsteren Gedanken kehrten zurück: War Giovanni in den hübschen Musiker verliebt?

Den ganzen Abend über wurde sie von dieser schrecklichen Vorstellung gequält. War Giovanni für sie unerreichbar? Empfand er wirklich so anders als sie selbst?

Sie war am Tisch wieder neben ihn platziert worden, und seine Nähe versetzte sie in arge Gefühlswallungen. Giovanni hingegen bemerkte aufgrund seiner neu erlangten Selbstsicherheit nichts von ihrer Verwirrung. Das Bergamottöl, mit dem er sich selbst sehr großzügig parfümiert hatte, dämpfte den betörenden Duft seiner Nachbarin und verhinderte dadurch ungewollte Regungen seines Körpers.

Er brachte das Gespräch auf die verschiedensten Zitrussorten, deren Lieferung für den folgenden Tag erwartet wurde. Antonia versuchte sich auf diese Fachsimpelei zu konzentrieren und redete mit ihm über die »Hand des Buddha«, wie die *Citrus medica »Digitata«* im Volksmund genannt wurde, und andere ungewöhnliche Sorten.

Als sie beim Kaffee dann beide gleichzeitig zum dargebotenen Zucker griffen, berührten sich ungewollt ihre Hände, und für einen kurzen Moment trafen sich auch ihre Blicke, die mehr sagten als alle Worte.

In dieser Nacht konnte Giovanni lange nicht schlafen. Ein bis dahin unbekanntes Glücksgefühl und eine seltsame Zuversicht durchströmten ihn.

Obwohl er noch nicht einmal das fünfzehnte Lebensjahr vollendet hatte, war er sich sicher, dass es niemals eine andere Frau in seinem Leben geben würde. Alles hätte er für Antonia getan. Doch es würde noch ein langer Weg sein, bis er ihr seine Gefühle eingestehen durfte. Noch war er ein Nichts, Ausbildung und Kavalierstour lagen noch vor ihm. Erst wenn aus ihm ein erfolgreicher Parfümeur geworden war, konnte er Antonia ein Leben bieten, wie es ihr zustand.

Unruhig wälzte er sich im Bett hin und her. Würde er es so lange aushalten können, Antonia nicht stets an seiner Seite zu haben? Und vor allem: Was war, wenn ihm ein anderer zuvorkam? Auf einmal erfasste ihn die Angst, das Mädchen seiner Träume verlieren zu können. Was war, wenn sie seine Gefühle gar nicht erwiderte, wenn er ihr Lächeln und ihre Blicke einfach nur falsch deutete?

Zwischen Hoffnung und nagenden Zweifeln hin und her gerissen, fiel Giovanni in den frühen Morgenstunden in einen unruhigen Schlaf. Im Traum sah er den Teufel, wie er Antonia in königlichem Gewand verführte, während Giovanni versteinert danebenstand und sich nicht rühren konnte. Hilflos musste er mit ansehen, wie der Beelzebub mit ihr als Braut das Tor zur Hölle durchschritt, mit Antonia auf den Armen und einem hämischen Grinsen auf den Lippen, bevor er mit ihr für immer verschwand.

Schweißgebadet wachte Giovanni auf. Das Tor zur Hölle, das sich in seinem Traum mit leisem Quietschen geöffnet hatte, war in Wirklichkeit seine Zimmertür gewesen, denn eine Bedienstete war in den Raum getreten, um heißes Wasser zu bringen.

Beim Anblick des bleichen jungen Mannes fragte sie besorgt: »Ist Euch nicht wohl, Signor Farina?«

Obwohl noch schlaftrunken, beeilte sich Giovanni zu antworten: »Nein, nein, alles in Ordnung! Gieße das Wasser bitte in die Schüssel.«

Mit immer noch leicht besorgtem Blick folgte die Bedienstete seiner Anweisung und verließ mit der Bemerkung »Die Signora Gennari erwartet Euch in einer halben Stunde zum Frühstück«, den Raum.

Giovanni nickte knapp und abwesend.

Als er schließlich den Salon betrat, hatte er den bösen Traum so gut es ging verdrängt und seine Gedanken auf die Lieferung der Südfrüchte und sein erneutes Zusammentreffen mit Antonia konzentriert.

Caterina registrierte, wie müde er aussah, und erkundigte sich nach seinem Befinden. Giovanni wollte ihr natürlich nicht verraten, weshalb er so schlecht geschlafen hatte, und lenkte das Gespräch sogleich auf die für diesen Tag erwartete Lieferung der Bergamottfrüchte.

Skeptisch zog Caterina die Augenbrauen hoch, beließ es aber dabei.

20. Kapitel

Fluidum

Eine Kraft, eine Strömung, die von einer Person oder einer Sache ausgeht, die eine besondere geistige Atmosphäre zu schaffen imstande ist.

Von Auge zu Auge wogen
Moleküle Gefühle,
Ehe das Auge sieht,
Ehe sich das Gesicht
Zur Miene verzieht,
Ehe der Mund verlogen
Oder verlegen spricht.

Wenn sie genauer erkennend sich
Verachten oder hassen …

Müssten zwei Höfliche eigentlich
Wortlos einander verlassen.

Aber wenn jene zarten Fluiden
Kampfredlich oder in Frieden
Im Begegnen
Einander segnen …

Ist es denn irgendwie schlimm,
Wenn zwei Menschen, die sich leiden
Können, ohne Wort, ohne Nimm
Und ohne Gib
Bald wieder vonander scheiden?
»Den oder die habe ich lieb.«

Fluidum von Joachim Ringelnatz

Venedig, ein Herbstmorgen 1700

Die Nacht hatte frischen Wind vom Meer gebracht, und der Atem des Aiolos hatte die Dunstglocke über der Stadt davongeweht.

Der strahlende Morgen tünchte die marmornen Fassaden der prachtvollen Palazzi, die den Canal Grande säumten, mit zartem Rosa, und Giovanni genoss die kurze Gondelfahrt zum Becken von San Marco.

An das hektische Treiben und die unterschiedlichsten Gerüche auf dem Markusplatz am frühen Montagmorgen hatte er sich inzwischen gewöhnt. Ja, er genoss sogar die Vielfalt der Düfte. Die waren zwar keinesfalls alle angenehm, doch ihre Komposition auf dem belebten Platz war für ihn wie ein perfektes Gemälde, das auch die schlechten Seiten des Lebens nicht aussparte, hingegen die Schönheiten voranstellte. Und dieser Schönheit näherte er sich zielstrebig: Es war der Südfrüchtehändler, der an diesem Morgen die ersten Bergamottfrüchte der Saison brachte. Der beruhigende und inspirierende Duft, der von den Früchten ausging, entführte Giovanni in andere Sphären, und für einen Moment vergaß er sogar Antonia.

Der ältere Carlo hatte längst akzeptiert, dass Giovanni viel besser als er die edlen Rohstoffe für die Duftgewinnung erkennen konnte. Er wählte zielsicher die besten Produkte, ob Pomeranzen oder Bergamotte, ob Ambra oder Rosen, und analysierte die Qualität der Düfte wie ein gelehrter Medicus Krankheiten.

Schon mehrfach hatte Carlo erfolglos versucht, sich von dem Jungen die Kunst dieser Analyse erklären zu lassen. Doch obwohl auch er zunächst mit dem Daumennagel sanft an der Oberfläche der Frucht kratzte und dann ihren Duft tief einsog, konnte er den Qualitätsunterschied nicht feststellen, den Giovanni sofort erroch. Dass Giovanni dabei nichts Falsches vorgab, erkannte Carlo jedes Mal nach der Extraktion oder Destillation, denn dann konnte auch er sehr wohl die Qualitätsunterschiede erriechen. Einmal hatten sie eigens dazu ein Experiment mit Früchten unterschiedlicher Qualitäten durchgeführt, die nur Giovanni vorab hatte riechen können. Und in der geballten Konzentration der ätherischen Öle, die sie daraus extrahiert hatten, konnte Carlo Giovannis Qualitätseinschätzung nur bestätigen.

Er fragte sich manchmal, was er wohl machen sollte, wenn Giovanni Venedig eines Tages wieder verließe.

Auch beim Einkauf war ihm Giovanni mittlerweile unersetzlich geworden. Sein Großneffe testete nun auch die neu angelieferten Bergamottfrüchte mit der Nase und befand sie für gut oder nicht gut genug. Anfangs war der Händler alles andere als begeistert von diesem »Geschnüffel« gewesen, doch inzwischen machte er sich den Jungen sogar zunutze. Dessen Fähigkeiten hatten sich nämlich bei seinen Kunden herumgesprochen, und solange Giovanni bei ihm kaufte, hielten sie ihn für den von Giovanni bevorzugten Händler, was sich sehr positiv auf sein Geschäft auswirkte.

Giovanni war mit seiner Auswahl fast fertig, als er jenen lieblichen Duft wahrnahm, der ihm inzwischen schon so vertraut war, ihn aber jedes Mal erneut in Verzücken versetzte. So überraschte es ihn nicht, dass er im nächsten Moment von Antonias Vater, der direkt neben der »Duftquelle« Antonia stand, angesprochen wurde: »Junger Mann, das sieht sehr fachmännisch aus, was Ihr dort treibt. Ganz Venedig spricht von Eurer besonderen Nase, und nicht zuletzt meine Tochter berichtete mir die wunderlichsten Dinge darüber. Hättet Ihr die Güte, auch uns bei der Auswahl der Südfrüchte behilflich zu sein?«

Giovannis Herz klopfte vor Erregung, während er sich darum bemühte, sich seine Nervosität nicht anmerken zu lassen. Wie gern hätte er Antonia einfach in die Arme geschlossen. Seine Sehnsucht nach ihr wuchs mit jeder weiteren Begegnung.

Bevor er zu einer Antwort ansetzte, holte er tief Luft, wandte sich um und versuchte so gelassen wie möglich zu wirken, während er antwortete: »Das tue ich gern, Signor Brentano, sobald ich hier fertig bin. Es freut mich sehr, Euch wiederzusehen, Signor Brentano.«

Dann nahm er allen Mut zusammen, trat zu Antonia, die ihren Vater begleitete, ergriff ihre Hand und deutete einen Kuss an, wobei er sich tief verbeugte. Als er sich wieder erhob, erhaschte er einen Blick in ihre Augen und glaubte darin zu erkennen, dass sie seine Sehnsucht teilte. Mit einem wohligen Schauer, der seinen ganzen Körper durchfuhr, widmete er sich wieder seiner Arbeit.

Die Professionalität, mit der Giovanni die verschiedenen Zitrussorten für die Brentanos wählte, versetzte Antonias Vater in Erstaunen. Seine Tochter bedachte ihn mit einem triumphierenden Lächeln, als wollte sie sagen: Habe ich dir zu viel versprochen?

Giovanni bemerkte dies nicht, so sehr war er in seine Arbeit vertieft, und er blickte erst wieder auf, als er fertig war. Es blieb zwar zu Giovannis großem Bedauern keine Zeit für einen Plausch mit Antonia, aber sein Herz war erfüllt von Glück und Freude, als er sich artig von ihr verabschiedete, während die Zitrusfrüchte der Brentanos aufgeladen wurden.

Bernardo beobachtete die Szene von Weitem und war erleichtert, dass Giovanni vor den Brentanos den Hafen und den Marktplatz verließ. Er wartete noch geduldig, bis Giovanni in eine Gondel gestiegen war und diese entschwand. Kaum war sie außer Sichtweite, mischte Bernardo sich unter die Menge und tauchte wie zufällig direkt neben den Brentanos auf.

Antonios Vater sah Bernardo, der ihm so gar nicht gefallen wollte, mürrisch an, während dieser ihn überschwänglich begrüßte: »Ah, was für ein Zufall und was für eine Ehre zugleich: Signor Brentano und seine wunderschöne Tochter!« Er machte eine tiefe Verbeugung, und da eine Erwiderung auf sich warten ließ, fuhr er fort: »Ihr habt für Eure Abreise einen wunderschönen Tag gewählt. Für manche ist jedoch der Herzschmerz größer als die Reiselust, auch an einem so herrlichen Tag wie dem heutigen.«

Antonias Vater runzelte irritiert ob dieser Worte die Stirn, und Antonia fragte mit schneidender Stimme: »Was wollt Ihr uns damit sagen, Herr Graf?«

»Ach, es ist unwichtig«, sagte er lapidar, um dann aber zu einer längeren Antwort anzusetzen: »Ich habe nur heute Morgen eine geradezu herzzerreißende Abschiedsszene beobachtet. Der Rote Priester – Signor Antonio Vivaldi – wollte sich gar nicht von seinem teuren Freund trennen, und dem jungen Parfümeur ging es nicht anders. Wenn ich eine solche Liebe sehe, wird mir warm ums Herz, auch wenn es viele Menschen gibt, die diese Art der Liebe als anstößig oder gar verwerflich empfinden.«

Bernardo hatte alles auf eine Karte gesetzt und hoffte, dass er nicht zu dick aufgetragen hatte. Doch Antonia hatte die Geschichte geschluckt. Innerlich aufs Äußerste erregt, gelang es ihr dennoch, mit gespieltem Desinteresse zu fragen: »Welcher Parfümeur? Ihr sprecht von ihm, als müsste man ihn kennen.«

»Ich rede von dem jungen Verwandten der Gennaris, von dem ganz Venedig spricht aufgrund seiner phänomenalen Nase. Die Begebenheit von heute Morgen fiel mir nur gerade ein, weil auch Ihr auf Reisen geht. Bitte entschuldigt, wenn ich Euch damit gelangweilt habe.«

Mit diesen Worten zog er seinen Hut und verabschiedete sich elegant. Der versteinerte Blick der jungen Dame bewies ihm, dass er ins Schwarze getroffen hatte.

Antonia war wie vom Donner gerührt, war sie doch gerade noch davon überzeugt gewesen, dass Giovanni entgegen all ihrer Zweifel die gleichen Gefühle für sie empfand wie sie für ihn. Doch die Bemerkung des jungen Grafen vernichtete all ihre Hoffnungen.

Antonias Vater schien ihre Gefühle zu erahnen, denn er wandte sich seiner Tochter zu und sagte: »Ich mag diesen angeblichen Grafen nicht, und noch viel weniger traue ich ihm. Was immer er von sich gibt, ich schenke seinem Geschwätz keinen Glauben.«

Antonia antwortete nicht und sprach auch während der gesamten Rückreise kaum ein Wort.

Giovanni, der von alldem nichts ahnte, war allerbester Dinge, als er das Labor betrat. Beschwingt von Antonias Duft und ihrem zuversichtlichen Blick, genoss er die Gerüche der unterschiedlichsten Zitrusöle, die die verschiedenen, noch unbearbeiteten Früchte verströmten.

Das Fluidum durchdrang seinen Körper und seinen Geist und drängte ihm einen Gedanken auf, den er längst hätte haben müssen: Er würde für Antonia einen Duft kreieren, einen Duft nur für sie, der sie an den Frühling in ihrer Heimat erinnern sollte, an die Bergnarzissen und die Blüten der Orangenbäume im Regen. Ein Duft, der sie erfrischte und ihren Geist inspirierte.

Der Gedanke bewegte ihn derart, dass auch Carlo, obwohl er gerade mit den Vorbereitungen der Destillation beschäftigt war, die freudige Erregung seines Großneffen nicht verborgen blieb.

»Was ist mit dir?«, fragte er. »Was geht dir durch den Sinn und lässt dich strahlen, dass man meint, gerade wäre die Sonne aufgegangen?«

»Oh, ich habe mich entschlossen, einen völlig neuen Duft zu kreieren, wie ihn die Welt noch nicht gerochen hat«, antwortete ihm Giovanni im Überschwang der Gefühle.

Carlos ließ sein Werkzeug sinken. »Wie soll ich das verstehen? Du kreierst doch ständig neue Düfte.«

»Nein«, widersprach Giovanni, »ich kreiere, was deine Kundschaft verlangt, und deine Kundschaft ist der Mode unterworfen. Heute wollen sie Moschus, morgen Ambra, und ich ergänze nur, je nach Kunde, was zu ihm passt. Aber es handelt sich nie um eine wirklich neue Komposition, ja, zumeist nur um eine kleine Korrektur der starken Gerüche, mit denen sie sich ohnehin schon umhüllen. Aber ich will einen Duft schaffen, der einem perfekten Körpergeruch schmeichelt, statt ihn zu erdrücken. Einen Duft, der leicht ist wie der Himmel, ein engelsgleiches Gemisch aus irdenen Früchten. Die Essenzen dafür werde ich nicht in schweren Ölen lösen, sondern in leicht flüchtigem Alkohol, damit sie mit ihm zum Himmel steigen. Aber dafür brauche ich guten Alkohol, viel besseren als den, den wir normalerweise verwenden.«

Carlo schaute seinen jungen Verwandten verwundert an. »Giovanni, du weißt, dass ich viel von deinem Talent halte, aber die Kunden wollen die Düfte nun mal in Öl gelöst – in sanftem Mandelöl oder zartem Pfirsichkernöl, und beides haben wir hier in höchster Qualität. Alle meine Kunden lieben unsere Parfümöle, ganz besonders, wenn du sie mischst. Aber Alkohol, ein *Eau admirable* – das verkaufen wir als Heilmittel, die Menschen trinken es, aber sie beduften sich nicht damit.«

Giovanni schüttelte den Kopf. »Denk doch mal an Bergamottöl, zum Beispiel. Es kann sein volles Aroma nicht in Mandel- oder anderen Pflanzenölen entfalten, es braucht Alkohol von höchster Qualität. Der löst sich genauso auf wie duftende Öle. Schwere, fette Öle hingegen hinterlassen immer einen Rückstand.«

Und sogleich führte Giovanni vor, was er in den letzten

Wochen hinter verschlossener Labortür herausgefunden hatte: Er nahm zwei saubere Leinentücher und beträufelte das eine mit Mandelöl, das andere mit fast reinem Alkohol. Der Fleck, den der Alkoholtropfen verursachte, verschwand innerhalb kürzester Zeit, während das Öl auf dem Leinentuch verblieb.

»Schau genau hin«, forderte Giovanni seinen Onkel auf, als wäre dieser der Schüler. In einem Fläschchen vermischte er das Mandelöl mit verschiedenen ätherischen Ölen und in einem anderen den reinen Alkohol mit den gleichen Duftstoffen. Daraufhin beträufelte er erneut jeweils eine Stelle auf den Leinentüchern.

Giovanni lud seinen Großonkel zur Duftprobe ein, und Carlo musste zugeben, dass die alkoholische Lösung einen intensiveren Duft verströmte als die ölige, und nach einer Weile war auch der Fleck restlos verschwunden. Die Duftstoffe waren mit dem Alkohol verdunstet.

Er runzelte die Stirn. »Sprich deutlich. Deine Vorführung war zweifelsohne interessant, aber was willst du mir damit sagen?«

Giovanni holte Luft. »Die Zukunft des Parfüms liegt im Alkohol. Dem reinsten und besten Alkohol, den es gibt, versteht sich, einem mehrfach gebrannten, hoch konzentrierten Weinbrand, der nach nichts anderem riecht als nach Alkohol, denn dieser Geruch ist sehr schwach. Meist bekommst du dünnen Weinbrand, der deutlich nach Fuselölen stinkt. Hier, ich habe den besten Alkohol gekauft, den ich finden konnte, und ich glaube auch nicht, dass es besseren gibt.«

Er öffnete ein Fläschchen mit einer klaren, durchsichtigen Flüssigkeit und hielt es Carlo unter die Nase. Gleich darauf ließ er ihn an einem ähnlichen Fläschchen schnuppern, dessen Inhalt ein wenig eingetrübt war. »Riechst du den Unterschied?«

Carlo musste zugeben, dass auch ohne das außergewöhnliche Riechorgan Giovannis der Unterschied deutlich feststellbar war. Als Giovanni sah, dass sein Großonkel verstanden hatte, fuhr er, das Fläschchen mit der klaren Flüssigkeit in der Hand, fort: »Das *Aqua mirabilis* soll mir als Partitur dienen, sodass ich Düfte komponiere wie Vivaldi seine Geigenstücke. Meine Noten sind die unterschiedlichen Duftstoffe, meine Opern die Rezepturen, nach denen sich die Stücke wieder und wieder aufführen lassen, und mein Instrument ist der reinste Alkohol, der gebrannt wird. Ein schlechter Alkohol ist wie ein schlechtes Instrument, die Töne klingen nicht sauber. Die Fuselöle von schlechtem Branntwein zerstören gar den zarten Duft der edlen Frucht, etwa der Bergamotte. Nur mit reinem Branntwein kann ich komponieren und die Düfte wie ein Bouquet zum Vorschein bringen. Was ich schaffen werde, ist kein *Aqua mirabilis* zum Einreiben, Gurgeln und Trinken, sondern ein Spiel der Düfte auf reiner Haut, das die Sinne beflügelt.«

Nach seinem Vortrag, den er mit so viel Enthusiasmus und Energie vorgetragen hatte, ließ sich Giovanni erschöpft auf einem Stuhl nieder.

Carlo legte skeptisch die Stirn in Falten. »Du magst in vielem recht haben, aber die Leute mögen nun mal die schweren Öle, Moschus und Zibet, Amber und Sandel, die sich, mit edlen Ölen gemischt, sanft auf die Haut schmiegen. Und zudem bin ich kein Künstler, sondern ein Handwerker und Kaufmann. Ich gebe mein Bestes, um ausgezeichnete Düfte zu gewinnen, aber ich komponiere nicht.« Giovanni wollte bereits widersprechen, doch Carlo gebot ihm mit erhobener Hand zu schweigen, um in seiner Rede fortzufahren: »Trotzdem, es ist viel Wahres an dem, was du gesagt hast. Du weißt, dass das Labor dir für deine Experimente offensteht – solange du nicht zu viel Zeit und Material verschwendest. Jetzt lass uns an die Arbeit gehen. Das Pressen der Bergamotten ist eine heikle Angelegenheit.«

Giovanni nickte, und an diesem Tag wähnte er sich als glücklichster Mensch der Welt. Endlich hatte er ein klares Ziel vor Augen, etwas, das er für die von ihm angebetete Antonia schaffen würde und das die Welt verändern konnte. Eine Welt, die Giovanni schwer und verklebt erschien und die er leicht machen und beflügeln wollte.

Bester Dinge griff er zu den Früchten und versuchte es seinem Onkel nachzutun, der die Bergamottschalen mit bloßer Hand und einem Schwamm bis auf den letzten Tropfen auspresste. Der Schwamm sog das duftende Öl auf, und vorsichtig wrang er es aus diesem wieder aus.

Giovanni aber träufelte das goldene Öl und andere Essenzen in den reinsten Alkohol, den er hatte bekommen können, und war mit seiner ersten Komposition äußerst zufrieden, wohl wissend, dass es noch ein weiter Weg sein würde, bis er die Partitur zur Perfektion gebracht hatte.

21. Kapitel

Petitgrain

Der Duft aus jungen Zitruszweigen mit Blättern, Blüten und unreifen Früchten wirkt entspannend und den Geist beflügelnd. Es heißt, es sei das Neroli der armen Leute.

Venedig, Februar 1701

Der Winter hatte den herbstlichen Dunst über der Lagunenstadt vertrieben, und die Luft war so klar wie das ganze Jahr nicht.

Giovanni liebte die kalten Tage, die die Schweißporen der Menschen zu versiegeln schienen und die Luft reinigten. Auf einmal genoss er es sogar, durch die engen Gassen der Stadt zu schlendern oder mit der Gondel die Kanäle zu befahren.

Inzwischen wusste er genau, welche Gegenden er besser mied und wo ihm das Flanieren Freude bereitete. Die vielen verschiedenen Gerüche, die anfangs auf ihn eingestürmt waren und ihn verunsichert hatten, hatten inzwischen alle einen festen Platz in seiner Erinnerung, und dort wohl sortiert, ängstigten sie ihn nicht mehr, stießen ihn auch nicht mehr ab, sondern inspirierten ihn sogar.

Seine Tage unterlagen einer festen Ordnung. Frühmorgens zog er sich ins Labor zurück, anfangs stets in Begleitung seines Großonkels, der ihn in die Kunst des Destillierens und Extrahierens eingewiesen hatte. Mit Eifer heizte Giovanni die kupfernen Destillierapparate und brachte Wasser und Pflanzen darin zum Wallen. Fasziniert beobachtete –

oder vielmehr erroch – er, wie der Dampf den Pflanzen die empfindlichen Duftstoffe entriss und sie in das enge Kupferrohr trieb. In der wassergekühlten Metallspirale kondensierten die Gase wieder zu Flüssigkeiten und sammelten sich schließlich in dem dafür vorgesehenen Auffangbehälter. Zunächst schwammen die wertvollen Duftöle wie kleine Fettaugen auf dem Blütenwasser, bis sie es als geschlossene Schicht überzogen, die daraufhin vorsichtig geschöpft wurde.

Giovanni vermochte mit seiner Nase den Weg der Duftstoffe durch die riesige Apparatur zu verfolgen. Der Schweiß, der sich bei der Hitze des Feuers unweigerlich aus seinen Poren drückte, war ihm dabei lästig, und oft hinderte ihn der eigene Geruch daran, mit seiner Tätigkeit fortzufahren, vor allem dann, wenn er die Qualität seiner Arbeit prüfen wollte.

Natürlich wischte sich auch Carlo in dem heißen Labor hin und wieder den Schweiß von der Stirn, aber es wäre ihm nie in den Sinn gekommen, die Arbeit zu unterbrechen, um sich gründlich zu waschen. Giovanni wechselte zwischen manchen Arbeitsschritten sogar die Kleidung. Anfangs kam es vor, dass er mitten in der Arbeit verschwand und nicht wiederkam. Erst am Abend, nachdem er frische Kleidung für das Abendessen erhalten hatte, ließ er sich wieder blicken und arbeitete dann oft bis weit nach Mitternacht.

Carlo gab es schließlich auf, Giovanni eines Besseren belehren zu wollen. Stattdessen ließ er für seinen Großneffen einfache Arbeitskleidung in zahlreicher Ausfertigung schneidern. So konnte sich Giovanni während der Arbeit waschen und sich dann schnell umziehen.

Noch penibler als bei der Herstellung von Extrakten und Ölen war Giovanni bei der Mischung der verschiedenen Düfte. Bis auf einige exotische Pflanzen, Wurzeln oder Harze wurden im Winterhalbjahr vor allem Zitrusfrüchte verarbeitet. Giovanni erfuhr, dass die Blüten verschiedener Zitrussorten destilliert, während die Schalen der Früchte kalt gepresst wurden. Er lernte alles über das *petit grain*, das ätherische Öl junger Zitruszweige, die ebenfalls destilliert wurden, lernte, welchen Einfluss Temperatur und Form der Destillierapparate auf das Ergebnis hatten, und beschäftigte sich auch kurzfristig mit dem Barbados-Wasser, das durch Kaltpressung der Aloe-Pflanze gewonnen wurde; er selbst genoss die wohltuende Wirkung auf der Haut und den dezenten frischen Geruch.

Aber nichts faszinierte ihn so sehr wie der unglaublich empfindliche Duft der Bergamotte.

Er fand heraus, welchen Reifegrad die Früchte haben mussten oder besser gesagt: welche Unreife, denn sie durften auf keinen Fall bereits orangefarben sein. Pressung und Gewinnung des Öls waren schon schwierig, doch die Weiterverarbeitung zu Parfüm war noch ungleich problematischer: Je edler die Pressung, desto empfindlicher war das Bergamottöl, sodass seine edlen Bestandteile einfach im Alkohol zerfielen.

Und nur selten erhielt er tatsächlich den reinen Branntwein, den er benötigte, um das edle Duftöl darin zu lösen. Viel zu oft waren in dem hochprozentigen Stoff noch Verunreinigungen enthalten, welche die empfindlichen Duftstoffe störten oder zerstörten. Carlo hatte den Unterschied selbst nie bemerkt, doch als der Junge ihm die Vergleiche zeigte, musste ihm der erfahrene Parfümeur zustimmen.

Der Alkohol stellte jedoch nur eines der Probleme dar, mit denen sich Giovanni auseinandersetzen musste. Den perfekten Duft wollte er für seine angebetete Antonia komponieren, und das ließ ihm keine Ruhe. Nie war er zufrieden mit seinen Duftmischungen, obwohl sie stets auf große Bewunderung stießen, genau wie alle anderen Düfte, die er für die Kundschaft der Gennaris kreierte.

Half er im Laden, so erkannte er die Kunden inzwischen schon, bevor er sie sah. Die Flakons ordnend und den Rücken zur Tür gewandt, begrüßte er Signor Conti und riet ihm zu einem Duft mit den Hauptbestandteilen Ambra, Rose und Galbanum, noch bevor er sich umgedreht und den anspruchsvollen Kunden gesehen hatte.

Ähnlich verhielt es sich mit Signora Baretti, Signor Cavalli, Signorina Erizzo und zahlreichen anderen adligen und nichtadligen Bürgern Venedigs, die den Laden der Gennaris regelmäßig aufsuchten. Anfangs waren die Kunden noch ein wenig brüskiert angesichts des jungen Mannes, der sich erdreistete, sie anzusprechen und ihre Bestellung vorwegzunehmen, bevor er sie nur angesehen, geschweige denn, sie gefragt hatte, was sie wünschten.

Doch die Treffsicherheit, mit der Giovanni die Duftstoffe für die einzelnen Herrschaften erwählte, war einzigartig. Und er empfahl ihnen keinesfalls jedes Mal den gleichen Duft. Im Winter war beispielsweise der, den er Signor Conti empfahl, ein anderer als im Sommer. Und mehr noch: War Signor Conti schlechter Stimmung, legte ihm Giovanni einen anderen Duft nahe, als wenn er entspannt und zufrieden den Laden betrat. Und tatsächlich bewirkte das Parfüm jedes Mal, dass sich der Gemütszustand des Betreffenden merklich aufhellte. Nie hatten sich die Kunden der Gennaris so großartig gefühlt wie mit den Düften, die Giovanni für sie herstellte.

Behaupteten die Leute allerdings, seine Düfte wirkten wie Medizin, wehrte Giovanni entschieden ab: Er sei weder Medicus noch Bader, noch sonst etwas in der Art, sondern verstehe sich allein auf Gerüche. Dabei beließ man es dann und genoss still die wohltuende Wirkung seiner Mixturen.

Ja, Giovanni schaffte es, die Menschen um sich herum glücklich zu machen. Nur bei Antonia wollte es ihm nicht so recht gelingen. Es war im Dezember gewesen, dass er sie das letzte Mal gesehen hatte, kurz nach seinem fünfzehnten Geburtstag. In Giovannis Augen – und in seiner Nase – war sie noch schöner geworden, noch anmutiger und begehrenswerter.

Er war nur ihretwegen nach Murano gefahren, um dort einen Flakon für sie anfertigen zu lassen, in dem er ihr seine Duftmischung überreichen wollte. Doch sie nahm das Präsent nur zögerlich an, wirkte distanziert und unnahbar. Giovanni hatte es nicht nur aus ihrem Verhalten geschlossen, sondern es auch gerochen.

Nun, zwei Monate später, sollte er sie endlich wiedersehen. Die Familie Brentano hatte angekündigt, zum Karneval ein paar Tage nach Venedig zu kommen. Sie wollten einen Boten schicken, sobald sie in der Stadt waren.

In Venedig herrschte Ausnahmezustand. Volk und Adel verbargen sich hinter Masken, vermischten sich, wie sie es das ganze Jahr nicht taten. Die meisten trugen den Tabarro, ein Gewand, das gerade über die Knie reichte, und darüber die Bautta, einen langen schwarzen Umhang, während Gesicht und Kopf von Maske und Dreispitz verdeckt waren. Die Menschen wollten unerkannt ein paar Tage durch die Lagunenstadt wandeln und ungehemmt den Vergnügungen frönen.

Dass Giovanni jeden einzelnen Kunden mit Namen ansprach, obwohl ihre Gesichter hinter den Masken verborgen waren, löste nicht bloß Erstaunen und Verwunderung aus. Einige verließen den Laden der Gennaris verärgert, weil ihre Maskerade durchschaut worden war.

Für Giovanni war es gleich, ob sie Masken trugen oder nicht, er erkannte die Menschen an ihrem Geruch. Und obwohl er zunächst die Massen an Besuchern des Karnevals gefürchtet hatte, weil er Angst hatte, von den Ausdünstungen so vieler Menschen schlichtweg erschlagen zu werden, wuchs doch von Tag zu Tag seine Neugier auf das Spektakel. Zudem fand er es erheiternd, dass er einen jeden erkennen konnte, ihn dagegen niemand.

Vor allem aber sah er voller Ungeduld dem Wiedersehen mit Antonia entgegen.

»Giovanni, lass uns Schluss machen für heute und feiern gehen«, sagte sein Onkel zu ihm. »Du hast es dir verdient. Maske und Umhang habe ich dir aufs Zimmer bringen lassen. Mein Vater und deine Großmutter sind schon unterwegs, wir werden uns auf dem Markusplatz treffen.«

Giovanni nickte nur und folgte dem jüngeren Carlo dann durch die Hintertür in den Palazzo.

22. Kapitel

Belladonna – Die schwarze Tollkirsche

Seit der Antike wird die Tollkirsche in Medizin und als Rauschmittel verwendet, gegen Schmerzen und als Aphrodisiakum. Eine höhere Dosis führt zur Atemlähmung.

Venedig, Zeit des Karnevals 1701

Bernardo hatte den ersten Tag des Karnevals von langer Hand vorbereitet. Sollte sein Plan nicht gelingen, würde er zurück in die verhasste Heimat reisen müssen. Die letzten Münzen, die ihm noch verblieben waren, klimperten fast höhnisch in seinem Geldbeutel.

Er hatte sich so platziert, dass er den Eingang des Palazzo Zorzi gut im Blick hatte. Durch seine in den Freudenhäusern geknüpften Kontakte hatte er einiges über die Vorlieben des Marco Zorzi und die Sehnsüchte dessen Gattin Elisabetta erfahren, und es war ihm bereits gelungen, bei verschiedenen Gelegenheiten die Aufmerksamkeit der beiden auf sich zu ziehen, denen er sich als Graf von Gondoro vorgestellt hatte.

Bei dem Gedränge in den Gassen Venedigs konnte er dem Paar unauffällig folgen, das – in Begleitung von Elisabettas Cicisbeo, eines schmächtigen, aber adligen Burschen aus bestem Haus – offenbar zum Dogenpalast unterwegs war. Dort fand ein größerer Ball statt, und Bernardo hoffte, eingelassen zu werden.

Am Palast angekommen, sprach er Elisabetta Zorzi mit einem Kompliment an: »Signora, auch die Maske kann Eure Schönheit und Anmut nicht verbergen.«

Elisabetta, geschmeichelt von seinen Worten, wähnte hinter seiner Maske einen ihr vertrauten Menschen und antwortete mit glockenhellem Lachen und einem hingehauchten: »Oh, Ihr Charmeur!«

Ihr Cicisbeo wusste nicht so recht, wie er sich verhalten sollte, von Signor Marcos Gesicht war nichts zu sehen, denn wie die Signora hielt er eine Maske davor. Zu jeder anderen Zeit des Jahres wäre er wohl eingeschritten, aber da nun mal Karneval war, entschied er, den jungen Kavalier gewähren zu lassen.

Elisabetta Zorzi versuchte Bernardos Namen zu erraten, während die kleine Gruppe den Dogenpalast betrat, und fand dieses Spiel offenbar amüsant. Bernardo begleitete sie mit einer Selbstverständlichkeit, die die Bediensteten nicht daran zweifeln ließ, dass er dazugehörte.

Dann endlich ließ Bernardo seine Maske kurz sinken und machte eine tiefe Verbeugung, während Elisabetta Zorzi erfreut rief: »Ach, Ihr seid es, Graf von Gondoro.«

Eine Verabredung vortäuschend, empfahl er sich mit dem Versprechen, dass sie sich bald wiedersehen würden.

Giovanni, der das bunte Treiben auf dem Markusplatz amüsiert beobachtet hatte, ging mit seinen Verwandten, die selbstverständlich alle eine Einladung erhalten hatten, ebenfalls zum Dogenpalast, um an dem Maskenball teilzunehmen.

Das Gedränge auf dem Markusplatz, die Ansammlung von Schaulustigen, Schaustellern, Gauklern, fliegenden Händlern und sonstigen Akteuren war begleitet von einem Potpourri an Gerüchen, das Giovanni vor einigen Monaten noch zutiefst verstört hätte. Nach längerer Zeit in der Lagunenstadt hatte er sich schon fast daran gewöhnt, und zudem überdeckten seine Neukreationen aus den verschiedensten Zitrusdüften, die er verwendete, andere, unangenehme Gerüche.

Nur langsam kam die Gruppe in der ausgelassenen Menschenmenge voran. Als sie endlich den Dogenpalast erreichten, vernahm Giovanni die Musik seines Freundes Vivaldi.

Viele der zahlreichen Gäste in dem riesigen Ballsaal erkannte er trotz ihren Maskeraden am Geruch, und er machte sich auch hier einen Spaß daraus, sie mit Namen anzusprechen: »Einen wunderschönen guten Abend, Signor Feltrinelli. Ah, und Signorina Pisani, wie schön, dass Ihr offenbar Gefallen an dem Veilchenparfüm gefunden habt, es passt ausgezeichnet zu Euch!«

Nicht immer schwang Freude in den Erwiderungen mit, denn viele wollten nicht erkannt werden. Doch der Champagner flößte Giovanni zusätzlich Mut ein, und er sparte bei den jungen Damen nicht an Komplimenten.

Diesmal war es Antonia, die ihn zuerst entdeckte, da sich viele Köpfe nach ihm reckten, sodass auch sie auf ihn aufmerksam wurde und ihn aufgrund der Bemerkungen, die einige Gäste teils amüsiert, teils verärgert oder gar empört, über ihn machten, sofort erkannte. Ihr eigener zarter Duft war in dem wilden Wirrwarr an Gerüchen noch nicht bis zu Giovannis Nase vorgedrungen.

Antonia, die ein bezauberndes azurblaues Kleid trug, das ihrer Figur schmeichelte, versuchte sich einen Weg zu ihm zu bahnen, wurde aber von dem ein oder anderen maskierten Gast in ein Gespräch verwickelt. Der Abstand zwischen ihr und Giovanni wurde eher größer als kleiner, denn Giovanni steuerte zielsicher in die entgegengesetzte Richtung, hin zu den Musikern.

Als er das Orchester endlich erreicht und Antonio Vivaldi erspäht hatte, begrüßte er den Freund mit einer herzlichen Umarmung.

Antonia beobachtete es aus der Ferne. Hatte ihr Herz eben noch höher geschlagen, als sie Giovanni entdeckte und sah, wie er der Damenwelt kokette Aufmerksamkeit entgegenbrachte, so sank nun all ihr Mut. Sie war sicher, dass sie jede Frau hätte ausstechen können – aber einen Mann?

Sie beschloss, dieses Mal Venedig nicht zu verlassen, bevor sie Klarheit darüber gewonnen hatte, was sie für Giovanni bedeutete.

Unentschlossen blieb sie stehen, umringt von tanzenden und scherzenden maskierten Menschen.

Bernardo hatte Giovanni ebenso erspäht wie Antonia. Und sie hatte er trotz ihrer Maske daran erkannt, dass sie sich so intensiv nach Giovanni umsah und dann so zielsicher auf ihn zustrebte.

Aber um Antonia würde er sich später kümmern. Erst einmal musste er Elisabetta Zorzis Cicisbeo loswerden. Als Bernardo sich einen Moment unbeobachtet fühlte, holte er aus seinem Umhang eine Flasche Laudanum hervor, die er vollständig in ein Glas Wein leerte. Dem Laudanum hatte er zuvor etwas Belladonna beigemischt, aber nicht so viel, dass der bittere Geschmack des Gifts das erdige Aroma des schweren Weines übertönt hätte.

Dann ging er auf den Cicisbeo zu und drückte ihm das Glas in die Hand, um ihm gleich darauf zuzuprosten: »Auf den neuen Dogen Alvise II. Mocenigo und das wunderbare Fest.«

Der Cicisbeo zögerte, wollte sich offenbar mit dem Alkohol zurückhalten, um seine Aufgabe als Begleiter Elisabetta Zorzis zuverlässig erfüllen zu können.

»Nun kommt schon«, sagte Bernardo vergnügt. »Es ist Karneval, da könnt Ihr Euch einen guten Tropfen gönnen.«

Der junge Cicisbeo trank noch immer nicht, sondern schaute sich verunsichert um, worauf Bernardo ihm zuraunte: »Ihr werdet sie nicht finden. Signora Zorzi vergnügt sich anderweitig. Also macht auch Ihr Euch einen schönen Abend.«

Daraufhin nippte der junge Kavalier an dem Wein, doch das war Bernardo nicht genug, und so hob er erneut das Glas und sagte lauter: »Auf Alvise II. Mocenigo!« Dann fügte er noch hinzu: »Jetzt seid nicht unhöflich!« und leerte sein Glas in einem Zug.

Diesmal folgte der junge Mann Bernardos Aufforderung, denn er wollte den vermeintlichen Grafen gewiss nicht verärgern. Doch kaum hatte er das Glas geleert, begannen sich die maskierten Gäste um ihn herum zu drehen.

»Ist Ihnen nicht gut?«, fragte Bernardo in geheuchelter Sorge. »Sollen wir vielleicht ein bisschen an die Luft gehen?«

Er packte den Cicisbeo am Arm, der sich ohne Widerstand durch das Gedränge der Gäste und nach draußen führen ließ.

Unter all den schweren Düften, mit denen die adligen Gäste die Ausdünstungen ihrer Leiber zu verbergen suchten, nahm Giovanni auf einmal auch jenen unangenehmen Geruch wahr, der ihm in den letzten Wochen schon ein paar Mal aufgefallen war und den er gegen jede Vernunft mit seinem Widersacher Bernardo in Verbindung brachte.

Der Geruch streifte ihn nur einen winzigen Moment, wie bei einem Déjà-vu, und bevor es ihm gelang, dessen Ausgangspunkt zu lokalisieren, roch er etwas anderes: den wunderbaren Duft Antonias, und im nächsten Augenblick erspähte er sie trotz ihrer Maske.

»Entschuldige mich bitte«, bat er seinen Freund Antonio Vivaldi. Dann trat er auf Antonia zu, die stocksteif dastand und ihm entgegenblickte. Ganz Kavalier verneigte er sich vor ihr und deutete einen Handkuss an, bevor er sagte: »Es freut mich ungemein, dich zu sehen, verehrte Antonia. Trotz Maske strahlt deine Schönheit und erhellt den ganzen Dogenpalast.«

Verwirrt ob dieses Überschwangs der Gefühle, die seine Worte zum Ausdruck brachten, brauchte sie einen Moment, ehe sie etwas erwidern konnte. »Du schmeichelst mir nur aus Höflichkeit«, hielt sie ihm schließlich vor und war froh, dass er die Röte in ihrem Gesicht nicht sehen konnte.

»Ganz und gar nicht«, verneinte er in gespielter Entrüstung und fuhr charmant fort: »Du bist die einzige Frau, die es wert ist, dass man ein Leben lang auf sie wartet. Dafür, in deiner Nähe zu sein, würde ich alles geben.«

Es waren die heitere Stimmung des Karnevals und der bereits genossene Alkohol, den er nicht gewohnt war, die ihn so offen sprechen ließen. Antonia jedoch verschlug es zunächst die Sprache. Monatelang hatte sie sich nach einer Beichte wie dieser gesehnt, und nun kamen ihm die Worte so unverhofft und locker über die Lippen.

Die Maskerade fiel, und flüsternd erwiderte sie: »Auch ich zähle jedes Mal die Stunden bis zu unserem Wiedersehen.«

Giovanni nutzte die Gunst der Stunde, in der so manche Grenze überschritten wurde, und gab Antonia einen zärtlichen, langen Kuss auf die nun unbedeckte Wange.

Es war der glücklichste Moment in Giovannis Leben, und Antonia ging es nicht anders.

Dann aber winkte Giovanni seinen Freund Antonio herbei, worüber Antonia zunächst erschrak, doch ihre aufgebrachten Gefühle beruhigten sich wieder, als sie Giovanni sagen hörte: »Antonio, spiele etwas für Antonia! Etwas, das an den Frühling in ihrer Heimat erinnert. Denn es sind Gefühle des Frühlings, die mich erfüllen, und nur liebliche Düfte und der Klang der Musik können diese Gefühle wiedergeben.«

Antonio Vivaldi überlegte einen Moment, bevor er sich entschied: »Ich arbeite an einem Stück über die Jahreszeiten. Es ist noch längst nicht fertig, aber ein kleines Motiv kann ich für euch vortragen.«

Und so spielte Antonio den Liebenden ein Lied, das den Frühling in den Herzen erwachen ließ, und er spielte so ergreifend, dass seine Musik Antonia und Giovanni in inniger Umarmung über das Parkett führte.

Bernardo hatte unterdessen den vom Laudanum benommenen jungen Cicisbeo aus dem Palast geführt. Sie wirkten wie zwei junge Männer, die zu viel Alkohol genossen hatten, wobei Bernardo den anderen stützte. Er achtete darauf, dass die Masken weiterhin ihre Gesichter bedeckten, damit niemand ihn oder den Cicisbeo erkannte. Als sie an den beiden Bediensteten vor der Tür vorbeischritten, rief er sicherheitshalber noch lallend: »Ich bring dich nach Hause, du kannst ja nicht mehr stehen!«

Eng umschlungen wie ein Liebespaar, verschwand Bernardo mit dem jungen Mann in den schmalen Gassen hinter dem Markusplatz. Niemand achtete auf sie. Der Cicisbeo wurde Bernardo allmählich schwer, denn der konnte selbstständig kein Bein mehr vor das andere setzen, und so musste der falsche Graf ihn regelrecht schleppen.

Sich liebende Männer waren in der Zeit des Karnevals in der Lagunenstadt allgegenwärtig. In einer dunklen Ecke beugte sich Bernardo wie ein liebeshungriger Kavalier über sein Opfer, warf seinen Umhang über sich und den anderen, sodass er sie beide fast gänzlich bedeckte, und gab ein lustvolles Stöhnen von sich.

Während er derart den Liebhaber mimte, legte er seine groben und schwieligen Hände um den Hals des Cicisbeo und drückte zu. Die hervorquellenden Augen und das Entsetzen in dem Gesicht des jungen Mannes blieben in der Dunkelheit unter dem Umhang unsichtbar, sein Röcheln ging in dem Stöhnen des Mörders unter.

Als Bernardo sicher war, dass ihn niemand beobachtete, ließ er den leblosen Körper in den Kanal gleiten und übergab ihn den Gezeiten. Das Gift im Körper seines Opfers gab ihm die Sicherheit, dass er ganz sicher nicht mehr lebendig würde, die Steine, die er unter das Wams des Toten geschoben hatte, taten ihr Übriges. Wenige Sekunden nach der Tat tauchte Bernardo selbst in der Masse der Maskierten auf dem Markusplatz wieder unter.

Sein Weg führte direkt ins Hurenhaus, wo er den aufgestauten Druck loswerden wollte.

23. Kapitel

Fremdländischer Duft

Wenn sich mein auge schliesst am sommerabend
Und deines heissen busens duft mich lezt
Dann bin ich in ein selig reich versezt.
An immer gleicher sonnenglut sich labend
Charles Baudelaire

Venedig, Zeit des Karnevals 1701

Das rauschende Fest im Dogenpalast war nur der Auftakt des Karnevals in Venedig gewesen. Die Menschen feierten und tanzten, die Huren ließen sich in einem Festumzug von den Gondolieri über den Canal Grande fahren und wurden selbst von den angesehensten Patrizierfamilien bejubelt.

Die ausgelassene Stimmung erfasste auch Giovanni und Antonia, die sich verliebt durch die Stadt treiben ließen. Seit dem Maskenball waren die beiden umhüllt von ungetrübtem Liebeszauber, Cupido schien alle dunklen Wolken, die ihre Beziehung überschattet hatte, vertrieben zu haben, und seine Pfeile saßen fest in ihren Herzen. Sie genossen den Trubel, bewunderten die Schausteller und amüsierten sich über die Gaukler. Im Schatten von Antonias zartem jungfräulichem Duft konnten Giovanni alle anderen Gerüche nichts anhaben, so sehr hielten sie und ihre Nähe ihn im Bann. Seine bisherige Zurückhaltung war einzig und allein seiner guten Erziehung zu verdanken, und Antonia wusste diese artige Scheu inmitten all des lasterhaften Treibens zu schätzen.

Ansonsten schien es, als wären in Venedig alle Hüllen des Anstands gefallen, wobei selbst noch die Wollust mit einem gewissen Stil zelebriert wurde, jedenfalls in den entsprechenden Vierteln rund um die Paläste und sofern man nicht hinter die zugezogenen Vorhänge in den Logen des Theaters und der Oper lugte.

Es war das erste Mal, seit Giovanni in Venedig weilte, dass ihn nicht die Arbeit beflügelte. Es war der Duft einer jungen Frau, dieses bildhübschen und klugen Mädchens.

Doch nach fünf Tagen der Glückseligkeit rückten die Stunden des Abschieds heran. Giovanni hatte für Antonia ein neues Duftwasser kreiert, ein *Eau d'agrume*, ein Zitruswasser, das er aus dem reinsten Alkohol, den er hatte bekommen können, und den erlesensten Zitrusdüften, die er zu extrahieren vermochte, komponiert hatte.

Etwas unbeholfen überreichte er ihr den Flakon aus feinstem blauem Muranoglas und sagte: »Meine Verehrteste, nicht dass du denkst, ich würde deinen wundervollen Duft nicht zu schätzen wissen. Nein, ganz im Gegenteil«, versicherte er hastig, »ich kann mir kein betörenderes Odeur vorstellen als das deinige. Es ist vielmehr ein bescheidenes Geschenk von mir, das dich an mich erinnern und dich erfrischen soll, wenn sich düstere Gedanken deiner bemächtigen wollen.«

Antonia musste gegen die aufsteigenden Tränen ankämpfen. Zwei Monate zuvor hatte er ihr schon einmal ein Duftwasser geschenkt, und sie hatte es mit kaltem Herzen und nur oberflächlichem Dank entgegengenommen. Unangetastet stand es noch in ihrem Zimmer. Nach all den trügerischen Hinweisen über seine angebliche Vorliebe fürs eigene Geschlecht war sie davon ausgegangen, dass sie damit ihren weiblichen Duft übertünchen sollte, damit er es überhaupt in ihrer Nähe aushielte.

Nun schämte sie sich für ihre falschen Schlüsse und dass

sie so empfänglich gewesen war für diese missgünstigen Unterstellungen.

»Giovanni«, sprach sie, »ich weiß nicht, was ich sagen soll. Du beschämst mich mit diesem wundervollen Geschenk. Aber es wird mir helfen, dich stets an meiner Seite zu wähnen, auch wenn wir uns für Wochen und Monate nicht sehen können. Und ich … ich stehe mit leeren Händen hier und habe nichts für dich.«

Giovanni stieg eine leichte Röte ins Gesicht. Lange hatte er überlegt, wie er seinen Wunsch formulieren sollte. Er fürchtete nichts mehr, als das kostbare Band, das sich zwischen ihnen spannte, durch unbedachte Worte oder eine ungeschickte Bitte zu zerreißen.

Dann aber nahm er allen Mut zusammen, zog ein frisches Seidentuch aus seiner Jackentasche und fragte sie: »Liebste Antonia, wenn du mir wirklich etwas von dir geben möchtest, so würde mich nichts auf der Welt mehr erfreuen als dieses Tüchlein getränkt mit deinem Duft.«

Ein freudiges Lächeln überzog Antonias Gesicht. Giovanni dürstete es nach ihrem Geruch, und er schämte sich seiner Gelüste. Belustigt nahm sie das Tuch entgegen. »Ich hoffe, ich werde dich nicht enttäuschen. Das Tuch werde ich dir morgen früh vor unserer Abreise durch einen Boten zukommen lassen.«

Ein »Danke« war alles, was Giovanni in diesem Moment hervorbringen konnte.

»Wann und wo werden wir uns wiedersehen?« Es war Antonia, die diese entscheidende Frage stellte.

Giovanni musste sich einen Moment sammeln, bevor er antwortete: »In Venedig wird es wohl nicht sein. Du wirst so bald nicht wiederkommen, und auch ich werde die Stadt demnächst verlassen. Meine Kavaliersjahre stehen bevor, und ich werde wohl auch einige Zeit bei meinem Onkel in Maastricht verbringen, bevor ich als selbstständiger Kaufmann ein eigenes Auskommen habe. Darf ich dir denn nach Frankfurt schreiben?«

Antonia lächelte. »Nichts würde mich glücklicher machen, als Gedanken aus deiner Feder zu lesen, während ich die Tage zähle, bis ich dich wiedersehe.«

Sie schauten einander tief in die Augen, in der sicheren Überzeugung zweier Liebender, füreinander geschaffen zu sein. Dann endlich rang sich Antonia zum Abschied durch und hauchte dem schüchternen Giovanni einen Kuss auf die Wange.

»Ich muss gehen, mein Vater wartet schon. Mein Herz schlägt nur für dich, vergiss das nicht.«

Ohne Giovanni noch einmal zu Wort kommen zu lassen, drehte sie sich um und war im nächsten Moment im Trubel verschwunden.

In der Nacht streichelte Antonia mit dem Seidentuch über alle erdenklichen Stellen ihres Körpers, in Gedanken ganz bei ihrem geliebten Giovanni. Während sie allein mit Erregung und Leidenschaft kämpfte, suchte Giovanni erstmals wieder das Freudenhaus und Gina auf.

Obwohl ihn das schlechte Gewissen fast verzehrte, war der Drang so groß, dass er es nicht mehr aushielt. Ungeduldig wartete er, bis die junge Hure, die einst so nachsichtig mit ihm gewesen war, ihn empfangen konnte.

Als sie ihn schließlich begrüßte, erkundigte sie sich taktvoll: »Was darf ich uns bringen lassen? Heißes Wasser? Rosenwasser? Seife? Champagner?«

Giovanni hatte durch die Monate in der mondänen und bunten Stadt ein neues Selbstbewusstsein gewonnen und antwortete souverän: »Alles, nur keinen Champagner. Zitronenlimonade bitte. Ich möchte, dass du von innen und außen erfrischt bist.«

Lächelnd gab Gina die Bestellung weiter. Diesmal überließ Giovanni es ihr, sich mit dem heißen Wasser, der Seife und dem Rosenwasser zu reinigen, während er ihr dabei zusah.

Er hatte jedoch ein Fläschchen von dem *Eau d'agrume* dabei, das er Antonia geschenkt hatte, und damit rieb er Ginas Körper eigenhändig ein, bevor er das tat, wozu er gekommen war.

Auf diese Weise gelang es ihm, sich Antonia zu erträumen, während er den Körper liebkoste, der für ihn keine Bedeutung hatte.

24. Kapitel

Vanille

Der zauberhafte, samtig süße Duft einer fermentierten Orchideenfrucht wirkt beruhigend und besänftigend, ein Balsam für die Seele, vertreibt Mattheit und verbreitet gute Laune.

Venedig, erste Jahreshälfte 1701

Bernardo hatte sich in den letzten Tagen zurückgehalten, sowohl was die Hurerei betraf als auch beim Wein und beim Laudanum. Stattdessen war er um die Logen der Zorzis geschlichen, stets in der Hoffnung, eine »zufällige« Begegnung mit Elisabetta Zorzi herbeiführen zu können, was ihm schließlich am dritten Tage nach dem Mord an dem für ihn namenlos gebliebenen Cicisbeo auch gelang.

Das Gesicht wieder hinter der Maske verborgen, näherte er sich der ebenfalls maskierten Dame und sagte: »Signora Zorzi? Diese anmutige Figur, dieser elegante Gang, das geschmackvolle Gewand – das müsst Ihr sein!« Und während sie ihn noch verblüfft anstarrte, fügte er mit besorgter Stimme hinzu: »Aber wo ist Euer treuer Cicisbeo? Er sollte eine so bedeutende Erscheinung, wie Ihr es seid, Signora, nie aus den Augen lassen.« Bernardo genoss diesen Augenblick der Überlegenheit. Die Überraschung war ihm gelungen, das konnte er der Signora trotz Maske ansehen. Ihr Gatte vergnügte sich noch in einer Loge, wo Bernardo ihn hatte hineingehen sehen. Und wenn sich eine höher gestellte Dame ohne ihren Gatten in der Öffentlichkeit zeigte, tat sie dies gewöhlich nur in Begleitung ihres Cicisbeo.

So wunderte sich Signora Zorzi weder über die Frage noch über das vermeintlich zufällige Zusammentreffen, sondern zeigte sich vielmehr betroffen, so schutzlos in der Öffentlichkeit erkannt worden zu sein.

»Nun, Signor ...?«, setzte sie fragend an.

»Gondoro«, half ihr Bernardo auf die Sprünge, der inzwischen gelernt hatte, dass Adlige untereinander selten ihre Titel gebrauchten.

»Ja, Signor Gondoro. Schön, Sie wiederzusehen. Sie haben völlig recht, ich hätte nicht aus dem Haus gehen sollen, so völlig allein. Aber seit drei Tagen, seit dem Fest im Dogenpalast, ist Andrea Tartini, mein lieber Cicisbeo, verschwunden.«

Hinter der Maske verzog Bernardo das Gesicht zu einem Grinsen. Die Sache lief besser, als er gedacht hatte, denn offenbar hatte man die Leiche des jungen Mannes noch nicht gefunden. Vielleicht hatte das Meer sie für immer verschlungen.

Noch einmal nutzte er sein schauspielerisches Talent, um mit gespielter Anteilnahme zu erwidern: »Weg? Einfach verschwunden? Als ich den Saal verließ, habe ich ihn noch im Kreise einiger junger Leute scherzen sehen. Oh, es ist unverantwortlich von ihm, Euch einfach im Stich zu lassen!« Die letzten Worte brachte Bernardo mit gespielter Empörung hervor.

Bedauernd erwiderte Signora Zorzi: »Ich kann es mir nicht erklären. Ich hoffe, ihm ist nichts zugestoßen. Morgen werde ich einen Boten nach Genua schicken, um seine Eltern zu informieren.«

Bernardo hätte beinahe einen Seufzer der Erleichterung ausgestoßen. Wenn der Galan nicht aus Venedig war, würde man so schnell nicht mit der Suche beginnen.

»Tut das, Signora, vielleicht löst sich das Rätsel dann auf, denn womöglich ist er einfach nur aus irgendeinem Grund in seine Heimat zurückgekehrt. Vielleicht ist er längst wohlbehalten dort. Aber Ihr, Signora Zorzi, solltet nicht länger ohne Schutz bleiben. Eine so edle Dame bedarf dringend eines Begleiters!« Und nach einer kurzen Pause, in der er so tat, als würde er angestrengt überlegen, was zu tun wäre, entschied er heroisch: »Ich werde heute an Eurer Seite bleiben und Euch beschützen, und wenn es nötig ist, bleibe ich so lange, bis Euer treuloser Cicisbeo wieder auftaucht oder Ihr einen anderen erwählt habt.«

Sein Tonfall duldete keinen Widerspruch, doch Elisabetta Zorzi war längst seinem aufgesetzten Charme erlegen.

Wenige Tage später wurde Bernardo als Cicisbeo in den Dienst der Signora Zorzi berufen. Die Leiche des jungen Andrea wurde erst Wochen später weit entfernt von Venedig an Land gespült und nur aufgrund der eifrigen Suche seiner verzweifelten Eltern identifiziert. Sie beklagten das schicksalhafte Ende ihres Sohnes voller Zorn auf die Straßenräuberei ihrer Tage.

Schon bald stellte sich heraus, dass die Zorzi mehr von ihrem *Cavaliere servente* – ihrem »dienenden Ritter« – erwartete als nur Schutz in der Öffentlichkeit, Beratung und eine helfende Hand im Haus. Ihr Gatte hatte dagegen nichts einzuwenden, da er sich selbst lieber anderweitig vergnügte.

Die Rolle des Liebhabers füllte Bernardo so perfekt aus, dass die Signora ihm bald aus der Hand fraß. Scheinheilig wollte er darauf bestehen, seinen Geldbeutel in der Heimat aufzufüllen, aber die Zorzi wollte ihren Cicisbeo nicht missen und finanzierte ihn großzügig.

Während Bernardo den Kavalier spielte, sog er nebenbei das Gebaren des Adels auf wie ein Schwamm das Wasser und imitierte es immer besser. Nach ein paar Monaten konnte ihm niemand mehr seine einfache Herkunft anmerken. Selbst wenn er sich gehen ließ, gab er die Rolle der Noblesse noch nahezu perfekt. Nur wenn er betrunken oder von Laudanum berauscht zu den Huren ging, ließ er sein wirkliches Inneres nach außen dringen und wurde zu dem ungehobelten Burschen, der er eigentlich war.

Erst im Sommer reiste er, eine Krankheit seiner Mutter vortäuschend, für kurze Zeit nach Hause, um wieder auf Goldsuche zu gehen. Und diese zweite Jagd nach dem glitzernden Edelmetall war noch erfolgreicher als die erste. Um seinen Plan zur Vollendung zu bringen, fehlten ihm nun nur noch ein echter Adelstitel und die entsprechende Vergangenheit. Doch mit ausreichenden finanziellen Mitteln und guten Verbindungen war in dieser Welt alles zu erreichen, wie Bernardo inzwischen gelernt hatte.

So verharrte er noch ein paar Monate demütig bei Elisabetta Zorzi, während denen er eifrig an einem Netz wertvoller Kontakte knüpfte.

Giovanni, der von alldem keine Ahnung hatte, nahm noch ein paar Mal in Venedig jenen unangenehmen Geruch wahr, der ihn an seinen Widersacher aus der Heimat erinnerte. Doch der Gedanke an Antonia zerstreute jegliches Unbehagen, wehte es hinweg, wie der Wind Düfte zu zerstreuen vermag.

Zudem waren seine Tage in der Lagunenstadt gezählt, seine eigentliche Kavaliersreise, seine Grand Tour, sollte ihn bald nach Mailand, Genua, Rom, Florenz, Nizza, Grasse, Paris, Maastricht und schließlich nach Frankfurt und Köln führen.

Caterina saß im Salon vor einer duftenden Tasse mit Vanille verfeinertem Kaffee und sinnierte über Giovannis Reise, als sich dieser hinter sie schlich und den herben und zugleich lieblichen Geruch des Getränks einsog.

»Ah, dieser Duft, der Geister und Lebensfreude weckt, inspiriert dich hoffentlich bei deinen anstrengenden Überlegungen, liebe Nonna!«

Caterina wäre beinahe die Kaffeetasse aus der Hand gefallen. »Giovanni, musst du mich so erschrecken? Ich war ganz in Gedanken, und sie galten dir. Es ist deine Grand Tour, über die ich hier nachsinne.«

Er ließ sich lachend ihr gegenüber nieder. »Entschuldige bitte, ich dachte, es wäre alles besprochen und vereinbart.«

Caterina, die normalerweise sehr glücklich über die neue Leichtigkeit ihres Enkels gewesen wäre, erwiderte mit ernster Stimme: »Ja, es stand schon alles fest, aber dann ist dieser unselige Krieg ausgebrochen. Du weißt, dass Eugen von Savoyen Cremona überfallen, in Mailand alle spanischen Besitztümer beschlagnahmt und die Höfe besetzt hat. Du kannst jetzt unmöglich nach Norden, du musst direkt von hier nach Rom. Dein Schiff läuft übermorgen aus, ein Kaufmann wird dich bis nach Rom geleiten, wo sich Kardinal Pietro Ottoboni deiner annehmen wird. Gräfin Isabella Borromeo hat sich freundlicherweise um alles gekümmert und auch ein paar Schreiben aufgesetzt, die dir in Rom so manche Tür öffnen werden.« Sie lächelte ihn an. »Und du wirst dort auch Antonio Vivaldi wiedersehen.«

Giovanni aber war sichtlich erschrocken. Seine Grand Tour sollte ursprünglich erst in zwei Wochen beginnen. »Übermorgen schon? Ich soll übermorgen bereits abreisen?«

Caterina sah in das besorgte Gesicht ihres geliebten Enkels und legte beschwichtigend die Hand auf die seine. »Beruhige dich erst einmal. Möchtest du einen Kaffee?«

Giovanni nickte, holte sich eine Tasse, setzte sich dann wieder zu ihr und goss sich ein.

»Du hast dich nie sonderlich für Politik interessiert«, sagte Caterina, »und wir Kaufleute sollten uns auch nie zu deutlich für eine Seite aussprechen. Aber das heißt nicht, dass wir nicht verfolgen sollten, was in der Welt geschieht. Und was im Moment vor sich geht, gefällt mir ganz und gar nicht. In Rom bist du sicher, und die Gelegenheit ist günstig.« Sie nahm einen Schluck von ihrem Kaffee, bevor sie nachdenklich fortfuhr: »Ich weiß nicht, wie sich dieser Krieg entwickelt, aber wenn die Truppen aus Norditalien abziehen, werden wir uns zu Hause wiedersehen.«

»Und Florenz?«

Catarina schüttelte den Kopf. »In so unruhigen Zeiten werde ich dich nicht allein dorthin reisen lassen. Nach Paris werde ich dich begleiten.«

Die Enttäuschung stand Giovanni ins Gesicht geschrieben. »Aber die Officina Profumo di Santa Maria Novella. Ich wollte dort all die Dinge lernen, die Carlo mir nicht beibringen kann.«

Catarina musste schmunzeln, denn sie dachte daran, wie viel Carlo in Wirklichkeit von Giovanni gelernt hatte, und nicht umgekehrt. Sie war sich gar nicht so sicher, ob die Mönche in Florenz von einem Schüler, der ihnen in vielerlei Hinsicht derart überlegen war, so begeistert sein würden.

Sie überlegte einen Moment, bis sie die richtigen Worte fand, dann antwortete sie: »Du hast recht, Giovanni, althergebrachtes Wissen ist zumeist sehr wertvoll. Doch es verlangt einem auch sehr viel Geduld ab, wenn man bei den Mönchen in die Lehre geht. Niemand dort wird sich für deine sinnlichen Kompositionen begeistern, solange du die Lehren des Klosters nicht mit der gebührenden Demut annimmst. Es sind sehr alte Rezepturen, nach denen dort mit viel Andacht *Aqua mirabilis* und andere Elixiere zubereitet werden. Deine Zunge ist vielleicht ein wenig zu schnell für ein so altehrwürdiges Haus, deine Ideen würden vielleicht als anmaßend verstanden werden. Die Officina Profumo wirst du noch früh genug besuchen, lernen wirst du aber andernorts mehr.«

Caterina lehnte sich zurück und betrachtete ihren Enkel über den Rand ihrer Tasse hinweg, während sie an dem Kaffee nippte.

Giovanni nahm das zwischen den Worten versteckte Lob seiner Großmutter mit Freude auf, versuchte aber, es sich nicht anmerken zu lassen, als er sagte: »Dann werde ich mich wohl fügen und meine Reisevorbereitungen treffen.«

Er stand auf, drückte seiner Großmutter einen Kuss auf die Wange und entschwand.

25. Kapitel

Magenbitter

Sophia Ryfart ist eine historische Figur, sie kam aus ebenjenem Rheinberg, in dem die Familie Underberg gut hundert Jahre später einen Magenbitter auf den Markt brachte, der noch heute aus verdauungsfördernden Kräutern aus dreiundvierzig verschiedenen Ländern »semper idem« – »immer gleich« – hergestellt wird.

Köln, Frühjahr 1702

Es war ein strahlender Frühlingsmorgen, und trotzdem waren die Straßen wie leer gefegt, als Caterina Bernardi ihren Laden aufschloss. Der Schrecken des Krieges hatte selbst die Kölner Frohnatur vertrieben, das Lachen in der Stadt war verstummt. Und das war kein Wunder, dachte sie wehmütig, während sie zur Theke schlurfte. Die Kinder waren tot, die Erben verloren. So wie bei ihrem armen Paolo, der sich in seinem Leid ständig betrank. Und nicht zuletzt, spann Caterina den Gedanken weiter, war es auch der Krieg, der sie und die Farinas in Maastricht zu Feinden machte.

Die Kinderlosigkeit der Habsburger auf dem spanischen Thron hatte diesen grauenvollen Krieg ausgelöst, der nun aus Köln und Maastricht erbitterte Gegner machte. Köln stand auf Seiten der Franzosen, Maastricht auf der englischen.

Caterina Bernardi seufzte schwer. Konnte man sich nicht einfach heraushalten? Schließlich war Köln doch eine Freie Reichsstadt!

Stattdessen waren die Stadttore verschlossen, und offenbar ließ man auch Paolo nicht mehr passieren, denn von dem hatte sie schon längere Zeit nichts mehr gesehen oder gehört. Dabei brauchte sie ihn dringend; wenn er nicht neuen Branntwein brachte, waren ihre Vorräte bald gänzlich aufgebraucht.

Das Läuten der Türglocke riss sie aus ihren schwermütigen Gedanken. Es war die Magd der Familie von Fürstenberg, die den Laden betrat. »Frau Bernardi, die Herrschaften bräuchten dringend eines Eurer *Aquae mirabiles*, etwas für den Magen. Das Fest gestern – das Essen war wohl doch zu üppig.«

Caterina Bernardi schüttelte den Kopf. »Europa ist im Krieg, es gibt kaum noch etwas zu essen, und die Herrschaften feiern Feste.«

»Sie feiern keine Feste«, widersprach die Magd augenzwinkernd, »sie pflegen diplomatische Beziehungen.«

»Die Türen nach allen Seiten offen halten, während die Stadttore geschlossen sind«, konterte Caterina Bernardi, die von Politik mehr verstand, als sie vorgab. Dann richtete sie den Blick auf das fast leere Regal hinter der Theke und sagte nach einem schweren Seufzer: »Eine Flasche von meinem Elixier gegen Übelkeit und Magenbeschwerden hätte ich noch.«

Sie griff nach dem Fläschchen. Die Rezeptur für den Magenbitter hatte ihr Paola geschickt. Sie hatte lediglich noch Artischocken hinzugefügt.

»Mehr kann ich dir leider weder geben noch herstellen«, sagte sie bedauernd. »Die Kräuter und die Wurzeln hätte ich schon noch, aber der Branntwein fehlt, und ohne Branntwein kein *Aqua mirabilis*. Meinen Neffen, der den Wein brennt, lassen sie offenbar nicht in die Stadt.« Kaum hatte sie den Satz ausgesprochen, kam ihr eine verwegene Idee, und sie fügte schnell hinzu: »Doch wenn die Herrschaften in dieser Hinsicht behilflich sein könnten, wäre rasch ein neues Elixier hergestellt.«

Ihr treuherziger Blick ließ die Magd schmunzeln. »Ich bin sicher, ich kann die Herrschaften dazu überreden, einen Boten zu Eurem Neffen zu schicken; der soll ihn und seinen Branntwein zu Euch schaffen. Wer weiß, wann sie wieder einmal diplomatische Beziehungen pflegen müssen und ein weiteres Fläschchen Eures Zauberwassers brauchen. Wo wohnt er denn, Euer Herr Neffe?«

»In Rheinberg«, antwortete Caterina Bernardi zufrieden und beschrieb ihr dann den Weg zum Hof der Ryfarts und der Familie Feminis. Als die Magd die Münzen für das Fläschchen auf die Theke legte, wünschte Caterina der Familie von Fürstenberg noch rasche Genesung und vor allem viel Glück bei der Beschaffung des Branntweins und ihres Neffen.

So kam es, dass ein Bote der Familie von Fürstenberg ein paar Stunden später Paolo Feminis mit einem ganzen Fass Branntwein durch das Kölner Nordtor schleuste.

Paolo, vom Branntwein benebelt und von der trickreichen Beförderung des Brands belustigt, prostete seiner Tante mit einem gut gefüllten Becher zu. »Der Branntwein ist es, den unsere Kunden in Wirklichkeit wollen«, lallte er. »Deine Kräuter und Essenzen verschnörkeln den Geist des Weines nur.«

Caterina Bernardi schüttelte den Kopf. »Unsere Kunden wollen die besten Wunderwasser der Stadt, und die bekommen sie nur hier bei mir. Und jetzt versauf den Branntwein nicht, er ist das Letzte, was wir noch haben Wenn der Krieg noch lange dauert und Farina uns nicht mehr beliefert, sitzen wir auf dem Trockenen. Komm, hilf mir beim Ansetzen.«

Missmutig machte sich Paolo an die Arbeit. Egal, wie er sich auch abmühte, er kam im Leben auf keinen grünen Zweig. Sophia war nach dem Tod von sechs Kindern nicht mehr dieselbe, seine Schwiegereltern gaben ihm für alles

Unglück die Schuld, und für das Bürgerrecht in Köln und damit für einen Neuanfang fehlte ihm nach wie vor das Geld, das er während des Krieges auch kaum verdienen konnte.

»Vielleicht sollte ich doch in die Heimat zurückkehren«, sagte er unvermittelt.

»Wie meinst du das?«

»So wie ich's sage.«

Empört stemmte Caterina die Hände in die Hüften. »O nein, du wirst Sophia ganz gewiss nicht sitzen lassen! Und mich auch nicht! Ich habe mich fast ruiniert, weil ich dem Signor Farina den Laden nicht verkauft oder wenigstens seinen Neffen in die Lehre genommen habe, und das wegen dir. Jetzt wirst du schön bleiben, sonst jage ich dich bis ans Ende Welt! Und ich werde sicher einige hier finden und auch in der Heimat, die mit mir auf Jagd gehen würden!«

Paolo verdrehte die Augen, dann goss er den Alkohol auf die vorbereiteten Kräuter. »Du auf meinen Fersen, das ist schlimmer als die Franzosen und die Allianz zusammen. Dann hilf uns doch wenigstens, endlich in Köln sesshaft zu werden. Allein bekomme ich das Geld fürs große Bürgerrecht nie zusammen.«

Caterina sah ihm in die vom Alkohol geröteten Augen. »Was denkst du eigentlich, für wen ich mich hier abmühe?«

Paolo zuckte mit den Schultern. »Wenn es für mich ist, habe ich noch nicht allzu viel davon gehabt. Schlechter wäre es uns auch nicht ergangen, wäre ich ganz auf dem Hof der Schwiegereltern geblieben. Das Geld für das Bürgerrecht werde ich so jedenfalls ganz sicher nicht zusammenkriegen.«

Caterina biss sich auf die Lippen. Vielleicht hatte Paolo sogar recht. Er hätte tatsächlich statt des anderen Schwiegersohns der Ryfarts in dem Weingut der Familie mit einsteigen können. Vielleicht wäre es ihm damit besser ergangen.

Doch Caterina wäre nicht die Caterina gewesen, die sich jahrzehntelang im von der Heimat fernen Köln durchgebissen hatte, wäre ihr nicht auch dazu etwas eingefallen.

»Vielleicht habe ich doch eine Idee.« Sie huschte zu ihrem kleinen Schreibtisch und wühlte in ihren Unterlagen, bis sie endlich fand, wonach sie suchte: einen der letzten Briefe Paolas.

Laut las sie Paolo die Stelle vor, die ihr wichtig schien:

»Es gibt manch glückliche Tage in meinem Leben, und heute war so einer: Ein entfernter Verwandter von uns, der mich sehr an meinen Paolo erinnert und der bisher ebenfalls nicht viel hatte, ist auf einen Schlag sehr vermögend geworden. Ich war sehr gerührt, als er mir zum Dank ein kleines Geschenk brachte. Paolo würde ihn mögen, grüße ihn von mir, er schreibt so selten …«

Caterina blickte von dem Brief auf und sah Paolo nachdenklich an. »Vielleicht sollte ich Paola schreiben.«

26. Kapitel

Der Duft der Ewigen Stadt

»Der Geruch des Lavendels hängt in den Bäumen, vermischt mit den trockenen Gräsern …«
Johann Maria Farina in einem Brief an seine Großmutter Caterina. Von der Familie Farina zur Verfügung gestellt.

Santa Maria Maggiore, zweite Jahreshälfte 1702

Caterina Farina saß an ihrem Schreibtisch und überlegte, wie sie die letzten Zeilen an ihren Sohn, den Ratsherrn von Maastricht, formulieren sollte, um Giovanni möglichst trefflich zu beschreiben.

Gerade erst war Giovanni aus Rom zurückgekehrt und hatte so sinnlich und präzise die Gerüche der Ewigen Stadt geschildert, dass sie die Plätze mit ihren Brunnen und die Straßen mit den Palästen vor ihrem inneren Auge zu sehen und vor allem zu riechen glaubte. Anschließend jedoch hatte er sehnsüchtig geschrieben:

»Wie anders ist doch Rom; nichts erinnert an den Reichtum Venedigs, gewaltig die leeren Bauten, endlos die gepflasterten Straßen, deren Staub in der Nase kitzelt. Der Geruch des Lavendels hängt in den Bäumen, vermischt mit den trockenen Gräsern, so anders als der Duft der Lavendelfelder außerhalb Venedigs, der den Sommer mit Frische unterstreicht …«

Seine Worte waren so voller Leidenschaft gewesen, mit so viel Gefühl zu Papier gebracht. Und wie sollte sie nun den besonderen Charakter Giovannis in einem einzigen Brief angemessen darstellen? Sie hatte seine Entwicklung zum Mann in den letzten Jahren mit Wohlwollen verfolgt, für sie war Giovanni ein Genie, und sie wollte ihrem Sohn vorab zumindest eine vage Vorstellung von ihrem Neffen vermitteln, der ihn in Maastricht in Kürze aufsuchen würde.

Nach einer längeren Denkpause fand die stolze Großmutter dann doch noch Worte, die zumindest dem nahekamen, was sie empfand:

»Ich erkenne mich selbst in meiner Jugend in Giovanni wieder, und doch ist er so gänzlich anders, als ich es war. Er unterteilt die Menschen in gut Riechende und böse Riechende und liegt mit seiner Einschätzung ihrer Gesinnungen zumeist auch richtig. Es wird nicht leicht für ihn werden, aber seine Nase ist so treffsicher wie sein Verstand. Du wirst Deine Freude an ihm haben.«

Nachdenklich las sie noch einmal die von ihr geschriebenen Zeilen, bevor sie den Brief mit dem nachdrücklichen Wunsch, ihr Sohn möge die Talente seines neuen Schützlings unbedingt fördern, und den herzlichsten Grüßen schloss.

Caterina übergab das Schreiben dem Postkutschenfahrer und wunderte sich darüber, dass sie das junge, der Kleidung nach adlige Paar im Inneren der Kutsche nicht kannte, obwohl die beiden doch angeblich aus dem Nachbarort stammten.

Sie bekam noch einen Brief überreicht, der an Giovanni gerichtet war, dann drängte der junge Mann in der Kutsche zur Weiterfahrt.

Offenbar entlohnte er den Kutscher fürstlich, denn der folgte seiner Weisung umgehend.

Bernardo war erleichtert, dass Caterina Farina ihn nicht erkannt hatte. Bis auf Paola ahnte niemand etwas von seinem plötzlichen Reichtum, und die meisten, die den Bauernjungen Bernardo kannten, wussten nicht einmal, dass er für kurze Zeit zurückgekehrt war. Offiziell befand er sich auf Wanderschaft.

Zur Sicherheit hatte er dafür gesorgt, dass die Kutsche gleich wieder weiterfuhr. So konnte Caterina Farina keine unangenehmen Fragen stellen. Außerdem fürchtete er, dass Chantal den Mund nicht halten konnte, und die junge Dirne hatte eine alles andere als dem Adel entsprechende Ausdrucksweise.

Vorsichtshalber wies er sie noch einmal zurecht. »Sobald jemand den Schlag öffnet, bist du still, ist das klar?«

Chantal nahm die schroffe Weisung gelassen und antwortete ihm: »Das kostet extra.«

»Du hast die Regeln verstanden«, sagte Bernardo zufrieden und grinste. »Wie viel?«

Sie nannte einen nicht unerheblichen Betrag und ließ die Münzen, die er ihr gab, in einem Beutel in ihrem Dekolleté verschwinden.

»Du wirst das Laudanum reduzieren und lernen müssen, dich wie eine Dame zu benehmen«, verlangte er von ihr.

Chantal griff ihm zwischen die Beine: »Und wenn ich dich nüchtern nicht mehr ertragen kann?«

Bernardo wollte sie zurechtweisen, doch ihre flinken Finger agierten so geschickt, dass seine Männlichkeit sofort erwachte. Wütend über sich selbst, zog er die Vorhänge der Kutsche zu, zwang Chantal mit hartem Griff auf die Knie, hob ihren Rock und nahm sie in der wankenden Kutsche von hinten, wobei er ihr ins Ohr zischte: »Das werden wir sehen, wie du mich dann noch erträgst!«

Chantal aber war sich sicher, dass sie Bernardo in der

Hand hatte. Er war ihr verfallen, und auch als seine Mätresse würde sie letztendlich die Herrin auf der Burg werden, zu der sie gerade fuhren.

Die Kutsche rollte schwankend über den Simplonpass in Richtung Genfer See, und Bernardo, der inzwischen wieder auf der Bank Platz genommen hatte, dachte zufrieden daran, dass der Bauernjunge, der er gewesen war, nun nicht mehr existierte. Er war gestorben, und es gab nur noch den Grafen von Gondoro.

Zwanzigtausend Gulden hatten ihn der Titel und eine ansehnliche Ahnentafel gekostet.

Er drehte sich um, schaute aus dem kleinen Rückfenster, und so wie der Simplonpass hinter ihm verschwand, ließ er auch sein altes karges und von Demut geprägtes Leben endgültig hinter sich.

Giovanni, der wenige Wochen zuvor aus Rom zurückgekehrt war und sehnsüchtig auf einen Brief von Antonia wartete, wäre fast von der Postkutsche überrollt worden.

Gedankenverloren war er durch die vertrauten Gassen seines Heimatorts gewandelt, als sie auf einmal um die Ecke gerauscht kam. Seither befand er sich in einer merkwürdigen düsteren Stimmung, die nicht in dem Schreck begründet lag, der ihm in die Glieder gefahren war, sondern in einer düsteren Ahnung, die ihm in die Nase gestiegen war und die er nicht erklären konnte.

Er hatte der Kutsche eine Weile hinterhergesehen, fand aber keine Begründung für sein ungutes Gefühl, und so beschloss er, nach Hause zu gehen.

Lucia war jedes Mal von Stolz erfüllt, wenn sie ihren inzwischen zum Mann gereiften Sohn zur Tür hereinkommen sah. Doch trotz seiner Männlichkeit war Giovanni immer noch das ihrer Kinder, um das sie sich am meisten sorgte, nicht etwa die kleine Anna.

Woran das lag – vielleicht darin begründet, dass sie ihn als Säugling selbst gestillt hatte, vielleicht aber auch in seiner besonderen Fähigkeit, die Welt mit der Nase zu erkunden –, wusste Lucia nicht.

Manchmal konnte sie sich des Wunsches nicht erwehren, der Bruder ihres Mannes in Maastricht würde Giovanni mangels kaufmännischen Talents wieder nach Hause schicken, damit er das Gut der Eltern übernehme. Und sie war insgeheim dankbar dafür, dass der Krieg verhindert hatte, dass er allein durch die weite Welt reiste. Sie schämte sich für diese Gedanken und wollte dafür in der Kirche um Vergebung bitten – was sie allerdings nicht davon abhielt, Giovanni in der sicheren Obhut seiner Großmutter auf die Reise schicken.

Giovanni war glücklich, wieder einmal in der Heimat zu sein, die Bergnarzissen zu riechen, die Frische der rauschenden Bäche zu inhalieren, und vor allem darüber, seine Eltern, seine Geschwister und seine Großmutter wieder in die Arme schließen zu können.

Aber seit seiner letzten Reise war er von einer seltsamen Unruhe befallen. Es schien, als lockte ihn der Duft der Welt und wollte ihn dazu verführen, alle Gerüche der Erde zu erkunden.

Seine Sehnsucht nach Antonia war zwar ungebrochen, aber er fühlte sich noch nicht reif dafür, sie vor den Traualtar zu führen. Seine Grand Tour und seine Lehrjahre waren noch längst nicht beendet.

Das zarte Band zwischen ihnen bestand vor allem aus Dutzenden von Briefen. Doch so geschickt und begabt Giovanni beim Komponieren von Düften war, so ungeschickt stellte er sich an, wenn er seine Gefühle in Worte fassen musste. Jeder Versuch, seine glühende Liebe auch nur annähernd zu umschreiben, mündete in eine Katastrophe und endete im Kaminfeuer.

Er beschränkte sich bald darauf, Antonia in allen Details den einzigartigen Duft zu beschreiben, den er für sie schaffen wollte. Bergamott- und andere Zitrusdüfte waren nach wie vor dessen Hauptbestandteile, aber er wollte auch Bergnarzissen und die Kräuter seiner Heimat darin integrieren.

In seinem letzten Brief hatte er ihr von seiner Schwierigkeit berichtet, den Duft der Bergnarzissen aus deren Blüten zu destillieren, und seiner Hoffnung Ausdruck verliehen, sie auf seiner nächsten Reise nach Grasse und Paris besuchen zu dürfen. Dort nämlich wollte er die Kunst der Enfleurage erlernen, denn er war mittlerweile zu der Überzeugung gelangt, dass nur diese Methode bei den Bergnarzissen zu einem rechten Ergebnis führte.

An diesem Tag wollte er ihr noch schnell ein paar Zeilen von seinem Erfolg bei anderen Bergkräutern schreiben. Einige davon hatte er gerade gepflückt und trug sie bei sich.

Ganz in Gedanken schritt Giovanni durch die Haustür, als seine kleine Schwester auf ihn zustürzte, um ihn zu umarmen. »Was hast du mir mitgebracht?«

Giovanni lachte und zeigte ihr in einer verschwörerischen Geste einen Strauß Alpenrosen. »Der Duft der Liebe und des Lebens. Für dich, mein allerliebstes Schwesterherz. Kennst du die Geschichte der Alpenrose?«

Anna nahm den Strauß strahlend entgegen und forderte in kindlicher Neugier: »Erzähl!«

Giovanni und Anna machten es sich im Salon bequem, den Strauß ließ er von einer Bediensteten ins Wasser stellen, bevor er noch einmal mit theatralisch gespieltem Erstaunen fragte: »Du kennst wirklich nicht die Geschichte von der Schöpfung der Alpenrose?«

Anna schüttelte erneut den Kopf und wurde allmählich ungeduldig: »Nein! Erzähl schon!«

Giovanni lächelte gerührt und voller Stolz auf seine kleine hübsche Schwester, bevor er mit seiner Erzählung begann:

»Freya, die Göttin des Lebens und der Liebe, kehrte eines Tages dem Norden den Rücken und stieg mit nie ermüdender Götterkraft die mit duftenden Blumen übersäten Alpenmauern empor. Sie wandelte als junge Hirtin unter dem von ihr geliebten Hirtenvolk, das der Natur so nahe war, von Höhe zu Höhe, bis sie in ein einsames wildes Tal gelangte, um das herum sich ewig leuchtende Schneehäupter erhoben.« Giovanni sah seine Schwester eindringlich an. »Vielleicht war es hier in unserem Tal, wo Freya sich so wohl fühlte und in einer warmen Sommernacht, so erzählt man, auf kühlem Moos in einer Kristallgrotte ruhte. Die lauwarme Gebirgsluft stieg mit den Wohlgerüchen der Kräuter wie eine Wolke von Himmelsdüften in die Stille der Nacht und zu der Göttin empor. Freya segnete die Schlafenden, dennoch aber erklang aus dem Tal ein Mitleid erregender Klagegesang. Es war Ida, die um ihren Liebsten trauerte, der in der Kristallhöhe auf dem Gipfel der Berge einen Edelstein für sie gesucht hatte. Dafür strebte er so hoch empor, wie es nur den Göttern vorbehalten ist, und stürzte in die Tiefe. Zerschmettert lag sein Leib am Grund einer Schlucht.

Da begab sich Freya, die Göttin des Lebens und der Liebe, hinab ins Tal zu der Trauernden. Erblühe dem Tode, liebliche Blume, rief sie und trennte in der Wehklagenden die Bande des Lebens. Befreit entschlüpfte deren Geist der schönen Hülle, die kalt auf der Erde zurückblieb, und im selben Moment schoss im Licht des Mondes ein grüner Strauch aus dem Boden, ganz Duft und Frische, vom Stamm bis in die Blätter, mit Purpurblüten zwischen schützenden Dornen.

Die Göttin aber stieg wieder empor, in ihren Armen die träumende Ida, die an Walhallas Göttertafel an der Seite ihres Geliebten erwachte. Am nächsten Morgen suchten die Hirten die unglückliche Liebende. Sie fanden sie nicht – aber auf dem nackten Felsen, den sonst nur Moos kleidete, blühte die liebliche Alpenrose.«

Giovanni machte eine kurze Pause, bevor er von Anna ein Lob einforderte. »War das nicht eine schöne Geschichte über die göttliche Blume der Alpen?«

Anna schüttelte entrüstet den Kopf: »Mama würde die Geschichte gar nicht gefallen. Es gibt nur den lieben Gott und keine anderen Götter und Göttinnen.«

»Gut, dann erzähl ich dir keine Geschichten mehr«, erwiderte Giovanni, enttäuscht über die Reaktion seiner Schwester.

Er mochte die Geschichte, die ihm die etwas seltsame Paola vor vielen Jahren einmal erzählt hatte. Für ihn hatte der Duft der Bergblume tatsächlich etwas Göttliches. Es gab gute Gerüche und böse Gerüche, göttliche Düfte und teuflische Ausdünstungen, und nichts trennte die Welt besser in Gut und Böse als das, was ihm seine Nase sagte.

In diese Gedanken versunken, bemerkte er gar nicht, dass seine kleine Schwester näher an ihn herangerückt war, bis sie ihm ins Ohr flüsterte: »Doch, du darfst mir noch mehr solcher Geschichten erzählen, aber sie müssen unser Geheimnis bleiben.«

Glücklich nahm er Anna in die Arme und stellte sie sanft auf die Füße. »Jetzt lass uns zum Essen gehen, sonst wundert sich Mutter noch, wo wir bleiben.«

Herrliche Düfte drangen aus den Schüsseln im Esszimmer in Giovannis Nase. Wie wohltuend war es nach all den Wochen und Monaten an fremden Orten, die mütterliche Küche mit ihren fein abgestimmten Kräutern und Gewürzen zu riechen. Er dachte wieder an Antonia und fragte sich, ob sie an seiner Seite wohl den gleichen Genuss verspüren würde.

»Du siehst aus, als wärest du in Gedanken schon auf deiner nächsten Reise, Giovanni.« Die Worte seines Vaters rissen ihn aus seinen träumerischen Gedanken. »Mein Bruder kann es kaum abwarten, dich kennenzulernen, und ich hoffe, dir geht es genauso.«

»Ich weiß nicht recht«, entgegnete Giovanni vorsichtig.

»Was heißt, du weißt nicht recht? Ich hatte den Eindruck, es ziehe dich in die Welt hinaus.«

»Ja, schon, aber ...«

Weiter kam Giovanni nicht. Seine feinfühlige Großmutter unterbrach das Gespräch, um ihrem Enkel aus der Verlegenheit zu helfen. »Du musst uns noch mehr von Rom erzählen, Giovanni. Es ist eine Ewigkeit her, dass ich dort war.«

»Rom ist ganz anders als Venedig, nichts erinnert an den Prunk und die Anmut der Lagunenstadt. Gewaltige leere Bauten säumen die endlos langen Straßen. Staub steigt einem in die Nase, und die Ausdünstungen der arbeitenden Männer sind streng und animalisch; ihr scharfer Geruch erfüllt die Straßen und Plätze, schleicht um die Ecken wie ein Raubtier. Und doch hat mich dieses Rom mit all seinen Auswüchsen fasziniert.«

Am Nachmittag bat ihn seine Großmutter um ein Gespräch. »Was ist los, Giovanni? Was hast du auf dem Herzen?«

Er wusste nicht recht, wie er anfangen sollte. Auf jeden Fall wollte er vermeiden, dass Caterina seine Bitte falsch auffasste.

»Erzähl, ich werde dir nicht gram sein, egal, was du sagen wirst«, forderte sie ihn auf.

Er wand sich noch ein wenig, bevor er zögerlich ansetzte: »Du darfst nicht denken, ich wüsste das Angebot nicht zu schätzen, bei meinem Onkel in Maastricht in die Lehre zu gehen. Es ist auch nicht so, dass ich nicht möchte. Es gibt nur Dinge, nach denen verlangt es mich unendlich – sie zu sehen, sie zu studieren, sie kennenzulernen. Dass ich Florenz und die großartige Officina erst später besuchen werde, habe ich inzwischen akzeptiert, aber ich möchte unbedingt nach Grasse und nach Versailles, um dort zu lernen, wie man den zartesten Blüten ihren Duft entlockt, und ich will erfahren, welche Düfte die Adligen am Hof des Sonnenkönigs bevorzugen. Ich will der beste Parfümeur auf Erden werden, möchte Düfte extrahieren und zu einem perfekten Ensemble komponieren. In Venedig habe ich viel gelernt, mehr als ich zu hoffen wagte. Aber ich möchte das Wissen venezianischer Aromateure und französischer Parfümeure vereinen und zu einer neuen Handwerkskunst machen. Erst dann will ich das Kaufmannshandwerk erlernen.«

»Und warum trägst du diesen Wunsch nicht deinem Vater vor?«

Giovanni schüttelte den Kopf. »Er ist so stolz auf seinen Bruder. Ich habe Angst, er könnte sich beleidigt fühlen.«

Caterina nickte stumm und versicherte ihm dann, eine Lösung zu finden.

Seine Sehnsucht nach Antonia behielt Giovanni für sich, auch dass sie längst ein Wiedersehen in Paris miteinander vereinbart hatten.

In dieser Nacht schlief Giovanni schlecht und hatte einen sehr aufwühlenden Traum. Er träumte von dem Mythos über die Entstehung der Alpenrose, nur dass er selbst der glücklose Liebhaber war, der auf der Suche nach dem Edelstein tödlich verunglückte, und die Geliebte war nicht Ida, sondern Antonia.

Im Traum wuchs aus seinem Körper ein himmelblauer Flakon, dem ein paradiesischer Duft entstieg. Doch die Geliebte suchte nicht die Vereinigung mit dem Äther des Verstorbenen, sondern ließ sich willig von einer düsteren Gestalt fortführen, die sie über und über mit glitzerndem Juwelenschmuck behängte.

Anschließend sprossen Bergblumen aus Giovannis totem Leib, die den Flakon wie eine Schutzhülle umgaben und seinen Leichnam in Erde verwandelten. Als die letzte dieser Blumen verblüht war, kehrte eine um Jahre gealterte und vom Leben gezeichnete Antonia zurück und warf sich weinend auf die Stelle, wo einst der Leichnam ihres Geliebten gelegen hatte. Dabei stürzte der Flakon um, und die Flüssigkeit ergoss sich über die Erde, zu der sein Körper geworden war.

Der herrliche Duft zauberte ein göttliches Lächeln auf Antonias gealtertes Gesicht. Und im selben Augenblick verwandelten sich die verblühten Bergblumen in Giovannis Körper, und der paradiesische Duft trug das eng umschlungene Paar in den Himmel.

Im Moment seiner »Auferstehung« wachte Giovanni schweißgebadet auf und wusste, dass er das Wiedersehen mit Antonia unter keinen Umständen aufschieben durfte.

Nie wäre Giovanni darauf gekommen, dass Caterina die Reise nach Grasse und Paris als ihre eigene Idee und ihren Wunsch ausgeben würde, und entsprechend überrascht war er von der vorsichtigen Anfrage seines Vaters.

»Giovanni, würdest du deiner Großmutter einen Gefallen gewähren? Du weißt, dass meine Mutter immer alles für dich getan hat und auch noch tun würde. Gestern ist sie an mich mit dem Wunsch herangetreten, in Grasse unbedingt eine Lieferung Handschuhe zu erwerben, um sie zu beduften und am Hof von Versailles gewinnbringend zu verkaufen. Und sie möchte auch noch einmal nach Paris, bevor der Krieg das Reisen ganz unmöglich macht. Würdest du sie begleiten und deine Lehre bei meinem Bruder in Maastricht noch ein wenig verschieben? Würdest du das für deine Großmutter tun?«

Es fiel Giovanni schwer, seine Freude zu verbergen, während er seine Überraschung offen zeigte. Dann aber antwortete er artig: »Selbstverständlich, Vater.«

Mit unschuldiger Miene blickte ihn seine Großmutter an. »Danke dir, Giovanni. Ich bin sehr erleichtert, dass du bereit bist, für deine alte Großmutter dieses Opfer auf dich zu nehmen.«

»Das bin ich dir schuldig«, entgegnete er brav.

Doch bei der ersten sich bietenden Gelegenheit, da sie beide unbeobachtet waren, fiel er ihr um den Hals. »Ich hatte keine Ahnung, was für eine großartige Schauspielerin du bist. In Grasse möchte ich die Enfleurage erlernen, wie ich dir schon sagte. Doch weißt du, wen ich in Paris zu treffen gedenke?«

Caterina nickte lächelnd.

27. Kapitel

Jasmin – Das Symbol des Mondes und der Mysterien der Nacht

Ein betörender Geruch, der gleichzeitig blumig, süßlich, aber auch schwer duftet. Jasmin hat eine ganz besondere erotisierende Wirkung und wirkt gleichzeitig entspannend.

Südfrankreich, August 1702

Es war ein sehr heißer Augusttag, als die Kutsche mit Caterina und ihrem Enkel Giovanni die Ossola-Täler in Richtung Südwesten verließ. Obwohl die französischen Truppen bereits ein Jahr zuvor in die norditalienischen Fürstentümer einmarschiert waren und die spanisch-französische Armee unter Nicolas de Catinat die Festungen in Mailand und Mantua eingenommen hatte, verlief die Reise ohne nennenswerte Zwischenfälle.

Kurz bevor sie am dritten Tag das Ziel ihrer Reise erreichten, bat Giovanni, die Kutsche anhalten zu lassen. »Ich möchte den unverfälschten Geruch des Jasmins einatmen, der durch die Kutschentür dringt«, erklärte er seiner Großmutter. »Ich möchte alle Nuancen dieses wunderbaren Blumendufts in mich aufnehmen, bevor wir in die Stadt einfahren und der Gestank der Gerbereien ihn in eine scheußliche Mixtur verwandelt.«

Er stieg aus, und wie ein Weinkenner, der anhand des Geschmacks der Trauben die Qualität des edlen Getränks vorhersagen konnte, zu dem sie später gekeltert wurden, so schloss auch Giovanni von den Düften der Blüten auf den Feldern auf die Extrakte, die sich daraus gewinnen ließen.

Mittlerweile konnte ihm niemand mehr etwas vormachen, wenn es um Düfte ging und er ihre Komposition schon einmal in der Nase gehabt hatte.

Anfang August stand in Grasse alles im Zeichen des Jasmin: Der betörende süßliche Geruch der zarten weißen Blüten war fast so begehrt wie der der Rose, und Giovanni konnte sich keinen Duft vorstellen, der Reinheit und Erotik so unschuldig verband wie dieser. Es war genau das, was seiner duftenden Liebeserklärung an Antonia noch fehlte, doch musste er dafür und auch, um den Bergnarzissen ihren Duft vollständig zu entlocken, zunächst die Technik der Enfleurage erlernen.

Die Rose erschien ihm zu präsent für Antonias Duftwasser, denn es sollte auf keinen Fall von ihrem eigenen betörenden Körpergeruch ablenken oder ihn gar überdecken.

Diese Gedanken gingen ihm durch den Kopf, während er inmitten eines Jasminfelds unter der strahlenden Augustsonne Südfrankreichs den Duft des Jasmins einsog und jeden einzelnen Bestandteil davon in seinem Gedächtnis archivierte.

Der beißende Gestank der Gerbereien von Grasse bereitete Giovanni bereits Übelkeit, bevor sie die Stadt erreichten.

An der Place aux Aires, dem Gerberzentrum von Südfrankreich, ließ Caterina die Kutsche halten, um ihre Bestellung aufzugeben.

Giovanni hätte seine Seele dem Teufel verkauft, um dem Gestank zu entkommen. Weder sein *Aqua mirabilis* noch das vorgehaltene Tuch brachten Linderung, und als Caterina die Kutsche wenige Augenblicke später wieder bestieg, saß er kreidebleich in der Ecke.

Es war nicht nötig, ihn nach dem Grund für sein Befinden zu fragen. Caterina kannte ihren Enkel inzwischen gut genug, und auch sie fühlte sich in diesen Ausdünstungen nicht gerade wohl. Sie klopfte an das Fenster zum Kutschbock und signalisierte dem Kutscher, er möge sich beeilen, was angesichts der engen Gassen, in denen zwei entgegenkommende Kutschen kaum aneinander vorbeikamen, schwierig war.

Dabei befuhren sie nur die größten Straßen von Grasse. Der direkte Weg durch die kaum zwei Ellen breiten Gassen, die die Häuser voneinander trennten, war mit einer Kutsche überhaupt nicht passierbar.

»Giovanni, du hast es gleich geschafft«, sprach ihm Caterina Mut zu, während sie ihm mit ihrem Tuch, das mit Bergamottöl beträufelt war, Luft zufächerte.

»Hier kann ich nicht bleiben«, brachte Giovanni jammervoll hervor, obwohl sie den strengen Gerbergeruch längst hinter sich gelassen hatten.

Während Caterina zur Antwort nickte, rollte die Kutsche in den Hof der Fratanellis, entfernter Verwandter der Gennaris, die es in der zweiten Generation in Grasse zu einigem Ansehen gebracht hatten und auch Ländereien rund um die Stadt besaßen.

»Ah, Signorina Gennari! Schön, dass Ihr uns mal wieder beehrt!«, begrüßte Signor Fratanelli Caterina überschwänglich und wenig später auch den sichtlich angegriffenen Giovanni.

Caterina verzichtete auf den Hinweis, dass sie seit Jahrzehnten nicht mehr Signorina Gennari war, sondern Signora Farina. Sie wusste, dass Fratanelli die förmliche Anrede im Scherz vorgebracht hatte. Als Kind hatte sie viele Sommer in Grasse verbracht, und Fratanelli war für sie wie ein großer Bruder gewesen.

»Ich darf euch beide hoffentlich für ein paar Tage meine Gäste nennen«, sagte er mit einer Miene, in der sich bereits die Enttäuschung ankündigte, falls Caterina dies verneinen würde.

Woraufhin die alte Dame eine angemessen bedauernde Miene aufsetzte und erwiderte: »Mein Lieber, es tut mir unendlich leid, aber wir haben uns schon in Mougins einquartiert. Doch du würdest mir eine große Ehre erweisen, dürfte Giovanni bei dir ein paar Wochen lang in die Lehre gehen, um die Kunst der Enfleurage zu erlernen.«

Verwundert entgegnete Fratanelli: »Aber sicher. Nur wäre es dann nicht einfacher, ihr würdet hier Quartier beziehen?«

Diesmal war es Giovanni, der antwortete: »Allerbesten Dank, Signor Fratanelli, aber ein Spaziergang am Morgen durch die duftenden Felder wird meine Sinne inspirieren.«

»Wenn du meinst, mein Junge. Aber jetzt kommt erst mal rein und erfrischt euch.«

»Darf ich zuvor einmal die Werkstatt sehen?«, fragte Giovanni mit einer fast fiebrigen Erregung. Die Übelkeit, die ihm kurz zuvor noch so schwer zu schaffen gemacht hatte, war verflogen.

Fratanelli legte verwundert die Stirn in Falten, doch Caterina bat ihn, ehe er antworten konnte: »Lass den Jungen nur gehen. Mir kannst du, während er sich die Werkstatt anschaut, gern eine deiner wunderbaren Limonaden anbieten. Giovanni hat bei meinem Bruder in Venedig schon viel über Extraktion und Destillation gelernt und weiß auch, was eine Enfleurage ist.«

Fratanelli nickte und wies Giovanni den Weg.

Der intensive süßliche Jasminduft weckte Giovannis Lebensgeister. Ehrfürchtig beobachtete er die Arbeiter und Arbeiterinnen, die vor fettverschmierten Glasscheiben hockten und diese mit Blüten bestückten oder Blüten davon abnahmen. Der Geruch nach Schwein, der von dem Schmalz herrührte, das die Scheiben fast zentimeterdick bedeckte, war noch vorhanden und störte ein wenig. Doch krochen die lieblichen Düfte aus den zarten, empfindlichen Blüten in das Fett hinein, bis sie selbst nur noch duftleere Hüllen waren. Dann wurden sie ausgetauscht und durch neue, frische ersetzt. Diesen Vorgang wiederholten die Aromateure so lange, bis das Schmalz keine Duftstoffe mehr aufnehmen konnte.

Dem so aromatisierten Fett wurden die duftenden Stoffe dann wieder durch Branntwein entzogen. Doch auch der durfte sie nicht behalten, sondern wurde bei sehr niedrigen Temperaturen verdampft. Zurück blieb eine bräunliche, wachsartige, stark duftende Masse: das Concrète, mit dem sowohl *Aqua mirabilis* bereichert als auch Leder beduftet wurde.

Giovanni besah sich genau jeden einzelnen Handgriff, stellte hier und da eine Frage, etwa hinsichtlich der Größe der Glasscheiben und Holzrahmen oder der Dicke der Schmalzschicht. Die meisten Fragen musste er sich allerdings für Signor Fratanelli aufheben, da sich die Arbeiter und Aromateure für solche Details wenig interessierten.

Später musste sich Signor Fratanelli eingestehen, noch nie eine derartige Begeisterung für die Welt der Düfte erlebt zu haben wie bei Giovanni, nicht mal bei seinen eigenen Söhnen und Töchtern. Er hatte gar den Eindruck, von diesem ungewöhnlichen jungen Mann selbst noch etwas lernen zu können. Jedenfalls hatte er sich im Leben nie all die Fragen gestellt, mit denen ihn Giovanni nach einem einzigen Rundgang durch die Werkstatt bedrängte. Er hatte die Kunst des Destillierens und der Enfleurage von seinem Vater erlernt und dieser von seinem. Warum was wie gemacht wurde, war von keinem gefragt worden, und auch einen Lehrling, der so viele Einzelheiten und Details hatte erfahren wollen, hatte er noch nie gehabt.

So blickte Fratanelli mit Freuden der Zeit mit Giovanni entgegen.

Die aus Santa Maria Maggiore mitgebrachten Getreidesäcke brachten sie zur Mühle in Mougins. Der Müller dort war seit Jahrzehnten Kunde der Farinas, und er verfügte auf seinem Anwesen über ein prächtiges Herrenhaus mit einigen Gästezimmern.

Caterina fiel es nicht schwer, den Hausherrn zu dem Angebot zu bewegen, sie für die Zeit von Giovannis kurzer Lehre bei Signor Fratanelli zu beherbergen. Und das stellte sie so geschickt an, dass er sogar glaubte, selbst auf die Idee gekommen zu sein.

So würde Giovanni zumindest einen Teil des Tages in sicherer Entfernung von dem Gestank der Gerbereien verbringen, und sie gestand sich ein, dass auch ihr selbst das Anwesen mit Blick auf die herrlichen duftenden Felder mehr zusagte als die stinkende Stadt Grasse.

Bis die Lieferung Handschuhe, die sie bestellt hatte, fertig war, wollte Caterina in Grasse einige Geschäfte tätigen, die genug Gewinn erbringen würden, um ihnen eine gute Zeit in Paris zu ermöglichen. Danach wollte sie mit Giovannis Hilfe die Handschuhe beduften lassen, und sie war sicher, dass man sie ihr am Hof von Versailles regelrecht aus den Händen reißen würde.

»Danke, Großmutter, dass wir nicht in der Gerberstadt nächtigen müssen«, sagte Giovanni zu ihr. »Ich hätte diesen Gestank nicht ausgehalten. Im Haus der Fratanellis ist er nicht gar so intensiv zu riechen, aber nur so kann ich meiner Nase zumindest nachts die nötige Erholung gewähren.«

Caterina tätschelte Giovannis Arm, während sie lächelnd antwortete: »Schon gut, mein Junge, ich weiß auch schon, wie du dich revanchieren kannst, wenn du magst.«

Giovanni sah seine Großmutter fragend an: »Und wie?«

»Ganz einfach: Du wirst dafür sorgen, dass ich die besten Dufthandschuhe der Welt erhalte. Es kommt ganz auf dein Können an, wie gewinnbringend ich sie in Versailles und

Paris werde verkaufen können. Aber mehr darüber später. Du wirst müde sein, die Reise war anstrengend, und du musst morgen sehr früh raus.«

Beim ersten Hahnenschrei stand Giovanni auf und spazierte in der Morgendämmerung vorbei an den duftenden Feldern nach Grasse. Die Pflückerinnen waren trotz der frühen Morgenstunde bereits bei der Arbeit und zupften die zarten Blüten in Windeseile von den Sträuchern.

Der süße Duft hing schwer im Morgendunst, und Giovanni genoss den Spaziergang in den frühen Stunden sehr. Schon nach wenigen Tagen hätte er den Weg auch blind, immer der Nase nach, gefunden.

Pünktlich und beflügelt von den Düften der sommerlichen Provence, erreichte er gleichzeitig mit den ersten Pflückerinnen die Werkstatt Signor Fratanellis, wo er sich auch bei der Enfleurage als äußerst begabt und gelehrig erwies. Geschickt und flink setzte er die Jasminblüten auf die schmalzbedeckten Glasplatten, andere tauschte er sorgfältig aus.

Er war so schnell, dass er mit dieser Arbeit bald fertig war und Fratanelli zunächst nicht mehr wusste, welche Aufgabe er Giovanni noch übertragen sollte.

Die Freude des Aromateurs über seinen neuen Lehrling wurde jedoch nicht von seinen Angestellten geteilt. Missmutig hatten sie zur Kenntnis genommen, dass der Junge sie bereits an seinem ersten Arbeitstag in Geschicklichkeit und Schnelligkeit überflügelte. Mehr noch, er wagte es sogar, manche von ihnen zu kritisieren.

»Das Schmalz ist schon längst gesättigt«, sagte er zu einer der Arbeiterinnen, »die Düfte müssen extrahiert werden, jede weitere Blüte wäre Verschwendung.«

Hätte Fratanelli nicht im Hintergrund gestanden und die Szene beobachtet, wäre Giovanni sicher nicht ungeschoren davongekommen. So aber schwieg die Frau grimmig. Signor Fratanelli trat näher und nahm den entsprechenden Blütenrahmen, um daran zu riechen. Dann nickte er und fragte die Arbeiterin: »Sara, wie oft hast du die Blüten ausgetauscht?«

Sie zuckte mit den Schultern und sah betreten zu Boden, bevor sie mit verlegener Stimme antwortete: »Ich kann es nicht sagen, Signor.«

Fratanelli wurde wütend: »Wie oft habe ich dir gesagt, dass du darauf achten musst.«

Röte stieg der jungen Frau ins Gesicht, und im selben Moment trat ein junger Mann vor sie, ganz so, als wolle er sie beschützen. »Sara ist meine kleine Schwester, sie kann nicht zählen«, antwortete er an ihrer Stelle. »Entschuldigt, Signore, ich hätte sie nicht herbringen dürfen.«

Fratanelli winkte ab. »Pass auf sie auf und zähl für sie mit.«

Sara und ihr Bruder nickten, doch Fratanelli hatte sich bereits abgewandt.

Später, am Ende des Arbeitstages, nahm er Giovanni beiseite: »Deine außergewöhnliche Begabung wird dir ohnehin viele Neider bescheren, schüre ihren Hass nicht auch noch, indem du sie zurechtweist. Zumindest nicht, solange du noch nicht in der Position dazu bist. Du weißt nie, wann und wo du jemanden wiedertriffst. Und jetzt geh, der Tag war lang.«

Es folgten drei arbeitsreiche Wochen, in denen Giovanni alle Raffinessen der Enfleurage erlernte, und Signor Fratanelli war sehr zufrieden mit ihm. Doch wie dieser vorausgesagt hatte, schätzten seine Arbeiter Giovannis Begabungen gar nicht. Täglich spürte er ihren Neid und den schwelenden Hass. Und nicht nur das: Hin und wieder durchzogen auf einmal Schlieren seine schmalzbeschmierten Blütenplatten, oder stark riechende Lauchblüten fanden sich in seinem Korb und mischten sich dort mit denen des Jasmins.

Giovanni reagierte auf diese Sabotageakte mit stoischer Gelassenheit – nach außen hin. Innerlich aber wuchs sein Groll auf die Neider, und umgekehrt war es ebenso, denn sie empfanden seine Reaktion als die Arroganz eines reichen Auswärtigen, der ihre Arbeitsplätze gefährdete.

Ihr Hass ging so weit, dass sie das von Giovanni gewonnene Absolue mit ihrem Urin verunreinigten, in der Hoffnung, dass er sich damit bei ihrem Arbeitgeber blamieren würde. Doch natürlich bemerkte Giovanni sofort, dass die zuvor so kostbare Essenz verdorben war.

Die Arbeiter ahnten noch nicht, wozu seine Nase in der Lage war, mit der er nicht nur die Verunreinigung der wertvollen Flüssigkeit erroch, sondern den Urin sogar dem Schuldigen zuordnen konnte.

Um den Verlust wieder auszugleichen, musste Giovanni mehrere Nächte durcharbeiten, wobei das neu gewonnene Absolue sogar noch edler wurde.

Giovanni wurde zum Meister der Enfleurage. Doch die hasserfüllten Blicke der Arbeiter trübten sein Vergnügen bei der Duftherstellung. So war er nicht nur wehmütig, als der letzte Sack Jasminblüten in die Werkstatt gebracht wurde, sondern auch ein wenig erleichtert.

Endlich war die Zeit gekommen, da Fratanelli den jungen Giovanni in seine Schatzkammer ließ, seinen geheimen Raum voller Düfte. Caterina hatte ihrem Enkel inzwischen offiziell die ehrenvolle Aufgabe übertragen, die Lederhandschuhe, die sie in Auftrag gegeben hatte, zu beduften. »Sie werden uns einen angenehmen Aufenthalt in Paris ermöglichen«, hatte sie angefügt.

Giovanni besah sich all die duftenden Tiegel, Töpfe und Fläschchen, dann warf er Fratanelli einen fragenden Blick zu.

»Greif zu«, forderte dieser ihn auf, »du darfst alle Düfte

und Essenzen benutzen. Ich bin sehr gespannt auf das Ergebnis, aber du hast mein vollstes Vertrauen.«

»Habe ich das denn verdient, Signor Fratanelli?«, fragte er fast schüchtern.

»Giovanni, ich weiß, dass dir bei der Herstellung des Absolue kein Missgeschick passiert ist, und ich rechne dir hoch an, dass du nichts gesagt und niemanden verraten hast, sondern die Nächte durchgearbeitet hast, um den Schaden auszugleichen. Aber wenn du weißt, wer dies getan hat oder auch nur einen Verdacht hast, würde ich es gern erfahren.«

Giovanni wand sich, wollte nicht mit der Sprache herausrücken.

»Du weißt es also«, erkannte Fratanelli. »Hast du gesehen, wie derjenige deine Arbeit zerstörte?«

Giovanni schüttelte den Kopf und brachte immer noch kein Wort heraus.

»Wie hast du dann herausgefunden, wer es war?«

Widerwillig antwortete Giovanni: »Es war der Urin, ich habe ihn gleich gerochen, und es dauerte nicht lange, bis ich wusste, wer meinen Duft zerstörte.«

»Aber wie kannst du allein daher wissen, wer es war?«, fragte der Aromateur verwundert.

Giovanni war fast ebenso verwundert über die Frage wie Fratanelli darüber, dass sein Lehrling einen Mann angeblich am Geruch seines Urins erkennen konnte.

»Er ist nicht sehr reinlich, der Geruch haftet ihm an und ist schon von Weitem zu riechen. Ich habe ihn sofort erkannt, als ich die Flasche mit dem verunreinigten Duftextrakt noch einmal geöffnet habe.«

Fratanelli sog scharf die Luft ein und bedachte Giovanni mit einem anerkennenden Blick. »Ich habe noch nie einen so begabten Lehrling gehabt wie dich, und ich wünsche mir nichts sehnlicher, als dass du bliebest.« Erwartungsvoll schaute er den jungen Mann an.

Doch Giovanni schüttelte den Kopf. »Ich würde gern noch bei Euch bleiben, doch ich habe meiner Großmutter versprochen, sie nach Paris zu begleiten und anschließend in Maastricht bei meinem Onkel das Handwerk des Kaufmanns zu erlernen.«

Das war nicht die ganze Wahrheit. Denn die Sehnsucht nach Antonia und die Verlockungen der weiten Welt waren bedeutend stärker als das Verlangen, in den verschiedenen Düften der kommenden Saison in Südfrankreich zu schwelgen. Zudem machten ihm die Arbeiter den Abschied nicht schwer.

»Ich verstehe es, auch wenn ich es sehr bedauere«, sagte Fratanelli. »Aber auch du musst Verständnis für mich aufbringen. Daher sage mir bitte, wer es ist, der dein Absolue zerstörte. Du wirst ihn nie wieder sehen, und ich kann jemanden, der so etwas tut, nicht in meiner Werkstatt brauchen.«

Es dauerte eine Weile, bis Giovanni schließlich hervorbrachte: »Es war Marco.«

»Danke, Giovanni«, sagte Fratanelli. »Ich prophezeie dir, du wirst es noch weit bringen. Aber jetzt lass dich nicht noch länger aufhalten und bedufte die Handschuhe. Dir stehen alle meine Extrakte und Essenzen zur Verfügung, und wenn du etwas vermisst, scheue dich nicht, mich zu fragen. Ich habe nur eine Bitte: Lass mich zuschauen!«

Giovanni nickte bedächtig und machte sich wortlos an die Arbeit. Andächtig öffnete er die Flaschen und Tiegel, ohne zuvor einen Blick auf die Etikette zu werfen, denn schon bevor er sie öffnete, erroch er, was sich in den verschiedenen Behältern befand.

In wenigen Minuten hatte er einen herrlichen Duft zusammengestellt, der bestimmt wurde von den betörenden Noten der Rose und des Jasmin und dem Zitrusöle noch die nötige Frische verliehen. Schon vor Tagen hatte er die

Mischung in seinem Kopf kreiert, wobei er auch den starken Eigengeruch des gegerbten Leders bedacht hatte.

Fratanelli beobachtete Giovannis Treiben staunend und voller Ehrfurcht, und letztere wurde noch größer, als ihm Giovanni einen der fertigen Handschuhe unter die Nase hielt. »Es riecht … göttlich«, brachte er überwältigt hervor.

Das von Giovanni hergestellte Parfüm reichte noch für mindestens zweihundert weitere Paar Handschuhe, und er bot Fratanelli an, es zu behalten und weiterzuverwenden, was diesen vor Glück sprachlos machte.

Einige Tage später verabschiedete Fratanelli Giovanni und seine Großmutter. Als Caterina dem Aromateur einen Abschiedskuss auf die Wange hauchte, flüsterte sie ihm dabei ins Ohr: »Habe ich dir zu viel versprochen?«

Fratanelli zwinkerte ihr zu und winkte der Kutsche noch nach, als sie längst schon verschwunden war.

»Mit den Handschuhen werden wir in Paris ein Vermögen machen, und ich bin sicher, sie werden auch die Aufmerksamkeit des Königs erregen«, prophezeite die alte Dame, während die Kutsche Grasse hinter sich ließ.

28. Kapitel

Spanische Fliege – Das Viagra des Barock

Die Spanische Fliege ist eigentlich ein Käfer aus der Gattung der Ölkäfer, früher Cantharis, der bereits in der Antike als Rohstoff für ein Potenzmittel diente. Eine Potenzsteigerung durch den Wirkstoff Cantharidin wird auf eine massive Reizung der Harnwege zurückgeführt, die zu einer starken Erektion bis hin zum schmerzhaften Priapismus oder gar zum Tod führen kann. Historischen Überlieferungen zufolge war das gefährliche Cantharidin auch bei Adel und Hochadel ein beliebtes Mittel, beispielsweise Heinrich IV. riskierte damit für die Potenz sein Leben.

Genfer See, 1702

Bernardo hatte am Genfer See, ganz in der Nähe des Château de Chillon, ein Anwesen gefunden, das ihm für das Leben in seinem neuen Wohlstand angemessen erschien.

Einen Teil seiner Goldfunde hatte er bereits in bare Münze getauscht, doch der größte Teil davon lagerte noch in einer Truhe, die er gut versteckt hielt. Sein Plan war es, die alte, inzwischen verwaiste Goldmine des verstorbenen Stockalper zu kaufen und auszuschöpfen, doch für dieses Unternehmen würde er noch weitere Geldgeber benötigen. Er würde den gierigen Herren sein schönstes und schwerstes Goldstück präsentieren, dass es ihnen den Atem verschlug, auch wenn er noch nicht wusste, um wen es sich dabei handeln könnte, denn seine Kontakte zum Adel und zum Geldadel vor Ort reichten noch nicht weit genug.

»Könntest du bei diesem Anblick Nein sagen?«, fragte er Chantal, während er ihr das glitzernde Edelmetall zeigte, das auf ein weinrotes Samtkissen gebettet lag.

»Was meinst du?«

»Stell dir vor, du wärst reich und wolltest deinen Reichtum mehren. Wären da die Aussichten auf dieses Gold nicht verlockend?«

»Bernardo, wer sollte dir Geld geben, du kennst doch hier niemanden, und dich kennt auch niemand.«

»Ich habe mir die Zahlen von Stockalper besorgt. Gondo ist eine wahre Goldgrube, dabei hat Stockalper nur an der Oberfläche gekratzt. Seinen Namen kennt jeder, aber dass die Mine für einen Spottpreis zu haben ist, wissen nur wenige, und woher ich mein Gold habe, weiß niemand außer dir – und Paola.«

Chantal verdrehte die Augen. »Bernardo, du magst vielleicht ein guter Schatzjäger sein, aber von Geschäften hast du keine Ahnung.«

Wütend schlug Bernardo mit der Faust auf den Tisch. Obwohl er genau wusste, dass sie nur die Wahrheit ausgesprochen hatte, konnte er es nicht ertragen. »Sei still, sonst schick ich dich zurück ins Hurenhaus!«, schrie er sie an.

Doch die hässlichen Worte perlten an ihr ab. »Nur zu, Bernardo!«

Ungerührt wandte sie sich um und schickte sich an, den Raum zu verlassen, drehte sich aber kurz vor der Tür noch einmal zu ihm um und ergänzte: »Wenn du dich beruhigt hast, weißt du, wo du mich findest.«

»Du Miststück!« Voller Wut schleuderte Bernardo den Goldklumpen knapp an ihrem Kopf vorbei.

Chantal lachte: »So gefällst du mir, mein wilder Hengst!«

Bernardo konnte nicht anders, er stürmte auf Chantal zu, riss ihr brutal die Kleider vom Leib und fiel über sie her. Chantal gab ihm das Gefühl, dass er sie gewaltsam nahm.

Tatsächlich war sie es, die den Ton angab, und sie hatte ihn genau dahin gebracht, wo sie ihn haben wollte.

Als Hure hatte sie lange gelitten, aber auch viel gelernt, und sie spielte mit den Gelüsten dieses Mannes wie auf einem Instrument.

Nachdem er sich erleichtert hatte, legte er wie ein Kind den Kopf auf ihre Brüste und begann zu winseln: »Du wirst nicht gehen!«

Chantal verdrehte erneut die Augen, was Bernardo diesmal nicht sehen konnte. »Ich bleibe und treibe für dich Geldgeber auf.«

Bernardo hob verwundert den Kopf: »Woher willst du denn Geldgeber für meine Unternehmung nehmen?«

Chantal lachte auf. »Was meinst du, wer alles schon seinen Schwanz in mich gesteckt hat!«

Da musste auch Bernardo lachen. »Du bist und bleibst eine Nutte, aber das gefällt mir.« Dann wurde sein Gesichtsausdruck wieder skeptisch. »Und du kannst dich tatsächlich an alle deine Freier erinnern und weißt, wer von ihnen genug Geld hat?«

»Ich habe mir jeden Namen aufgeschrieben und mir die Vorlieben des entsprechenden Kerls notiert.«

»Du kannst schreiben?«

»Sicher.«

»Woher?«

»Das spielt keine Rolle. Wichtig ist nur, dass ich von mindestens hundert Adligen und anderen wohlhabenden Freiern Namen und Familiensitz weiß – und was sie im Bett bevorzugen. Wir werden sie einladen, dazu noch einige einflussreiche Persönlichkeiten aus der Umgebung, vielleicht auch deine Gräfin aus Venedig, den Adel und Geldadel aus unserem Goldtal und noch ein paar aus Frankreich. Du wirst ein rauschendes Einweihungsfest geben, und ich kümmere mich um ein paar der männlichen Gäste, die mir als besonders aussichtsreiche Kandidaten erscheinen. Außerdem wirst du einen Raum einrichten, der für diverse Spielchen geeignet ist. Vielleicht solltest du in Grasse noch ein paar entsprechende Essenzen besorgen, vor allem Spanische Fliege. Und daran, dass auch ausreichend Laudanum im Haus sein sollte, brauche ich dich wohl nicht zu erinnern.«

Bernardo war sprachlos. Chantal hatte also längst einen Plan geschmiedet, um die Geldbörsen der Reichen für sein Goldminenprojekt zu öffnen, während er allein darauf vertraut hatte, dass der Anblick des Goldes die Geldgeber schon anlocken würde.

»Und für wen ist die Spanische Fliege gedacht?«, fragte er grinsend. »Wer, glaubst du, wäre von deinen Reizen nicht sofort derart erregt, dass du ihm das Pülverchen untermischen musst?«

Chantal ging auf das Spiel ein, indem sie antwortete: »Nicht alle haben so ein gutes Stehvermögen wie du, mein Held. Und so mancher älterer Hengst auf meiner Liste kann gar nicht ohne und hat nach meinem Elixier geradezu gewinselt, das ich aus dem Pulver herstelle. Bezahlt haben sie dafür doppelt und dreifach. Um die Dosierung brauchst du dir keine Sorgen zu machen, es muss nur gute Ware sein, damit mir nicht noch einer das Zeitliche segnet, während er sich mit mir beschäftigt.« Sie lachte über ihre eigenen Worte. Nicht, dass sie ein derartiger Zwischenfall betrübt hätte, aber sie wollten ja schließlich das Geld dieser Männer, und tote Freier waren nicht mehr zahlungskräftig.

»Und du bist sicher, dass dein Plan nicht nur die Hosen der ehrenwerten Herren, sondern auch ihre Geldbörsen weit genug öffnet?«, fragte Bernardo mit leisem Zweifel.

»Lass das meine Sorge sein. Zudem stehen auf meiner Liste ein paar sehr vermögende Jammerlappen, deren Vorlieben nicht einmal du dir vorstellen kannst. Und wenn du, der Graf von Gondoro, zufällig Zeuge dieser Absonderlichkeiten würdest, könnte das so manchen doch sehr in Verlegenheit bringen.«

»Erpressung?«

Chantal schüttelte den Kopf. »Das wird nicht nötig sein. Sicherlich wird sich der eine oder andere ganz ›freiwillig‹ an deinem Unternehmen beteiligen, um sicher zu sein, dass du den Mund hältst.«

»Gut, nehmen wir an, dein Plan funktioniert – was sollen dann die anderen bei dem Fest? Wenn ich dich richtig verstanden habe, willst du auch die Weiber einladen und Herren, deren Liebesleben nicht so pikant oder dir zumindest unbekannt ist.«

»Es soll ein Fest werden, bei dem jeder zugegen ist, der Rang und Namen hat. Nur so kommst du ins Gespräch. Außerdem hast du dann mögliche Zeugen im Haus.«

Bernardo sah Chantal an, als hätte sie den Verstand verloren. »Du willst nicht ernsthaft die anderen Gäste Zeugen der Orgie – oder was auch immer du vorhast – werden lassen?«

»Nein«, lachte Chantal, »das wird nicht nötig sein. Man wird den Freiern ansehen, was sie getrieben haben.«

Er zog verwirrt die Augenbrauen hoch. »Ich verstehe nicht, was du meinst.«

»Bernardo, diese Männer sind krank. Sie haben daran Spaß, andere zu quälen und gequält zu werden. Ich hatte das Glück, dass ich mir auch in meiner schlimmsten Hurenzeit die Männer aussuchen konnte. Männer, die mir wehtun wollten, habe ich nie bedient. Wenn einer Schmerzen haben wollte, musste er sie schon selbst erleiden. Du kannst dir nicht vorstellen, wie sie das erregt hat. Und ich muss zugeben, dass ich nicht selten Spaß daran hatte, die jämmerlichen Gestalten, die ansonsten den starken Mann herauskehrten, winseln zu lassen. Trotzdem hatte ich immer ein Messer griffbereit, musste es aber zum Glück nur ein einziges Mal einsetzen.«

Bei der Erinnerung glitzerten auf einmal Tränen in ihren Augen. Sie versuchte sie unauffällig wegzuwischen. »Kannst du dich noch an die schüchterne Maria erinnern?«

Bernardo nickte.

»Ein Freier hätte sie beinahe umgebracht, wenn ich ihre Schreie nicht gehört und mit einem Messer dazu gekommen wäre. Oft musste ich ihr die Wunden versorgen und ihre Tränen trocknen. Sie war so verletzlich, und diese Mistkerle, die nur einen hochkriegen, wenn sie ein Mädchen quälen, haben ihr immer gleich angesehen, dass sie sich nicht wehren würde, und haben sich entsetzlich an ihrem Leid und ihren Ängsten ergötzt.« Bei der Erinnerung wandte sie angewidert das Gesicht ab.

Bernardo aber fragte: »Was ist aus Maria geworden?«

Chantal schüttelte den Kopf. »Das letzte Mal kam ich zu spät, eines dieser Monster hat sie mit bloßen Händen erwürgt.« Und leise fügte sie hinzu: »Dafür würde ich am liebsten alle Männer in die Hölle schicken.«

Es gab wenig, was Bernardo erschüttern konnte, aber diese Offenbarung ging auch ihm ans Gemüt.

In diesem Augenblick erkannte Bernardo, dass er tatsächlich etwas für Chantal empfand. Aber noch kam ihm dieses Eingeständnis nicht über die Lippen. Stattdessen räusperte er sich und brachte das Gespräch auf das eigentliche Thema zurück. »Auf deiner Liste stehen also vor allem Freier, die sich gerne quälen lassen, und diese – wie soll ich sagen: Behandlung? – hinterlässt ihre Spuren, richtig?«

Chantal nickte. »Ja. Aber ich werde die Herren höflich darauf hinweisen, dass du diese Vorlieben ganz bestimmt nicht ausplaudern wirst, zumal wenn sie sich an deinem Unternehmen beteiligen. Glaub mir, sie werden ihre Börse schneller öffnen, als sie die Hose schließen können.«

Bernardo nickte grinsend. »Ich glaube, dein Plan gefällt mir.«

Die darauf folgenden Wochen waren geprägt von den Vorbereitungen für das Fest. Gemeinsam stellten Bernardo und Chantal die Gästeliste zusammen. Sie waren sich darüber einig, dass sie sich auf keinen Fall als Liebespaar zeigen durften, denn Bernardos gefälschte Ahnentafel wies ihn als ledigen, verwaisten Grafen aus.

Sie beschlossen, Chantal offiziell als entfernte Cousine vorzustellen, die dem ledigen Grafen den Haushalt führte – eine gängige Praxis, die niemand hinterfragen würde.

Die Gästeliste setzte sich etwa zur Hälfte aus Chantals Freierliste und zur anderen Hälfte aus bekannten Namen aus der Heimat und der Umgebung zusammen. Als Termin wählten sie einen Tag, an dem nachts Vollmond herrschen und für eine besondere Stimmung sorgen würde, das wusste Chantal aus ihrer Erfahrung.

Bei der Wahl der übrigen Gäste hatte Bernardo lange überlegt, ob er auch die Familie Farina einladen sollte, und er entschied sich schließlich dafür. Die Begegnung mit den Menschen aus seiner Vergangenheit sollte ein Test werden, ob er die Spuren seines früheren Lebens gründlich genug verwischt hatte. Von den geladenen Gästen kannte ihn niemand so gut wie sie, und würden sie ihn nicht erkennen, dann niemand mehr.

Aber selbst wenn sie wüssten, wer er wirklich war, würden sie schweigen. Schließlich waren sie Kaufleute, die stets taktierten und auch in ihm mit seinem neuen Wohlstand einen potentiellen Kunden sehen würden. Außerdem würde ihnen niemand Beachtung schenken, sein Vermögen war einfach zu überzeugend. Ein Wiedererkennen wäre für ihn nur eine Mahnung, in Zukunft vorsichtiger zu sein.

Sein Erzfeind Giovanni und seine Großmutter weilten derzeit in Paris, wie er in Erfahrung gebracht hatte, denn nicht nur Chantal, sondern auch er verfügte inzwischen über ein Netz von Informanten, zu dem auch seine treue venezianische Gräfin zählte, die er ebenfalls eingeladen hatte. Und die Brentanos mit ihrer hübschen Tochter, mit der er noch Pläne hatte, standen ebenfalls auf der Liste.

Seine Tante Paola würde nicht kommen. Nicht dass er sie nicht gern wiedergesehen hätte, aber vor ihr würde er seine Fassade nicht aufrechterhalten können, und er hatte beschlossen, sein altes Leben für immer hinter sich zu lassen. Er würde Paola stattdessen als Graf von Gondoro etwas Gold zukommen lassen und bei ihr für einen guten Preis *Aqua mirabilis aureum* in Auftrag geben.

29. Kapitel

Aphrodisische Substanzen

Aphrodite, der griechischen Göttin der Liebe, waren zahlreiche Kräuter mit erotisierender und berauschender Wirkung geweiht, von der Alraune bis zur Rose. Latwergen und Elixiere, welche »das Sperma vermehren, den Wunsch zum Beischlaf erhöhen und die männliche Rute erigieren lassen«, waren in der italienischen Gesellschaft des sechzehnten und siebzehnten Jahrhunderts buchstäblich in aller Munde, fand der italienische Historiker Pietro Camporesi heraus.

Genfer See, Herbst 1702

Während sich der Mond zu seiner ganzen runden Form füllte, schritten die Vorbereitungen für das geplante Fest voran. Bernardo besorgte in Grasse Laudanum, Spanische Fliege und duftende Essenzen, Chantal suchte sich die jüngsten und hübschesten Huren der Umgebung aus und noch einige zu allerlei Liebesdiensten bereite Straßenjungen.

Die waren leicht zu finden, denn es war inzwischen fast Winter und empfindlich kalt, überall waren Schornsteinfeger mit ihren jungen Gehilfen unterwegs. Sie waren noch fast Kinder und von den eigenen Familien für einen Winter an Schornsteinfegermeister verkauft worden, doch Chantal sagte sich, dass aus diesen Jungen später ebensolche Monster werden würden, wie alle anderen Männer es waren.

Um ihr Gewissen vollends zu beruhigen, bot sie ihnen stattliche Summen, mit denen sie über den ganzen Winter kommen würden. Vielleicht bewahrte sie diese Kinder damit sogar vor dem Hungertod.

Bernardo hatte jemanden aus Grasse mitgebracht, der ihm während des Festes von großem Nutzen sein sollte: Marco, der aufgrund von Giovannis Aussage aus den Diensten Signor Fratanellis entlassen worden war, was sich inzwischen in ganz Grasse herumgesprochen hatte. Der in Misskredit geratene, aber erfahrene Aromateur sollte die Düfte für das Fest mischen und entsprechende Essenzen ansetzen, und zudem hatte Bernardo noch eine weitere Aufgabe für ihn, die Marco mit breitem Grinsen zu erfüllen versprach.

Antonias Vater hatte sich zunächst über die Einladung des Grafen von Gondoro gewundert. Doch war mit ihr eine ordentliche Bestellung für Zitrusfrüchte und -pflanzen verbunden, und diese Gelegenheit wollte der Kaufmann sich nicht entgehen lassen.

Als er Antonia davon erzählte, nahm sie es völlig gleichgültig auf. Ihre Gedanken weilten bereits in Paris, wo sie Giovanni wiedersehen würde. Das war der einzige Grund, weshalb sie der Einladung schließlich doch Beachtung schenkte: Von Montreux aus konnte sie direkt nach Paris weiterreisen.

Als die Familie Brentano das beeindruckende Anwesen des Grafen von Gondoro erreichte, staunte Antonia nicht schlecht: »Ich wusste gar nicht, dass der Graf eine so bedeutende Persönlichkeit ist.«

Antonias Vater nickte. »Im Hinblick auf sein Benehmen und seinen Umgang dachte ich auch eher, er gehörte zum verarmten Landadel oder wäre so etwas wie das schwarze Schaf der Familie.«

Während die Kutsche der Brentanos auf die Einfahrt zufuhr, warf das Château de Chillon, auf einem Felsen im See thronend, bereits einen langen Schatten über das Wasser, der fast bis an das Ufer des gräflichen Grundstücks reichte. Auf diese Weise, so schien es, ging die alte Festung eine geheimnisvolle Verbindung mit dem Wohngebäude des Grafen ein, was dem Anwesen etwas Mystisches verlieh.

Eine breite Treppe führte auf die Terrasse der Villa, von wo aus man den Blick über See und Burg schweifen lassen konnte, und während die Fenster und vergoldeten Fassadenteile des vornehmen Hauses noch in der untergehenden Sonne glitzerten, erschien die Festung bereits düster und schwarz.

Im Schatten des Château fuhr die Kutsche bis zu dem von Fackeln und Windlichtern erleuchteten prunkvollen Portal. Schon eilte ein livrierter Diener herbei und öffnete den Schlag, um Antonia und ihrem Vater wenig später die ausladende Treppe hinaufzugeleiten. Antonia bewunderte noch die Statuen und Fresken, als ihnen Bernardo, ganz nonchalanter Gastgeber, bereits entgegenkam.

Nichts war mehr von dem einstigen Bauernjungen geblieben. Selbst der Cicisbeo in Venedig schien aus einem anderen Leben zu stammen. Die Perücke saß perfekt, seine Kleider waren aus feinstem Samt und edler Seide. Der Puder in seinem Gesicht hatte die letzten Spuren der Vergangenheit verwischt, sodass Antonias Vater verwundert fragte: »Habe ich die Ehre mit dem Grafen von Gondoro?«

»So ist es, mein lieber Signor Brentano, und es ist mir eine große Freude, Euch wiederzusehen«, antwortete Bernardo in perfekter Manier, bevor er sich galant Antonia zuwandte: »Meine Verehrteste, nie hätte ich es für möglich gehalten, dass Ihr noch schöner werden könntet. Ihr werdet die Königin des Abends sein. Darf ich Euch mein bescheidenes Heim zeigen, das Ihr in dieser Nacht das Eure nennen dürft?«

Bernardo setzte seine Schmeicheleien noch eine Weile fort und überhäufte Antonia mit Komplimenten. Sie war sprachlos – und wider ihren Willen beeindruckt: So viele schöne Worte hatte Giovanni nie gefunden, und bisher hatte sie auch immer gedacht, dass sie gut darauf verzichten könne.

»Wie komme ich zu der Ehre, dass Ihr mir derart schmeichelt, verehrter Graf?«

»Meine liebe Antonia ...« Bernardo hielt bestürzt inne und sah sie an. »Darf ich Euch überhaupt so nennen, Signorina Brentano?«

Sie war verwirrt und nickte nur, was Bernardo reichte, um unbeirrt fortzufahren: »Eure Schönheit wird heute Nacht mein Haus schmücken, und Eure Augen verraten die Reinheit Eurer Seele. Für mich ist es eine Ehre, Euch meinen Gast nennen zu dürfen, und sei es nur für wenige Stunden.«

Bernardo kehrte den ganzen Abend über immer wieder an Antonias Seite zurück. In den Zwischenzeiten wandte er sich seinen möglichen Geldgebern zu und machte ihnen sein unternehmerisches Vorhaben schmackhaft. Alles Weitere übernahm Chantal, die ihre einstigen Kunden geschickt zu dem orgiastischen Treiben im Keller dirigierte.

Keiner erkannte sie wieder, und so verlief alles nach ihrem teuflischen Plan. Die Gier, die sie mit den von ihr geschickt ausgewählten Huren und den unschuldigen Knaben in diesen Männern weckte, führte dazu, dass diese jede Vorsicht fahren ließen.

Zufrieden verließ Chantal den Keller und kehrte über einen geheimen Gang zurück in den Festsaal, in dem bereits getanzt wurde, und sie, die einstige Hure, bewegte sich elegant wie eine Gräfin zwischen den vornehmen Damen und Herren.

Sie trat auf Bernardo zu, der gerade sehr charmant mit Antonia plauderte, und säuselte ein wenig übertrieben: »Mein verehrter Cousin, was für eine wunderbare Idee von Euch, dieses herrliche Fest!«

Bernardo ging auf das Spiel ein und verbeugte sich galant: »Darf ich Euch zum Tanz bitten, liebste Cousine.« Und zu Antonia gewandt sagte er, sich auch vor ihr verbeugend: »Ihr entschuldigt mich einen Moment, Verehrteste?«

Als er sich dann mit Chantal über die Tanzfläche bewegte und sie sicher war, dass ihr Geflüster in der Musik unterginge, erstattete sie Bernardo Bericht: »Um die Gäste im Keller brauchst du dir keine Sorgen zu machen, die sind noch eine Weile beschäftigt. Ihre Zusage, dein Unternehmen finanziell zu unterstützen, haben sie bereits gegeben. Ich musste Ihnen allerdings versprechen, dass du Veranstaltungen dieser Art von nun an regelmäßig organisierst. Außerdem sind sie sehr an meinem Elixier aus Laudanum und Spanischer Fliege interessiert.«

»Du willst wohl ein kleines Nebengeschäft aufbauen?«

»Warum nicht? Bis sich die Goldmine auszahlt, wird noch eine Weile vergehen. Und ob du dort wirklich noch genug Gold findest, dass wir unseren jetzigen Lebensstil beibehalten können, ist nicht sicher, also wäre es nicht schlecht, wenn wir ein weiteres, einträgliches Geschäft betreiben.« Sie nickte unauffällig in Antonias Richtung. »Was hast du mit ihr vor?«

»Ich werde sie heiraten.«

Fast hätte Chantal laut aufgelacht, sagte dann aber sehr ernst: »Eine großartige Idee.«

»Meinst du?«

»Ja, sicher.«

»Es würde dich nicht stören, wenn ich sie heiratete?«

»Nein. Schließlich liebst du sie nicht.«

»Nein«, entgegnete Bernardo hart.

»Und es würde sich nichts zwischen uns ändern, oder?«, wollte Chantal dann doch wissen.

»Nein«, versicherte Bernardo.

Immer noch tanzend, sagte Chantal auf einmal sehr ernst:

»Bernardo, ich kann keine Kinder bekommen. Doch du solltest eine Familie gründen, dann wirst du es noch leichter haben.«

Es gab wenige Dinge, die Bernardo nahegingen, doch diese Offenbarung tat es, denn er ahnte, welch schreckliche Dinge zu Chantals Unfruchtbarkeit geführt hatten.

Es gelang ihm, seine Erschütterung zu verbergen, und so gab er sich ganz unbekümmert und tanzte mit ihr weiter.

Marco, in seinen neuen Beinkleidern ebenfalls nicht wiederzuerkennen, näherte sich in der Zwischenzeit mit betont weiblichen Schritten Antonia, um sie im übertrieben hohen Tonfall und mit geckenhaften Gesten anzusprechen: »Ist die Musik nicht wunderschön?«

»Ja«, antwortete Antonia abwesend, während sie versuchte, nicht länger an den Grafen von Gondoro zu denken, sondern sich Giovannis Gesicht in Erinnerung zu rufen. Letzteres gelang ihr seltsamerweise nicht, Giovannis Züge verschwammen immer wieder vor ihrem geistigen Auge, was sie sich so gar nicht erklären konnte.

Dass in ihren Aperitif Opium und aphrodisische Substanzen gemischt waren, konnte sie nicht ahnen. Erstes vernebelte ihre Erinnerung an den Geliebten, Letztere entfachten in ihr ein Fieber, das sie zu dem weitaus männlicheren Grafen zog.

»Aber diese Musik ist nichts im Vergleich zu dem Spiel und den Kompositionen des wunderbaren Antonio Vivaldi«, fistelte Marco in ihre schweren Gedanken hinein. »Kennt Ihr ihn?«

Antonia nickte und erwiderte immer noch geistesabwesend: »Ja, sein Geigenspiel ist einzigartig.«

»Er spielt aber auch sonst recht gut«, behauptete Marco mit einem leisen anzüglichen Kichern.

Antonias Scharfsinn war von der Droge getrübt, und so

dauerte es eine Weile, bis seine Worte zu ihr durchdrangen und sie fragte: »Wie meint Ihr das?«

»Nun, ich meine das Liebesspiel, was er ebenfalls so vortrefflich beherrscht«, antwortete Marco und fügte mit gespielt entrüsteter Geste hinzu: »Ach, leider gehört dies für mich der Vergangenheit an. Denn er hat ja jetzt diesen Italiener; Giovanni Farina heißt er.«

Auch diesmal sickerten die Worte mit Verzögerung in Antonias Verstand, doch als sie ihre schockierende Bedeutung begriff, wurde ihr mit einem Schlag schwindelig.

Bernardo, der die ganze Zeit über die Szene aus einem Augenwinkel beobachtet hatte, eilte zu ihr, um sie zu stützen. »Ist Euch nicht wohl, Verehrteste?«

Antonia blickte ihm in die Augen, und sie meinte dort ein Feuer zu erkennen, wie sie es noch nie gesehen hatte, einen Brand, der auf ihren Leib übersprang.

»Danke, es geht mir gut«, erwiderte sie matt, ohne den Blick von den feurigen Augen ihres Gastgebers lösen zu können, der sie galant zum nächsten Tanz aufforderte.

Am nächsten Morgen konnte sich Antonia nur noch schemenhaft an die Ereignisse während des Festes erinnern, doch der Behauptungen dieses geckenhaften jungen Mannes entsann sie sich nur allzu gut.

Ihre Vorfreude auf das Wiedersehen mit Giovanni war dadurch getrübt, obwohl sie sich trotz allem nicht vorstellen konnte, dass er sich wirklich zu Männern hingezogen fühlte und seine Gefühle ihr gegenüber nur gespielt waren. Sie nahm sich vor, dies in Paris endgültig herauszufinden.

30. Kapitel

Eos – Göttin der Morgenröte,

deren Schönheit schon Homer pries und sie als anmutige, rosenarmige, rosenfingrige Göttin beschrieb. Der Sage nach soll sie als Rest des ersten Morgenrotes in Form der Rose auf der Erde zurückgeblieben sein. Der Duft der Rose wirkt entspannend, beruhigend, antidepressiv, kreativitätsfördernd, stimmungsaufhellend, angstlösend und erotisierend.

Paris, Herbst 1702

Giovanni erwachte vom harten Geklapper der Hufe auf dem Kopfsteinpflaster. Es dauerte eine Weile, bis er begriff, wo er sich befand. Der Geruch der Stadt drang durch die geschlossenen Fensterläden. Nicht so staubig wie in Rom, nicht von der Meeresbrise durchdrungen wie in Venedig. Dafür krochen mit deutlicher Intensität sowohl die unangenehmen Ausdünstungen als auch die Düfte des luxuriösen Lebens, wie es sie nur hier gab, in sein Zimmer. Giovanni roch den Dreck ebenso wie den Prunk.

Paris!

Die Erinnerung kam, noch bevor er die Augen öffnete. Als sie am Abend zuvor in die Stadt eingefahren waren, hatte er sich wieder ein Tuch vor die Nase gehalten, um sich vor dem Gestank zu schützen. Nur war er anders als in Grasse diesmal darauf vorbereitet gewesen. Und sie hatten die Gassen der Gerber, Sieder und sonstiger Handwerker meiden können, da das Haus des Monsieur Hugo, in dem sie residierten, etwas außerhalb lag.

Caterina Farina hatte dessen Einladung angenommen und nicht, wie ursprünglich geplant, Giovanni in den Werkstätten des Louvre untergebracht. Und sie hatte noch eine weitere Überraschung für ihren Enkel: Bei dem jungen und sehr begabten Künstler Lavallé, der sich in der Möbelwerkstatt des berühmten André Boulle bereits einen Namen gemacht hatte, wollte sie eine Reiseapotheke ganz nach Giovannis Fasson und der derzeitigen Mode bestellen. Das Kästchen sollte aus verschiedenen Hölzern gefertigt werden, mit Einlegearbeiten aus Schildpatt und Elfenbein und Verzierungen aus Blattgold, sodass es der duftenden Vielfalt entsprach, welche die Phiolen im Inneren der Reiseapotheke bewahrten. Wobei es natürlich keine Reiseapotheke im eigentlichen Sinne sein sollte, sondern ein luxuriöses Parfümeur-Schränkchen.

Caterina hatte das Kästchen, mit dem sie ihren Enkel beglücken wollte, genau vor Augen, und sie hoffte auch, dass Giovanni in Lavallé, ähnlich wie in Vivaldi, einen Freund finden würde. Sie sorgte sich ein wenig um ihren Enkel, der in Grasse so hart gearbeitet und dort nur Feinde statt Freunde gefunden hatte.

Von alldem ahnte Giovanni noch nichts, als Eos die Finger nach ihm reckte und er seine übliche Morgentoilette erledigte. An seine herangereifte Männlichkeit hatte er sich allmählich gewöhnt, nur der Geruch des sich zersetzenden Schweißes stieß ihn ab. Selbstverständlich war er nach wie vor sehr reinlich und wusste genau, welche Düfte zu ihm passten. Und er war davon überzeugt, dass ihm genau dies die anerkennenden Blicke einbrachte, die gerade die junge Damenwelt ihm zuwarf. Nie wäre er darauf gekommen, dass sein ebenmäßiges Gesicht, seine strahlenden, wachen Augen und seine inzwischen recht männlich anmutende Gestalt für diese wohlwollenden Blicke verantwortlich waren.

Es war auch nicht so, dass er keinen Wert auf sein Äußeres

legte, aber die Wahl seiner Kleidung, und was sonst noch mit seinem optischen Erscheinungsbild zu tun hatte, betrachtete er als Nebensächlichkeit, denn für ihn entschied sich der Eindruck, den ein Mensch auf seine Umgebung machte, vor allem am Geruch, und für einen guten Geruch waren Reinlichkeit und in erster Linie saubere Kleidung die Voraussetzung.

Seine Kleidung wählte er so wie manch anderer sein Parfüm: War es teuer und entsprach der Mode, würde es schon recht sein.

Damit legte er hinsichtlich seiner Kleidung einen Maßstab an, der für ihn bei der Wahl des Parfüms eine Geschmacklosigkeit darstellte. Und er roch sie alle, die Geschmacklosen, denn eine derart nachlässig gewählte Duftkomposition harmonierte nie mit dem Körpergeruch. Dass andere Menschen Gerüche nicht so wahrnahmen wie er, war Giovanni immer noch unbegreiflich, und nur allzu oft vergaß er es.

So sanft, als würde er sich selbst streicheln, trug er auf seine intensiv gereinigte Haut eine Eigenkreation auf, die sich zwar von der für Antonia bestimmten Komposition unterschied, aber ebenso deutlich von Zitruskomponenten bestimmt war. Erst danach war er bereit, die Fenster einen Spalt weit zu öffnen und etwas mehr von der schweren Stadtluft einzulassen.

Der Unrat, der am Straßenrand entlangfloss und den er zwar nicht sah, aber deutlich roch, erschreckte ihn nicht, nachdem er nun mehrere Städte kannte. Nach Caterinas Erzählungen hatte er nichts anderes erwartet. Was ihn auf rätselhafte Weise faszinierte, war die unglaubliche Diskrepanz zwischen Pomp und Armut, Schönheit und Dreck – zumindest solange er genügend Abstand hielt, dass ihn die unangenehmen Gerüche nicht überwältigten.

Die Fassaden der Stadtpaläste zeugten von Eleganz und Reichtum. Der Geruch der Straße hingegen erzählte vom

Schicksal der vielen Menschen, die in dieser Stadt unter erbarmungswürdigen Umständen leben mussten.

Er empfand Mitleid mit all den Tagelöhnern und Straßenkindern, obwohl er vor ihnen floh, da er ihren Geruch nicht ertragen hätte. Der Gestank der Märkte, auf denen sie in den Abfällen wühlten, stieß ihn ab. Der saure Geruch von verdorbenem Fisch, faulendem Obst und Gemüse, vermischt mit dem stechenden Dunst der Gerber und Seifensieder, das alles noch durchzogen von den süßen und scharfen Gerüchen der Gewürze und dem floralen, ätherischen Duft von Blüten, Essenzen und Kräutern, verursachte bei Giovanni heftige Übelkeit. Er würde diese Intensität verderblicher Gerüche auf Dauer nicht ertragen und deshalb so oft wie möglich aus dem pulsierenden Zentrum der Stadt fliehen.

Nachdem er sich angezogen hatte, öffnete er die Fensterläden vollends und riskierte einen Blick. Oder besser ausgedrückt: Er riskierte es, die Stadt zu atmen.

Der Geruch, den er noch vom Vorabend in der Nase hatte, vermischte sich mit dem Bild der ausladenden gepflasterten Allee und dem Blick auf den Stadtpalast. Die edlen und teueren Kutschen, die klappernd vorbeifuhren, zeugten von dem Prunk, der sie in Versailles erwarten würde.

Caterina hatte ihr vergleichsweise einfaches Landkleid gegen ein aufwendiges Gewand aus weinrotem Brokat getauscht, die Haube gegen die ungeliebte Perücke gewechselt und ihr von der südlichen Sonne leicht gebräuntes Gesicht mit reichlich Puder versehen.

Als Giovanni die breite, geschwungene Treppe zum Salon herunterkam, sah sie nachdenklich aus dem Fenster. Sie hatte inzwischen vollstes Vertrauen in Giovannis Duftkompositionen, trotzdem war sie angespannt. Es war das erste

Mal, dass sie ihrem Enkel die Beduftung von Handschuhen übertragen hatte, eine Aufgabe, die ansonsten Signor Fratanelli persönlich für sie übernahm. Und sie hatte nicht irgendwelche Kunden auf der Liste, sondern einige aus dem Hofstaat des Königs. Sogar Martial, der persönliche Parfümeur des Monarchen, bestellte bei den Gennaris, zu denen er Caterina durchaus zählte.

Als sich Giovanni näherte, drehte sie sich zu ihm um, und staunend betrachtete er ihre so völlig verwandelte Gestalt.

»Du hast deine Großmutter schon lange nicht mehr in noblen Stadtkleidern gesehen, richtig?«, fragte sie.

Er wies auf ihre gepuderte Perücke und erwiderte säuerlich: »Ich nehme an, der Läusepelz wird in Versailles unvermeidlich sein, auch für mich.«

»So ist es«, bestätigte Caterina und eröffnete ihm dann: »Wir werden heute zu einer Matinee nach Versailles fahren und einige unserer Kunden treffen. Monsieur Lavallé und sein Sohn werden uns begleiten und uns in die Gesellschaft einführen, die mir inzwischen fremd geworden ist.«

»Wer sind die Lavallés?«, fragte Giovanni erstaunt.

Caterina schüttelte lächelnd den Kopf. Offenbar war ihr Enkel mal wieder so mit seiner Nase beschäftigt gewesen, dass er ihr nicht zugehört hatte, als sie ihm von ihren Plänen in Paris erzählte. »Die Lavallés sind Kunsttischler, und Monsieur Lavallé ist ein alter Familienfreund aus Mailand, handelt aber inzwischen hier in Paris mit Luxuswaren aus Italien, während der junge Lavallé ein begnadeter Künstler am Hobel ist. Ihr werdet euch gut verstehen.«

Giovanni sah seine Großmutter skeptisch an: »Sind wir hergekommen, um Freundschaften zu pflegen oder um Geschäfte zu tätigen?«

»Giovanni, du musst offenbar noch viel lernen: Das eine geht ohne das andere nicht. Wenn wir gute Geschäfte machen wollen, dann geht das nur über die richtigen Verbindungen, und die werden Monsieur Hugo und Monsieur Lavallé für uns herstellen. Wenn es uns gelingt, König Ludwig und seinen Hofstaat für unsere Waren zu begeistern, reißen sich morgen alle Adelshäuser Europas darum.«

Giovanni holte tief Luft, als er begriff, was seine Großmutter da sagte. »Und du meinst, meine Handschuhe werden in Versailles Anklang finden?«

Caterina nickte. »Ich hoffe es.«

»Ich werde aber nicht nach Grasse zurückkehren, um dort neue Handschuhe zu beduften«, sagte Giovanni.

Caterina hatte es eigentlich nicht anders erwartet, trotzdem entgegnete sie in bedauerndem Tonfall: »Du bist ein begabter Künstler, Giovanni, aber leider kein guter Geschäftsmann.«

»Mag sein, aber ich muss meiner Nase folgen.«

»Und was sagt deine Nase?«

»Dass ich Düfte für Menschen kreieren will und nicht für Tierhäute.«

»Die Menschen tragen diese Tierhäute, mein lieber Giovanni!«

»Ich weiß«, gestand er ein, »deshalb habe ich Fratanelli meine Rezeptur überlassen.«

Caterina lachte. »Ich sage ja, du bist kein guter Geschäftsmann. Aber ich würde es Fratanelli von Herzen gönnen, wenn sich dein Geschick für ihn auszahlt. Die Konkurrenz in Grasse ist groß, und der Krieg wird ihm das Geschäft nicht erleichtern. Wenigstens hast du viel bei ihm gelernt. Dein Eifer und deine Gabe haben ihn sehr beeindruckt.«

»Ja, ich habe viel gelernt, aber ich glaube nicht, dass ich die Kunst der Enfleurage für die Herstellung meiner Düfte wirklich nutzen werde.«

Caterina konnte kaum noch etwas verwundern, was Giovanni betraf, aber nun war sie doch etwas verwirrt darüber, dass er ausgerechnet diese Technik, die er unbedingt hatte erlernen wollen, auf einmal nicht mehr anwenden wollte. »Darf ich erfahren, woher dein Sinneswandel rührt?«

»Ich möchte keinen Duft komponieren, der nach Schwein riecht.«

»Aber das Schmalz riecht man in dem Absolue doch nicht mehr.«

»Das sagen alle, aber ich rieche das Schwein noch aus der feinsten Jasmin-Essenz heraus.«

»Und ich dachte immer, ich hätte eine gute Nase.« Caterina seufzte. »Giovanni, du bist wahrscheinlich der Einzige auf Erden, der in den edlen Duftessenzen, die mittels der Enfleurage hergestellt werden, das Schweineschmalz riecht, auf dem die Blüten einst gebettet lagen.«

»Mag sein, aber dass ich es riechen kann, reicht mir. Für das Beduften von Lederwaren ist das in Ordnung, aber wenn ich Düfte für Menschen kreiere, will ich nicht mit Schweinefett arbeiten und es später noch riechen.«

»Dann war die Lehre bei Fratanelli ganz umsonst?«

»Nein, im Gegenteil, ich habe dort sehr viel gelernt, und den Blüten mit Fetten und Ölen ihren Duft zu entlocken ist eine ganz besondere Kunst, denn sie bewahrt die fragilen Duftstoffe vor der Hitze des Destillierapparats. Ihr Fluidum wird nicht aus den Blüten herausgetrieben, herausgekocht oder -gequetscht, es gleitet ganz freiwillig in das geschmeidige Fett, und anschließend lockt der Geist des Weines die ätherischen Geister der Blumen dort sanft wieder heraus und belebt sie zugleich. Doch es müssen nicht die gemästeten Schwarten von Schweinen sein, um dies zu vollbringen, mit lieblichen Pflanzenölen müsste dies ebenso gelingen.«

Caterina war verblüfft. »Du hast die Kunst der Mazeration in dieser kurzen Zeit ebenso erlernt wie die Enfleurage?«

Giovanni nickte.

»Doch auch das Öl musst du erhitzen, und das könnte

empfindlichen Düften schaden«, wandte sie ein. Dann musterte sie ihn eindringlich und fragte: »Giovanni, worum geht es dir tatsächlich? Welchem Ziel soll all dies dienen?«

»Ich möchte für Antonia den perfekten Duft kreieren«, erklärte er seiner Großmutter. »Einen Duft, der sie erfrischt und an unsere Heimat erinnert, egal, wo sie sich gerade aufhält.«

»Ich dachte, du hättest ihr schon ein eigenes *Aqua mirabilis* geschenkt?«

»Ja, aber mit dem bin ich noch nicht zufrieden, ihm fehlen zum Beispiel noch die Bergnarzissen. Hast du den Duft der zarten Frühlingsblumen in der Nase?«

Caterina schloss die Augen und versuchte, sich den betörenden Geruch der weißen Blumen ins Gedächtnis zu rufen. »Ja, herb und zart zugleich, lieblich und stark. Du hast recht, auch ich kann mir die Bergnarzisse gut in einem Bouquet fruchtiger Zitrusdüfte vorstellen.«

»Dafür musste ich die Kunst der Enfleurage und der Mazeration erlernen.«

»Bis die Narzissen wieder blühen, musst du aber noch ein paar Monate warten. Mit was wirst du Antonia also die Ehre erweisen, wenn du sie hier in Paris triffst?«

Giovanni lächelte verlegen. »So schlecht sind die Handschuhe, glaube ich, nicht geworden.«

»Ganz im Gegenteil, sie sind wunderbar!« Dann aber sah Caterina ihren Enkel sehr ernst an. »Bedenke bitte, mein Junge: Für die Ehe bist du noch zu jung. Und wenn du eines Tages eine Familie ernähren willst, musst du auch das Kaufmannshandwerk beherrschen.«

»Ich verspreche dir«, gelobte Giovanni, »sobald ich den Duft für Antonia fertig habe, will ich alles tun, um ein guter Kaufmann zu werden.«

Sie nickte zufrieden. »Gut. Dann beeil dich jetzt, damit Monsieur Lavallé nicht warten muss. Und vergiss nicht deine Perücke.«

31. Kapitel

Der Duft des Sonnenkönigs

Ludwig XIV. war besessen von Düften und ließ sich von seinem Hof-Parfümeur täglich einen neuen Duft kreieren. Über die Eigengerüche des Königs hüllte man lieber den Mantel des Schweigens.

Versailles, Herbst 1702

Monsieur Lavallé und sein Sohn Jean fuhren in einer edlen Kutsche vor und begrüßten Caterina herzlich. Nachdem ihnen Giovanni vorgestellt worden war, sagte sie zu Lavallé: »Ihr seht betrübt aus, verehrter Monsieur. Seid Ihr den Festlichkeiten des Königs überdrüssig geworden?«

Der alte Lavallé schüttelte den Kopf. »Wenn es nur das wäre!«

»Was ist es dann?«, fragte Caterina und fügte schnell hinzu: »Wenn es nicht zu ungebührlich ist zu fragen.«

»Nein, nein, meine Liebe. Es wird nur bald nichts mehr zu feiern geben. Ich fürchte, der König wird uns noch alle ins Unglück stürzen. Versailles und sein ganzer Hofstaat verschlingen Unsummen. Gelder, die er dem Adel und auch den Bürgern des Landes abtrotzt, doch es wird nicht mehr lange dauern, bis es nichts mehr zu holen gibt. Kurfürst Clemens hat die Verhandlungen mit Frankreich soeben abgebrochen, Prinz Eugen wütet in Süddeutschland und hat unsere Truppen längst zurückgeschlagen. Die große Allianz wird immer stärker, doch der König kämpft weiterhin um den Thron von Spanien. Auch das kostet. Und alt ist er geworden, der König. Alle Zähne haben sie ihm gezogen und dabei den halben Unterkiefer herausgerissen. Kein schöner Anblick.«

Caterina schlug die Hand vor den Mund, während Giovanni das Gesicht verzog und murmelte: »Ich bin mir nicht mehr sicher, ob ich mich auf die Begegnung freuen soll.«

Jean Lavallé lachte auf und schüttelte den Kopf: »Nein, ich glaube nicht, dass dich der Anblick erfreuen wird.«

Die Fahrt verbrachten sie überwiegend schweigend, jeder in seine eigenen Gedanken vertieft. Aber als Giovanni das barocke Schloss in seiner ganzen Schönheit erblickte, waren all seine trüben Gedanken wie weggeblasen. Der Prachtbau übertraf seine Erwartungen bei Weitem. Sogleich wandte er sich an seine Großmutter und fragte: »Können wir uns erst ein wenig im Garten und in der Orangerie umsehen?«

Von der Orangerie im Schloss Versailles hatte Giovanni schon viel gehört – auch Antonia hatte davon berichtet. Die schönste, größte und vielfältigste der Welt sollte sie sein.

Jean Lavallé schloss sich mit Begeisterung Giovannis Wunsch an, schlug aber vor: »Lass uns zuerst auf die Terrasse gehen. Von oben kannst du dieses Meisterwerk der Gartenarchitektur am allerbesten bewundern. Der Gärtner wechselt das Muster, in dem die Orangenbäume angepflanzt sind, immer wieder, auch wenn ihnen das nicht guttut.«

Caterina und der alte Lavallé waren einverstanden, und so fuhren sie zunächst am Schloss vorbei und hinein in die ausladende Parklandschaft, wo trotz der kalten Jahreszeit einige Damen und Herren zwischen den Hecken, Wasserspielen und Statuen flanierten, während Giovanni die unterschiedlichen Düfte der zahlreichen Arten und Sorten, die der Wintergarten des Schlosses beherbergte, sogar durch das Glas hindurch roch.

Die Kutsche hielt schließlich vor der ausladenden Treppe, die zum rückwärtigen Eingang des Schlosses führte und zu der großzügig angelegten Terrasse mit Blick auf die Orangerie.

»Haben wir noch ein wenig Zeit, Vater?«, fragte Jean Lavallé, doch nahm er dessen Nicken gar nicht mehr wahr, sondern eilte bereits mit Giovanni die Stufen hinauf.

Jean Lavallé hatte nicht zu viel versprochen. Ebenso, wie sich Giovanni an den Düften ergötzte, erfreute sich sein junges Künstlergemüt an der perfekten Gartenarchitektur der Orangerie. Das Grün des Rasens harmonierte mit dem etwas dunkleren Grün der Zitrusblätter, die verschiedenen Orange- und Gelbtöne wurden von dem ockerfarbenen Sand der Wege untermalt, die sich um die Baumalleen wanden. Die Bäume gediehen in Holzkübeln, bereit für ihren Transport ins Winterquartier.

Nachdem Giovanni sich alles aus der Ferne angesehen hatte, eilte er eine weitere Treppe hinab und steuerte den Anbau unterhalb der Terrasse an. Das riesige Portal stand weit offen, und ihm entströmten die herrlich frischen Düfte der Blüten, Früchte und Blätter. Er blieb stehen, schloss die Augen und genoss die Woge der Glückseligkeit, die diese Gerüche in ihm hervorriefen.

Doch da war noch ein anderer Duft, der ihn so sehr erregte, dass seine Knie zu zittern begannen. Langsam öffnete er die Augen wieder, wollte aber zunächst gar nicht glauben, was sie ihm zeigten, bis er Antonia, die auf ihn zueilte, rufen hörte: »Giovanni! Wie schön, dich zu sehen!«

»Antonia, meine Liebste!«

Ihr Blick verriet ihr Erstaunen, doch es war nichts im Vergleich zu seiner Überraschung. Und vielleicht lag es daran, dass er dieses herrliche Wesen, nach dem er sich so lange fast schmerzlich gesehnt hatte, nicht sogleich in die Arme schloss, als Antonia ihn erreichte.

Seine Zurückhaltung ließ auch sie zögern, und so blieb sie fast schüchtern vor ihm stehen, während sie sagte: »Nie und nimmer hätte ich erwartet, dich schon heute und vor allem hier anzutreffen!«

Ihr Duft unterstrich ihre himmlische Schönheit, und als Antonia bemerkte, wie er sie einen Augenblick lang anstarrte, blickte sie an sich hinab. Sie trug ein augenscheinlich sehr teures Kleid, das an der eng geschnürten Taille schmal geschnitten war und sich über den gepolsterten Hüften verbreiterte. »Es ist etwas ungewohnt, in solch einem Aufzug im Dickicht einer Orangerie zu wandeln, ich weiß.«

Endlich gelang es ihm, seine Verwunderung abzuschütteln, und mit zaghaftem Lächeln brachte er hervor: »Ich würde dich gern daraus befreien, aber das geht wohl nicht.« Er ergriff ihre Hand und küsste sie. »Was hast du in diesem Zitronendschungel gesucht?«

»Wir haben ein paar neue Sorten an den Hof geliefert, und mein Vater erklärt dem Gärtner gerade ihre Besonderheiten«, erläuterte Antonia.

»So war es nicht die Sehnsucht nach mir, die dich früher als geplant nach Paris geführt hat?«, fragte er halb im Scherz.

»So weit geht mein Einfluss auf meinen Vater leider nicht. Er bekam noch einen unerwarteten Auftrag, den wir mit der Belieferung des Hofes verbinden konnten, deshalb sind wir früher hier. Dennoch hatte ich gehofft, dich auf dem heutigen Fest zu sehen, und dass ich dir hier und jetzt schon begegne, erfreut mich sehr.«

Dieser Auftrag der Brentanos stand im Zusammenhang mit dem Grafen von Gondoro, doch eine innere Stimme hielt Antonia davon ab, ihn gegenüber Giovanni zu erwähnen, worüber sie sich selbst wunderte. Eigentlich wäre es doch normal gewesen, ihm von diesem ungewöhnlichen Mann und dessen Cousine zu erzählen, zumal Giovanni die Familie des Grafen vielleicht kannte, schließlich kamen sie beide aus derselben Gegend. Doch für sie selbst völlig unerklärlich war sie sogar froh, dass Giovanni nicht weiter nachfragte. Vielleicht lag es daran, dass sie diesen glücklichen Moment des unerwarteten Treffens mit Giovanni nicht verderben wollte, indem sie den Grafen ins Gespräch brachte.

Allerdings war der Augenblick der Zweisamkeit ohnehin nur kurz. Jean Lavallé tauchte hinter Giovanni auf und machte sich mit einem Hüsteln bemerkbar.

»Ach, Antonia«, sagte Giovanni. »Das ist Jean. Jean Lavallé.« Und dann stellte er auch Antonia vor.

Als sie sich den jungen Mann mit den ebenmäßigen weichen Zügen und den warmherzig blickenden rehbraunen Augen betrachtete, erstarrte sie innerlich und reagierte steif und zurückhaltend auf dessen Begrüßung.

Giovanni bemerkte ihre Irritation, konnte aber den Grund dafür nicht einmal erahnen, und im nächsten Moment gesellten sich Antonias Vater, der Gärtner, Caterina, Monsieur Lavallé und auch Monsieur Hugo zu ihnen.

Nach dem Austausch der üblichen Höflichkeitsfloskeln bot der Gärtner eine Führung durch die Orangerie und ihre grünen Schätze an. Giovanni bemerkte nicht Antonias Enttäuschung, als er das freundliche Angebot nahezu euphorisch annahm. Interessierte er sich denn tatsächlich mehr für Zitronen als für sie? Und dieser Jüngling, mit dem er so vertraut zu sein schien – war der etwa, nachdem der junge Vivaldi nach Rom gegangen war, sein neuer Liebhaber?

Giovanni war dankbar für die Ablenkung, denn das unerwartete Treffen mit Antonia und ihr betörender Körpergeruch hätten ihn fast die Selbstbeherrschung verlieren lassen, und er fürchtete, sich ihr gegenüber in der Öffentlichkeit nicht mehr benehmen zu können, wie es der Anstand verlangte. So suchte er während der Besichtigung der Orangerie lieber die Nähe Jean Lavallés, mit dem er sich angeregt über die Schönheit der Orangenbäume austauschte.

So bemerkte er gar nicht, dass die ansonsten so lebensfrohe und erfrischend lebendige Antonia auf einmal sehr schweigsam und still geworden war, auch nicht, als sie gemeinsam die Treppe zum Schloss emporschritten und durch die hohen Flügeltüren das hochherrschaftliche Innere der einzigartigen Prunkarchitektur betraten. Vielmehr konzentrierte er sich auf die Vielzahl erlesener Düfte, denen der leichte Unterton von Unrat einen derben, ja, fast obszönen Charakter verlieh.

Erst als Giovanni sie im prächtigen Spiegelsaal höflich und galant zum Tanz aufforderte, entspannte sich Antonia wieder ein wenig, zumindest so weit es ihr in dem eng geschnürten und einzwängenden Mieder möglich war. Sie wunderte sich, wie die Damen des Hofes dies Tag für Tag aushielten.

Es war kein besonderes Fest, auf dem sie sich zu den Klängen des Cembalos zwischen den marmornen Pilastern und den Hunderten von Spiegeln bewegten, sondern eher eine alltägliche Zeremonie. Der allerkleinste Anlass war in Versailles Grund genug für eine kleinere oder größere Feierlichkeit. Was genau an diesem Tag gefeiert wurde, wussten weder die Farinas noch die Brentanos, und auch die Lavallés und Monsieur Hugo hatten keine Ahnung.

Allein im Ballsaal befanden sich Hunderte von Menschen. Der architektonisch interessierte und kunsthandwerklich so begabte Jean Lavallé war ganz in seinem Element, und als Antonia ihren Tanz mit Giovanni beendete und sich die beiden zu ihm gesellten, begann er zu schwärmen: »Ich habe es einmal nachgemessen: Dieser Saal ist fast achtzig Fuß lang, und vierhundert Spiegel zieren ihn.« Er wies nach oben zur kunstvoll bemalten Decke. »Dort sieht man die Heiligen ebenso wie die Götter des Olymps, aber vor allem den Dauphin selbst. Habt Ihr seine Herrlichkeit im Apollosaal gesehen?«

Antonia schüttelte den Kopf und wollte dann wissen: »Woher kennt Ihr Euch so gut hier aus?«

»Die Schwester meines Vaters, also meine Tante, Louise de La Vallière, war eine Zeit lang Mätresse des Königs, und ich habe als Kind oft mit den Kindern des Königs gespielt«, antwortete Jean Lavallé nicht ohne Stolz.

»Oh!«, sagte Antonia beeindruckt.

»Und was ist mit deiner Tante geschehen?«, fragte Giovanni.

»Sie ging vor vielen Jahren ins Kloster«, antwortete Jean ungerührt, dann sagte er zu Giovanni: »Man kann dich ja doch noch für etwas anderes interessieren als nur für Zitrusfrüchte.«

Giovanni musste lachen, und auch über Antonias Gesicht huschte ein Lächeln, obwohl sie sich mit bangem Herzen fragte, wie er diesen Scherz wohl gemeint hatte.

Unterdessen war Caterina ganz auf ihre Mission konzentriert, den König für ihre Handschuhe zu begeistern!

Monsieur Lavallé, der in Versailles so gut wie zu Hause war, stellte sie dem Hofparfümeur vor. Als sie Monsieur Martial die Hand reichte, die in einem der duftenden Handschuhe steckte, verneigte sich dieser sogleich und führte ihre Hand an seinen Mund und seine Nase, um einen Kuss anzudeuten. Es dauerte nur wenige Sekunden, bis ihm die Bemerkung entfuhr, auf die Caterina so sehnlich gehofft hatte: »Welch außergewöhnlicher Duft, Madame. Eine wahre Offenbarung.«

»Der Künstler ist anwesend, verehrter Monsieur Martial«, erklärte Caterina erleichtert, bevor sie ihr Anliegen vortrug: »Es wäre mir eine ganz besondere Ehre, wenn auch Ihre Königliche Hoheit Gefallen an diesen Handschuhen fände.«

Martial nickte. »Ich werde sehen, was ich tun kann.«

Es dauerte quälende Stunden, bis Monsieur Martial endlich zurückkehrte. Die für König Ludwig vorgesehenen Handschuhe waren von zahlreichen Bediensteten weitergereicht worden, bis sie schließlich die Marquise de Maintenon erreichten. Es lag nun an der Mätresse, ob Caterina die Aufmerksamkeit des Sonnenkönigs würde gewinnen können.

Caterina erschrak fast, als ein Bediensteter sie ansprach: »Ihre Hoheit würden Euch und den Künstler gern empfangen.«

Caterina hatte den König die ganze Zeit über beobachtet. Das Volk durfte ihn zwar bestaunen, aber natürlich nicht ansprechen. Seine Erscheinung war bei Weitem nicht so eindrucksvoll wie sein Ruf. Er trug seine Jahre jedoch mit Würde, was die gleichaltrige Caterina sehr an ihm schätzte.

Caterina ließ den Blick schweifen, bis sie Giovanni entdeckte, der mit Antonia und Jean Lavallé plauderte. Ohne Zögern ging sie zu ihm und strahlte ihren Enkel an: »Giovanni, ich glaube, du hast es geschafft!« Und während Giovanni tief durchatmete, sagte die alte Dame zu den beiden anderen jungen Leuten: »Verehrte Signorina Brentano, verehrter Monsieur Lavallé, ich muss Euch meinen Giovanni kurz entführen: Der König gewährt uns eine kurze Audienz.« Und als sie das Erstaunen in Antonias Blick gewahrte, hielt sie ihr die Hand im Lederhandschuh hin und sagte voller Stolz: »Riecht, meine Liebe. Das ist Giovannis Werk.«

Antonia war ebenso betört, ja, nahezu verzaubert von diesem Duft. Doch in ihre Verzückung mischte sich sofort ein eifersüchtiger Unterton, und verstohlen warf sie einen Blick auf Lavallés Hände. Ob der etwa schon so ein kostbares Paar Handschuhe hatte?

Giovanni wartete schon ungeduldig neben seiner Großmutter, die die Enttäuschung in Antonias Gesicht sah und richtig deutete. »Ich glaube, Giovanni hat bei seiner Kreation mehr an Euch als an den König gedacht. Hätte er gewusst, dass er Euch heute hier antreffen würde, hätte er das erste Paar Euch überreicht, liebe Antonia. Es liegt bereits verschnürt und verpackt in unserer derzeitigen Residenz in Paris.«

Antonia lächelte erleichtert, denn Caterinas Worte ließen sie neue Hoffnung schöpfen. Doch weiterhin nagte der Zweifel in ihr, was Giovannis Gefühle für sie anging, und seine höfliche Verabschiedung schuf darüber auch keine Klarheit, als er sagte: »Ihr müsst mich entschuldigen. Diese Audienz wird sicherlich entscheidend für meine Zukunft sein.«

Dann drehte er sich um und entschwand mit seiner Großmutter.

Nie würde Giovanni den Anblick des klaffenden Lochs vergessen, in das er starrte, als der König den Mund öffnete, und die üblen Gerüche, die daraus hervorquollen. Die Worte des Königs rauschten an ihm vorbei im Dunst der Fäule, der aus seinem Rachen strömte.

Giovanni wusste später nicht mehr, ob er auch wirklich die Etikette gewahrt hatte oder ob sein Empfinden nach außen gedrungen war. Er fand erst wieder zu sich selbst, als er auf der Terrasse des Schlosses den süßen Duft der darunterliegenden Orangerie einatmete.

Erst später würde ihm seine Großmutter von der Begeisterung des Sonnenkönigs für seine Duftkreation berichten, ebenso von der Bestellung des Hofes und dass Martial höchstselbst seine persönliche Beratung wünschte.

Als sie schließlich gemeinsam mit den Brentanos den Ballsaal verließen und durch die schier endlosen Gänge zum vorderen Ausgang des Schlosses flanierten, drangen eindeutige Laute hinter den schweren Vorhängen zwischen den Fenstern hervor, und der Geruch von Urin und körperlicher Liebe verursachte bei Giovanni Übelkeit.

So wartete Antonia weiterhin vergebens auf eine eindeutige Geste seiner Zuneigung. Das beinah geschwisterliche

Verhalten, das er ihr bislang entgegenbrachte, genügte ihr nicht mehr. Sie war fast siebzehn und wollte als Frau wahrgenommen werden, die Zeiten der Zurückhaltung waren vorbei, ihr Körper lechzte nach einer Erlösung von der lang gehegten Sehnsucht.

Durch den Auftrag des Königs fand Giovanni erst am Tag vor ihrer Abreise die Zeit, Antonia wiederzusehen und ungestört mit ihr durch die Tuilerien zu wandeln. Mit blumigen Worten versuchte er ihr jene Ehre und Aufmerksamkeit zu erweisen, die ihr seiner Meinung nach gebührten.

»Den Duft für dich werde ich im kommenden Frühling fertig haben«, eröffnete er ihr. »Es fehlen noch die Bergnarzissen, damit du den herrlichen Geruch unserer Heimat in die ganze Welt tragen kannst.«

Antonia lächelte gequält. »Giovanni, ich weiß nicht, ob ich dich jemals verstehen werde. Du bist wunderbar, aber auch so anders als andere Männer deines Alters. Es gibt noch andere Dinge im Leben als Düfte.«

Giovanni nickte und nahm Antonia zärtlich in den Arm.

Für ihn war die Woche in Paris die schönste in seinem bisherigen Leben gewesen. Der Erfolg am Hof von Versailles hatte sein Selbstvertrauen gestärkt, und die Freundschaft zu Jean Lavallé war ein zusätzliches Geschenk, denn er gab ihm Mut und Rat, was die Liebe betraf. Vor allem aber beflügelte ihn seine Liebe zu Antonia, und er war sich sicher, dass es nicht mehr lange dauern würde, bis er ihr einen Heiratsantrag machen konnte.

Seine nächste Station würde Maastricht werden, wo er bis zum Frühjahr das Kaufmannshandwerk erlernen sollte.

32. Kapitel

Per fumum – Durch den Rauch, den Dampf, der Ursprung des Parfüms

Räuchern ist die älteste Form der Beduftung und wurde ursprünglich nur zu religiösen, rituellen Zwecken eingesetzt, Weihrauch, Mastix, Tanne und Zimt gehörten zu den Wegbegleitern des Todes, aber auch der Intuition und Erleuchtung.

Rheinberg, Köln, Weihnachten 1702

Der Weg nach Rheinberg war Caterina Bernardi sehr schwergefallen. Nicht, weil ihr die Strecke in ihrem Alter zu beschwerlich gewesen wäre, sie war es nur einfach leid, mal zu einer Taufe und dann wieder zu einer Beerdigung nach Rheinberg zu gehen oder zu fahren, denn kaum hatte sie einen neuen Erdenbürger begrüßt, nahte bereits wieder das letzte Geleit.

Und auch nun wurde wieder ein Kind zu Grabe getragen. Und das zu Weihnachten.

Die Stimmung auf dem Hof der Ryfarts war entsprechend gedrückt, der Tod schien in jedem Winkel des Anwesens zu lauern. Die kleine Zahl der Trauergäste saß trübsinnig und stumm um den langen Holztisch in der Wohnstube des Guts. Alles wirkte düster, die Luft war erfüllt vom Räucherduft aus Weihrauch, Mastix, Tanne, Nelke und Zimt.

Tiefe Schatten lagen unter Sophia Feminis' Augen. Sechsmal hatten sie nun schon ein Kind beerdigen müssen, und die Hoffnung auf eine wachsende Familie schwand.

Caterina Bernardi konnte und wollte die schwermütige

Trauer nicht länger ertragen und brach ganz unvermittelt das trübsinnige Schweigen: »Entweder ich mache meinen Laden zu und gehe ins Kloster, oder ihr zieht nach Köln!«

Eigentlich hatte Caterina einen etwas günstigeren Zeitpunkt für diese Ankündigung abwarten wollen, doch sie wusste nicht, wann sie Paolo und Sophia wiedersehen würde. Die Kaiserlichen standen mittlerweile auch vor den Toren Rheinbergs, und eine preußische Besetzung schien unabwendbar.

Caterina sah das trauernde Ehepaar mit einer Strenge an, die für den Anlass der Zusammenkunft sicherlich unangemessen war, doch sie konnte nicht anders, sonst wären auch ihr die Tränen gekommen.

»Ach, Caterina«, entgegnete Paolo traurig, »fang nicht wieder damit an. Du weißt, dass ich das Geld dafür nicht aufbringen kann.«

»Um nach Köln zu ziehen, brauchst du nicht das große Bürgerrecht«, erklärte Caterina.

»Und wo sollen wir wohnen?«, hielt er ihr wieder einmal vor. Zu oft hatten sie schon über dieses Problem gesprochen.

Diesmal wollte Caterina eine Entscheidung herbeiführen, und wenn dies tatsächlich bedeutete, dass sie ins Kloster gehen musste. Sie war alt und müde und wollte die Angelegenheit endültig regeln. »Ihr könnt bei mir im Haus wohnen, bis ihr euch ein eigenes leisten könnt, was vielleicht gar nicht so lange dauern wird.« Und dann spielte sie ihren Trumpf früher aus, als sie eigentlich beabsichtigt hatte, und versuchte dabei so beiläufig wie möglich zu klingen: »Die gute Paola scheint einen reichen Gönner gefunden zu haben, den Grafen von Gondoro. Kennst du ihn?«

Caterina wartete neugierig auf Paolos Reaktion. Der schüttelte zwar den Kopf, war aber plötzlich hellwach. Woraufhin Caterina in ihr Kleid griff, einen kleinen Beutel hervorholte und daraus zehn Golddukaten in ihre Hand fallen ließ.

Paolos Augen wurden immer größer, während Caterina fortfuhr: »Dieser Graf, den keiner von uns kennt, obwohl er aus unserer Heimat stammt, wäre bereit, sich an unserem Geschäft zu beteiligen. Er pflegt beste Beziehungen zu ein paar Südfrüchtehändlern, von seinen Kontakten zum Adel ganz zu schweigen. Die kleine Anzahlung ist für dein Bürgerrecht. Also überlege es dir, aber schnell. Die Preußen stehen vor der Tür, und ich kann nicht mehr jeden Tag zwölf Stunden im Laden stehen. Seit dem Krieg habe ich von deiner Teilhaberschaft herzlich wenig. Wenn ihr bis Monatsende nicht in Köln seid, schließe ich die Krämerei, und ihr könnt mich nach Neujahr im Kloster besuchen.«

Noch am selben Tag packten Paolo und Sophia ihre Sachen und verließen Rheinberg für immer. Sophias Eltern ließen ihre Tochter nicht gern gehen, waren aber auch erleichtert. Denn mit Paolo war das Unglück auf ihren Hof gekommen, auch wenn sie als gute Katholiken einen solch ketzerischen Gedanken nie laut geäußert hätten.

33. Kapitel

Narziss

In der griechischen Mythologie der sechzehnjährige Sohn des Flussgottes Kephisos, der vor lauter Selbstliebe seine Geliebte verstößt, woraufhin ihn ein Fluch trifft, der ihn ewig über seinem Spiegelbild in einem See verharren lässt und letztendlich in eine Narzisse verwandelt.
Der Duft der Narzisse steigert das Selbstwertgefühl.

Santa Maria Maggiore, Frühling 1703

Giovanni fühlte sich befreit, als er nach der langen Winterzeit in Paris und Maastricht endlich wieder über die blühenden und duftenden Bergwiesen seiner Heimat wandelte. Anna, die ihren Bruder noch mehr als den Frühling herbeigesehnt hatte, begleitete ihn mit Freude auf seinen Spaziergängen.

Es war ein herrlicher warmer Morgen, als Giovanni seine kleine Schwester sanft am Arm fasste und fragte: »Kannst du sie riechen?«

»Wen?« fragte Anna neugierig zurück. »Die Almwiesen?«

»Etwas auf den Wiesen.«

Anna strengte sich an und sog deutlich hörbar die Bergluft ein, atmete dann ebenso laut aus und schüttelte den Kopf.

Ohne die Antwort zu verraten, nahm Giovanni die inzwischen gar nicht mehr so kleine Anna an die Hand und rannte mit ihr über die Wiese, bis er abrupt stehen blieb und erneut fragte: »Und jetzt? Kannst du sie jetzt riechen?«

Anna hatte eine sehr gute Nase, aber nicht Giovannis einmalige Gabe, unfehlbar Düfte erkennen zu können. Dafür sah sie, was sie hätte riechen sollen: die ersten Bergnarzissen. Die zarten Frühlingsboten hatten gerade erst ihre Blütenköpfe zaghaft geöffnet.

Nahezu ehrfürchtig kniete Giovanni vor einer der Blumen nieder, inhalierte mit geschlossenen Augen ihren ätherischen Duft und erinnerte sich an seine erste Begegnung mit Antonia. Nach einem Augenblick der Stille, in dem Giovanni nur den süßlichen, etwas erdigen und frischen Geruch der zarten Blüte auf sich wirken ließ, öffnete er wieder die Augen.

»Habe ich dir eigentlich schon die tragische Geschichte von dem unglücklichen Jüngling Narziss erzählt?«, fragte er unvermittelt.

Anna nickte. »Schon oft, aber du kannst sie mir ruhig noch einmal erzählen. Du weißt, wie gern ich deine Geschichten höre. Außerdem erzählst du sie jedes Mal etwas anders. Wobei … Warum fällt dir ausgerechnet diese traurige Geschichte immer wieder ein?«

Giovanni überlegte einen Moment, bevor er antwortete. »Weil ich Narziss befreien will. Ich entlocke der Blume ihren Geist und entfessele ihn in meiner Duftkomposition. Dadurch befreie ich auch Narziss, damit er andere lieben kann. Ist das nicht toll?«

Giovanni musste über seinen eigenen spontanen Gedankengang lachen, doch Anna stimmte diesmal nicht in seine Heiterkeit ein, sondern fragte ernst zurück: »Hast du keine Angst, dass du dabei einen bösen Geist erweckst, der es dann dir verwehren wird, andere zu lieben?«

»Ach, Anna, das ist doch nur eine Geschichte!«

»Aber du hast gerade gesagt, dass du Narziss befreien möchtest. Pass auf, dass am Ende nicht er dich einsperrt.«

»Genug der düsteren Gedanken! Narzissen sind die

Blumen der Bräute, und auch die werden durch ihren Duft nicht verhext.«

Anna blickte auf und murmelte auf einmal einen Namen: »Antonia!«

»Ja, Antonia«, bestätigte Giovanni versonnen.

»Ich mag Antonia, obwohl ich sie nur ein paar Mal gesehen habe«, erklärte das Mädchen.

Giovanni war bester Dinge und sagte lächelnd: »Ohne die Zustimmung meiner kleinen Prinzessin würde ich niemals eine Braut erwählen. Lass uns jetzt zurückgehen, und morgen früh kommen wir wieder und ernten die ersten Narzissen.«

»Ich würde gern schon jetzt welche pflücken.«

»Das kannst du tun. Und anschließend stellen wir sie in eine Vase, dann kannst du dich auch daheim an ihrem Duft erfreuen. Er wärmt, so sagt man, die Seele, so sagt man, und verschließt innere Wunden.«

»Die Narzissen brauchen meine Seele nicht zu erwärmen, solange du hier bist.«

Tief im Herzen bewegt, betrachtete Giovanni seine Schwester, wie sie sich einen Strauß Narzissen pflückte. Im Geist sah er Antonia vor sich, wie sie sich mit dem kleinen Strauß weißer Blüten erhob und ihn anlächelte.

Im nächsten Moment war das Traumbild wieder verschwunden.

Die folgenden Tage und Wochen über war Giovanni damit beschäftigt, die Blüten zu ernten und zu verarbeiten. Wie in einem Rausch bemühte er sich unermüdlich, den Narzissen ihren Duft zu entringen.

Sorgfältig zupfte er Blüte für Blüte vom Stängel und legte eine nach der anderen in die ölige Mischung, die statt des Schweineschmalzes die Duftkomposition der Alpenblume aufnehmen sollte, und immer wieder rührte er seinen Mazerationsansatz um, erwärmte ihn sanft und erneuerte täglich die aufgelegten Blüten.

Er konnte riechen, wie das Öl jeden Tag gehaltvoller und duftender wurde und die Blumen ihm ihre letzte Kraft gaben. Und er setzte die Prozedur so lange fort, bis das Öl keinen Hauch mehr davon aufnehmen konnte.

Danach entzog er ihm die betörenden Gerüche wieder mit einem erlesenen, reinen und hoch konzentrierten Weingeist, um die Essenz der Bergnarzissen mit seiner vorbereiteten Duftkomposition zu vereinen, deren Vollendung er so sehr entgegenfieberte, dass er seine Umgebung kaum mehr wahrnahm.

Doch nie vergaß er, Antonia zu schreiben. Die Hand, mit der er die Feder hielt, schien angetrieben von der Kraft des Duftes und kreierte die blumigsten Formulierungen über jene Komposition, die für Antonia bestimmt war. Es sollte das beste Parfüm werden, das er je geschaffen hatte und das vielleicht jemals geschaffen wurde: inspirierend, belebend, erfrischend und gleichzeitig ein wenig euphorisierend.

Seitenweise erging sich Giovanni in Formulierungen über seine Kreation und seinen unermüdlichen Schaffensdrang für dieses Werk. In Gedanken rieb er manchmal den Körper seiner Angebeteten mit dem neuen Parfüm ein. Nachts, wenn er sich entkleidete, stellte er sich vor, wie sie ihm gegenüberstand und ebenfalls ein Kleidungsstück nach dem anderen ablegte, bis sie beide nackt waren. Sehnsüchtig griff er zu dem leuchtend blauen, reich verzierten Flakon aus Muranoglas, in dem er seine Kreation aufbewahrte, träufelte sich ein paar Tropfen des himmlischen Dufts auf die Finger und strich damit leicht über den eigenen Körper. Gleichzeitig rief er sich Antonias betörenden Körpergeruch ins Gedächtnis, und in Gedanken vermischte sich dieser mit dem von ihm geschaffenen Duft zu einer grandiosen Gesamtkomposition.

Umgeben von dem betörenden Duft des Narziss, war sich Giovanni für den Moment selbst genug. So sollte es auch bleiben, dachte er, während er seine Schlafgewänder anzog, bis er sich endlich mit Antonia vereinigen konnte. Bei ihrem letzten Treffen hatte er deutlich riechen können, wie sehr sie ihn liebte, und dieser Duft gab ihm Sicherheit und Zuversicht für die Zukunft.

Es wunderte ihn nicht, dass Antonia nur wenige kurze Briefe zurückschrieb. Er war glücklich, im Rausch der Düfte, dem Ziel so nahe.

34. Kapitel

Satyren und Bacchanten

Satyren sind in der griechischen Mythologie Mischwesen mit Schweif und Pferdeohren aus dem Gefolge des Weingottes Dionysos, die Bacchanten gehören zum Gefolge des römischen Weingottes Bacchus und wurden als Frauen, gleich den griechischen Mänaden, dargestellt.

Die Gesamtheit verschiedenartiger reizvoller und angenehmer Düfte, die ein guter reifer Wein durch den Kontakt mit Sauerstoff ausströmt, bezeichnet man als Bukett. Ähnlich einem gemischten Blumenstrauß entwickelt der Wein während seiner Reifung aus den einzelnen Aromen der verwendeten Trauben eine Gesamtheit.

Frankfurt, Frühjahr 1703

Es waren Giovannis Briefe, die Antonia irritierten. Ihr Inhalt gemahnte eher an Rezepturen als an einen Ausdruck von Gefühlen. Zweifel nagten an ihr, ihre Zuversicht wurde löchrig, wenngleich ihr Herz einzig und allein für diesen ungewöhnlichen jungen Mann schlug.

Sie war froh, dass ihre neue Heimat Frankfurt am Main sie derart beschäftigte, dass ihr wenig Zeit zum Nachdenken blieb. Die Messen und der Handel, die vielen gesellschaftlichen Verpflichtungen – alles war so anders als in ihrer Heimat, in der beschaulichen Villa am Comer See.

Kein Tag verging, an dem sie keinen Besuch empfing. In Frankfurt wuchsen die Familien, die in Oberitalien weit verstreut gelebt hatten, wieder enger zusammen, und die

Damen hielten die gesellschaftlichen Fäden in den Händen. Wobei Antonia lieber ihren Vater in den Nürnberger Hof begleitete und dort die Kunst des Handels beobachtete und erlernte, als zu Hause zu repräsentieren.

Wein, Gewürze und Südfrüchte waren die Spezialitäten der Brentano'schen Handelsunternehmung. Waren, die ihnen von den Frankfurter Patrizierfamilien förmlich aus den Händen gerissen wurden. An Messetagen drängten sich Menschen aus jedweder Gegend in der Stadt, dass sich Antonia fast vor ihnen fürchtete, zumal ihr die Sprache noch sehr fremd war.

Zu gern hätte sie sich mit Giovanni darüber amüsiert, wie sie es getan hatten, als er noch in Maastricht gewesen war. Ein Lächeln huschte über ihr Gesicht, als sie daran dachte, wie er die Menschen dort in seinen Briefen beschrieben hatte.

»Ihre Sprache ist frischer als ihr Geruch. Obwohl dieser von einer Meeresbrise durchzogen ist, fehlt ihm das Blumige, was sie dafür in ihrer Kleidung tragen …«

Beschreibungen dieser Art hatten seine Briefe wie ein Spinnennetz durchzogen, das die eigentliche Botschaft umgarnte: Giovanni verzehrte sich nach ihr!

Doch seine Briefe der letzten Zeit waren geprägt von endlosen Schilderungen verschiedenster Düfte und der Suche nach Umschreibungen für die unterschiedlichen Nuancen. Der eigentliche Inhalt ging darüber verloren.

Hatte sie sich selbst nur etwas vorgemacht, als sie sich gesagt hatte, dass Giovanni sie über alles liebte? War es nur Gefühlsduselei, aus der sie sich nicht befreien konnte?

»Kommst du mit zur Messe?«

Faustinas Frage riss Antonia aus ihren düsteren Gedanken. Das heitere Gemüt ihrer Cousine, die schon eine Weile länger in Frankfurt lebte, hatte sie schon oft aus einer trübsinnigen Stimmung gerettet.

»Zum Arbeiten oder zum Vergnügen?«, fragte sie zurück.

Faustina lachte. »Zum Vergnügen natürlich. Oder sehe ich aus, als wollte ich arbeiten?«

Antonia bedachte ihre Cousine mit einem bewundernden Blick. Sie trug ein feines, über dem Hüftpolster eingekräuseltes Seidenkleid mit plissiertem Kragen. »Nein, ganz sicher nicht.«

»Wenn du etwas über die neueste Mode, neue Düfte, Frisuren, Tücher, Schirme oder Schuhe erfahren möchtest, dann musst du auf die Messe – aber nicht nur zum Stand deines Vaters.«

Es war klar, worauf Faustina anspielte. Während der Herbstmesse, kurz nach ihrer Ankunft in Frankfurt, hatte sich Antonia kaum getraut, den Stand der Brentanos zu verlassen. Noch nie hatte sie so viele Menschen aus aller Herren Länder an einem Ort gesehen, nicht einmal in Venedig. Dicht an dicht hatten sich die Stände zwischen Dom und Römer gedrängt, sodass Antonia nach Luft gerungen und sich in die ländliche Heimat zurückgesehnt hatte.

Inzwischen war sie an den Trubel nahezu gewöhnt, und sicherlich würde es ihr diesmal gelingen, sich an der Vielfalt der Warenangebote zu erfreuen. Eine willkommene Abwechslung war ein Messebesuch mit Faustina ganz sicher.

»Würdest du mich denn so mitnehmen?«, fragte sie die Cousine. Das lindgrüne Baumwollkleid, das sie trug, war nicht ganz so ausgefallen und der neuesten Mode entsprechend wie das von Faustina, dennoch sah sie darin nicht minder attraktiv aus.

Das jedenfalls war Faustinas Meinung, die ihr voll ehrlicher Bewunderung schmeichelte: »Antonia, du kannst anziehen, was du willst, und siehst immer aus wie eine edle Dame. Mich wundert, dass du noch nicht verheiratet bist.«

Trotz des Komplimentes war es das nicht, was Antonia hatte hören wollen. Das Thema Heirat hatte sie erst einmal aufgeschoben, ebenso wie sie in diesem Moment versuchte, Giovanni aus ihren Gedanken zu verdrängen. Dennoch erwiderte sie: »Danke, liebe Cousine. Aber du bist selbst nur ein paar Monate jünger als ich und auch noch nicht verheiratet.«

Faustina lachte amüsiert. »Bevor wir uns beide darüber grämen, lass uns lieber gehen. Auf ins Getümmel!«

Vergnügt setzten die beiden jungen Damen ihre Hauben auf und legten sich edle seidene Tücher um die Schultern, dann verließen sie das Haus.

Die neue Residenz der Brentanos lag nur wenige Gehminuten vom Stadtzentrum entfernt. Kaum hatten die beiden Cousinen das Haus verlassen, wurden sie von der pulsierenden Menschenmasse verschluckt.

Faustina, die schon länger in Frankfurt weilte, kannte sich bestens aus und schob Antonia sicheren Schrittes durch das Gedränge zu den Ständen mit den edelsten Waren.

»Französisch Kram!«, rief sie und lachte. »Alles, was du nicht wirklich brauchst, aber unbedingt haben möchtest!« Ihr Blick wanderte über einen der Stände und heftete sich auf ein Paar edler Handschuhe. »Am Hof des Sonnenkönigs wirst du ohne diese Handschuhe gar nicht mehr eingelassen, heißt es. Du musst mal riechen. Sie duften wirklich einzigartig, auch wenn ich nicht viel davon verstehe.«

Antonia besah sich versonnen die weichen, duftenden Lederhandschuhe. Sie hatte Faustina begleitet, um Giovanni für ein paar Stunden zu vergessen, und nun streckte er sozusagen die Hand nach ihr aus.

»Ich habe schon so ein wunderbares Paar Handschuhe«, entgegnete sie und hielt der verblüfften Cousine ihre Hand hin. »Ganz so eine Landpomeranze, wie du vielleicht denkst, bin ich dann doch nicht.« Sie versuchte ein strenges Gesicht zu machen, während sie sprach, was ihr allerdings nicht ganz gelang.

»Ich werde mich künftig mehr zurückhalten, verehrtes Fräulein«, versprach Faustina augenzwinkernd. »Aber verrate mir, woher du die Handschuhe hast. Sie sind ganz neu hier auf der Messe. Die Händlerin hat mir erzählt, wie begehrt sie in Paris sind und dass auch hier alle Welt danach fragt.«

»Wenn ich dir sage, dass der Createur dieser edlen Ware sie mir höchstpersönlich geschickt hat, würdest du mir dann glauben?«

»Dein Duftverehrer?«

»Genau der.«

»Du hättest ihn festhalten müssen und nie wieder loslassen dürfen.«

»Er ist noch in der Lehre, also muss ich mich in Geduld üben.«

»Ich denke, er ist Künstler?«

»Kein Künstler, wie du denkst. Er malt ja nicht mit Farben, sondern mit Düften; er komponiert keine Töne, sondern Gerüche.«

»Na gut, dann warte ab, bis er mit seiner Lehre fertig ist, dann wirst du sehen, wie viel Mann in dem Künstler steckt.«

Antonia begriff sehr wohl, was Faustina ihr damit sagen wollte, doch bevor sie etwas darauf sagen konnte, wurde sie von hinten angesprochen: »Wenn ich das verehrte Fräulein Brentano beraten dürfte, ich würde diese Seidenblumen empfehlen, sie würden Euch vortrefflich stehen und werden derzeit von fast allen Damen in Paris getragen.«

Antonia fuhr herum und sah sich einem edel gekleideten Herrn gegenüber.

»Entschuldigt bitte, ich wollte Euch nicht erschrecken.«

»Graf von Gondoro«, erwiderte Antonia atemlos. »Was führt Euch nach Frankfurt?«

»Die Messe, Verehrteste. Doch bitte nehmt noch einmal mein Bedauern zur Kenntnis, dass ich Euch von hinten ansprach, ohne mich vorher bemerkbar zu machen.«

»Nein, nein, ich muss um Verzeihung bitten für meine Schreckhaftigkeit«, sagte sie steif und förmlich. »Wenn Ihr mich jetzt entschuldigen würdet, mein Vater erwartet mich an unserem Stand.«

»Aber nicht, bevor Ihr mir zugesagt habt, dass Ihr und Eure Familie …«, dabei richtete er den Blick kurz auf Faustina, »… mich heute Abend beehren. Eurem Vater habe ich die Einladung bereits übergeben.«

Bernardo hatte zu einem Empfang in den Nürnberger Hof geladen, und die Karte, die er zu diesem Zwecke überreicht hatte, war mit Blattgold verziert und blendete selbst Antonias Vater.

Der Saal war üppig mit Blumen geschmückt, ebenso mit griechischen Götterstatuen, Satyren und Bacchanten, und es roch schwer und betörend nach Ambra, Moschus und Rosen. Überall glänzte Gold: Vergoldete Blätter, Äste und Früchte lagen auf den Tischen, und mit Blattgold verzierte Speisen wurden auf vergoldeten Tellern serviert, der Wein in Gläser mit Goldrand geschenkt.

Bernardo trug einen mit Goldfäden durchwirkten Brokatrock, und Chantals Seidenrobe schillerte, als wäre sie aus purem Gold. Antonia hingegen kam sich in ihrem smaragdgrünen Seidenkleid seltsam deplatziert vor und hätte sich am liebsten unsichtbar gemacht. Umso mehr wunderte sie sich darüber, dass der Graf nur Augen für sie zu haben schien und sie mit Komplimenten überhäufte.

»Meine Verehrteste, wie ich mich freue, dass Ihr gekommen seid! Ihr seid der Edelstein meines bescheidenen Festes, und wenn Schönheit die Menschen zum Schweigen brächte, wäre in diesem Saal kein Laut mehr zu vernehmen.«

Seine wortgewandten Schmeicheleien brachten Antonia richtiggehend in Verlegenheit, und mehr als ein »Sie übertreiben, Herr Graf« oder »Das ist der Ehre zu viel, Herr Graf« brachte sie kaum hervor.

Faustina verfolgte diesen doch recht einseitigen Dialog amüsiert, auch wenn sie dabei einen Hauch von Eifersucht verspürte. Nachdem der Graf sich untertänigst dafür entschuldigt hatte, dass er sich leider auch noch anderen Gästen widmen müsse, raunte sie Antonia zu: »Bist du sicher, dass du den richtigen Prinzen erwählt hast?«

Antonia schaute ihre Cousine irritiert an. »Was meinst du?«

»Nun, der Graf wäre doch keine schlechte Wahl. Ich an deiner Stelle würde ihm sicher nicht die kalte Schulter zeigen.«

»Unsinn, der Graf will mit seinen Schmeicheleien nur die Gunst meines Vaters gewinnen. Er ist schließlich hier, um Geschäfte zu tätigen, und soweit ich gehört habe, nicht nur, um sein Gold unter die Leute zu bringen, sondern auch um weitere Finanziers für seine Goldmine zu finden.«

Faustina verdrehte die Augen. »Cousinchen, du scheinst mir nicht viel Erfahrung mit Verehrern zu haben. Der Graf hat gebalzt wie ein Gockel. Ginge es ihm nur ums Geschäft, hätte er mich ebenso umgarnt wie dich, schließlich ist mein Vater in dieser Hinsicht ebenso interessant wie deiner. Nein, meine Liebe: Der Graf hat eine Schwäche für dich, und das wohl nicht erst seit heute. Woher kennst du ihn?«

Ihre Cousine hatte recht, wie Antonia zugestehen musste. Ihre Väter standen sich geschäftlich in nichts nach, und Faustina hatte der Graf kaum beachtet, sie nur mit ein paar förmlichen Höflichkeitsfloskeln bedacht.

»Sag schon, wo hast du ihn kennengelernt?«

»Ach, wir sind uns vor einigen Jahren in Venedig begegnet«, antwortete Antonia. »Damals war er der unbedeutende Cicisbeo einer bedeutenden Gräfin. Später hat er bei uns eine große Menge an Südfrüchten bestellt und uns zu einem Fest auf seinem Landsitz am Genfer See geladen. Das ist alles.«

»Das hat ganz offenbar ausgereicht.«

»Ausgereicht wofür?«

»Stell dich nicht so dumm, Antonia! Schau ihn dir doch mal an. Was für eine stattliche, männliche Erscheinung er ist. Er könnte jede unverheiratete Dame hier haben, wenn er nur wollte.«

»Dann nimm du ihn doch!«, entgegnete Antonia trotzig und war selbst erschrocken über ihre heftige Reaktion.

»Liebend gern, verehrte Cousine, aber ich glaube, das Problem liegt darin, dass er mich nicht will.«

Faustina schaute Antonia fest in die Augen, bis diese endlich verunsichert antwortete: »Meinst du wirklich?«

»Ja, genau das meine ich, Dummerchen.«

Während Faustina ihre Cousine davon überzeugte, dass sie die Auserwählte des Grafen war, pflegte selbiger Konversation mit seinen potentiellen Geldgebern, ohne dabei jedoch Antonia aus den Augen zu verlieren.

In einem unbeobachteten Moment näherte er sich Marco, der den Grafen inzwischen auf all seinen Reisen begleitete und dessen Hass auf Giovanni noch längst nicht gestillt war. Schlimmer noch, die duftenden Handschuhe, die Antonia trug, hatten all die bösen Erinnerungen an seinen unrühmlichen Abgang aus Grasse wieder zutage gefördert. Verantwortlich für das Ende seiner Karriere als Aromateur war einzig und allein Giovanni Farina, dessen war sich Marco sicher, auch wenn Signor Fratanelli ihn bei seiner Entlassung mit keinem Wort erwähnt hatte.

»Starr nicht ständig auf ihre Handschuhe«, raunte ihm Bernardo ins Ohr.

Erschrocken wandte sich Marco um. »War mein Blick wirklich so auffällig?«

»Allerdings!«

Marco entschuldigte sich dafür, doch Bernardo winkte ab. »Es ist Zeit für deinen Auftritt!«

Marco nickte und atmete tief durch, dann näherte er sich so unauffällig wie möglich den Brentano-Cousinen. Faustina war die Erste, die den jungen Mann bemerkte, und verstummte, als er sich zu ihnen gesellte. Als sie auf einmal schwieg, drehte sich Antonia langsam zu Marco um. Der junge Mann, der ihr gegenüberstand, kam ihr vage bekannt vor.

Marco deutete eine Verbeugung an. »Die Damen, darf ich mich vorstellen: Marco Garibaldi, die rechte Hand des Grafen von Gondoro, der mir aufgetragen hat, mich um die Perlen des Abends zu kümmern, wie er sich auszudrücken pflegte. Doch da irrte er sich, denn wenn ich Euch betrachte, verehrte Damen, denke ich eher an herrlich funkelnde Diamanten.« Er nahm zunächst Faustinas Hand, deutete einen Handkuss an, dann führte er Antonias Finger an die Lippen.

»Ah, diese Handschuhe, ich habe sie vorhin schon bewundert«, sagte er, ihre Hand noch immer haltend. »Ganz Paris ist verrückt danach, und wisst Ihr was, verehrte Dame? Als ich in Grasse verschiedene Bestellungen für den Grafen aufgegeben habe, lernte ich den jungen Mann, der diesen Duft schuf, sogar persönlich kennen.«

Sogleich begann Antonias Herz höher zu schlagen, und auf einmal hing sie an Marcos Lippen, in der Hoffnung, etwas über Giovanni zu erfahren.

Es war Faustina, die, ohne es zu wollen, Marco das Stichwort für seinen Dolchstoß gab, indem sie zugleich keck und unbedarft fragte: »Und wie war er, der große Meister?«

Marco zog die Augenbrauen zusammen, dann sagte er: »Lasst uns lieber über ein anderes Thema plaudern.«

Faustina und Antonia sahen ihn verständnislos an, und Faustina sagte: »Aber nicht doch. Wir hören gern Geschichten von Menschen aus der Heimat. Ihr sprecht doch über Giovanni Maria Farina, nicht wahr?«

Marco verdrehte die Augen: »Wie die Damen wünschen. Doch müsst Ihr wissen, dass der junge Mann mit den Händen ebenso geschickt agiert wie mit Düften. Und gewisse Auserwählte kommen in den Genuss einer geradezu elektrisierenden Kombination. Sein Ruf bei den Männern, die diese Art des Abenteuers lieben, ist legendär.« Vergnügt und mit anzüglichem Grinsen fügte er noch hinzu: »War dies eine Geschichte nach Eurem Geschmack?« Und er zwinkerte ihnen verschwörerisch zu.

Faustina musste um Fassung ringen und antwortete empört: »Nein, gewiss nicht, Signor Garibaldi. Wenn Ihr uns jetzt entschuldigen würdet!«

Sie war derart erbost über die unverschämte Behauptung des jungen Mannes, dass sie gar nicht bemerkte, wie bleich Antonia geworden war. Faustina ergriff sie am Arm und wollte sie mit sich ziehen, weg von diesem ungezogenen Flegel, als ihre Cousine mit einem Seufzen ohnmächtig zusammensank.

Im rechten Moment war Graf Gondoro zur Stelle, tauchte wie aus dem Nichts neben ihr auf, um sie noch im Sturz sanft aufzufangen. Behutsam nahm er der Ohnmächtigen den Fächer aus der Hand, während er gleichzeitig einen Bediensteten mit Wasser herbeizitierte, und fächelte ihr Luft zu.

Allmählich kam Antonia wieder zu sich und blickte als Erstes in das besorgte Gesicht des Grafen, dann in Faustinas und schließlich zu ihrem Vater, der hinter dem Grafen stand.

Ihre Beteuerungen, dass sie nur einer kurzen Schwäche erlegen war, halfen nichts: Ihre Eltern bestanden darauf, dass sie das Fest sofort mit ihr verließen, ebenso der Graf, der gleich zwei Lakaien mitschickte, die die Brentanos nach Hause geleiteten und die junge Dame stützen sollten.

Als Antonia im Bett lag und ihre Eltern das Zimmer verlassen hatten, setzte sich Faustina zu ihr und ergriff fürsorglich ihre Hand. »Wie geht es dir?«

Statt auf die Frage zu antworten, erwiderte Antonia matt: »Ich glaube es nicht!«

»Was?«

»Quäl mich nicht, du weißt genau, was ich meine! Ich wage es nicht auszusprechen.«

Faustina überlegte eine Weile, bevor sie dann ihre Gedanken behutsam in Worte fasste. »Es ist … Also, es passt irgendwie zusammen. Ich meine, es passt zu dem, was du mir erzählt hast: die Sache vor einigen Jahren mit Antonio Vivaldi und Giovanni. Und es erklärt auch seine Zurückhaltung dir gegenüber, die scheinbar leidenschaftslose Zuneigung.«

Tränen rannen über Antonias Wangen. »Aber warum schreibt er mir so viele Briefe, erzählt von seiner Sehnsucht nach mir? Und er ist nicht wirklich leidenschaftslos. Oft hatte ich das Gefühl, dass ihn nur die Fesseln des Anstandes davon zurückhielten, mich zu fassen, in die Arme zu schließen und mich zu küssen.«

»Vielleicht liebt er dich wirklich, aber seine Leidenschaft für Männer ist größer. Vielleicht mag er auch beides. Es soll viele verheiratete Männer geben, die einen Liebhaber haben.«

»Hör auf!«, schrie Antonia in ihrer Verzweiflung.

»Ist ja gut.« Faustina versuchte, ihre schluchzende Cousine zu beruhigen, und als ihr das nicht gelang, flößte sie ihr etwas Laudanum ein. Daraufhin wurde das Schluchzen schwächer und erstarb schließlich ganz. Faustina küsste ihre unglückliche Cousine aufs Haupt und verließ auf Zehenspitzen das Zimmer.

Antonia mühte sich, die Geschehnisse des Abends zu verdrängen und das Gehörte zu vergessen, doch diesmal gelang es ihr nicht. Es vergingen Wochen, bis sie endlich wieder lächeln konnte.

Der Graf von Gondoro aber schickte ihr jeden Tag Blumen und Briefe mit poetischen Liebeserklärungen, und das behielt er bei, auch nachdem er längst auf sein Anwesen zurückgekehrt war.

Giovannis Briefe hingegen wurden seltener, und Antonia konnte weiterhin Zuneigung, aber keine Leidenschaft darin lesen. Dementsprechend verfasste sie auch ihre Antworten: liebenswürdig und freundlich, aber nicht mit Sehnsucht und glühendem Herzen.

Und von Tag zu Tag wuchs ihre Überzeugung, dass Giovanni mehr auch gar nicht von ihr wollte.

35. Kapitel

Blut – Träger der Lebenskraft, Symbol für überwundene Sterblichkeit und neue Lebenskraft.

Die Blutmadonna von Re

Heilige des Wallfahrtsortes Re im Valle Vigezzo, deren Bild der Legende nach zwanzig Tage lang blutete, nachdem ein Stein gegen die Stirn der dargestellten Madonna geschleudert worden war. Danach sollen sich Wunderheilungen ereignet haben.

Santa Maria Maggiore, Pfingsten 1703

Giovanni fiel nicht einmal auf, dass Antonias Briefe formuliert waren, als schriebe ihm eine liebe Schwester. Ihre Wortwahl war kaum von der der kleinen Anna zu unterscheiden, wenn er in der Ferne weilte und sie ihm ein paar Zeilen schickte.

Doch um das zu bemerken, war er zu sehr mit sich und seinen Bergnarzissen beschäftigt, die er inzwischen weit oben, auf den höchstgelegenen Almen suchte, wo sie noch wuchsen. So war er bis Pfingsten damit beschäftigt, die letzten Blüten zu ernten, und hätte die Feierlichkeiten fast vergessen.

Seit er denken konnte, begleitete er seine Mutter am Pfingstmontag auf der Wallfahrt der Vegezzianer zur heiligen Madonna des Blutes, und manchmal kam auch Caterina mit, nicht, weil sie wie Lucia an das Wunder von Re glaubte, sondern weil ihr der Spaziergang gefiel und sie ihrer Schwiegertochter damit eine Freude machte. Ansonsten ging sie wie die restlichen Familienmitglieder und auch alle sonstigen Dorfbewohner jeden Sonntag in Santa Maria Maggiore zur heiligen Messe und hatte damit ihre Pflicht erfüllt.

Auch in diesem Jahr wäre sie gerne zur Wallfahrt mitgekommen. Vor allem, da sie wusste, dass Giovanni bald wieder fortgehen würde und sie jede Stunde mit ihrem außergewöhnlichen Enkel genoss. Aber der kalte Winter, die Folgen des Krieges, der auch an den Ossola-Tälern nicht spurlos vorübergegangen war, und vor allem das Alter zehrten unbarmherzig an Caterinas Kräften.

So schlossen sich nur Giovanni und Lucia dem Pilgerzug an und reihten sich zwischen den Gläubigen ein.

»Den Tag deiner Geburt werde ich nie vergessen«, sagte Lucia nach einer Weile, und Giovanni entgegnete: »Und dass ich ihn nicht vergesse, dafür sorgst du, Mutter, indem du jedes Jahr davon erzählst, sobald wir uns Re nähern.«

Giovanni hatte recht, die Vergangenheit stand ihr bei den Wallfahrten stets vor Augen, Giovannis Geburt, Caterinas gerade noch rechtzeitige Ankunft und ihre fürsorgliche Hilfe. Und wenn Lucia dann das Bildnis der Madonna sah, schien dieses für sie jedes Mal lebendig zu werden.

Doch als sie diesmal vor dem Heiligenbild stand, verwandelte sich die heilige Madonna vor ihrem inneren Auge und nahm das Aussehen ihrer Schwiegermutter an.

Lucia fröstelte und sagte zu ihrem Sohn: »Komm, lass uns zurückgehen!«

»Bist du sicher?«, fragte er besorgt. »Du hast noch nicht einmal gebetet. Ist alles in Ordnung?«

»Ja, alles ist in Ordnung, ich will heute einfach nicht bleiben, es sind zu viele Menschen.«

Giovanni begleitete sie den Weg zurück. Der eilige Aufbruch störte ihn nicht, er unternahm die Pilgerfahrt ohnehin nur seiner Mutter zuliebe, ein Ausflug zu duftenden Almwiesen gab ihm wesentlich mehr. Aber das verschwieg er lieber.

Den Heimweg nach Santa Maria Maggiore legten sie in betrübter Stimmung zurück, ohne dass Giovanni hätte sagen können, woran es lag. Als sie dann aber das Haus betraten, roch er ihn sofort, den Geruch des Todes.

Er stürzte die Treppen hinauf in Caterinas Zimmer. Totenbleich, doch mit einem Lächeln auf den Lippen lag Caterina in ihrem Bett.

»Nonna!«, schrie Giovanni, als wäre er noch ein Kind, das keine Rücksicht auf Alter und Gebrechen nahm.

Caterina zuckte unmerklich zusammen, dann sagte sie mit matter Stimme: »Du bist gekommen, damit ich mich von dir verabschieden kann. Wie lieb von dir.«

»Nein!«, schrie Giovanni, noch immer viel zu laut. »Du darfst nicht sterben! Ich … ich brauche dich! Du warst immer für mich da!«

Caterina nahm Giovannis Hand, als wäre er der Kranke, der Fürsprache brauchte, und streichelte sie liebevoll. »Du brauchst mich nicht mehr, Giovanni, du hast deinen eigenen Weg gefunden.«

Giovanni liefen die Tränen übers Gesicht. Lucia stand bleich im Türrahmen und betrachtete die alte Frau, die ihr anfangs so fremd gewesen und dann so sehr ans Herz gewachsen war. Mit starrer Miene trat auch sie an das Bett der Sterbenden.

Caterinas Gesicht verschwamm vor ihren Augen, und sie dachte an die Madonna des Blutes von Re, in der sie die Züge ihrer Schwiegermutter gesehen hatte. Ihr wurde schwindlig, und Caterinas Worte drangen nur noch gedämpft zu ihr vor, als diese zu ihr sagte: »Lucia, meine liebe Lucia. Du warst wieder in Re, denn du glaubst an das Wunder, das sich dort angeblich ereignete. Doch in Wahrheit gibt es nur die Wunder des Herzens. Die aber können Gewaltiges bewirken.«

Lucia antwortete nicht sofort. Nun betrachtete sie das Gesicht der alten Frau. Es wirkte so friedlich, so weise. Endlich brachte sie hervor: »Du hast mich damals gerettet, und auch auf deinem Gesicht war Blut – mein Blut. Die Madonna aber habe ich niemals bluten sehen.«

Caterina nickte. »Es ist ein Symbol, ein wichtiges Symbol, an das du weiter glauben solltest.«

Lucia nickte, ohne zu verstehen.

Caterina schloss vor Anstrengung die Augen, während Giovanni ihre Hand festhielt.

Der Tod holte Caterina erst ein paar Tage später, und so blieb auch den anderen Familienmitgliedern genügend Zeit, sich von der alten Frau zu verabschieden. Drei Mal wurde der Priester gerufen, um ihr die letzte Ölung zu geben. Es schien, als wollte sie selbst in den letzten Tagen ihres Lebens der Kirche noch einen Streich spielen.

Die Familie Farina bereitete eine prunkvolle Bestattung vor. Giovanni, der noch immer nicht fassen konnte, dass er den Rest seines Lebens ohne den Rat und den Trost der klugen alten Frau würde verbringen müssen, mischte für sie einen Duft aus Zitrusölen, Lorbeer und Rosmarin, den er Caterina liebevoll auf die Schläfen träufelte, als er sich endgültig von ihr verabschiedete.

Freunde, Verwandte und Bekannte reisten von weit her an, um Caterina die letzte Ehre zu erweisen. Der Zug der Trauernden war lang. Giovanni erkannte viele vertraute Gesichter und einige, die er nie gesehen hatte.

Und als sich die Trauergemeinde von dem frischen Grab langsam entfernte, sah er sie.

Wie konnte er, so kurz nach dem Tod seiner Großmutter, an sein eigenes Glück denken, schalt er sich selbst. Doch als er Antonia erblickte, begann sein Herz zu rasen.

Es war schwierig, einen passenden Moment bei einem so unpassenden Anlass zu finden. Doch er musste es jetzt tun. Er konnte nicht noch ein paar Wochen warten, bis er Antonia auf dem Weg nach Maastricht in Frankfurt treffen würde. Die Zeit war gekommen.

Es war spät am Abend nach der Beerdigung, als sie endlich allein waren. Ein lauer Frühlingswind wehte den Geruch der Zitronenbäume herüber und mischte ihn mit dem Duft der ersten Rosen, während Giovanni und Antonia unter dem funkelnden Sternenhimmel im Garten auf der Bank saßen.

Er wusste nicht so recht, wie er anfangen sollte, doch schließlich zog er das Fläschchen aus leuchtend blauem Muranoglas aus seiner Westentasche, das er stets bei sich trug, und platzte ohne Einleitung und Begrüßung heraus: »Es ist fertig. Ich habe es nur für dich geschaffen, und es soll uns für immer und ewig verbinden, auch wenn Raum und Zeit uns trennen.«

Antonia schaute Giovanni irritiert an, doch dieser war erneut zu sehr mit sich selbst beschäftigt und mit dem, was er vollbracht hatte, um Antonias Zurückhaltung zu bemerken.

Stattdessen nahm er ihre Hand, kniete sich vor ihr hin und sagte: »Antonia, ich liebe dich. Willst du mich heiraten?«

Zu Antonias verwirrtem Blick gesellte sich ein zutiefst unglückliches Lächeln. »Giovanni«, sagte sie und stotterte: »Ich … ich weiß gar nicht … Also, ich … ich heirate den Grafen von Gondoro! Er hat letzte Woche um meine Hand angehalten, und als wir nun so plötzlich abreisen mussten wegen der Beerdigung, da … da habe ich mich entschieden …«

Giovanni hörte nicht mehr, was Antonia noch weiter sagte. Er hatte innerhalb von wenigen Tagen die zwei wichtigsten Menschen in seinem Leben verloren.

Noch in der Nacht fasste er den Entschluss, schon am nächsten Morgen wieder nach Maastricht zu reisen, um seine Ausbildung zum Kaufmann abzuschließen, so wie er es seinen Eltern und vor allem seiner Großmutter versprochen hatte.

Vielleicht würde er anschließend nach Paris zurückkehren und Monsieur Martials Angebot annehmen, Düfte für den Hof des Sonnenkönigs zu kreieren. Vielleicht würde er aber auch die Metropolen der Welt bereisen und seine Dienste als Parfümeur anbieten.

Er würde alles tun, nur um zu vergessen.

Und das tat er. Sobald die Erinnerungen wieder in ihm aufkeimten, wechselte er den Ort. Sein Ruf eilte ihm voraus, er war überall ein gern gesehener Gast und lernte die Düfte der Welt kennen, soweit es das Kriegsgeschehen zuließ.

36. Kapitel

Acqua di Santa Maria Novella

Früher Acqua Antisterica. Es wurde 1614 von Fra' Angiolo Marchissi erfunden und erfreut sich wegen seiner schmerzlindernden und krampflösenden Wirkung besonderer Wertschätzung.

Santa Maria Maggiore – Köln, Herbst 1704

Caterinas Tod hatte Paola die Endgültigkeit des Daseins vor Augen geführt wie kein anderes Ereignis in ihrem Umfeld. Mit ihr war das letzte Band, das sie mit dem Dorf und dem ganzen Tal verband, gerissen. Längst hatte sie ein junges Mädchen in die Kunst des Entbindens und die Wirkung von Heilkräutern eingeweiht, und nur manchmal, bei besonders schweren Geburten, kam sie noch hinzu, um neuen Erdenbürgern auf die Welt zu helfen. Aber das war immer seltener nötig.

So tat sie das, was sie sich schon vor Jahren vorgenommen hatte: Sie ging ins Kloster. Nicht in irgendein Kloster, sondern nach Santa Maria Novella in Florenz. Sie hatte schon viel von der dortigen Officina Profumo-Farmaceutica gehört, nicht zuletzt von Caterina, die ihr dieses Kloster als einen Ort der Besinnung und Inspiration geschildert hatte. Sie würde dort weiterhin Tinkturen, Elixiere und *Aquae mirabiles* im Dienste der Menschen herstellen, ohne dass sie sich um die lästige Beschaffung der Zutaten kümmern oder sich mit sonstigen Problemen des Alltags herumschlagen musste.

Großzügig zahlte der Graf von Gondoro für sie die Mitgift ans Kloster, die sie selbst nie hätte aufbringen können. Nicht ganz uneigennützig, wie Paola vermutete: Bernardo wollte sich an der Krämerei ihrer Schwester in Köln beteiligen, deren Leitung Paolo inzwischen übernommen hatte, und er erwartete sehr wahrscheinlich von ihr, dafür zu sorgen, dass die Essenzen und Wunderwasser der berühmten Farmacia von Santa Maria Novella nach Köln gelangten.

Nun, daran war nichts Verwerfliches oder Unrechtes. Das sagte sie sich jedenfalls. Und sie war froh, dass sie so wenigstens eine kleine Gegenleistung für seine großzügige Spende erbringen konnte. Das leicht mulmige Gefühl, das sie dennoch angesichts Bernardos großzügigen Angebots empfand, versuchte sie ebenso zu ignorieren wie ihr Misstrauen, als sie von der Hochzeit des Graf von Gondoro mit Antonia von Brentano erfuhr.

Nur eine einzige Truhe wollte sie nach Florenz mitnehmen; mehr als das, was darin aufbewahrt war, würde sie im Kloster nicht brauchen. Eine weitere Truhe war für Paolo und Caterina in Köln bestimmt, in der sich wertvolle Kräuter und Essenzen befanden.

Als die Kutsche losfuhr und das Dorf immer weiter hinter ihr blieb, warf Paola nicht einen einzigen Blick zurück. Sie verließ ihre Heimat nach vielen Jahrzehnten, ohne Reue zu empfinden.

Einige Wochen später traf die schwere Truhe für Paolo und Caterina in der Budengasse in Köln ein. Der Graf von Gondoro höchstpersönlich brachte sie, begleitet von seiner etwas zu auffällig gekleideten Cousine.

Jedenfalls stand der Graf auf einmal in der Tür der Krämerei, und nachdem er sich vorgestellt hatte, brachte die völlig verwirrte Caterina Bernardi erstaunt hervor: »Es … es freut mich sehr, Herr Graf, Euch endlich kennenzulernen. Die liebe Paola hat Euch sehr häufig in ihren

Briefen erwähnt, und dass Ihr uns in unserer bescheidenen Krämerei besucht, ist eine ganz besondere Ehre. Was kann ich für Euch tun?«

Während sie sprach, verfluchte sie im Stillen Paolo und Sophia. Wo die bloß wieder blieben? Paolo hätte schon vor Stunden mit dem Branntwein zurück sein sollen, und Sophia wollte nur ein paar Flaschen *Aqua mirabilis* zu verschiedenen Herrschaften bringen. Wahrscheinlich saß Paolo in irgendeiner Schänke, während Sophia ein Schwätzchen im Haus einer Kundin hielt.

Bernardo hingegen genoss einmal mehr die Unterwürfigkeit, die ihm das Volk seit seinem mühsam eingefädelten gesellschaftlichen Aufstieg entgegenbrachte. Einen Moment lang ließ er die alte Frau im Ungewissen über den Grund seiner Reise, bis er sich großmütig zu einer Antwort herabließ. »Ich wollte sichergehen, dass diese Truhe mit wertvollen Kräutern und Essenzen, die mir Schwester Paola anvertraut hat, wohlbehalten bei Euch ankommt. Die verehrte Paola verriet mir zudem, dass Ihr Euch ebenfalls zur Ruhe setzen möchtet, die Krämerei aber nicht verkaufen, sondern Eurem Neffen übergeben wollt, dem es aber wiederum am Geld mangelt. Nun, da ich einen Handelsstützpunkt hier im Norden gut gebrauchen könnte, möchte ich Euch eine Apanage anbieten, damit Ihr mich an den Geschäften beteiligt und Waren, die ich liefere, absetzt. Ihr könntet Euch in den wohlverdienten Ruhestand begeben, und Euer Neffe könnte das Geschäft führen.«

Caterina staunte nicht schlecht über das so direkt vorgetragene Angebot, doch bevor sie etwas dazu sagen konnte, stellte der Graf die so auffällig gekleidete Frau an seiner Seite als seine Cousine vor. Angeblich verband sie eine enge Freundschaft zu der Familie von Fürstenberg. Das jedenfalls wurde Caterina als Begründung angegeben, warum sie den Grafen von Gondoro auf dieser Reise begleitete. Caterina wunderte es ein wenig, dass sie noch nie von dieser unverheirateten italienischen Gräfin gehört hatte, obwohl die Magd derer von Fürstenberg doch so geschwätzig war. Die Gemahlin des Grafen hatte die Reise nicht antreten können, denn sie befand sich in anderen Umständen.

Während Chantal der alten Bernardi vorgestellt wurde und man Höflichkeiten austauschte, erschienen endlich auch Sophia und kurz darauf Paolo, Letzterer mit Schnapsfahne und roter Nase.

Sophia meinte in dem Grafen eine unerklärbare Ähnlichkeit mit ihrem Paolo zu entdecken, als sie diesen zwanzig Jahre zuvor kennenlernte. Doch behielt sie dies lieber für sich. Paolo betrachtete den jungen Grafen mit einer Mischung aus Abwehr und Vertrautheit, während Bernardo an dem Älteren etwas wahrnahm, was eine Art Sehnsucht in ihm auslöste.

»Paolo, der Graf von Gondoro hat den weiten Weg von der Schweiz hierher auf sich genommen, um sich tatsächlich an der Krämerei zu beteiligen«, eröffnete Caterina. »Ich kann mich endlich zur Ruhe setzen, und du kannst das Große Bürgerrecht erwerben. Ist das nicht wundervoll?«

Caterina bemerkte durchaus, dass irgendetwas zwischen dem Grafen und Paolo und Sophia vor sich ging. Doch was auch immer es war, sie wollte es gar nicht wissen und auf keinen Fall die Möglichkeit gefährden, sich endlich in den so sehnlichst erwarteten Ruhestand begeben zu können. So fügte sie schnell hinzu: »Ihr wisst gar nicht, wie glücklich Ihr mich mit Eurem freundlichen Angebot macht, Herr Graf!«

»Vielen Dank, Signora«, erwiderte Bernardo artig. »Ich werde morgen einen Advokaten schicken, der das Geschäftliche regelt.«

Nach diesen Worten verabschiedete sich der angebliche Graf von Gondoro mit sichtlicher Irritation und ließ seinen leiblichen Vater Paolo Feminis, den er als solchen nicht erkannte, mit ähnlichen Gefühlen zurück.

Paola, die die Wahrheit wusste, nahm das Geheimnis mit ins Kloster und offenbarte es nicht einmal während der Beichte.

Alle Formalitäten und auch die späteren geschäftlichen Beziehungen wurden über einen fragwürdigen Advokaten geregelt, den Caterina so selten wie möglich aufsuchte. Die ausgehandelten Summen wurden pünktlich entrichtet, und bereits wenige Wochen später konnte Paolo das Große Bürgerrecht erwerben.

Trotzdem hatte dieses Geschäft einen bitteren Beigeschmack: Caterina wusste, dass sie mit ihrer Unterschrift alle Bande zur Familie Farina zerschnitten hatte, und sie ahnte auch, dass mit dem Grafen irgendetwas nicht stimmte.

Dank der Waren, die Bernardo Graf Gondoro trotz des Krieges nach Köln schleusen konnte, florierte die Krämerei, und schon ein Jahr später konnten Paolo und Sophia aus dem Zimmer in Caterinas Haus ausziehen und ein schönes Anwesen an der Straße Am Güldenen Wagen mieten, in dem Sophia alsbald ein gesundes Mädchen zur Welt brachte.

37. Kapitel

Wasser – Urelement des Lebens

Der Rhein

Dir, deutscher Strom, den zweiten Gruß!
Von freien Alpen kommt der Fluss,
Um deutsches Land zu frein;
Kann ich sein Rauschen verstehn,
So heißt's: Ich will ihn fertig sehn,
Den Dom zu Köln am Rhein.

Aus *Die Epigonen* von Georg Herwegh

Köln, 1708

Fünf Jahre lang hatte Giovanni die europäischen Fürstenhäuser und ihre Lande bereist, unbeeindruckt von Kriegen und Hungersnöten, denn nachdem er seine große Liebe verloren hatte, konnte ihn nichts mehr schrecken. Wut und Trauer waren die Antriebskräfte seiner Geschäfte, Rast und Ruhelosigkeit das Ventil seiner Enttäuschung.

Mit allem, was er tat, war er höchst erfolgreich, denn er erroch nicht nur, was seine Kunden brauchten, sondern hatte eine ebenso feine Nase für gute Geschäfte. Und bei seinem Onkel in Maastricht hatte er nicht nur das kaufmännische Geschick erworben, sondern auch den Duft der Neuen Welt kennengelernt, so wie zuvor in Venedig den Duft des Orients.

Nirgends ließ er sich lange nieder, so als wäre er auf der Flucht. Und das war er im Grunde auch: auf der Flucht vor sich selbst. Er kannte den Duft der Städte von Genua bis Rotterdam, vom Mittelmeer bis zur Nordsee. Er konnte die Herkunft eines jeden am Körpergeruch erkennen, wie andere Menschen sich an der Haut-, Haar- oder Augenfarbe oder an der Statur orientierten.

Und er wusste für jeden Kunden den passenden Duft. Patrizier und reiche Bürger aus aller Herren Länder lagen ihm zu Füßen und buhlten darum, dass er für sie ein Parfüm für diese oder jene Gelegenheit schuf. Manche behaupteten sogar, er könnte Düfte komponieren, die zu Macht und Reichtum verhalfen, andere wiederum, er wäre ein Zauberer. Doch nichts davon konnte Giovanni beeindrucken.

Als er sich wieder einmal in Paris aufhielt, traf er dort seinen treuen Kunden und Freund Jean Lavallé, der ebenfalls für ein paar Wochen in der französischen Hauptstadt weilte. Inzwischen lebte er in Köln, denn er hatte sein Herz an die Kölner Bürgerin Maria Wollschläger verloren, und da Giovanni schon die Hochzeit versäumt hatte, bat ihn Lavallé inständig, doch zur Taufe seines Kindes zu kommen, und erwählte ihn auch sogleich zum Taufpaten.

Damit überrumpelte er Giovanni geradezu, der sonst ganz sicher Ausflüchte gefunden und sich der Aufgabe entzogen hätte. So aber kam es, dass Giovanni an einem regnerischen Frühlingstag des Jahres 1708 vor den Toren der Stadt Köln stand.

Er atmete tief durch und war froh, dass der Regen wenigstens einen Teil der üblen Gerüche der Stadt davonspülte und in den Rhein ergoss, der sie forttrug. Von dem Strom selbst ging jedoch ein Fluidum aus, das er mit solcher Kraft nur von den Gebirgsbächen seiner Heimat kannte. Am liebsten hätte er den ganzen Tag am Ufer gestanden und diesen Geruch auf sich wirken lassen. Doch das Gesindel vor den Toren trieb ihn hinein in den Stadtkern, in die stinkenden Gassen und das hektische Treiben.

Die einzelnen Stadtgerüche kannte er inzwischen, hatte sie eingeordnet und in seinem Duftgedächtnis katalogisiert. Trotzdem roch jede Stadt anders, hatte ihren olfaktorischen Charakter, denn die verschieden starken Gerüche vermischten sich jedes Mal auf andere Art und Weise.

Ob es der Rhein war oder die Vielfalt der Menschen, Giovanni hätte es nicht zu sagen vermocht, aber er mochte diese Stadt auf Anhieb, obwohl der Geruch der Straßen und Gassen mehr als Gestank denn als Duft zu bezeichnen war. Vielleicht lag es daran, dass ihn Köln ein wenig an Rom erinnerte. Der Staub der Straße hing wie Weihrauch in einer Kirche über den Köpfen der Kölner, die ebenso katholisch und gleichzeitig selbstbewusst und weltgewandt waren wie die Menschen der Ewigen Stadt.

Der Regen nahm den Staub der Stadt auf und gab der sich klärenden Luft einen tönernen Geschmack, während Giovanni durch die Altstadt schlenderte, vorbei an Kaufleuten, die ihre Waren in die Stapelhäuser verfrachteten, vorbei an den Läden und Gewerken. Er mied die Gassen der Gerber und Färber und folgte schließlich dem Pilgerstrom zum Dom.

Das unfertige monumentale Bauwerk beeindruckte den viel gereisten jungen Mann wenig, half ihm aber bei der Orientierung. Und so fand er den Stadtpalast seines Freundes ohne Schwierigkeiten.

Bis Giovanni an das ausladende Portal klopfte, hatte Lavallé daran gezweifelt, dass sein Freund tatsächlich kommen würde. Seine Freude über dessen Ankunft war daher umso größer.

»Giovanni, was für ein Geschenk, dass du gekommen bist!«, rief er hoch erfreut. »Lass dich umarmen!«

Sie begrüßten sich herzlich, doch als sie sich wieder voneinander lösten, rümpfte Giovanni die Nase und sagte: »Mein lieber Freund, du solltest den Parfümeur wechseln. Wer hat dir denn dieses grässliche Zeug verkauft?«

»Deinem Rat folgend, dass Düfte frisch sein sollen, habe ich mich auf einen Aromateur aus deiner Heimat verlassen, einen Landsmann von dir, zu dem die Kölner pilgern wie zum Dom: Paolo Feminis. Kennst du ihn?« Als Giovanni nickte, fuhr Lavallé fort: »In dieser Stadt findest du kein Haus, in dem nicht ein Fläschchen seines *Aqua mirabilis* steht.« Und mit einem verschwörerischen Augenzwinkern fügte er hinzu: »Aber ich glaube, es taugt mehr für die innere Anwendung.«

»Jedenfalls riecht es zum Abgewöhnen. Wirklich frisch müssen die Düfte nur sein, wenn sie nicht in gut verschlossenen, dunklen Flakons aufbewahrt werden und nicht in reinstem Weingeist gelöst sind. Bei deinem Parfüm braucht man davon erst gar nicht zu reden.« Noch einmal rümpfte Giovanni die Nase. »Und die Wahl der Ingredienzen lässt auch zu wünschen übrig.«

»Wenn du schon vom Geist des Weines redest«, wechselte Lavallé das Thema, »darf ich dir einen anbieten zum Aufwärmen von innen?«

»Solange er edel und rein ist, werde ich nicht Nein sagen.«

»Du weißt, dass ich es niemals wagen würde, dir einen billigen Fusel anzubieten. Komm mit in den Salon!«

»Zunächst verlangt es mich nach einer gründlichen Reinigung meines Körpers, und frische Kleidung möchte ich nach der langen Reise anziehen«, wandte Giovanni ein. »Die Nase trinkt schließlich mit, und wie du weißt, sind für mich üble Gerüche schlimmer als für einen Musiker schräge Töne.«

Lavallé musste lachen. »So wie du mich gerade beschnuppert und die Nase gerümpft hast, stört dich nicht nur der eigene Körpergeruch. Nun, vielleicht hilft dir das *Eau de Vie* aus der Gegend von Cognac, meinen Gestank noch einen Moment zu ertragen, und womöglich hast du deinem alten Freund etwas mitgebracht, womit ich gegen die unfeinen Gerüche, die ich verbreite, vorgehen kann. Ich erinnere mich an einen wunderbar frischen Duft, den du dabeihattest, als du das letzte Mal mit deiner Großmutter in Paris warst. Er hatte so etwas – wie soll ich sagen? – Befreiendes. Ja, genau: Befreiendes. Aber du sagtest damals, dass er noch nicht fertig sei, eine Bergblume fehle noch.«

Giovannis Miene verhärtete sich, er erstarrte förmlich, und mit eisiger Stimme presste er hervor: »Dieses Duftwasser gibt es nicht mehr.«

Besorgt versuchte Lavallé den Sinneswandel seines Freundes zu verstehen. »Was ist geschehen, mein Lieber? Erzähl, so schlimm kann es doch nicht sein. Ist etwas mit deinem Duft passiert? Ist dir vielleicht der Flakon zerbrochen? Die Rezeptur verloren gegangen? Oder wurde sie gar gestohlen?«

Giovanni schüttelte den Kopf. »Das Fluidum hat sich mit dem des Toce vereint.« Er dachte daran, wie er, mit dem Flakon in der Hand, am Wasserfall gestanden hatte, dem Cascata del Toce, der fast hundertfünfzig Meter in die Tiefe rauschte, und wie er dann den Flakon hinab in die brausenden Fluten geworfen hatte. Er wusste nicht mehr, wie lange er einfach nur dagestanden hatte, wohl aber, wie wenig gefehlt hatte, dass er mit dem Flakon hinterhergestürzt wäre, so wie er es ursprünglich geplant hatte.

Aber mit dem Duft schien auch die Schwermut, die ihn so sehr bedrückt hatte, in die Tiefe gefallen zu sein. Die Worte seiner Schwester hallten in seinem Ohr wider: »Giovanni, du bist so anders geworden, seit die Narzissen blühen. Es scheint, als würdest du nur noch dich selbst sehen. Und der Duft dieser Blumen, er ist so schwer.«

Das war vor seinem letzten Zusammentreffen mit Antonia gewesen. Giovanni hatte Annas Worte damals nicht ernst genommen, hatte sie ignoriert.

»Was heißt ›mit dem Toce vereint‹?«, riss ihn Jean Lavallé aus seinen Gedanken. »Sprich nicht so in Rätseln!«

»Ich habe das Parfüm den Wasserfall hinuntergeworfen«, präzisierte Giovanni. »Es war missraten, ich hatte zu viel Narzissenöl verwendet. Das war die Bergblume, von der ich damals sprach.«

»Du hast was? Dich bei einem Duft vertan?« Lavallé lachte auf. »Nein, das kann ich nicht glauben. Hast du die Rezeptur noch? Ich erinnere mich, dass der Duft auch ohne Narzissen nahezu göttlich war. Wenn du die Komposition noch kennst, dann musst du ihn unbedingt wieder herstellen.«

»Ich brauche keine Rezepturen, ich habe meine Kompositionen im Kopf«, entgegnete Giovanni ungewöhnlich hart. »Aber ich mag diesen Duft nicht mehr, und der Grund dafür ist sehr persönlich.«

Lavallé erkannte, dass der Freund ihm nicht mehr verraten würde, zumindest nicht an diesem Abend.

Mittlerweile hatte ein Bediensteter Giovannis vom Regen schweren Umhang entgegengenommen, und entgegen Giovannis Wunsch, sich zunächst zu reinigen und umzuziehen, begaben sich die beiden jungen Männer doch gleich in den Salon, wo Jean für sich und seinen Freund Weinbrand in zwei Gläser füllte. Als sie sich zugeprostet und getrunken hatten, ergriff Lavallé wieder das Wort.

»Ich werde weder in dich dringen noch mich in deine persönlichen Angelegenheiten mischen, wenn du es nicht möchtest. Aber tu mir bitte den Gefallen und kreiere diesen einzigartigen Duft noch einmal. Nicht für mich, sondern für dein Patenkind. Nichts anderes wünsche ich mir von dir zur Taufe meiner kleinen Königin. Der Duft roch so nach – wie soll ich sagen? – Liebe und Freiheit, und genau das wünsche ich mir für meine Tochter.«

Giovanni holte tief Luft, um das Anliegen des Freundes noch einmal strikt abzulehnen. Doch auf einmal hatte er den Duft, den er einst für Antonia geschaffen hatte, mit all seinen herrlichen Ingredienzen wieder in der Nase. Er konnte ihn riechen, so wie ein Maler ein Gemälde vor dem inneren Auge sieht, bevor er es auf die Leinwand bringt.

Ein letztes Mal noch wehrte er halbherzig ab, indem er sagte: »Ich weiß gar nicht, ob ich hier alle Zutaten dafür finde.«

»In Köln kannst du alles bekommen«, versprach ihm Jean Lavallé. »Ich werde dir alles beschaffen, was du für die Herstellung deines Duftes brauchst.«

Giovanni ließ sich mit seiner endgültigen Antwort Zeit. Dabei war sein Widerstand schon gebrochen. Schließlich sagte er sehr bedächtig: »Es wird teuer und ist zeitaufwendig. Bis zur Taufe würde ich nie fertig werden. Außerdem glaube ich nicht, dass es hier den auserlesenen reinen Weingeist gibt, den ich für diesen Duft benötige, und frische Bergnarzissen ganz gewiss nicht.«

Lavallé lächelte. Er wusste, dass er gewonnen hatte. »Mach dir um Geld und Zeit keine Sorgen. Geld habe ich genug, und die Zeit werden wir uns nehmen. Es macht nichts, wenn dein Taufgeschenk ein wenig später fertig wird. Was den Weingeist betrifft, den werde ich dir von deinen Landsleuten besorgen. Du hast keine Ahnung, wie viel italienische Kaufleute hier in Köln Handel treiben. Da wird sich schon einer finden, der mir den edlen Weingeist besorgt, den du benötigst.«

Giovanni stürzte seinen Weinbrand hinunter in der Hoffnung, alle Erinnerungen an Antonia damit fortzuspülen. Und zumindest in jener Nacht suchte ihn die junge Frau nicht in seinen Träumen heim.

Als er am nächsten Morgen erwachte, war er erfüllt von einer sehnsüchtigen Unruhe. Zu lange war er nicht mehr in einem Labor gewesen, hatte nur Handel getrieben, Kunden beraten und für sie Düfte zusammengemischt. An diesem Morgen aber kreisten seine Gedanken nur noch um sein *Acqua mirabilis*, und so blieb es auch in den nächsten Tagen. Selbst das bezaubernde Lächeln seines Patenkindes und die großartige Tauffeier konnten ihn nicht davon ablenken.

Seine Eltern, sein Bruder und sein Onkel waren begeistert, als sie davon erfuhren, dass er längere Zeit an einem Ort verweilen wollte, und sie schickten ihm Briefe, in denen sie ihn baten, doch endlich sesshaft zu werden, am besten gleich in Köln. Sein Bruder Battista reiste sogar aus Maastricht an, um diesen Wunsch persönlich an ihn heranzutragen. Seit ihr Onkel die geschäftlichen Beziehungen zu Caterina Bernardi aufgekündigt hatte, fehlte ihnen ein zuverlässiger Partner in der Domstadt. Zunächst waren sie davon überzeugt gewesen, dass die Bernardi schnell bereuen und bittend zu ihnen kommen würde, was sie aber nicht getan hatte. Stattdessen liefen die Geschäfte der Krämerei so gut wie nie, und das trotz des Krieges.

Seitdem war Battista nicht mehr in Köln gewesen. Die Taufe bot ihm einen willkommenen Anlass, die Stadt am Rhein wieder einmal zu besuchen, und Giovanni freute sich sehr, seinen Bruder nach so langer Zeit wiederzusehen.

Er fragte nach seinen Eltern, seiner Heimat und seinem Onkel in Maastricht, aber die Bitte, sich endgültig niederzulassen, lehnte er ab. »Ich bin kein Bürger der Stadt und gehöre keiner Zunft an«, erinnerte er Battista. »Ich darf hier gar kein Geschäft führen.«

»Deine *Aquae mirabiles* dürftest du hier trotzdem verkaufen, so wie alle anderen Luxusartikel auch«, widersprach sein Bruder. »Das Geld für die Gaffel werden wir ja wohl gerade noch auftreiben können.«

»Aber mit Luxusartikeln kannst du heutzutage nicht mehr überleben«, wandte Giovanni ein. »Der Krieg hat nicht nur auf dem Schlachtfeld seine Spuren hinterlassen, sondern auch in den Geldbörsen der Bürger und des Adels gewütet.«

Das stimmte durchaus. Die Savoyer hatten die Seiten gewechselt und Prinz Eugen zusammen mit dem Herzog von Marlborough einen furiosen Sieg in der zweiten Schlacht von Höchstädt errungen. Seitdem war es um die Bourbonen schlecht bestellt. Nur noch die Kurfürsten von Bayern und Köln kämpften für den Sonnenkönig. Der Krieg war nicht zu gewinnen, und die Staatskassen waren leer, zumal König Ludwig den Staatshaushalt mit seinen Extravaganzen schon vor dem Kriegsausbruch erheblich belastet hatte. Wer noch über Vermögen verfügte, wurde nun für militärische Operationen zur Kasse gebeten.

»Nein, mein lieber Bruder«, lehnte Giovanni ab, »sich jetzt niederzulassen halte ich für ganz und gar keine gute Idee.«

Battista kannte die politische Situation ebenso gut wie sein Bruder, er wusste aber auch, dass gerade in Krisenzeiten besonders gute Konditionen ausgehandelt werden konnten. Das erklärte er seinem Bruder und fügte hinzu: »Außerdem hast du immer behauptet, dass gerade die Offiziere und Kommandeure, die auf dem Feld wenig Möglichkeiten zur Körperpflege haben, zu deinen besten Kunden gehören.«

»Richtig, aber ich glaube nicht, dass sie deswegen extra nach Köln marschieren.«

»Maastricht ist an die Habsburger verloren, doch es wäre gut, hätten wir auch einen Standort auf Seiten der Bourbonen. Köln wäre dafür ideal.«

»Eröffne doch selbst einen Laden hier«, schlug Giovanni ihm vor.

Und genau das hatte Battista eigentlich auch vor. Gemeinsam mit seinem Onkel hatte er sogar schon ein Geschäft in der großen Budengasse, Ecke Glockengasse gefunden, was der alten Bernardi sicher gar nicht gefallen würde. Aber es wäre ihm und der ganzen Familie lieber gewesen, wenn auch Giovanni endlich sesshaft geworden und zur Ruhe gekommen wäre.

Doch Battista wusste, dass im Moment jegliche weitere Diskussion vergebens war. Und er wusste auch, was es war, das Giovanni umtrieb und ihn an keinem Ort länger verweilen ließ, was er so beiläufig wie möglich ansprechen wollte: »Übrigens glaube ich, dass Antonia auch nicht glücklich ist.«

Giovanni zuckte zusammen, als hätte ihn ein Peitschenhieb getroffen. Fünf Jahre lang hatte er mit niemandem mehr über Antonia gesprochen. Er hatte versucht, alles, was mit ihr zusammenhing, zu vergessen, zu vernichten. All ihre Briefe, die er zuvor sorgsam zusammengeschnürt aufbewahrt hatte, hatte er dem Feuer übergeben. Nichts war mehr von ihr geblieben, und die Wunde hatte ganz langsam zu heilen begonnen. Zwar hatte sie eine dicke Narbe in seinem Herzen hinterlassen, doch die sollte niemand mehr berühren. Und jetzt rissen sein Freund und sein Bruder die alte Wunde wieder auf.

Aufbrausend fuhr er Battista an: »Warum erwähnst du jetzt Antonia?«

»Beruhige dich, Bruderherz, ich wollte dich nicht erzürnen. Es gibt Gerüchte, die den Grafen und sein ausschweifendes Leben betreffen. Ich dachte, es täte dir gut zu erfahren, dass Antonia die falsche Wahl getroffen hat.«

»Ich will nichts davon hören!«, sagte Giovanni unwirsch.

Er war froh, dass sich sein Bruder bald wieder nach Maastricht begab. So konnte er sich ganz der Aufgabe widmen, sein *Aqua mirabilis* herzustellen.

In dem neu eingerichteten Labor fühlte er sich beschwingt und leicht wie schon lange nicht mehr. Die Arbeit und noch mehr der Duft der erlesenen Rohstoffe beflügelten ihn und lenkten ihn von düsteren Gedanken ab.

Lavallé hatte Wort gehalten und alle Geräte und Zutaten, die Giovanni benötigte, besorgt. Auch der Weingeist, den er brachte, war von bester Qualität. Nur war keines der Bergamottöle Giovanni rein genug für sein Wunderwasser. Also entschied er, Bergamottfrüchte zu kaufen, um die Schalen selbst auszupressen.

Er begab sich zu der Krämerei von Caterina Bernardi. Es war das erste Mal, dass er ihren Laden betrat, und sogleich beschlich ihn ein seltsames Gefühl. Die alte Frau bekam er nicht zu Gesicht, doch der Geruch des Mannes, der hinter der Theke stand, weckten unangenehme Kindheitserinnerungen in ihm, während ihm die Ausdünstungen der deutlich jüngeren Frau ein merkwürdiges Gefühl von Vertrautheit eingaben.

Einen Moment überlegte er, ob er die beiden auf die Heimat ansprechen sollte, doch als der Mann hinter dem Tresen hervortrat und sich nach seinen Wünschen erkundigte, packte ihn ein derartiger Widerwille, dass er, nachdem er die Ware bezahlt hatte, den Laden so schnell wie möglich verließ.

Die Zitrusfrüchte waren allerdings von außerordentlicher Qualität und riefen in Giovanni die schmerzliche Erinnerung an die Familie Brentano wach. Er schälte die empfindlichen Früchte eigenhändig und nahm mit Schwämmen die wertvollen ätherischen Öle auf, während er selbst ihre Düfte einsog wie ein trockener Schwamm das Wasser. Sein Gemütszustand hellte sich sogleich auf, als wäre in seinem Seelenleben eine Sonne aufgegangen.

Nach Monaten konzentrierter Arbeit war Giovanni schließlich fertig und brachte Jean Lavallé eine Probe seines Duftes.

»Es ist himmlisch«, schwärmte dieser, »noch viel besser, als ich es in Erinnerung hatte. Wie willst du dieses Wunderwasser nennen?«

»*Eau de Regina L.*, das Wasser der Königinnen, benannt nach eurer kleinen Prinzessin.«

»Und du überlässt mir wirklich die Rezeptur?«

»Ich halte stets mein Wort.«

»Giovanni, wenn sich dein Wunderwasser gut verkauft, werde ich dafür sorgen, dass dein Bruder hier schnellstmöglich seinen Laden eröffnet und deinen Duft vertreibt.«

Giovanni wurde hellhörig. »Das habt ihr alles schon abgesprochen, scheint mir.«

»Ja, Giovanni. Wenn du schon nicht hierbleiben willst, möchte ich wenigstens deine Familie unterstützen.«

Entgegen Lavallés Erwartung reagierte Giovanni weder erzürnt noch abweisend. Ganz im Gegenteil, ehrlich erfreut entgegnete er: »Das ist wunderbar!« Und er nahm das Gesicht des verdutzten Lavallé zwischen die Hände, zog es zu sich heran und küsste dessen Stirn. Dann aber zog er eine Grimasse und setzte hinzu: »Mein Duft wird auch dir neue Frische schenken, und so manchen schlechten Geruch lässt er erst gar nicht entstehen.« Er zwinkerte ihm zu. »Das kannst du auch deinen Kunden sagen.«

»Und was ist mit dir, Giovanni?«, fragte sein Freund, und Kummer schwang in dieser Frage mit, denn er ahnte die Antwort bereits.

»Der Duft der Freiheit lockt mich wieder in die Ferne. In ein paar Tagen werde ich euch verlassen. Ich werde den Waffenstillstand nutzen und nach Italien reisen. Doch wenn Ludwig XIV. den Friedensvertrag unterzeichnet, werde ich bald zurückkehren.«

38. Kapitel

Musik

Wer nie jagte und nie liebte, nie den Duft der Blumen suchte und nie beim Klang der Musik erbebte, ist kein Mensch, sondern ein Esel.
Aus Arabien

Die vier Jahreszeiten – *Violinkonzert von Antonio Vivaldi*

Es ist Vivaldis berühmtestes Werk, das in zwei Originalausgaben von 1725 noch erhalten ist. Doch schon viel früher hat sich der Komponist mit dem Thema beschäftigt, und das Werk ist wohl viele Jahre vor dem Veröffentlichungsdatum entstanden.

Venedig 1714

Giovannis Reise verlief ohne Zwischenfälle, auch wenn der schon so lang ersehnte Friede nicht geschlossen wurde. Die Allianz hatte Ludwig XIV. zur Bedingung gemacht, dass er gegen seinen eigenen Enkel zu Felde zog, und dies zu tun war der Sonnenkönig trotz der neu gewonnenen Demut nicht bereit, denn er konnte es nicht mit seinem Gewissen vereinbaren.

Sechs weitere Jahre sollte der Krieg dauern. Jahre, in denen Giovanni die Welt mit seinem Wunderwasser beglückte. Feldherren, die ihre Schlachten schon als geschlagen und den Krieg als verloren ansahen, blühten mit Giovannis Duft wieder auf und zogen mit neuer Kraft in den Kampf.

Die wunderbar erhellende und befreiende Wirkung seines Duftwassers sprach sich herum wie ein Lauffeuer. Doch

Giovannis Vorrat war begrenzt, und zurück nach Köln oder Maastricht konnte er nicht, denn der Rhein wurde scharf umkämpft.

Trotzdem erreichte ihn die Nachricht, dass es um Battistas Geschäfte nicht zum Besten stand. Der ehemalige Laden von Caterina Bernardi, der jetzt von dem Ehepaar Feminis geführt wurde, machte ihm arge Konkurrenz, zumal sie seltsamerweise immer die frischeren Waren geliefert bekamen.

Giovanni, den nur ein Hauch von einem schlechten Gewissen plagte, beschloss dennoch, weiter nach Süden zu reisen, nach Venedig, das bisher vom Krieg verschont geblieben war und in dem man nach wie vor den Freuden des Lebens frönte.

»Du riechst nach Frühling«, begrüßte ihn sein alter Freund Antonio Vivaldi, der inzwischen die Priesterweihe erhalten hatte und die Tonsur unter einer Perücke versteckte.

»Und du nach Flohpulver«, entgegnete Giovanni lachend. »Hatten wir einander nicht versprochen, den Frühling einzufangen, du in einer Komposition von Tönen und ich in einer von Düften?«

Antonio nickte. »Du hast recht, aber ich bin noch nicht ganz fertig.«

Dennoch nahm Antonio seine Geige und ließ die ersten Takte der schönsten Jahreszeit erklingen, und es war Giovanni, als würden die ersten Frühlingsboten ihre Knospen öffnen.

Doch bevor sich das ätherische Fluidum zarter Blüten entfalten konnte, setzte Antonio die Geige wieder ab und sagte: »Es wird nicht mehr lange dauern, dann werde ich dir das ganze Frühlingserwachen vorspielen können, und auch die anderen drei Jahreszeiten werde ich zum Erklingen bringen.«

Es war ein herzliches Wiedersehen. Nach all den Jahren

fanden die Freunde sofort zurück zu ihrer gewohnten Vertrautheit zwischen Scherz und Tiefgründigkeit.

Fast hätte sich die Leichtigkeit vergangener Tage eingestellt, hätte Giovanni nicht Antonio Vivaldi in dem Waisenhaus der Kirche Santa Maria della Pietà besuchen wollen, einer kirchlichen Stätte ausschließlich für Mädchen, wo er ihnen das Spiel auf der Geige nahebrachte.

Kaum hatte Giovanni das Gebäude betreten, war er eingehüllt vom zarten Duft jungfräulicher Mädchen, der nach süßer Milch und Honig, nach Biskuit und Rosen roch. Er hatte sich so viele Jahre in Enthaltsamkeit geübt, hatte sich abgeschottet von den Reizen des weiblichen Geschlechts, dass es ihn mit einer Gewalt traf, mit der er nie und nimmer gerechnet hätte, und als er schließlich das Auditorium erreichte, wo Antonio seine Schülerinnen unterrichtete, war es um Giovanni geschehen.

Es waren Hunderte, die im Glücksrausch Antonios himmlischem Spiel lauschten. Ihre vor Freude erhitzten Körper transpirierten Glückseligkeit und Erregung, die sich mit dem jungfräulichen Mädchenduft mischte.

Giovannis Körper stand unter Spannung und fand kein Ventil. Und noch schlimmer wurde es, als er vor seinem geistigen Auge plötzlich zuerst Antonias engelsgleiches Gesicht und dann ihren wohl proportionierten Körper sah.

Kaum eine Stunde später gab er sich der Liebeskunst einer jungen und grazilen Dirne hin und schrie dabei den Namen seiner einstigen Liebe so laut heraus, dass es im ganzen Bordell widerhallte.

Von diesem Augenblick an wusste Giovanni, dass er vor der Vergangenheit nicht fliehen konnte, dass es ihm niemals gelingen würde, Antonia für immer aus seinem Gedächtnis zu vertreiben.

Stattdessen linderte er sein schmerzhaftes Verlangen, indem er selbst die jüngsten Töchter hochrangiger Familien zu erobern versuchte, was im frivolen Venedig allerdings nicht allzu schwer war. Selbst die Jungfrauen im Waisenhaus, so fand er schnell heraus, waren keinesfalls so keusch wie ihr Ruf.

Giovanni genoss die Freiheit, die einem Mann zu dieser Zeit in Venedig ganz selbstverständlich zugebilligt wurde. Er wollte nicht ihre Herzen, er wollte nur ihr Fleisch, und das musste jung und frisch duften, um ihm Hochgenuss zu verschaffen.

Seine Verführungskunst war alles andere als gewöhnlich, wie sich schnell herumsprach. Über seine »Zauberdüfte der Liebe« wurde bald in jedem Kaffeehaus der Lagunenstadt geredet, und die Damen rissen sich um ein Rendezvous mit ihm und seinen Elixieren.

39. Kapitel

Kennst du das Land, wo die Zitronen blühn,
Im dunkeln Laub die Goldorangen glühn,
Ein sanfter Wind vom blauen Himmel weht,
Die Myrte still und hoch der Lorbeer steht?
Kennst du es wohl? Dahin!
Dahin möcht' ich mit dir,
O mein Geliebter, ziehn.

Johann Wolfgang von Goethe

Genf, Villa Gondoro, 1714

Schon an dem Tag, an dem sie dem Grafen von Gondoro das Jawort gab, erkannte Antonia, dass sie damit einen Fehler beging, doch nie hätte sie dies zugegeben oder gar versucht, die Ehe zu annullieren. Sie hatte damals mit einem solchen Zorn auf die Einwände ihrer Eltern gegen die Hochzeit reagiert, dass sie den Schritt zurück nicht wagte, und sie war auch zu stolz, ihren Fehler einzugestehen.

Ihr Vater hatte den Grafen immer für einen Blender gehalten. Wie recht er damit hatte, bekam Antonia bitter zu spüren. Die gespielte Zärtlichkeit der ersten Wochen war bald einer Gleichgültigkeit gewichen, die nur von aggressiven Vorhaltungen unterbrochen wurde, und Bernardo bemühte sich gar nicht erst zu verbergen, dass die angebliche »Cousine« Chantal seine Geliebte war.

Bereits wenige Wochen nach der Hochzeit war Antonia schwanger, und so ergab sie sich vollends dem Schicksal, das sie selbst gewählt hatte.

Inzwischen waren es drei Kinder, die ihren Alltag versüßten und die Bande mit dem Grafen verstärkten.

Zur Taufe ihres dritten Kindes, ihres ersten Mädchens, hatte sie Anna Farina als Patin erwählt. Lange hatte ihr Giovannis kleine Schwester gegrollt, sie für den unsteten Lebenswandel ihres Bruders verantwortlich gemacht. Doch diese Bitte wollte sie Antonia nicht abschlagen, zumal Giovanni in Venedig glücklich zu sein schien.

Als Anna die Villa am Genfer See erreichte und Bernardo gegenübertrat, war sie wie vom Donner gerührt. Erinnerungen aus ihrer Kindheit wurden wach, Bilder erschienen vor ihrem inneren Auge, der Graf verwandelte sich in einen Bären, sie selbst war wieder Kind und stand neben Giovanni, der sich über den Gestank des »Bärenviechs« echauffierte. Die Erkenntnis traf sie wie ein Blitz: Vor ihr stand der Nachbarsjunge Bernardo, Giovannis Erzfeind!

Nie hätte sie in der edlen Gestalt mit den feinen Gesichtszügen den einstigen ungehobelten, groben Burschen erkannt, aber sein Geruch ließ keinen Zweifel.

Anna ließ sich nichts anmerken, bis sie Antonia in einem günstigen Augenblick unter vier Augen sprechen konnte. »Antonia, weißt du überhaupt, wen du da geheiratet hast?«

Antonia zuckte gleichgültig mit den Schultern, als sie antwortete: »Den Grafen von Gondoro. Wieso?«

Anna schaute ihr tief in die Augen. »Der ist kein Graf. Er war unser Nachbarsjunge, stammt aus einer armen Bauernfamilie, und Giovanni hasste ihn wie nichts auf der Welt. Bis er vor etwa zehn Jahren einfach verschwand. Wir haben ihn nie wieder gesehen. Seine Eltern behaupteten, er wäre Schornsteinfeger geworden und würde ab und zu Geld schicken. Aber ich sage dir: Dein Graf ist dieser Bernardo, wie auch immer er es zu dieser neuen Identität gebracht hat! Und seine vornehme Cousine ist die Hure, die ungefähr zur gleichen Zeit aus unserem Dorf verschwand.«

Antonia konnte, nein, sie *wollte* es nicht glauben. »Du … du musst dich irren! Das ist unmöglich!«

»Hast du jemals den Familiensitz deines angeblichen Grafen gesehen? Hast du irgendjemanden aus seiner Verwandtschaft kennengelernt?«

Antonia hatte immer geahnt, dass mit Bernardo irgendetwas nicht stimmte, aber sie war derart mit ihrem eigenen Schicksal beschäftigt gewesen, dass sie nicht weiter darüber nachgedacht hatte.

Langsam schüttelte sie den Kopf: »Nein. Bernardo sagte, dass er bis auf seine Cousine keine Verwandten mehr hätte.«

»Er lügt! Glaub ihm kein Wort! Nimm die Kinder und verschwinde von hier!«

Verwirrt und verunsichert blickte Antonia die energische junge Frau an. »Das kann ich nicht. Ich glaube dir, dass er ein Lügner und in üble Machenschaften verwickelt ist. Ich glaube dir auch, dass er nicht als Graf geboren wurde. Aber er liebt die Kinder, und die Kinder lieben ihn. Und wo sollte ich auch hin? Zu meinen Eltern kann ich nicht mehr zurück. Nein, Anna, ich muss mein Los ertragen.« Sie berührte die junge Frau sanft am Arm. »Aber ich danke dir sehr, dieses Wissen wird mir die Zukunft vielleicht etwas erleichtern.«

Und damit sollte Antonia recht behalten. Als sie Bernardo mit der Wahrheit konfrontierte und ihm drohte, alles aufzudecken, wenn er sie nicht angemessen behandele, schrie der falsche Graf im Laudanum-Rausch tobsüchtig herum, kam aber am nächsten Morgen reumütig zu ihr.

Er wusste nur zu gut, was auf dem Spiel stand, und gewährte ihr fortan alle Freiheiten, die sie wünschte. So erwachte Antonias Selbstbewusstsein, und sie nahm ihr Leben selbst in die Hand.

Und als eines Tages wieder einmal die Gräfin Zorzi Gast in ihrem Hause war, gab es kein Halten mehr. Nachdem

Antonia das außergewöhnliche Parfüm der Gräfin bewunderte hatte, eröffnete diese ihr schärmerisch: »Ein wahrer Künstler hat es kreiert, meine Liebe. Ach, er lebt in Venedig und umschwirrt die jungen Dinger, und die Mädchen empfangen ihn wie eine duftende Blume die Honigbiene, die sie bestäubt.«

Antonia stockte der Atem, und ihr Herz begann zu rasen. So gelassen wie möglich fragte sie: »Und wie heißt der Kavalier?«

Die Gräfin seufzte, bevor sie schmachtend antwortete: »Giovanni Farina.«

Der Name versetzte Antonia einen schmerzhaften Stich. »Ich … ich dachte, Giovanni hätte eine Vorliebe für Männer.«

Damit löste sie bei der Gräfin Zorzi einen heftigen Lachanfall aus. Nachdem sie sich wieder beruhigt hatte, sagte sie: »Wer hat Euch denn dieses Märchen aufgetischt? Männer interessieren Giovanni nur insofern, als er sich gern mit ihnen über Kunst und andere Dinge unterhält, aber nicht bei dem, wovon ich spreche, Kindchen.«

Antonia, die noch immer um Fassung rang, antwortete mit heiserer Stimme: »Marco, der Vertraute meines Gatten.«

»Ach«, sagte die Gräfin, »wahrscheinlich hat er sich selbst ein Rendezvous mit Giovanni gewünscht und sich daher etwas einzureden versucht.«

Doch Antonia erkannte die Wahrheit: Marcos Lüge hatte sie in Bernardos Arme getrieben.

Nach kurzem Überlegen beschloss Antonia: »Ihr habt mich neugierig gemacht, verehrte Gräfin. Ich war schon lange nicht mehr in Venedig. Hättet Ihr etwas dagegen, wenn ich Euch begleite?«

40. Kapitel

Der Duft der Dinge,
ist die Sehnsucht,
die sie uns
nach sich erwecken.

Christian Morgenstern

Venedig, 1714

Giovanni betrat die *Bottega del Caffè*, und sogleich roch er den Duft, der ihm einst so vertraut gewesen war. Die Erkenntnis ließ ihn taumeln, und dann sah er sie, und ihr Anblick traf ihn mit der Wucht eines Faustschlags.

Sie saß allein an einem kleinen Tisch in der Nähe des Fensters.

Man hatte ihr gesagt, dass er das Kaffeehaus häufiger aufsuchte, und mit bangem Herzklopfen hatte sie auf ihn gewartet.

»Antonia!« Das war alles, was er zunächst hervorbrachte, nachdem er mit unsicheren, zögernden Schritten auf sie zuging.

»Ich bin hier, um mich zu entschuldigen, Giovanni.«

Nach Fassung ringend und Halt suchend, klammerte er sich an die Rückenlehne eines freien Stuhls, auf den er sich schließlich umständlich niederließ. »Du riechst anders. Dein Duft ist etwas schwerer geworden, die Unschuld verflogen.«

»Wir haben uns verändert«, antwortete sie ihm, »und doch bist du immer noch der Mann, den ich geliebt habe und den ich immer lieben werde.«

Es wurde ein langer Nachmittag in der *Bottega del Caffè*, auf den ein langer Abend und eine lange Nacht folgten.

Jeden Quadratzentimeter ihrer Haut mit der Nase erforschend, flüsterte er erregt und liebevoll zugleich: »Nichts darf diesen Duft verfälschen. Etwas schaffen zu wollen, um diesen himmlischen Geruch zu verbessern, war vermessen von mir.«

Tränen liefen über Antonias Wangen, während Giovanni sie zärtlich liebkoste. Tränen des Glücks und um eine verlorene Liebe. »Giovanni, ich habe mich blenden und belügen lassen, statt meinem Herzen zu folgen.«

»Scht …« Giovanni legte ihr einen Finger auf die Lippen und küsste die Tränen des zerbrochenen Glücks hinfort.

Mit einer Zärtlichkeit, die aus der Tiefe seines Herzens kam, eroberte er ihren Körper und ihre Seele. Nie zuvor hatte er die Liebe in einer solchen Vollkommenheit gespürt. Und ebenso erging es Antonia.

Beide wussten, dass dieses Glück nur von kurzer Dauer sein würde, doch sie würden ihre gegenseitige Liebe auf ewig in ihren Herzen tragen.

Giovanni hatte von seiner kleinen Schwester längst über Antonias Schicksal erfahren, und er wusste, dass er die Zeit nicht zurückdrehen konnte.

Aber er wollte der gemeinsamen, unbeschwerten Jugend ein Denkmal setzen, mit einem Duft, der an ihre Kindheit in der norditalienischen Bergwelt erinnerte.

Epilog

Köln, 1714

Am Tage, als das Ende des Spanischen Erbfolgekriegs verkündet wurde, kehrte Giovanni der Lagunenstadt den Rücken, um seinem Bruder in dessen Unternehmen zur Seite zu stehen. Fünf Jahre waren vergangen, seit Giovanni Battista Farina im Juli des Jahres 1709 in Köln die Firma Farina gegründet hatte, doch das Geschäft lief schlecht, ganz im Gegensatz zur Krämerei von Paolo Feminis, der nicht nur mit Düften aus Florenz, sondern auch mit den besten Südfrüchten aus Italien handelte.

Doch das änderte sich, nachdem sich Antonia dazu durchgerungen hatte, mit ihrem Vater zu sprechen und dafür zu sorgen, dass künftig nur noch die Farinas mit den erlesensten Früchten beliefert wurden.

Als Giovanni zum ersten Mal das Geschäft seines Bruders betrat, das bald auch das seine werden sollte, rümpfte er die Nase. Er war mit den *Aquae mirabiles*, mit denen sein Bruder handelte, nicht zufrieden. Die Rezeptur, die er Lavallé überlassen hatte, war nicht befolgt worden, teils wurden sogar andere, nur ähnlich duftende Ingredienzen dafür verwendet.

Giovanni schuf sofort Abhilfe, und mehr noch, er perfektionierte seine Rezeptur, indem er mit dem lieblichen Narzissenduft sparsamer umging und nur noch gerade so viel hinzugab, dass er den Geist weckte und inspirierte, ihn aber nicht selbstverliebt verklärte. Frisch wie ein italienischer Bergfrühling sollte das Parfüm werden.

Um der unverfälschten Frische seines Duftes noch eine kleine Note der Schwere zu geben – gleichsam der Last des Lebens entsprechend –, bestand er darauf, dass sein Duftwasser zwei Jahre in Zedernhölzern gelagert wurde, damit es die ausreichende Reife erlangte.

Während dieses Reifeprozesses krochen unweigerlich die Gerüche der Stadt in das schwere Holzfass, wenn auch nur in einem Maße, dass sie außer Giovanni niemand riechen konnte. Doch dem Kreateur reichte es, um daraus den Namen seiner Schöpfung abzuleiten:

Eau de Cologne.

Schon bald schmückten sich nicht nur die Kölner, sondern dank Giovannis weitreichender Kontakte Menschen aus aller Herren Länder mit dem einzigartigen Duft des Johann Maria Farina, wie Giovanni fortan hieß.

Und sein *Eau de Cologne* machte Köln für lange Zeit zur Welthauptstadt der Düfte.

Nachbemerkung

Johann Maria Farina ist eine historische Figur, der Erfinder des Eau de Cologne. Sein Geburtsdatum, die Namen und Daten sowie einige weitere Details seiner Angehörigen habe ich dem Familienarchiv der Farinas entnommen. Die Wirkung der verschiedensten beschriebenen Düfte ist belegt und zum Zeitgeist passend recherchiert.

Das Geburtshaus im italienischen Piemont in Santa Maria Maggiore ist bis heute noch erhalten, aber nicht zur Besichtigung freigegeben. Die Informationen über die Wallfahrtskirche Re erhielt ich direkt vor Ort von dem dortigen Priester. Es ist überliefert und in der Broschüre der Kirche dokumentiert, dass der Statthalter von Santa Maria Maggiore nach Re kam, um das Wunder der »Madonna des Blutes« zu bestätigen. Die Orte liegen etwa sechs Kilometer voneinander entfernt, und ich habe mir die Freiheit erlaubt, Giovannis Mutter ein besonderes Verhältnis zu dieser Kirche anzudichten.

An dieser Stelle möchte ich noch einmal betonen, dass die Geschichte an sich frei erfunden ist, so wie auch die Figur der Antonia Brentano. Es gab mehrere Brentano-Familien, die sich aus Norditalien kommend zu dieser Zeit in Frankfurt niedergelassen haben und auch mit Südfrüchten handelten.

Den Unterlagen der Familiengeschichte Farina ist zu entnehmen, dass Giovanni im Alter von vierzehn Jahren nach Venedig ging. Es war zu dieser Zeit üblich, dass junge Männer aus besserem Haus, vor allem Adlige, in diesem Alter in die Welt zogen, um zu lernen – die sogenannte Kavaliersreise absolvierten. Ebenso ist überliefert, dass Giovanni im

Jahr 1708 als Taufpate zu seinem »Freund aus Pariser Tagen« Lavallé (Lavallié oder Lavalliér, die Schreibweise variiert) bestellt wurde.

Der Sonnenkönig hatte tatsächlich eine Mätresse namens Louise de La Vallière.

Um Paolo Feminis ranken sich viele Legenden. Mal wird er als eigentlicher Erfinder des Eau de Cologne, mal als Erfinder des Klosterfrau Melissengeist genannt. Viele Daten sind widersprüchlich, und es gibt kein Dokument, das ihn mir als tatsächlichen Kreateur des Eau de Cologne erscheinen lässt. Tatsache ist wohl, dass er aus Giovanni Farinas Heimat stammte, etwa zwanzig Jahre älter war als dieser, 1695 nach Köln kam, im Laden seiner Tante Caterina Bernardi, geborene Feminis, arbeitete, den er später übernahm, und 1704 das Große Bürgerrecht erwarb. Ebenso verbürgt ist, dass er Sophia Ryfart aus Rheinberg heiratete und seine vermutlich zehn Kinder bis auf eine Tochter vor ihm starben. Die Schnapsbrennerei der Familie Ryfart ist allerdings frei erfunden.

Rheinberg wurde später für den Magenbitter Underberg bekannt, auf den ich in dem Roman genauso anspiele wie auf den italienischen Magenbitter Campari, den Caterina ihren Gästen kredenzt. Zur damaligen Zeit wurden *Aquae mirabiles* – Wunderwasser – sowohl als Duftwasser als auch als Medizin gehandelt, und man machte auch zwischen Medizin und Kräuterschnaps kaum einen Unterschied.

Die Orte, die Giovanni während seiner Reisen aufsucht, sind in den Unterlagen der Familiengeschichte dokumentiert, und wenn genaue Jahreszahlen genannt werden, habe ich mich auch daran gehalten.

Das besondere Verhältnis von Giovanni zu seiner Großmutter ist ebenfalls überliefert, auch dass diese aus der Aromateur-Familie Gennari in Venedig stammte.

Ebenfalls überliefert ist Giovannis Vorliebe für den Duft von Jungfrauen. Seine Freundschaft zu Antonio Vivaldi hingegen habe ich erfunden, doch wäre sie durchaus vorstellbar, da sich beide zeitgleich in Venedig aufhielten. Dazu, ihnen diese Freundschaft anzudichten, inspirierten mich vor allem die Kompositionen der beiden Künstler: Antonio Vivaldis *Vier Jahreszeiten* und Giovanni Farinas Duft, der an einen italienischen Bergfrühling erinnern soll.

Auch andere Figuren sind historisch überliefert, wie Kaspar Jodok von Stockalper, der die norditalienische Region prägte und als »König des Simplons« in die Geschichte einging. Auch die genannte Goldmine gab es tatsächlich.

Da es das berühmte Caffè Florian in Venedig zu der Zeit von Giovannis ersten Venedig-Reisen noch nicht gab, wohl aber ein Kaffeehaus, das einfach nur *Bottega del Caffè* hieß, habe ich es dabei belassen.

Ebenso wie Antonia sind auch die Figuren Paola und Bernardo frei erfunden. Bernardos zum Teil menschenverachtende Handlungen spiegeln aber durchaus den Geist der Zeit wider. So war die Spanische Fliege tatsächlich ein beliebtes Hilfsmittel der Herren, sozusagen das Viagra des Barock.

Tatsache ist auch, dass Giovanni Maria Farina nie verheiratet war, weshalb er auch in meiner Geschichte das Glück mit Antonia nicht finden konnte. In der überlieferten Familiengeschichte heißt es nur, »dass er eine Vorliebe für den Duft ganz junger Mädchen hatte«.

Neben den historischen Fakten reizte mich vor allem die Figur des jungen Mannes mit der außergewöhnlichen Begabung. Es gibt viele Geschichten über Menschen, die »hellsehen«, und auch genügend Geschichten über solche, die »Stimmen hören«, aber es gibt nur sehr wenige über Menschen, die Dinge riechen, die andere nicht riechen. Soll ich sagen »Hellriecher« oder »Himmelsriecher« oder »denen etwas in der Nase liegt«?

Ich glaube tatsächlich, dass Giovanni Farina auch der gesellschaftliche Umbruch in der Nase lag. Genau wie er die Welt der Düfte revolutionierte, hat sich die Gesellschaft damals verändert, von der Schwere des Barocks befreit, hin zur Leichtigkeit des Rokokos.

Es war das Zeitalter der Aufklärung, der Befreiung vom Obrigkeitsdenken. Ein Zeitalter, das Philosophen wie Kant und Voltaire, Dichter und Denker wie Goethe und Schiller hervorbrachte.

Ina Knobloch
Juni 2010

Dank

Poesie ist wie ein Duft, der sich verflüchtigt
Und dabei in unserer Seele
Die Essenz der Schönheit zurücklässt.

Jean Paul (1763–1825)

Für meine Kinder Timo und Ben, die mich vor allem für meine Figuren in jungen Jahren inspiriert haben, meinen Freund Stephan, der mich nicht nur bei meinen Duftpfaden auf Giovannis Spuren in Italien unterstützte, und meine Mutter, die meine Duftleidenschaft schon förderte, als ich noch ein Kind war.

Dank an alle, die diesen Roman überhaupt ermöglicht haben, die Familie Farina, die mich bereitwillig mit Informationen versorgte, das italienische Fremdenverkehrsamt, das mir selbst die geheimen italienischen Orte zugänglich machte, meinen Agenten Lars Schultze-Kossack, der sofort an den Stoff geglaubt hat und meine wunderbare Lektorin Anja Rüdiger gewinnen konnte, und an die Drehbuchautorin Ingeborg Bellmann, die von meinem Schreibstil so überzeugt war, dass sie mich überhaupt erst dazu gebracht hat, einen Roman zu schreiben.

Pendo

Martina Kempff

Die Kathedrale der Ketzerin

Historischer Roman. 400 Seiten. Gebunden

Juni 1219. Im Auftrag des Papstes stürmen 10 000 Kreuzfahrer die französische Stadt Marmande, um die ketzerische Glaubensgemeinschaft der Katharer auszurotten. Nur durch Zufall kann Clara, die Tochter des Herrschers von Toulouse, aus dem Inferno gerettet werden. Am königlichen Hof in Paris versucht sie Blanka, die Frau des Thronfolgers, dafür zu gewinnen, dem Terror ein Ende zu bereiten. Blanka begleitet dort den Bau der Kathedrale Notre-Dame, und auch Clara zieht es immer wieder zu dem bereits imposant aufragenden sakralen Gebäude. Doch dann erschüttert eine unglückliche Liebe ihr Leben und belastet sie mit einem dunklen Geheimnis. Die Eintracht mit Blanka scheint verloren, und schließlich müssen beide Frauen im Moment größter Gefahr eine folgenschwere Entscheidung treffen.

09/1035/01/R

PENDO

Daniëlle Hermans

Das Tulpenvirus

Thriller. Aus dem Niederländischen von Stefanie Schäfer und Heike Baryga. 320 Seiten. Gebunden

Alkmaar 1637: Bei einer Auktion um die wertvollen Tulpen des ermordeten Wouter Winckels steigen die Gebote in schwindelerregende Höhen. Empört über die Geldmacherei mit den Tulpen, hatten Protestanten im Publikum die Preise nach oben getrieben. Am nächsten Tag bricht der Markt zusammen. Doch die wertvollste Tulpe der Sammlung überlebt – und wird knapp 400 Jahre später von Alec im Vermächtnis seines Onkels gefunden. Als bei einem weiteren Mord ein blutiges Tulpenmuster die Wand des Opfers ziert, muss Alec erkennen, dass es keine Zufälle gibt, und gerät immer tiefer in die blutigen Machenschaften um ein Jahrhunderte altes Geheimnis.

09/1019/02/L

PENDO

Judith Lennox

Das Herz der Nacht

Roman. Aus dem Englischen von Mechtild Sandberg.
560 Seiten. Gebunden

Als es die junge Kay Garland als Gesellschafterin für die Emigrantentochter Miranda ins Berlin der Dreißigerjahre verschlägt, kann sie nicht ahnen, wie sehr dieser Schritt ihr Leben verändert – und wie eng sie und Miranda einander verbunden bleiben werden. Kay kehrt nach England zurück und kämpft dort um ihr Glück, während Miranda als Ehefrau eines deutschen Grafen in Ostpreußen den Kriegsausbruch erlebt …
Berührend und mit unwiderstehlichem Tempo erzählt Judith Lennox von der tiefen Freundschaft zweier Frauen, von ihrer Suche nach Liebe und davon, wie man auch in dunklen Zeiten Herz und Anstand bewahren kann.

09/1015/02/R